NOS CŒURS MAUDITS

L'autrice

Originaire de l'Illinois, **Melissa Albert** a suivi des études de journalisme avant de travailler comme éditrice web pour Barnes & Nobles dont elle fonde le blog à destination des lecteurs adolescents. C'est d'ailleurs là qu'elle se lance dans l'écriture de son premier roman jeune adulte. Maman d'un petit garçon, elle vit aujourd'hui à New York, dans le quartier de Brooklyn.

MELISSA ALBERT

NOS CŒURS MAUDITS

Traduit de l'anglais (États-Unis)
par Antoine Pinchot

POCKET JEUNESSE
PKJ·

Directeur de collection
Xavier d'Almeida

Titre original :
Our Crooked Hearts
Publié pour la première fois en 2022
par Flat Iron Books, USA.

Loi n° 49-956 du 16 juillet 1949 sur les publications
destinées à la jeunesse : juin 2023

ISBN : 978-2-266-32835-7
Dépôt légal : juin 2023

À ma mère merveilleuse et son amour à toute épreuve.
Ce n'est pas toi qui hantes les pages de ce livre.
Si je t'invite un jour dans un roman,
je ferai de toi une héroïne.

« Tout cauchemar est sorcellerie. »

Elizabeth Willis, *The Witch*

PARTIE I

CHAPITRE PREMIER

Woodbine

Aujourd'hui

Nous roulions trop vite. Trop près des arbres. Sur le bas-côté de la route, je voyais l'herbe se coucher dans le faisceau des phares.

— Nate, ai-je soupiré, cramponnée à mon siège. *Nate.*

Un quart d'heure plus tôt, à la fête de fin d'année, alors que nous sautions comme des possédés en nous tenant par les épaules, l'évidence s'était imposée à moi. *Je devrais rompre avec lui. Maintenant.* Puis il avait pris mon visage entre ses mains et déclaré qu'il m'aimait. Sous le choc, j'avais été incapable de lui mentir.

Je l'avais suivi hors de la maison, j'avais traversé la pelouse dans son sillage jusqu'à la voiture puis je m'étais assise à ses côtés. Je n'avais cessé de répéter toutes les choses inutiles que l'on sert à ceux dont on a blessé l'ego, et qui s'imaginent qu'on leur a brisé le cœur.

Il avait brutalement passé la marche arrière, mordu sur le trottoir puis démarré pied au plancher. Un pâté de maisons plus loin, j'avais mesuré à quel point il était ivre.

Au premier feu rouge, alors qu'il manipulait maladroitement son téléphone, j'avais envisagé de descendre de la voiture et de l'abandonner à son triste sort, mais il avait aussitôt remis la gomme.

Le vieux CD de Bright Eyes a sauté lorsque Nate s'est engagé sur la route étroite qui serpentait au cœur de la réserve forestière. Les arbres défilaient, tout proches, beaucoup trop proches. J'ai fermé les yeux.

Nate a lâché un cri. Pas un mot, mais une brève syllabe exprimant la surprise. Au même instant, il a braqué le volant vers la droite. Pendant une fraction de seconde, avant que la voiture ne s'immobilise, je me suis trouvée en état d'apesanteur, comme si je dévalais en chute libre les rails d'un grand huit, puis j'ai été projetée en avant si violemment que ma bouche a heurté le tableau de bord. Lorsque j'ai passé la langue sur mes dents, j'ai reconnu le goût du sang.

— Bon Dieu ! ai-je grondé. Qu'est-ce que tu as foutu ?

Nate a coupé le moteur.

— Tu as vu ça ? a-t-il demandé en s'extrayant du véhicule. Il faut que j'aille jeter un coup d'œil.

Nous étions stationnés sur l'étroite bande de terre qui séparait la route de la forêt.

— Ici ? me suis-je étonnée. Tu es sérieux ?

— Tu n'es pas obligée de me suivre, a-t-il répondu en claquant la portière.

Le gobelet Taco Bell posé près du levier de vitesse contenait trois centimètres de glace fondue. Je m'en suis servie pour me rincer la bouche, j'ai passé les jambes à l'extérieur de la voiture et j'ai craché dans l'herbe. Ma lèvre me faisait un mal de chien. Une forte odeur de terre imprégnait l'air nocturne.

— Eh ! ai-je crié. Où est-ce que tu vas ?

Nate avait progressé de quelques mètres dans le sous-bois.

— Je crois qu'elle est partie par ici, a-t-il dit.

— Elle ? Qui ça, *elle* ?

— Comment tu as pu ne pas la voir ? Elle était plantée au beau milieu de la route…

Il a marqué une pause avant d'ajouter :

— … entièrement nue.

Je me suis accordé un moment pour considérer cette information. Quel concours de circonstances avait bien pu conduire une inconnue à se retrouver seule dans les bois, nue, à trois heures du matin ? À mon tour, je me suis enfoncée dans la forêt.

— Elle était blessée ? ai-je demandé.

— Chut. Regarde.

Nous nous sommes arrêtés au sommet d'une butte qui dominait la rivière au cours changeant, tantôt assez large pour pratiquer le kayak, tantôt juste assez profonde pour y tremper les pieds. À l'endroit où nous nous trouvions, sous la lune gibbeuse, l'eau montait à hauteur de la taille. Je le savais, puisque la fille que nous cherchions se trouvait là, agenouillée dans les flots, les omoplates à demi immergées.

Nate avait dit vrai. Elle était nue. Ses longs cheveux, dont les pointes flottaient comme des algues à la surface, étaient séparés en deux par le milieu. Je ne voyais pas distinctement son visage, mais sa peau était d'un blanc éclatant. Sur la rive, j'ai cherché en vain une paire de chaussures, un téléphone posé par précaution sur un T-shirt roulé en boule, un objet prouvant qu'elle appartenait à notre monde. On l'aurait crue tombée d'une étoile, jaillie d'une anfractuosité de la terre ou échappée d'un mauvais rêve.

Elle faisait courir ses mains sur sa peau, mais ses gestes n'avaient rien de sensuel. Elle palpait ses flancs, les pinçait, les giflait comme pour chasser une intolérable douleur. De sa gorge s'échappaient des sons gutturaux qu'aucun mot n'aurait pu décrire. Des sanglots, peut-être.

Nate, dont j'avais presque oublié la présence, m'a flanqué un coup de coude dans les côtes et a esquissé un sourire malveillant. Il a pianoté sur l'écran de son portable, sélectionné la fonction lampe de poche puis braqué le faisceau en direction de l'inconnue.

Alors, nous avons découvert son visage. Elle avait à peu près notre âge, peut-être quelques années de plus. Ses yeux étaient écarquillés. Aux commissures de ses lèvres, un sourire achevait de se faner. Les sons que nous avions entendus n'étaient pas des pleurs, mais des éclats de rire.

Je savais ce que Nate avait en tête. S'il humiliait la baigneuse en l'exposant à la lumière crue de son téléphone, c'était pour déverser la colère qu'il éprouvait à mon égard. Elle n'était qu'une victime collatérale, la seule à qui il pouvait s'en prendre pour apaiser sa soif de vengeance. J'aurais pu le planter là, mais j'imaginais la frayeur de la fille à l'instant où elle se retrouverait seule dans les bois en compagnie d'un garçon inconnu. Je m'apprêtais à lui demander si elle avait besoin d'aide, mais elle ne m'en a pas laissé le temps.

— Montrez-vous, a-t-elle dit.

Sa voix était grave, éraillée, teintée d'un accent indéfinissable.

— Montrez-vous, montrez-vous, qui que vous soyez, a-t-elle insisté sur un ton chantant, comme s'il s'agissait d'une comptine.

Elle s'est dressée devant nous, telle une Vénus sylvestre. L'eau trouble de la rivière ruisselait sur ses cheveux et sur son corps, formant des gouttelettes sur la toison abondante de son pubis. Elle s'est alors montrée plus menaçante.

— Je vous ai demandé de vous montrer, bande de salauds.

Elle était nue, elle était seule, elle ne pouvait même pas nous voir. Pourtant, c'est nous que la peur était en train de gagner. J'ai senti Nate tressaillir à mes côtés.

— Nom de Dieu, a-t-il murmuré.

La fille a posé un pied sur la berge. Elle était maigre et étroite d'épaules. À en juger par sa posture singulière, presque animale, elle n'avait pas conscience de sa nudité, pas même de son corps. Elle était semblable à un nouveau-né, ou à un oiseau tombé du nid.

Soudain, elle a levé les bras à la manière d'un chef d'orchestre. Nous sommes demeurés un instant pétrifiés, puis Nate a eu un rire nerveux. L'inconnue s'est accroupie, a palpé le sol boueux à l'aveuglette puis, s'étant redressée d'un bond, a fait un pas dans notre direction en brandissant un lourd bâton de bois.

Nate a lâché un juron et glissé son téléphone dans sa poche. La fille s'est figée. Désormais, nous étions à égalité. Elle pouvait nous voir dans la pénombre du sous-bois.

— Viens, Ivy, a soufflé Nate. On se tire.

— Ivy, a répété l'apparition.

Elle avait prononcé mon prénom sur un ton grave, dépourvu de la moindre chaleur.

— Qu'est-ce que tu attends, Ivy ? s'est écrié Nate avant de tourner les talons et de rebrousser chemin en toute hâte.

Je l'ai vu trébucher sur une motte de terre, puis l'ai entendu crier lorsqu'une branche lui a fouetté le visage.

Je me suis débarrassée de la vieille chemise enfilée au-dessus de mon débardeur, l'ai jetée en direction de la fille puis me suis élancée sur ses talons.

— Merci, Ivy, a-t-elle gloussé.

J'ai failli ne pas l'entendre, car j'avais déjà pris mes jambes à mon cou. Lorsque j'ai atteint la route, Nate, qui se trouvait déjà à bord de la voiture, tambourinait fébrilement sur le volant.

— Monte ! a-t-il ordonné.

Affolée et désorientée, j'ai obéi sans me faire prier. La musique s'est remise à brailler à l'instant où il a tourné la clé de contact. Aussitôt, dans un mouvement parfaitement synchronisé, nous avons tous deux tendu la main pour presser la touche « stop », puis avons précipitamment battu en retraite, comme si nous craignions de nous brûler au contact l'un de l'autre. Alors, nous nous sommes murés dans le silence.

Ce n'est que lorsque nous avons quitté la réserve que je me suis décidée à briser la glace.

— Elle a prononcé mon nom. Tu crois qu'elle me connaissait ?

Aurais-je pu oublier une créature au teint aussi irréel ? Nate a haussé les épaules.

— Qu'est-ce que j'en sais, moi ? a-t-il maugréé.

J'ai fait pivoter le rétroviseur intérieur pour inspecter mon reflet. Ma lèvre inférieure ressemblait à une grosse cerise éclatée.

Nous n'avons pas échangé un mot de plus avant que Nate ne se gare devant la maison de mes parents. J'ai essayé d'ouvrir la portière, mais il a passé un bras derrière mon dos et abaissé le loquet. J'ai tourné la tête pour lui faire face.

— Eh, qu'est-ce qui te prend ? ai-je protesté.

Il a allumé le plafonnier, examiné ma bouche et lâché un bref soupir.

— La vache. Tu t'es bien esquintée. Écoute, je suis vraiment désolé. Comment tu te sens ?

— Je suis en pleine forme, Nate. Maintenant, laisse-moi sortir.

Il a avalé sa salive avec difficulté.

— Qu'est-ce que tu vas dire à ta mère ?

J'ai considéré la cigarette coincée derrière son oreille, puis ses cils interminables qui amusaient tant les vieilles dames et leur faisaient s'exclamer : « Quel gâchis sur un garçon ! » Sans trop savoir pourquoi, j'ai éclaté de rire. Il s'est raidi.

— Qu'est-ce qu'il y a de drôle ? s'est-il indigné.

— C'est toi qui me fais marrer. Ma mère te fout la trouille, pas vrai ?

— Et alors ? Toi aussi, tu as peur d'elle.

Sentant le rouge me monter aux joues, j'ai détourné le regard. J'ai essayé de soulever le loquet, mais il a attrapé mon poignet pour m'en dissuader.

— Laisse-moi sortir, bordel ! ai-je crié.

À cet instant, on a frappé du poing sur la vitre côté conducteur. Nate a sursauté et ouvert de grands yeux apeurés. Il s'attendait sans doute à se retrouver nez à nez avec ma mère, mais ce n'était que mon voisin, Billy Paxton.

Billy habitait en face de chez moi, de l'autre côté de la rue, mais nous ne nous parlions pas beaucoup en raison d'un incident remontant à l'école primaire, un souvenir pénible qui avait encore le pouvoir de me glacer sur place et de m'arracher une grimace involontaire. Je l'avais aperçu, un peu plus tôt, à la fête de fin d'année, et j'avais feint de ne pas le voir.

Nate a abaissé la vitre et porté la main à son oreille pour s'assurer qu'il n'avait pas fait tomber sa cigarette.

— Un problème ? a-t-il grogné.

Billy l'a souverainement ignoré.

— Tout va bien, Ivy ? a-t-il demandé.

Je me suis penchée au-dessus du levier de vitesse pour l'observer.

— Ouais, ça va, ai-je répondu.

Il a posé un doigt sur sa bouche. J'ai remarqué une bande de peinture blanche sur son avant-bras.

— C'est lui qui t'a fait ça ?

— Attends, t'es sérieux, là ? s'est esclaffé Nate.

Soudain, j'ai senti les larmes me monter aux yeux. *Ce doit être à cause de la douleur*, me suis-je dit. *L'adrénaline qui retombe.*

— Non, ça n'a rien à voir avec lui, ai-je expliqué. On a fait une petite sortie de route, mais rien de grave.

Billy était si grand qu'il devait se plier en deux pour observer l'intérieur de la voiture.

— OK, a-t-il dit en pointant de l'index la terrasse couverte de sa maison. Je serai là, au cas où. Juste pour que tu saches.

Nate a attendu que Billy ait traversé la rue pour lancer sur un ton sarcastique :

— Merci de prendre soin de nous, cousin.

J'en ai profité pour soulever le loquet, pousser la portière et descendre de la voiture.

— C'est terminé entre nous, ai-je annoncé.

— Oh ! sans blague, a ironisé Nate avant d'appuyer sur l'accélérateur.

Je me suis attardée sur le trottoir. Ma lèvre douloureuse pulsait au rythme des battements de mon cœur, mais je me sentais légère comme une plume, presque euphorique. J'étais libre.

Billy s'est éclairci la gorge pour attirer mon attention. Assis sur sa terrasse, il ne me quittait pas des yeux. Un peu embarrassée, je lui ai adressé un signe de la main.

— Désolée, ai-je dit.

— Désolée de quoi ?

Il avait prononcé ces mots si doucement que je n'étais pas certaine qu'ils m'aient été adressés, mais quelque chose – la douleur entêtante, peut-être – m'a dicté de lui répondre.

— Que tu te sois senti obligé d'intervenir, ai-je répondu, plus sèchement que je n'en avais l'intention.

Billy s'est levé.

— Ça n'arrivera plus, a-t-il dit avant de s'éclipser.

Quelques instants plus tard, de la lumière est apparue à sa fenêtre. Les regrets et la mauvaise vodka me tordaient le ventre. Il était l'heure d'aller dormir. Oui, dormir avant que la nuit ne me réserve d'autres mauvaises surprises.

J'ai remonté l'allée menant à la maison de mes parents. J'ai glissé ma clé dans la serrure, l'ai fait tourner très lentement puis, retenant mon souffle, l'ai entrebâillée de façon à me glisser discrètement dans le vestibule. Lorsque j'ai découvert ma mère assise sur la deuxième marche de l'escalier, mon sang s'est glacé dans mes veines. J'ai baissé la tête et porté la main à ma bouche dans l'espoir de cacher ma blessure.

— Maman, ai-je dit d'une voix chevrotante. Tu n'arrivais pas à dormir ?

Elle a incliné la tête de façon à exposer son visage à la lumière qui filtrait par la fenêtre de l'entrée. Ses cheveux roux étaient détachés, ses yeux me transperçaient.

— J'ai fait un cauchemar, a-t-elle dit.

Puis elle s'est dressée d'un bond.

— Qu'est-ce qui t'est arrivé ? Tu as eu un accident ?

Ma lèvre palpitait comme un second cœur.

— Non, non. Tout va bien. Je veux dire… Ce n'était pas vraiment un accident.

Son regard intense a scruté mon visage.

— Dis-moi ce qui s'est passé. En détail.

— Nate a fait une embardée. La voiture a quitté la route.

— Et ensuite ?

J'ai pensé à la fille dans les bois, à sa peau aussi blanche que de la craie.

— Ensuite ? Il m'a raccompagnée.

— C'est tout ? Vraiment ?

J'ai hoché la tête sans grande conviction.

— Très bien, a-t-elle dit.

Alors que je croyais être tirée d'affaire, j'ai vu les coins de sa bouche se retrousser imperceptiblement.

— Mais Nate était ivre, n'est-ce pas ? a-t-elle ajouté d'un ton cassant qui trahissait sa colère.

Je me suis balancée nerveusement d'un pied sur l'autre en tâchant d'élaborer une réponse convenable.

— Euh…

Elle a hoché lentement la tête, l'air de dire : « Je le savais. »

— File dans ta chambre, a-t-elle grondé.

D'un pas raide, je suis passée devant elle sans lui adresser un regard, puis j'ai grimpé les marches deux à deux. Sans prendre la peine d'allumer la lampe de chevet, je me suis laissée tomber sur mon lit, la tête entre les oreillers, et j'ai fermé les yeux.

Lorsque je les ai rouverts, ma mère était penchée au-dessus de moi. De sa main gauche couturée de cicatrices, elle pressait une poche de glace sur ma bouche blessée.

— Ta tête a cogné très fort ? a-t-elle demandé avec son détachement habituel. Assez fort pour entraîner un traumatisme crânien ? Dis-moi la vérité.

Depuis quand ne s'était-elle pas inquiétée ainsi de mon sort ?

— Non, je vais bien, je t'assure, ai-je bredouillé.

Je n'avais pas les idées très claires. Je me trouvais dans le honteux purgatoire où vont s'échouer ceux qui sont encore dans les brumes de l'ivresse tout en souffrant déjà des effets de la gueule de bois.

— Je t'ai déjà expliqué qu'il n'y avait rien de grave. Nate n'a même pas une égratignure.

— Même pas une égratignure, a répété ma mère d'une voix vibrant de rage contenue. Alors que ma fille ressemble à un boxeur professionnel après un combat de douze rounds.

Soudain, une silhouette massive a masqué la lumière du couloir, puis mon père est apparu devant moi.

— Laisse-moi lui parler, Dana, a-t-il dit.

Tandis que je luttais pour garder les yeux ouverts, il a posé la main sur le bras de ma mère. Elle a aussitôt battu en retraite, hors de mon champ de vision.

— Nous ne cessons de te seriner de ne pas monter en voiture avec un conducteur alcoolisé ! s'est exclamé mon père. Qu'est-ce qui t'a pris, bon sang ?

— Je ne sais pas.

— Je suis fatigué d'entendre cette réponse, Ivy, a-t-il soupiré. As-tu conscience de ce qui aurait pu t'arriver ?

Comme hypnotisée, je ne quittais pas des yeux le ventilateur qui tournoyait au plafond.

— Je ne sais pas, ai-je répété. Un truc grave ?

Se sentant provoqué, il m'a servi une interminable leçon de morale, à l'issue de laquelle j'ai sombré dans un profond sommeil.

Quelques heures plus tard, à mon réveil, j'ai inauguré les vacances d'été par une gueule de bois carabinée assortie d'une lèvre en charpie. Mais surtout, il y avait ce mystère, qui occupait tout mon esprit. J'ignorais alors que quelques jours seulement s'écouleraient avant que je ne croise à nouveau la route de l'inconnue de la rivière.

CHAPITRE DEUX

Woodbine

Aujourd'hui

Je suis demeurée immobile quelques instants. J'ai cligné des paupières pour chasser les images qui m'embrumaient l'esprit. Je ne me souvenais jamais de mes rêves. On me répétait sans cesse que c'était impossible, pourtant c'était bel et bien le cas. D'un œil, j'ai consulté l'écran de mon téléphone avant de décrocher.

— Contente d'apprendre que tu n'es pas morte, a grincé Amina. Quinze SMS ne t'ont pas suffi ? J'aurais dû t'en envoyer le double.

— Par pitié, ne me crie pas dessus, ai-je gémi. La nuit a été longue.

Ma bouche me faisait un mal de chien, et le rêve continuait à me tourmenter. J'ai bu d'un trait le verre d'eau posé sur ma table de nuit, puis j'ai relaté à ma meilleure amie les événements de la veille. La fête, la rupture, la fille au milieu de la route, mon retour peu discret. La respiration d'Amina s'est faite plus lourde, signe que mon récit mettait ses nerfs à rude épreuve.

— Je vais le tuer ! s'est-elle écriée. Tu n'as pas vu ce qu'il buvait hier soir ? De *l'absinthe.*

Elle en rajoutait un peu dans le rôle de la petite fille modèle frappée d'épouvante. Elle avait toujours eu ce petit côté commère.

— En fait, a-t-elle ajouté, c'était probablement de la vodka additionnée d'un doigt de colorant vert. Mais il n'empêche. Tu es sûre que ça va ?

— Je te promets. Arrête de t'inquiéter, sérieux.

— Mouais. Bien sûr.

Il y avait dans ces mots un sous-entendu que je n'arrivais pas à déchiffrer.

— Quel est le problème ? ai-je demandé.

— C'est juste que… tu as le droit d'être en colère, d'accord ? J'estime même que tu devrais l'être. Il aurait pu te tuer.

— Oh ! j'ai la rage, tu peux me croire.

Était-ce vraiment le cas ? Je tâchais vainement de sonder mes sentiments, comme l'on cherche du bout du doigt la dent responsable d'un abcès.

— Heureuse de l'entendre, a soupiré Amina. Nate est un gros nul. Il ne mérite pas mieux. Mais le pire, dans cette histoire, c'est que tu es tombée sur ta mère en rentrant. J'imagine que tu as passé un sale quart d'heure.

— Je m'en suis plutôt bien tirée. Qu'est-ce que vous avez tous à avoir peur de ma mère, ces derniers temps ?

Amina a observé un long silence. Lorsqu'elle a repris la parole, son ton s'est fait plus grave, plus direct.

— Tu sais que tu peux venir chez moi en cas de nécessité, hein ? N'hésite pas.

À dire vrai, je passais déjà le plus clair de mon temps sous son toit. Longtemps, nous nous étions retrouvées soit chez elle, soit chez moi. Puis, deux ans plus tôt, elle avait commencé à me servir toutes sortes d'excuses pour ne plus dormir à la maison. Amina était accro à la routine : à ses soins de la peau en dix étapes, au thé spécial que préparait son père, aux deux oreillers qu'elle emportait chaque fois qu'elle découchait.

— Je sais, mais pourquoi dis-tu « en cas de nécessité » ?

— Cette fille qui a surgi brusquement… Tu as dit qu'elle était nue. Genre, *complètement* nue ?

— Ouais.

— En plein milieu de la route ?

— Il paraît. En fait, je ne l'ai pas vue. J'étais trop occupée à faire ma prière.

— Je vais le tuer, a-t-elle répété.

— Pour ça, il faudrait que tu le trouves avant mon père.

— Ou avant ta mère. Elle ferait n'importe quoi pour toi. Elle t'aiderait à cacher un cadavre, si tu le lui demandais.

— Tu parles. S'il y avait un corps à enterrer, ce serait plutôt l'une de ses victimes.

— Le bon côté des choses, c'est que ton voisin sexy est venu à ton secours.

— Amina… ai-je grogné. Ne te fais pas de films, OK ?

— Oh ! tu me connais. Ce n'est pas mon genre.

J'ai éclaté de rire.

— Bon. Il faut que je te laisse. Je vais essayer de me rendormir un peu. Je t'aime, ma grande.

— Moi aussi, je t'aime.

Avant même que j'aie reposé le téléphone, un SMS de Nate est apparu à l'écran.

Dans ma vie,
Pourquoi dois-je dépenser un temps précieux
Pour des gens qui se fichent que je sois mort ou vivant ?

Poésie Instagram ou paroles d'une chanson dépressive ? Quoi qu'il en soit, je n'allais pas lui donner satisfaction en effectuant une recherche sur Google. N'empêche, j'étais trop agacée pour retrouver le sommeil. J'ai ouvert la liste de mes contacts, remplacé son prénom par « NON ! », puis je me suis traînée jusqu'à la salle de bains. Alors que j'examinais ma lèvre, Hank est entré en se grattant machinalement le torse puis, ayant aperçu mon reflet dans le miroir, il est venu se planter à mes côtés.

— Eh, qu'est-ce qui t'est arrivé ? C'est pour ça que papa te gueulait dessus, cette nuit ?

Je lui ai lancé un regard noir.

— Drôle de façon de me demander comment je me porte.

— Je voulais te féliciter de l'avoir fait sortir de ses gonds, pour une fois. Je pensais que tu avais fait un truc marrant.

Il m'a observée en silence puis a souri.

— Tu sais à quoi tu ressembles ? À cet abruti de clébard, de l'autre côté de la rue, le jour où il a bouffé une abeille. Sa gueule avait l'air d'une pastèque, tu te souviens ?

Cette comparaison ne m'a pas arraché un sourire.

— Tu vas bien, sinon ? s'est-il ravisé. Sans blague, qu'est-ce que tu as foutu ?

Je l'ai repoussé d'un coup de coude.

— Ben j'ai dû bouffer une abeille. Je ne vois pas d'autre explication. Maintenant, arrête de m'asphyxier avec ton haleine de chacal, tu veux bien ?

Hank a soufflé dans mes cheveux puis il a quitté la salle de bains en gloussant.

Il était rentré à la maison une semaine plus tôt au terme de sa première année de fac, et je ne le supportais déjà plus. Il passait ses journées à dévaliser les placards et le frigo, et dès qu'on s'avisait de lui demander de ranger ses chaussures ou de faire la vaisselle, il rétorquait sur un ton plaintif qu'il était en vacances. Les parents n'auraient pas toléré un tel comportement chez moi.

— Ivy, tu es réveillée ? a lancé mon père du rez-de-chaussée. Tu peux descendre une minute ?

Vêtu de son affreux cycliste en Lycra, il dévorait un bol de muesli debout devant le plan de travail. Le sourire qu'il m'a adressé lorsque je suis entrée a vite disparu.

— Oh ! ma pauvre chérie, ta lèvre… Si je tenais ce petit con !

J'ai haussé les épaules. Exact, Nate était un petit con. Il passait son temps à corriger ma syntaxe. De temps à autre, il levait l'index pour interrompre la conversation, sortait un carnet de sa poche et gribouillait des notes sans se soucier de ma présence. « Désolé, disait-il en se fabriquant un vague sourire d'excuse. Il faut que je note cette idée de scénario. » Un jour, j'ai jeté un coup d'œil à l'une de ses « idées ». Ça donnait : « Une île magique où tous les hommes meurent sauf un. Objet d'obsession sexuelle/montée vers Dieu ? »

Mais au lycée, toutes les filles craquaient pour lui. Le jour où il m'avait proposé de sortir avec lui, j'avais accepté sans réfléchir, comme s'il s'agissait d'une évidence. Il se faisait toutes sortes d'idées à mon sujet. C'est ce qui arrive quand on ne parle pas beaucoup : les gens vous inventent une personnalité. À dire vrai, ça me convenait très bien, même si je ne l'aurais jamais admis, pas même devant Amina. Oui, j'aimais la fille que Nate voyait en moi. Grâce à lui, j'étais cool ou je feignais de l'être. Je me donnais un petit air distant, parce que je redoutais constamment de dire une bêtise

Mon père a glissé un mug de café entre mes mains.

— Je voudrais qu'on parle de la nuit dernière.

— J'ai fait une connerie, je sais, ai-je dit dans l'espoir d'écourter la conversation.

Mon père n'était pas sévère. Il voulait simplement que ses enfants se montrent responsables. Dans une situation comparable à la mienne, Hank s'enferrait dans ses mensonges. Moi, en revanche, je savais la jouer fine.

— J'ignorais que Nate avait bu. Il devait être le capitaine de soirée. Nous nous étions mis d'accord.

Mon père a hoché la tête.

— C'était une bonne idée, toutefois tu as eu tort de lui faire aveuglément confiance. Tu dois rester vigilante, Ivy. Personne ne le fera à ta place. Ce qui est arrivé la nuit dernière…

Il a secoué la tête avant d'ajouter :

— Ça ne te ressemble pas, ma chérie.

J'aurais pu accepter cette sentence et en rester là, mais ses paroles m'ont fait un effet étrange. Peut-être parce que je venais de penser à Nate, et à la façon dont il m'attribuait une personnalité qui m'était tout à fait étrangère.

— Ça ne me ressemble pas ? ai-je répété. Et à quoi je ressemble, selon toi ?

— Ce que je veux dire, c'est qu'on a toujours eu de la chance avec toi. Ah ! ça oui, une sacrée chance. On n'a jamais eu à s'inquiéter pour ta sécurité. Alors qu'avec ton frère…

Il s'est frappé le front puis il a grimacé d'une façon qui se voulait comique. Pour lui, l'indiscipline des garçons constituait un sujet de plaisanterie. Celle des filles, c'était autre chose.

— Ne sois pas naïf, Rob.

Mon père et moi avons sursauté. Ma mère se tenait dans l'encadrement de la porte menant à la cave. Ni lui ni moi ne l'avions entendue monter.

— En cherchant bien, Ivy pourrait inventer cent manières de te filer une crise cardiaque, a-t-elle poursuivi.

Ses cheveux étaient lâchés. Le blanc de son œil gauche était injecté de sang.

— Dana, a dit mon père en faisant un pas dans sa direction. Qu'est-ce que tu faisais à la cave ?

— Comment va ta lèvre, Ivy ? m'a-t-elle demandé sans lui prêter attention.

Le cachet d'ibuprofène que j'avais avalé n'avait pas encore fait effet. Je souffrais le martyre.

— Beaucoup mieux, ai-je menti.

Elle s'est approchée afin d'inspecter de plus près ma blessure. D'un peu trop près à mon goût. Sa peau exhalait un parfum bizarre, acide, assurément végétal.

— Tu ne sortiras pas de la maison jusqu'à nouvel ordre, a-t-elle annoncé.

— Hein ? Mais pourquoi ?

— Parce que tu es privée de sortie, a-t-elle expliqué avant de se tourner vers mon père.

Elle s'en remettait toujours à lui quand il s'agissait de faire respecter la discipline. On aurait dit qu'à ses yeux

Hank et moi n'étions que les figurines d'une maison de poupée, des jouets que seul son mari pouvait domestiquer.

— Ah ouais, privée de sortie ? ai-je lancé, le défiant du regard.

Il a marqué un temps d'hésitation.

— Si ta mère en a décidé ainsi…

— Mais… c'est le premier jour des vacances, et je n'ai rien fait !

— Si, Ivy. Tu es montée dans une voiture conduite par un garçon qui était sous l'emprise de l'alcool.

— Mais je ne savais pas qu'il avait bu !

— Eh bien, la prochaine fois, tu te montreras plus attentive, est intervenue ma mère, les lèvres pincées. Et, par pitié, dis-moi que tu as quitté ce bon à rien.

Les joues écarlates, je me suis sentie aussi furieuse que triomphante.

— Oui, rassure-toi, je l'ai plaqué.

— Ah, très bien, a-t-elle lâché avant de se diriger vers l'escalier menant à l'étage.

— Une seconde, a dit mon père en la retenant par l'épaule. Est-ce que tu as la migraine ?

Curieusement, il avait employé un ton accusateur. En observant ma mère, j'ai compris qu'il avait vu juste. Il y avait si longtemps que cela n'était pas arrivé que j'avais fini par oublier à quel point ces maux de tête affectaient son élocution et déclenchaient des tics autour de ses yeux.

— Tout va bien, a-t-elle dit. J'ai déjà appelé Fee.

Fee. Sa meilleure amie, presque une sœur, que je considérais comme ma tante. Chaque fois que la migraine frappait, tante Fee se présentait à la maison avec l'infect breuvage à l'odeur de vinaigre qui était leur unique remède.

— Ce n'est pas ce que je… a commencé mon père.

Il n'a pas achevé sa phrase et a effleuré d'un baiser la tempe de ma mère.

— Écoute, fais comme tu voudras. On en parlera plus tard. Je vais faire un tour à vélo.

J'ai attendu que la porte de la maison se referme derrière lui pour cuisiner ma mère.

— Il est en colère contre toi ?

— Mais non, ne t'inquiète donc pas pour ça, a-t-elle répondu sèchement. Bon, je te laisse. Il faut que je monte.

— Maman. Attends.

Elle avait piqué ma curiosité. Son accueil glacial au cours de la nuit, la punition qu'elle m'avait infligée, les mots qu'elle avait employés pour qualifier mon petit ami… Pour une raison que je ne saurais expliquer, tout cela m'avait donné envie de lui arracher davantage que le peu qu'elle voulait bien dévoiler.

— La nuit dernière, quand je suis rentrée… tu as dit que tu avais fait un cauchemar.

Pour toute réponse, elle a penché imperceptiblement la tête. J'ai pris une profonde inspiration.

— Est-ce que ce rêve me concernait ?

— Ivy, a-t-elle répondu d'une voix inhabituellement douce, je n'aurais pas dû t'en parler… Ce n'était qu'un cauchemar.

Je lui avais trouvé l'air un peu trop éveillé, la nuit passée. Nerveuse, sur le qui-vive, avant même qu'elle ne découvre ma blessure.

— Et qu'as-tu vu, dans ce rêve ?

Elle s'est pincé l'arête du nez. Ses paupières ont papilloté puis se sont closes.

— De l'eau noire. De l'eau vive. Et puis, une…

— Une quoi ?

Ma propre voix m'a soudain paru distante. Elle a rouvert les yeux.

— Non, rien, a-t-elle souri. Fee dirait sans doute que ce cauchemar annonçait un grand changement, mais c'est l'interprétation qu'elle me sert à tous les coups.

Je suis restée de marbre. Je revoyais l'inconnue de la forêt, accroupie dans les eaux d'encre de la rivière.

— Maman, ai-je murmuré, je…

— Pas maintenant, ma chérie. Vraiment. Il faut que j'aille me reposer.

En la regardant gravir les marches pour regagner sa chambre, j'ai songé, comme toujours, à ce que j'aurais bien pu dire ou faire pour la convaincre de demeurer à mes côtés.

CHAPITRE TROIS

Woodbine

Aujourd'hui

Bien qu'il ne fût pas encore onze heures, la chaleur était déjà étouffante. Les voitures et les boîtes aux lettres étincelaient sous le soleil. Je me suis assise sur le perron pour siroter mon café dans l'air chaud de juin. La voiture de Billy Paxton était toujours dans l'allée. S'il se décidait à sortir de chez lui, je m'étais promis de le remercier en bonne et due forme pour son intervention de la veille. Je ne voulais pas passer pour une ingrate.

Mon téléphone a vibré dans ma poche arrière. Un SMS d'Amina.

AAAAH ! Regarde le compte Insta de Nate IMMÉDIATEMENT !

— Oh ! non, ai-je soupiré.

Un autre message est aussitôt apparu à l'écran.

Pas de panique, tu n'es pas directement concernée. Dsl pour le coup de flip. Fais-moi signe quand tu l'auras vu.

Nate avait posté une photo une dizaine de minutes plus tôt. On y voyait son adorable tête à claques en gros plan, les lèvres entrouvertes et les yeux mi-clos. Au-dessus de son épaule, on apercevait l'enseigne du glacier Dairy Dream. Avec son filtre noir et blanc, la photo semblait tout droit sortie d'un film d'action.

Sa bouche était enflée, son menton taché de sang. Il avait un coquard au-dessus de l'œil gauche. La légende disait : « Vous devriez voir la gueule de l'autre mec. » Le premier commentaire, posté par Luke, son petit frère, contredisait cette version des faits : « Tu oublies de dire que "l'autre mec" était un fourgon postal garé sur le parking. »

Comme hypnotisée par le cliché, je l'ai contemplé, les dents serrées, jusqu'à ce que la mâchoire commence à me faire mal.

Alors, tu l'as vu ?

Ouais.

De la justice immanente.

Amina n'avait jamais pu encadrer Nate.

Qui peut être assez débile pour se manger un fourgon postal en stationnement ?

Je n'ai pas répondu. Le message suivant n'a pas traîné.

Je trouve ça trop marrant. Est-ce que ça fait de moi un monstre ? Dsl ! Je suis sûre que je ne rirais pas si fort s'il s'était tué dans l'accident. Et je jure sur ma vie que ce n'est pas moi qui ai garé ce fourgon.

Ha ha ha.

J'ai posé le téléphone puis touché ma lèvre du bout des doigts. J'éprouvais une drôle de sensation, comme si un insecte creusait des galeries dans mon ventre. Voir le karma de Nate se retourner contre lui de façon aussi brutale et implacable était très perturbant.

J'ai souri en entendant un son familier évoquant une paire de dés que l'on secoue dans un gobelet. Comme toujours, la camionnette de Fee s'annonçait avant même qu'on ne l'aperçoive. Elle seule était capable de piloter cette épave roulante datant d'avant ma naissance. Elle seule connaissait les cinq astuces qui permettaient de la faire fonctionner, dont l'une consistait à prier pour que le moteur démarre.

— Salut, Ivy, s'est-elle écriée en descendant du véhicule, un sac de toile portant l'inscription « Les femmes et les enfants d'abord » à l'épaule. Montre-moi cette lèvre.

Malgré les trente-deux degrés à l'ombre, elle n'avait rien changé à son look : rouge à lèvres sombre, bijoux en argent et épais cheveux de jais séparés en deux par une raie au milieu. Elle a pris mon visage entre ses mains et a plissé les yeux. Sa peau embaumait le vinaigre et le thé noir, ainsi que l'ambre dont elle se frottait les poignets.

— Eh bien, voyez-vous ça. Quelqu'un a décidé d'en finir avec la vie ?

— Qu'est-ce que tu racontes ? ai-je protesté en dégageant ma tête.

— Pas toi. Ton petit ami.

Elle a marqué une pause avant d'ajouter :

— Ou devrais-je dire ton ex ?

J'ai acquiescé.

— Félicitations ! Ta mère et moi avions déjà tiré à pile ou face pour désigner celle qui l'aiderait à rejoindre ses ancêtres.

— Ça te ferait plaisir si je te disais qu'il vient de crasher sa voiture contre un fourgon postal ?

Elle m'a lancé un regard perçant, puis s'est tournée vers la maison.

— Il n'est pas mort, j'espère ? Pas même estropié ?

— Non, il va bien. Il s'est juste un peu amoché la bouche. Exactement comme moi.

Fee a esquissé un sourire, mais une flamme étrange brûlait dans ses yeux.

— On finit toujours par récolter ce que l'on sème, a-t-elle déclaré.

J'ai désigné le sac de toile.

— Tu as apporté le remède de maman ?

Elle a hoché la tête, puis extrait de sa poche un petit récipient en fer-blanc dépourvu d'étiquette.

— Et de la pommade pour ta lèvre. À utiliser avec parcimonie.

— Merci, Fee, ai-je dit avant de la serrer brièvement dans mes bras.

Quelle que soit la composition de la pommade, je savais qu'elle serait efficace. Fee était la tête pensante et la cheville ouvrière de La Petite Boutique, un magasin new age fréquenté par des adeptes des médecines naturelles qu'elle et ma mère tenaient au centre-ville de Woodbine. Ses remèdes cent pour cent bio jouissaient d'une excellente réputation qui, à elle seule, permettait de faire tourner le commerce.

Nous sommes entrées dans la maison, puis je suis allée dans la salle de bains. La pommade empestait le bois pourri et la charogne. Je l'ai appliquée avec réticence sur ma lèvre avant de la ranger dans l'armoire à pharmacie. Avec un peu de chance, Hank la confondrait avec le baume à lèvres.

Sur le palier, j'ai entendu des voix derrière la porte de la chambre de mes parents. J'ai reconnu le rire rauque et sauvage de ma mère, celui que seule sa meilleure amie pouvait lui arracher. J'ai senti mon cœur se serrer. Si je n'avais pas autant aimé tante Fee, j'aurais été en droit d'être jalouse. Mon père partageait-il ce sentiment ?

De retour dans la cuisine, j'ai patienté en faisant semblant de lire un magazine. Lorsque Fee a réapparu, je l'ai posé sur mes genoux.

— Est-ce qu'elle t'a dit combien de temps j'allais rester coincée à la maison ?

Tante Fee a penché la tête.

— Tu lis *The Economist*, maintenant ?

— En effet, ai-je répondu, sur la défensive.

— Quelle que soit la durée de ta punition, tu l'auras bien méritée.

— Mais c'est les vacances d'été !

— Eh, je ne veux pas t'entendre chouiner, a-t-elle averti.

Depuis combien d'années ne l'avais-je pas entendue prononcer ces mots ? C'était l'une de ses phrases favorites, quand j'étais petite.

— Je vais te faire une proposition : si ta punition dure plus d'une semaine, je convaincrai ta mère de te laisser sortir pour une virée en ville avec moi.

— Plus d'une semaine ? me suis-je étranglée.

— On reparlera de tout ça quand tu auras des enfants et que l'un d'eux rentrera à la maison à quatre heures du matin avec la bouche en sang.

J'ai tourné une page du magazine.

— De quoi vous avez parlé ?

— De toi, essentiellement. Et de ton frère.

— Et qu'est-ce qui la rendait si joyeuse ? ai-je marmonné.

Tante Fee a serré les lèvres. Je savais que la situation lui déplaisait, mais elle était trop loyale envers ma mère pour le reconnaître.

— Pourquoi tu ne montes pas la voir ? a-t-elle suggéré. Quel était ce jeu que vous aviez inventé ? Une histoire de rimes… Elle se sent mieux, à présent. Ça pourrait la divertir.

— Un jeu ? me suis-je étonnée. Quel jeu ?

Elle s'est accordé un instant de réflexion.

— Bah, je ne sais plus trop. Je dois confondre avec quelqu'un d'autre.

— Avec qui ?

— N'oublie pas la pommade, Ivy, a-t-elle dit, ignorant délibérément ma question. Utilise-la avec parcimonie, je le répète. Mange des aliments contenant du fer. Tu es en carence, je le sens. Et évite les garçons qui ne te respectent pas.

Puis elle a déposé un baiser dans mes cheveux avant de s'en aller.

Le souvenir de la dernière migraine de ma mère m'est alors revenu en mémoire, comme réveillé par l'odeur de vinaigre qui flottait dans son sillage. Cela s'était produit deux ans plus tôt, au jour près. Je me rappelais parfaitement la date en raison de ce qui s'était passé la nuit précédente : le concours de talents du lycée. Tante Fee avait apporté le remède, cette espèce de thé au goût infect, et nous avions longuement parlé de ce qui était arrivé à Hattie Carter.

Hattie Carter. Le nom s'est formé dans mon esprit comme un corbeau se perchant sur un câble à haute tension. Je n'avais pas pensé à elle depuis une éternité.

Mon crâne s'est mis à bourdonner. Il y avait quelque chose en moi, une idée dont je brûlais de me saisir mais qui m'a frôlée à une vitesse fulgurante avant de disparaître dans une brume argentée.

Je me suis massé les tempes pour chasser la douleur et j'ai filé dans ma chambre, là où nulle odeur de vinaigre ne viendrait me tourmenter.

CHAPITRE QUATRE

Woodbine

Aujourd'hui

Je n'ai pas revu ma mère ce jour-là. Le lendemain, à mon réveil, elle avait déjà quitté la maison. J'en ai déduit qu'elle allait mieux. C'était le premier lundi de l'été. J'étais consignée à la maison, seule, sans espoir de retrouver mes amis.

À dix heures, vêtue d'un vieux bikini, j'ai entrepris de me décolorer les cheveux. J'avais acheté le produit quelques mois plus tôt et n'avait pas encore osé passer à l'acte.

De mon point de vue, c'était le truc à faire pour célébrer ma première rupture. De plus, Nate s'était souvent moqué de mes cheveux roux.

Cela dit, mon désir de changer de couleur datait de fort longtemps. Sans doute du jour où, pour la millième fois, quelqu'un s'était bruyamment extasié en constatant à quel point je ressemblais à ma mère.

Coiffée d'un bonnet de bain, je suis demeurée assise sur le rebord de la baignoire. Lorsque le cuir chevelu a commencé à me brûler et les émanations chimiques à me piquer les yeux, je me suis rincé la tête puis j'ai contemplé mon reflet dans le miroir. Même mouillés, mes cheveux étaient d'un blond platine éclatant. Par contraste, mes sourcils étaient deux traits de charbon, et ma lèvre convalescente celle d'un personnage de jeu vidéo. J'avais le nez droit et la mâchoire volontaire de ma mère mais, au moins, cette chevelure-là n'appartenait qu'à moi.

Le miroir était constitué de trois panneaux, dont deux mobiles, qui me permettaient d'examiner mon visage sous trois angles différents. Il me donnait un teint un rien verdâtre et des contours un peu flous. Je me suis penchée jusqu'à ce que mon nez frôle la surface froide du verre.

À cet instant, quelque chose a ondulé à gauche de mon champ de vision. Lorsque j'ai tourné la tête pour observer le phénomène, j'ai cru, l'espace d'un instant, me trouver face à une inconnue. Mon cœur a bondi dans ma poitrine, puis j'ai éclaté d'un rire nerveux. Ce n'était que moi, bien sûr, et la ressemblance n'était pas si flagrante. Pourtant, à l'évidence, je pensais toujours à la fille que Nate et moi avions découverte accroupie dans le lit de la rivière, nue et le regard inquiétant. Alors que je croyais l'avoir oubliée, elle était demeurée prudemment embusquée au fin fond de mon esprit, car c'était bien son visage livide encadré de cheveux presque blancs que j'avais cru apercevoir dans la glace.

Aux alentours de midi, j'ai reçu un selfie d'Amina armée d'une cuillère en plastique figurant la mascotte du glacier Dairy Dream, un personnage enfantin à l'air joyeux et à la langue saillante.

Je te présente ta remplaçante, Ivy la cuillère !

Tout au long de la journée, Richard, Emily et elle m'ont bombardée de photos où ils posaient en compagnie d'Ivy la cuillère chez Dairy Dream, au skate park ou en voiture. Au restaurant Denny's, l'instrument était présenté près d'une cafetière, un rappel douloureux du jour où j'avais été licenciée de cet établissement après seulement un mois de service pour m'être resservie lors du repas réservé au personnel. Le dernier cliché montrait un morceau de plastique informe dans la gueule de Claudius, le saint-bernard d'Emily.

RIP Ivy la cuillère.

J'ai répondu :

Il y avait un moment que ça lui pendait au nez.

Je suis sortie chercher le courrier. Espérant trouver dans la boîte aux lettres un magazine qui me distrairait de l'ennui et de la solitude, j'ai descendu l'allée sous le soleil de plomb tout en lisant un article sur mon téléphone. J'avais l'impression que mes cheveux, assoiffés, absorbaient la moindre particule d'humidité et relâchaient dans l'atmosphère d'irrespirables vapeurs d'ammoniaque.

À mi-chemin, j'ai failli marcher sur un lapin.

Il était étendu sur le béton dans une mare de sang. Ici, son corps, les pattes largement écartées. Là, à quelques dizaines de centimètres, sa tête.

Frappée d'horreur, j'ai fait un pas en arrière et fermé les yeux, mais chaque détail était déjà irrémédiablement imprimé dans ma rétine, de ses oreilles pointues, dignes d'un personnage de dessin animé, à la coupure nette à hauteur du cou.

La blessure était trop propre pour avoir été causée par un chien errant. L'un des enfants terribles du quartier, peut-être ? J'ai pensé à Vera, cette gamine de huit ans complètement obsédée par la mort dont j'avais été la baby-sitter une unique soirée avant de rendre mon tablier ; à Peter qui, malgré son visage d'ange, avait essayé de revendre la bague de fiançailles de sa mère au porte-à-porte. Le genre de morveux qui prenait plaisir à cramer les fourmis à l'aide d'une loupe.

Nate ? ai-je pensé, malgré moi. Mon sang est aussitôt entré en ébullition. J'ai posé la main sur mon ventre pour tâcher d'apaiser la douleur. Je me suis souvenue de la violence avec laquelle il m'avait repoussée dans les bois, de son visage blême et figé lorsque je lui avais ri au nez. En ces instants-là, au moins, il m'avait eu tout l'air d'un garçon capable de se venger. Mais avait-il pu faire une chose pareille ?

Impossible, ai-je tranché. Il était végan. Enfin, plus ou moins. En vérité, j'étais la mieux placée pour savoir qu'il s'offrait un hamburger à l'occasion, mais c'est ainsi qu'il aimait à se définir.

Certes, il y avait des rumeurs le concernant, d'une liste interminable d'ex-copines abandonnées le cœur en miettes. Ce cimetière sentimental m'avait rendue fière, autrefois, puisqu'il faisait de moi la seule survivante. Le simple fait d'y penser me faisait désormais grimacer de dégoût. L'une de ces filles s'était rasé la tête après leur rupture. Une autre avait porté le même hoodie noir pendant des semaines, les manches tirées jusqu'aux ongles. On racontait qu'elle avait gravé son prénom sur son poignet avec la pointe d'un compas. Sans doute un ragot sans fondement colporté par les mauvaises langues du lycée.

J'ai pris une photo du lapin. Il était moins effrayant, moins sanglant en deux dimensions, prisonnier du cadre formé par l'écran de mon téléphone. *Que ferait Amina à ma place ?* me suis-je demandé. J'ai décidé d'envoyer la photo à Nate.

Tu sais quelque chose à ce sujet ?

De retour dans la maison, j'envisageais d'appeler mon père pour lui parler de ma macabre trouvaille lorsque des messages de Nate sont arrivés en rafales :

Qu'est-ce que c'est que cette connerie ?
Pourquoi tu m'envoies cette photo dégueulasse ?
NON MAIS T'ES SÉRIEUSE ?
Va te faire foutre, Ivy.

Le sang m'est monté à la tête, exactement comme s'il se trouvait là, devant moi, me crachant ces mots au visage. Je cherchais vainement des réponses, plantée devant la fenêtre, lorsque j'ai vu la voiture de ma mère s'engager dans l'allée. L'une des roues a frôlé le cadavre du lapin.

Ma mère est descendue du véhicule. Elle portait une robe sac noire. Ses cheveux rassemblés en choucroute au sommet du crâne étaient plus rouges que jamais sous le soleil de plomb. Son regard était masqué par d'immenses lunettes à monture blanche, si bien que son expression était indéchiffrable.

Lorsqu'elle a aperçu le corps sans vie, elle s'est courbée en avant, la tête rentrée dans les épaules et les mains posées sur les genoux, comme si elle avait reçu un coup de poing à l'estomac.

Puis elle s'est redressée et a tourné la tête vers la maison à la façon d'un prédateur flairant une piste dans le vent.

Elle a remonté l'allée à une vitesse dont je ne l'aurais pas crue capable, puis elle a poussé la porte d'entrée. Lorsqu'elle m'a aperçue, elle a levé les mains. Ni sous l'effet de la surprise ni pour se protéger. Ses paumes étaient tournées dans ma direction, ses doigts recourbés à la manière d'un fauve prêt à lacérer sa proie. Ce comportement était si incompréhensible et si malveillant que j'ai senti un frisson glacé courir le long de ma colonne vertébrale.

— Ivy ! s'est-elle écriée en laissant retomber ses bras le long du corps. Tes cheveux !

J'ai passé machinalement la main dans mes mèches presque blanches.

— J'ai pensé que… a-t-elle haleté. Je… je ne t'avais pas reconnue.

— Je suis désolée, ai-je soupiré.

Ses yeux étaient étonnamment mobiles, comme incapables de se fixer. Elle a pressé deux doigts au creux de sa gorge.

— Tu es seule ?

— Ouais.

— Tu es restée ici toute la journée ?

— Évidemment. Je suis privée de sortie, non ?

Elle s'est approchée pour m'examiner de plus près. Ses yeux étaient d'un bleu irréel, tout comme ceux de Hank, qui avait eu la chance d'en hériter. Elle a passé une main dans ses cheveux.

— Où est passé ton roux naturel ?

J'ai haussé les épaules. Étais-je censée lui présenter des excuses ?

— Je n'aime pas ça du tout, a-t-elle déclaré d'une voix blanche. Ce blond est affreusement vulgaire. Entre ça et ta lèvre abîmée, tu pourrais jouer une fille morte dans *New York, unité spéciale.*

Je me suis mordu l'intérieur de la joue. Je ne pouvais pas lui cacher la douleur que me causaient ses critiques. L'espace d'une seconde, j'ai cru qu'elle allait me demander pardon.

— Bon, je monte, a-t-elle annoncé. Cette saleté de migraine ne veut pas me lâcher.

Ma mère est restée dans sa chambre jusqu'à l'heure du dîner.

La cuisine était plongée dans la pénombre. L'air maussade, elle picorait sans enthousiasme des bouchées de nourriture à emporter. J'ai considéré ses mains. La droite, pâle et immaculée, puis la gauche, couturée de cicatrices des phalanges au poignet. Ce soir, ces marques semblaient plus saillantes qu'à l'ordinaire. Soudain, une évidence m'a frappée : par quelle étrangeté ne m'avait-elle jamais dit ce qui avait causé ces blessures ?

Tout en dégustant ses gnocchis, mon père se creusait la tête à la rechecrhe d'un mot agréable pour qualifier mes cheveux. Hank, lui, ne quittait pas son téléphone des yeux. À en juger par son petit sourire satisfait, il échangeait des SMS avec un garçon, et sans doute pas avec son petit ami officiel. Le destin n'aurait jamais dû lui offrir les grands yeux bleus de ma mère et ces pommettes à la Cillian Murphy. C'était comme confier un pistolet laser à un gamin de quatre ans.

Soudain, ma mère a lâché un cri. Nous avons tous sursauté, même Hank. Elle a porté la main à sa bouche et craché quelque chose dans sa paume. Elle y a jeté un bref coup d'œil avant de serrer les doigts pour le soustraire à notre curiosité.

— Dana ? a demandé mon père.

Elle est restée muette. Son poing fermé reposait sur sa cuisse, son autre main agrippait fermement son verre d'eau.

— Mmmh ?

Elle a posé sa fourchette.

— Qu'est-ce que c'était ? Qu'est-ce qui vient de sortir de ta bouche ?

— Une queue de crevette, a répondu ma mère.

— Tu es sûre ? Ça m'avait pourtant tout l'air de... Tu ne te serais pas cassé une dent, par hasard ?

Elle a grimacé un sourire factice. Mon frère et moi avons échangé un regard entendu.

— Pour qui me prends-tu, Rob ? J'aurais perdu une dent et n'aurais rien remarqué ? C'était une queue de crevette, je te dis.

— Très bien, comme tu voudras.

Et notre repas s'est achevé dans un silence de cathédrale.

Ma mère mentait, à l'évidence. Je l'avais vu, moi aussi, ce corps étranger qu'elle avait si maladroitement tenté de nous cacher. C'était une petite chose dure et jaunâtre. Une dent, assurément, mais pas la sienne. Elle avait craché une incisive de lapin.

Il n'était même pas huit heures lorsque je me suis réfugiée dans ma chambre. Je me suis étendue sur mon lit pour lire un roman graphique que Richard m'avait prêté une semaine plus tôt, mais rien ne pouvait chasser ma mère de mon esprit. Je songeais à la façon dont elle m'avait regardée avant de me reconnaître. À ses gestes, à ses mains crochues dont le souvenir résonnait en moi comme une note discordante et familière. Au lapin mort, à ses yeux glacés semblables à des coquillages gris.

— Ivy ?

Ma mère a ouvert la porte sans que je l'y autorise et s'est plantée dans l'encadrement.

— Qu'est-ce que tu veux ?

— Savoir comment tu te sens. Fee m'a dit qu'elle t'avait donné un remède pour ta bouche.

La douleur ayant disparu, je n'avais pas pensé à ma blessure depuis des heures. J'ai posé un doigt sur ma lèvre et constaté qu'elle n'était presque plus enflée.

— Oui. Très efficace.

— C'est bien, a-t-elle dit avant d'avancer dans la pièce. Je voulais te dire… Tes cheveux… En fait, je trouve que ça te va très bien. Tu ressembles à une star de l'âge d'or d'Hollywood.

Que répondre ? Ce rétropédalage était un peu trop grossier. Elle a ramassé un T-shirt qui traînait sur le parquet, l'a plié puis l'a posé sur mon lit. Tout ça ne lui ressemblait pas. Elle ne s'occupait jamais de nos affaires et se moquait que nos chambres soient en désordre. En outre, elle n'était pas du genre à chercher de quoi s'occuper les mains pour apaiser sa nervosité.

— La nuit dernière… a-t-elle dit en lissant machinalement les plis du vêtement, tu m'as dit que Nate avait fait une sortie de route.

— C'est ça.

— Pour quelle raison ? A-t-il essayé d'éviter un obstacle ?

Je lui ai adressé un sourire malicieux.

— Oui. Il a failli écraser un lapin.

Elle n'a pas réagi à ma provocation.

J'ai posé le livre près de mon oreiller, me suis redressée et penchée pour lui tendre la main. Elle a froncé les sourcils, comme si elle redoutait un piège, avant de s'en saisir. Du pouce, j'ai effleuré le bourrelet formé par l'une de ses cicatrices et lui ai lancé un regard interrogateur. Aussitôt, elle s'est dérobée et a reculé d'un pas.

— Arrête ça immédiatement, a-t-elle grondé.

— Maman… ai-je murmuré.

Une heure plus tôt, elle avait extrait une dent de lapin de sa bouche. Nous l'avions tous vue faire, puis nous l'avions écoutée mentir sans se soucier de nous convaincre. Notre vie n'était qu'un interminable ballet de faux-semblants.

J'ai pris une profonde inspiration.

— Avec qui m'as-tu confondue, tout à l'heure, quand tu es rentrée à la maison ? ai-je demandé.

Son visage est demeuré impassible, mais les muscles de ses épaules se sont contractés.

— Je ne t'ai tout simplement pas reconnue, avec tes cheveux blancs et ta lèvre enflée.

Prise d'une soudaine témérité, j'ai levé les mains et courbé les doigts comme je l'avais vue faire lorsqu'elle avait déboulé dans la cuisine.

— Et ça, qu'est-ce que ça signifie ?

Sans crier gare, elle a fondu sur moi, pesant de tout son poids. Elle a serré mes doigts entre les siens puis m'a forcée à replier les bras le long du corps.

— Ne fais plus jamais ça, a-t-elle hurlé. Plus jamais, tu m'entends ?

Sa main droite sur ma main gauche, parfaitement manucurée. Sa main gauche sur ma main droite, zébrée de cicatrices dont elle n'avait jamais expliqué l'origine. C'était un secret que chacun pouvait contempler. Une plainte a jailli de ma gorge. Elle a battu en retraite.

— Ivy, a-t-elle chuchoté.

Des larmes brillaient dans ses yeux. Ses lèvres se sont mises à bouger en silence, comme si elle était incapable de prononcer les mots que je brûlais d'entendre. Sur son visage, les expressions défilaient comme les rouleaux d'une machine à sous. Puis elle a reculé, loin de moi, au fond d'elle-même.

— Bonne nuit, a-t-elle murmuré avant de fermer la porte derrière elle.

J'ai essayé de pleurer, sans succès. Quelques minutes plus tard, la maison était silencieuse. Hank était sorti retrouver un copain. Mes parents se trouvaient de l'autre côté du couloir. Ils dormaient, ou chacun regardait son émission, chacun de son côté du lit, chacun sur son iPad personnel. À minuit, je me sentais bien trop vide pour espérer trouver le sommeil.

Je suis descendue dans la cuisine, où j'ai mangé un reste de nouilles chinoises. J'ai fermé la porte du réfrigérateur d'un coup de pied puis, m'étant retournée, je me suis retrouvée face à la fenêtre.

Il y avait quelqu'un dehors, accroupi parmi les mauvaises herbes qui poussaient le long de la clôture. La silhouette a tripatouillé la terre durant quelques minutes avant de se redresser. Alors, j'ai reconnu ma mère. Elle s'est essuyé les mains sur son jean avant de marcher droit vers la maison.

Saisie d'effroi, je me suis ruée vers l'escalier menant à la cave et en ai poussé la porte sans oser la claquer. Immobile sur la première marche, par l'entrebâillement je l'ai vue avancer jusqu'à l'évier. Elle s'est lavé les mains, puis elle a bu coup sur coup deux grands verres d'eau. Enfin, à ma vive surprise, elle s'est effondrée sur le plan de travail, a posé la tête entre ses coudes et a lâché un cri étouffé qu'elle aurait dû être la seule à entendre.

Statufiée, je sentais sur ma nuque le souffle glacé de la cave. Sous l'effet de la peur, mes genoux se sont mis à trembler. Plusieurs minutes se sont écoulées avant qu'elle ne se redresse brusquement et quitte la cuisine, les traits figés et les yeux sans éclat. Je suis demeurée dans ma cachette tandis que ses pas résonnaient dans l'escalier et je n'en suis sortie que lorsque j'ai entendu claquer la porte de sa chambre.

Dans le jardin, l'air embaumait le romarin et les fleurs de pommier à cidre. J'ai attrapé la truelle posée près du tuyau d'arrosage, traversé le carré de menthe où des mouches grosses comme le pouce tourbillonnaient chaque fois que le ciel était couvert, puis j'ai gagné le coin reculé où j'avais vu ma mère s'affairer. Je me suis agenouillée et j'ai commencé à creuser.

La truelle a heurté une surface métallique quelques centimètres sous la surface. Poursuivant mon travail d'excavation, j'ai déterré un bocal avec un couvercle à vis enfoui à la verticale. Je l'ai placé à hauteur de mon visage pour étudier son contenu à la lumière pâle de la lune : trois centimètres de vase, de terre et d'herbes sèches ; quelques gouttes de sang coagulé sur la paroi de verre ; un éclat de miroir et un minuscule rouleau de papier.

Le cœur battant à tout rompre, j'ai remis le bocal en place, rebouché le trou et tassé la terre pour ne laisser aucune trace. J'ai regagné la maison en toute hâte et me suis précipitée dans la salle de bains pour prendre une douche.

Quelle explication aurais-je bien pu fournir si elle m'avait trouvée sur le palier, les ongles sales et les genoux souillés de terre ?

Je pouvais à peine respirer. J'avais la vue brouillée, la tête vide et légère, comme gonflée à l'hélium. Je n'étais pas troublée par ce que je venais de trouver dans le jardin, mais par le fait que je n'avais ressenti aucune frayeur. En toute logique, cette découverte aurait dû m'inspirer un profond malaise. C'était une chose insensée, macabre, terrifiante. Elle formait un accord sinistre avec le sentiment que j'avais éprouvé lorsque ma mère avait sorti les griffes, puis lorsque j'avais aperçu la dent de lapin dans la paume de sa main.

Ma vie était faite de silences, de questions qu'il était plus simple de ne pas poser, de mystères que je m'étais toujours refusé à sonder. C'était un lac gelé aux eaux d'un noir d'encre. Depuis toujours, j'avais laissé s'épaissir la glace qui le recouvrait. Or une chose hideuse glissait, là-dessous, menaçant de tout faire craquer.

« Tu es toujours tellement cool, m'avait dit Nate, un jour, sur un ton admiratif. On dirait que rien ne peut t'atteindre. »

Je me suis rappelé les paroles indulgentes de mon père : « Ce qui s'est passé la nuit dernière, ça ne te ressemble pas. »

Quant à ma mère, elle avait refusé que je la questionne. Elle m'avait plaquée sur mon lit, elle avait maintenu mes mains le long de mon corps, comme si j'étais l'une de ses poupées et que mon corps ne m'appartenait pas. Et moi, je m'étais laissé faire sans dire un mot, histoire de lui rendre les choses plus faciles.

Eh bien, tout cela était terminé, désormais. J'étais malade de ses secrets. Sous la douche, j'ai gardé les yeux grands ouverts. Je ne supportais plus de vivre dans l'obscurité.

CHAPITRE CINQ

Woodbine

Aujourd'hui

J'ai à peine connu ma mère. Je n'avais que deux ans quand elle est morte, et mon père n'était pas du genre à faire brûler des cierges en sa mémoire. Quand je lui posais des questions à son sujet, il se contentait d'ouvrir le tiroir de la cuisine où il conservait des photos et une mèche de cheveux roux.

C'est comme ça. On peut grandir avec une photo pour mère.

Ma meilleure amie a perdu la sienne encore plus tôt que moi. Celle qui l'avait portée neuf mois durant a quitté ce monde en lui donnant le jour. Sa mort l'a transfigurée en martyre aux yeux noirs, et l'appartement familial est devenu un sanctuaire où le père de Fee célébrait son souvenir.

On peut avoir une sainte pour mère. Un fantôme. Une ombre bienveillante qui, malgré son absence, continue à guider son enfant.

Il y a aussi, bien sûr, les mères bien vivantes, celles de tous les jours. Celle-ci, au parc, nourrit son enfant sur un banc.

L'espace qui les sépare est saturé de tendresse, si palpable que l'on pourrait le pétrir comme de la pâte à pain. Celle-là, dans le train, donne à boire à son enfant un biberon de Coca et lui flanque des claques pour un oui ou pour un non. J'ai toujours aimé observer les mauvaises mères.

À mes yeux, lorsque j'étais jeune, une mère était semblable à un ciseau à bois. Elle pouvait construire ou détruire. Je n'imaginais pas alors avoir un jour un enfant.

Il y a des choses qu'une fille devrait savoir au sujet de sa mère. Si seulement cette dernière trouvait le courage de lui parler. Si elle pouvait trouver les mots justes.

C'est la nuit. Je ne dors pas. Je me répète les phrases que je voudrais prononcer, si j'en avais le pouvoir. Ma fille, si loin de moi, de l'autre côté du couloir. Je ne peux que mesurer l'étendue du désastre.

Que pourrais-je bien lui dire ?

Par où commencerais-je ?

Lorsque j'avais cinq ans, un soir, mon père a perdu ses clés entre le bar et notre appartement. Il me tenait dans ses bras. Son haleine formait de petits nuages de vapeur où flottait une odeur de bière. Malgré le vent glacial qui soufflait du lac, il avait déboutonné sa veste de travail. Moi, je frissonnais dans mon coupe-vent arc-en-ciel. Une fois de plus, il semblait avoir oublié que les enfants grandissaient : chaque année, ce n'est qu'à la fin du mois de novembre qu'il me procurait un manteau d'hiver à ma taille.

Il m'a déposée au pied de l'immeuble puis a vainement cherché ses clés dans ses poches. Sa bonne humeur s'est aussitôt changée en une rage sourde. Tandis qu'il pressait avec instance le bouton de la sonnette du concierge, j'ai rebroussé chemin en direction du bar, obliqué vers un bouquet d'herbes folles au pied d'un arbre, puis sorti le trousseau du trou où il était tombé.

À l'âge de neuf ans, dans les toilettes de l'école, j'ai glissé les doigts dans le siphon d'un lavabo pour en extraire un bracelet à breloques dont j'ignorais jusqu'alors l'existence. Un chevalet, un sucre d'orge, un chausson de pointe. J'ai nommé chacun des pendentifs avant de jeter le bijou à la poubelle.

Quand j'avais douze ans, une agréable soirée d'été, je suis rentrée seule à la maison. Mon père était sorti, mais les clés de l'appartement étaient suspendues à une chaîne autour de mon cou, sous ma chemise. Dans le couloir du troisième étage, je me suis plantée devant la porte. Je n'ai rien entendu. Il n'y avait rien à entendre. Pourtant, j'ai tourné les talons, et j'ai couru me refugier chez Fee et oncle Nestor. De fait, c'est mon père qui, une heure plus tard, est tombé sur un homme à moitié nu armé d'un couteau de cuisine. C'est lui qui l'a neutralisé en lui brisant une bouteille sur la tête. Seule ombre au tableau, nous n'avons jamais pu faire disparaître les taches de sang sur la moquette.

Il existait des histoires semblables concernant ma mère, des anecdotes sur ce que mon père appelait ses « intuitions ». J'ai tâché de décrire ce phénomène à Fee, ma meilleure amie, la seule qui m'ait jamais interrogée. La vérité, c'est que je possédais tout simplement le don de *percevoir* les choses. Les objets, les lieux, leurs formes, la manière dont l'air s'y déplaçait. Imaginez un instant que vous êtes dans votre chambre, et qu'il vous suffise de fermer les yeux pour sentir la présence du journal intime glissé sous le matelas ; de la photo de votre petit copain punaisée sur le tableau de liège parmi les cartes postales et les articles découpés dans des magazines ; du coin du tapis où vous avez renversé un flacon de vernis à ongles, une maladresse qui vous a contrainte à déplacer votre lit de dix centimètres vers la droite pour dissimuler le désastre.

C'est ainsi que je percevais le monde. Ou, du moins, notre petit bout de monde. Fee et moi ne nous en étonnions pas. Nous ne trouvions même pas cela singulier, sans doute parce qu'elle possédait sa propre particularité : elle sentait ce dont les gens avaient besoin. Pas leurs désirs intimes, mais ce qu'exigeait leur corps. Elle venait fréquemment à moi avec un verre d'eau, une pomme ou un cachet d'aspirine. Elle harcelait constamment mon père pour le convaincre de manger au moins un légume de temps en temps.

Nous étions des amies qui grandissaient comme des sœurs dans la dizaine de rues qui constituaient notre univers. Deux maisons anciennes séparaient son immeuble du mien. Nos mères avaient elles aussi été meilleures amies avant de mourir à deux ans d'écart. Par superstition, nous étions convaincues qu'un sort identique nous était réservé.

Nos pères nous aimaient, sans toujours faire des miracles. Oncle Nestor était un homme bienveillant, mais il ne pouvait pas regarder sa fille sans revoir sa défunte femme. Mon père, lui, était d'humeur changeante. Il était pareil au robinet capricieux de notre salle de bains, qui dispensait de façon aléatoire eau brûlante ou glacée. J'étais tour à tour sa meilleure amie ou le plus lourd des fardeaux, sans que je puisse jamais prédire à quelle sauce je serais mangée.

À bien des égards, nous avons grandi rapidement, Fee et moi. Nous avons pris le train seules dès huit ans, aidé nos pères dans leur travail à dix. J'ai passé tellement de temps dans le bar familial que je ne me souviens même pas à quel âge j'ai bu mon premier verre.

Mais pour le reste, dans tous les domaines qui comptaient vraiment, nous demeurions des petites filles. Nous ne portions pas de vêtements à la mode, n'étions pas très populaires auprès de nos camarades de classe et n'avions pas d'amis. Très tôt, mon père m'avait expliqué crûment pourquoi je devrais me débattre, crier et m'enfuir à toutes jambes si un homme essayait de me faire monter dans sa voiture. J'avais tout répété à Fee, si bien que nous nous faisions une triste idée de ce que pouvaient bien être les relations entre un homme et une femme. Je me suis souvent demandé comment nos mères auraient formulé la chose si elles avaient pu se charger de notre éducation.

Voilà. C'est ainsi que nous avons grandi, jusqu'à nos quinze ans, et Dieu seul sait combien de temps cela aurait duré si nous n'avions pas croisé la route de Marion.

CHAPITRE SIX

Woodbine

Aujourd'hui

J'ai été réveillée aux premières lueurs de l'aube par la toux rauque de la camionnette de tante Fee stationnée au bout de l'allée. J'ai entendu les pas de ma mère dans l'escalier, puis le claquement discret de la porte d'entrée. Quand le silence s'est installé, ç'a été comme si la maison, soulagée par son absence, reprenait peu à peu son souffle.

Une heure plus tard, mon père a entamé sa routine matinale. Douche, radio locale, moulin à café. Un rayon de soleil s'est faufilé entre les rideaux pour se poser sur mes jambes. Lorsque la porte du garage a grincé sur ses gonds, je me suis glissée hors du lit.

J'ai jeté un coup d'œil dans la chambre de Hank. Son lit n'était pas défait, preuve qu'il avait découché. Par habitude, j'ai traversé le couloir sur la pointe des pieds et me suis introduite dans la chambre de mes parents. Depuis quand n'y étais-je pas entrée ? Aucune idée. À dire vrai, j'avais toutes les peines du monde à extraire de ma mémoire un souvenir lié à cet endroit.

Ah ! ça y est, je le tenais. Moi, beaucoup plus jeune, allongée entre mes parents, les yeux rivés sur une tache d'humidité au plafond. Les pieds entre les jambes tièdes de mon père. La tête posée sur l'épaule de ma mère. Étrangement, ce souvenir était presque douloureux.

Je me suis étendue sur le lit. Là-haut, au plafond, la tache d'humidité n'avait pas bougé. Le décor évoquait une chambre d'université accueillant deux étudiants n'ayant strictement rien en commun. Le coin de mon père était livré à un joyeux désordre : recueils de poèmes aux pages cornées, romans d'heroic fantasy épais comme des briques, une photo encadrée sur laquelle Hank et moi tirions une langue bleuie par les bonbons.

Le territoire de ma mère était nettement plus zen, avec une petite bibliothèque vitrée un brin branlante contenant des Mémoires et des biographies. Près de la table de nuit sur laquelle ne traînait aucun objet, une fougère étonnamment vivace venant du jardin de Fee s'épanouissait sous la fenêtre.

J'ai examiné les photos qui encadraient le lavabo de la salle de bains. Mes parents, incroyablement jeunes, le jour de leur mariage. Mon frère et moi, âgés respectivement de treize et onze ans. J'ai décroché un cliché de ma mère et de Fee pris au temps du lycée. Sur le papier gondolé, le flash soulignait d'une lumière crue les sourcils sévères de ma tante, les ongles rouge sang de ma mère, et la moitié de cœur que chacune d'elles portait en pendentif. Leur rouge à lèvres avait la couleur d'une pomme empoisonnée et leur eye-liner était bien trop pâteux. À en croire leur air peu engageant, elles se pensaient seules au monde. J'avais beau avoir le même âge qu'elles à l'époque, j'avais l'impression d'être une gamine qui jamais n'aurait pu se mêler à ce duo.

Lorsque j'ai remis la photo en place, un détail a attiré mon attention. J'ai essuyé le verre poussiéreux d'un revers de manche.

Leurs pendentifs, ce cœur brisé en deux dont chacune d'elles avait pris une moitié pour symboliser la force de leur amitié, étaient suspendus à des chaînettes de mauvaise qualité fondues dans le métal trop souple dont on fait les clés de journaux intimes.

À y regarder de plus près, il ne s'agissait pas de moitiés de cœur, mais de *tiers*. Ma mère arborait la partie droite, Fee celle du centre, présentant deux bords dentelés. Quelqu'un, quelque part, devait avoir la partie gauche.

Sans cesser de méditer ce mystère, j'ai poussé la porte du dressing. J'ai examiné les vêtements soigneusement empilés de ma mère, puis les facturettes et les prophéties trouvées dans des biscuits chinois qui s'entassaient dans le vide-poche. Au-dessus de l'interrupteur, j'ai remarqué quatre clichés de Photomaton identiques. On y voyait ma mère petite fille, une joue collée au visage de mon débauché de grand-père depuis longtemps disparu. Il portait des lunettes fumées et une chemise ouverte sur un torse affreusement velu. Elle arborait une frange épaisse et un sourire auquel manquaient deux incisives.

Que cherchais-je, au juste ? Un journal intime contenant les réponses à toutes les questions que je me posais ? Un autre bocal rempli de sang et de verre brisé ? Dans une boîte posée sur l'étagère du haut, j'ai découvert des certificats de naissance, des formulaires fiscaux et un acte de mariage. J'ai regardé les signatures en essayant d'imaginer mes parents – respectivement âgés de vingt et vingt-quatre ans –, et mon grand frère en train de rêver dans le ventre de ma mère, tous trois réunis devant l'officier d'état civil.

Il y avait de petits mystères çà et là, des objets intrigants. Un sachet à sandwich rempli de plumes dans un affreux sac à dos en Skaï. Elles étaient brunes, grises ou tachetées pour la plupart, mais certaines éclataient de couleurs presque fluorescentes. Un tube de rouge à lèvres dont le contenu avait été remplacé par une collection d'aiguilles et d'épingles.

Sous une boîte contenant une paire de chaussures à hauts talons, j'ai déniché un recueil de poèmes de Mary Oliver auquel un reçu servait de marque-page. C'est ainsi que j'ai su que, un quart de siècle plus tôt, ma mère s'était offert du fard à paupières Covergirl et un paquet de chewing-gums Bubblicious dans le magasin Walgreens de Halsted Avenue. Au dos, elle avait inscrit une adresse au stylo-bille bleu. Celle d'une amie ou d'un café, peut-être. Quelque chose qui, autrefois, avait dû avoir de l'importance, mais n'avait désormais plus aucun sens. Quoique, à la réflexion… Ce ticket avait été conservé avec soin, pressé comme une fleur entre les pages d'un livre. Par acquit de conscience, j'ai pris une photo de l'inscription avant de le replacer dans l'ouvrage.

De nombreux vêtements étaient suspendus à une tringle. Des vestes et des manteaux, essentiellement noirs, plus rarement bleu marine. Poussée par je ne sais quel instinct, j'ai déplacé les cintres à gauche et à droite afin de dévoiler le mur du fond.

En son centre se trouvait un coffre-fort de la taille d'une planche à découper.

Je suis restée figée quelques secondes, moins surprise par cette trouvaille que par le succès de ma manœuvre, puis je me suis ruée vers le bureau de mon père, à l'autre bout du couloir. J'ai retourné le clavier de l'ordinateur, libérant un nuage de miettes de bagel, et je me suis emparée du Post-it gribouillé de mots de passe qui y était collé.

De retour devant le coffre, j'ai étudié la liste. Il s'agissait pour l'essentiel de dates d'anniversaire, de numéros portés autrefois par mes parents dans des équipes sportives et de suites de lettres apparemment aléatoires. Ayant éliminé les mots de passe dont je connaissais l'existence, je me suis retrouvée avec cinq combinaisons inconnues.

Le coffre s'est ouvert à la quatrième tentative. La bouche sèche, les oreilles bourdonnantes en dépit du silence oppressant, je me suis penchée pour voir ce qu'il contenait.

L'objet qui se trouvait à l'intérieur, doré et richement ouvragé, avait la taille et la forme d'un livre de poche. De toute beauté, il était digne de figurer dans un musée.

Quand je l'ai soulevé, il m'a paru creux, mais je n'ai pas repéré de mécanisme d'ouverture. Je l'ai incliné d'un côté puis de l'autre, je l'ai secoué, éblouie de noter que ses côtés reflétaient la lumière à la façon d'un prisme. À quoi pouvait-il bien servir ?

J'ai collé mon oreille à sa surface, et n'ai rien entendu. Puis, prise d'une impulsion irrationnelle, j'y ai posé la langue. À cet instant, mais paumes se sont mises à vibrer. Le métal avait un goût électrique, *vivant*.

J'ai entendu ma mère murmurer à mon oreille. Ce phénomène n'était pas le fruit de mon imagination. Je l'entendais bel et bien prononcer à voix basse des syllabes dont je ne saisissais pas le sens. J'ai fermé les yeux, et revécu un souvenir d'une clarté et d'une précision si frappantes que j'ai eu l'impression d'être transportée dans le passé.

C'était la nuit. Un air froid soufflait du lac. Je voyais les étoiles, suspendues au-dessus de l'eau comme pour y contempler leur propre reflet. La vision était aussi précise qu'une toile fraîchement peinte. J'avais l'illusion qu'il m'aurait suffi de tendre les bras pour en mélanger les couleurs. Je ne pouvais pas tourner la tête pour regarder ma mère, mais je sentais sa présence à mes côtés.

Lorsque j'ai rouvert les yeux, j'étais assise sur le sol du dressing. Le phénomène provoqué par le contact de ma salive et du mystérieux objet s'était dissipé.

C'était un rêve, ai-je pensé, un peu étourdie. *Une vision provoquée par la nostalgie, l'anxiété et les soupçons.* Mais je n'étais guère convaincue. Quelque chose s'était manifesté en moi, un souvenir si profondément enfoui qu'il semblait ne pas m'appartenir.

De nouveau, j'ai posé la pointe de la langue sur la surface brillante. Rien ne s'est produit. À l'instant où je l'ai remis dans le coffre-fort, j'ai remarqué tout au fond de celui-ci un coffret en bois odorant, dont le couvercle était orné d'un blason et des mots « *flor fina* ». Lorsque je l'ai pris entre mes mains, son contact m'est apparu étrangement familier. Et pour cause. Cet objet m'appartenait. C'était la boîte à cigares dans laquelle, petite, je cachais mes trésors. Elle avait disparu depuis des années, et j'étais certaine de l'avoir perdue.

Je me trompais. On me l'avait prise. On l'avait enfermée dans un coffre-fort, dans le mur du dressing, dans cette chambre où je ne mettais jamais les pieds. Cette boîte était une partie de moi-même, et on me l'avait volée.

CHAPITRE SEPT

Chicago

Autrefois

Je ne me rappelle pas ce que j'étais en train de faire lorsque Marion est entrée dans ma vie. Probablement sortir des bâtonnets de poisson de la friteuse, confectionner des rouleaux de pièces de vingt-cinq cents ou arnaquer une vieille pie coiffée d'un chapeau de pluie qui m'avait grave énervée en payant son plat en petite monnaie. C'était à l'époque où nos pères tenaient un fast-food qui vendait du poisson frit, à quelques rues du lac Michigan.

J'attendais avec impatience la nouvelle employée à temps partiel chargée de me donner un coup de main. À cause de son dos bousillé, mon père n'était plus capable de travailler quatorze heures par jour, si bien que je devais le remplacer de plus en plus fréquemment. Petite princesse à son papa, pourrie gâtée dans ses bons jours, j'avais insisté pour qu'il trouve une aide qui nettoierait la hotte aspirante à ma place. Pourtant, à l'instant où Marion est entrée dans le restaurant, j'ai su que les choses ne se dérouleraient pas comme je l'avais imaginé.

Marion avait un an de plus que moi. Qu'est-ce qui me frappait en elle ? Ni ses innombrables boucles d'oreilles ni son blouson vert trop léger pour la saison. Elle avait quelque chose que je ne pouvais voir et qui pourtant m'attirait, tout comme ce trousseau de clés retrouvé dans l'herbe ou ce bracelet à breloques tombé dans le siphon. Je la percevais tout entière tandis qu'elle se tenait devant moi sur le linoléum usé, plus dense et plus réelle que tous les objets qui se trouvaient dans la salle.

Elle me regardait intensément, comme pour fixer chaque détail. J'avais hérité des cheveux roux de ma mère, mais pas de ses boucles. Les miens étaient fins et raides, difficiles à domestiquer. La chaleur étouffante qui régnait à proximité de la friteuse contrastant avec le vent glacial qui balayait les rues de Chicago, je portais un T-shirt à manches courtes. Des gouttes d'huile brûlantes avaient formé de petites taches de rousseur sur mes avant-bras.

— On ne s'est pas déjà rencontrées ? a-t-elle demandé.

— On s'est déjà vues, non ? ai-je dit.

Nous avions prononcé ces mots avec une parfaite simultanéité. Au lieu d'en rire, nous avons observé un silence pesant.

— Je m'appelle Marion, a-t-elle annoncé.

— Moi, c'est Dana.

— Dana.

Dans sa bouche, ces deux syllabes sonnaient mystérieusement, comme le nom d'un territoire non encore cartographié.

— Nous allons être amies, a-t-elle ajouté en me scrutant de ses yeux très pâles.

Comme toutes les filles aux cheveux roux, je rougissais facilement. Il n'était pas nécessaire que je sois en colère ou embarrassée. Il suffisait que je me sente un peu déstabilisée. J'ai haussé le menton et pensé à un plongeon dans un océan glacé.

— Oh, tu crois ? ai-je rétorqué sur un ton un peu sec.

— Non, j'en ai la certitude.

Sa voix, à la fois douce et impérieuse, était pleine d'une telle gravité que j'ai su d'emblée qu'elle était aussi inadaptée que moi.

Sans cesser de l'étudier, je lui ai indiqué l'endroit où suspendre sa veste et son sac. Plutôt trapue, les joues rougeaudes, sa queue de cheval fourrée sous une casquette, elle n'était pas jolie, mais son visage avait un je-ne-sais-quoi de magnétique. Elle a sorti un CD de la poche de sa veste. Sur la pochette en noir et blanc, une femme secouait ses cheveux mouillés qui formaient une demi-auréole au-dessus de son crâne.

— Ton père m'a dit que je pouvais écouter de la musique en bossant, a-t-elle dit. Où est le lecteur ?

Fee et moi partagions les goûts musicaux de nos pères : Cream, The Moody Blues, Led Zeppelin. J'aimais aussi la polka qui avait bercé l'enfance du mien, ces airs que l'on jouait dans les bals polonais où ses parents s'étaient rencontrés. Fee et moi avions souvent dansé pieds nus devant la platine au rythme de ces orchestres pendant que nos pères se soûlaient à la vodka ukrainienne en braillant à tue-tête.

La musique qu'écoutait Marion était à des années-lumière. C'était du punk rock nerveux, des explosions de décibels calibrées à deux minutes trente, des riffs saturés, des femmes qui hurlaient à la façon de Robert Plant, et des hymnes glam rock dont les accords scintillaient telles les facettes d'une boule disco.

Ce premier jour, nous avons cuisiné et servi les clients côte à côte sans échanger beaucoup de mots. Marion a mémorisé les gestes répétitifs propres à la restauration rapide. Moi, je me suis noyée dans sa musique.

À l'heure de la fermeture, j'ai trouvé Fee devant le restaurant. Assise sur le trottoir, les pieds dans le caniveau, elle patientait en jouant à Tetris. Lorsqu'elle a vu Marion, les traits de son visage se sont brièvement crispés.

— Tu as faim, a-t-elle dit.

Marion a joué avec la fermeture Éclair de son blouson. Le regard scrutateur de Fee intimidait toujours ses interlocuteurs.

— J'ai mangé après le service.

— Pas suffisamment, a insisté Fee.

Elle nous a conduites chez elle. Il y avait toujours un plat contenant une spécialité délicieuse dans son réfrigérateur. Ce soir-là, son père avait préparé un *picadillo*[1] cubain qui embaumait la menthe fraîche.

— Je n'aime pas trop la viande, a dit Marion avant de dévorer sa part avec appétit.

Puis elle nous a adressé son premier sourire, et son visage asymétrique s'en est trouvé transfiguré.

— Je n'arrive pas à croire que ton père ait cuisiné cette merveille. Le mien ne sait rien préparer hormis des cocktails. Quant à ma mère, elle est capable de mettre des cookies dans une assiette, mais ça ne va pas plus loin.

1. Hachis. *(N. d. T.).*

Une image de ses parents s'est formée dans mon esprit. Sa mère faisait du step en survêtement devant la télé en comptant ses points Weight Watchers. Son père laissait tomber un shot dans sa pinte de Guinness. Plus tard, je me sentirais idiote de les avoir imaginés de cette façon : je n'aurais pas pu me tromper davantage.

Pour l'heure, repues et bien au chaud, nous affichions un air béat. Marion a tendu à Fee un autre de ses CD, et nous nous sommes allongées sur le sol de sa chambre pour l'écouter à plein volume, sentant la musique vibrer à travers les lattes du parquet.

Voilà comment tout a commencé, avec de la musique et de la bouffe. Le reste est venu plus tard : la magie, et tout ce qui l'entretenait. Sans même en avoir conscience, nous couvions une colère sourde bien avant l'arrivée de Marion. Nous en voulions à nos pères, à nos mères parties trop tôt, à nous-mêmes qui, à quinze ans, menions une vie affreusement étriquée sans jamais rien entreprendre pour élargir notre horizon.

Marion a été celle qui a donné corps à notre rage.

CHAPITRE HUIT

Woodbine

Aujourd'hui

Je me suis assise sur mon lit pour passer en revue le contenu de ma boîte à cigares.

J'y ai retrouvé des objets familiers : une émeraude en strass, souvenir de ma vieille couronne de princesse en papier ; un talon du billet datant du jour où Fee m'avait emmenée – moi et moi seule – voir la comédie musicale *Hamilton* ; un médiator marbré offert par mon père ; un stylo à encre et une cartouche bleu cobalt.

Cependant, j'étais incapable de me rappeler l'endroit où j'avais ramassé ce galet noir plat et quasi circulaire percé d'un trou en son centre. Ou ce trèfle à quatre feuilles séché et pressé sous un morceau de Scotch. Oh ! une minute… J'y avais ajouté une cinquième feuille. Il y avait une section de branche d'arbre de l'épaisseur et de la largeur d'une pièce de un dollar, un morceau de bougie blanche, une mèche de cheveux roux maintenue par un élastique. Les miens ou ceux de ma mère ?

J'étais sur le point de tout remettre dans la boîte quand j'ai remarqué une feuille de papier pliée de façon à en recouvrir le fond. J'en ai reconnu le grain au premier contact. C'était une page de mon vieux carnet de dessin.

Un croquis plutôt réussi. Il représentait un garçon en jean, pieds nus, qui tenait une brassée de gardénias blancs semblables aux robes des danseuses de Degas. Il avait les yeux fermés, et un sourire rêveur éclairait son visage. Ses taches de rousseur formaient une jolie constellation.

Qu'est-ce qui m'avait poussée à prendre Billy Paxton pour modèle ? Pire, à conserver ce dessin ?

La date figurait en pattes de mouche dans le coin inférieur droit. J'avais réalisé ce dessin l'été qui avait précédé l'entrée en cinquième, quelques mois avant l'incident embarrassant à l'issue duquel Billy et moi nous étions parlé pour la première et dernière fois… jusqu'à la nuit de ma rupture avec Nate. Le visage serein qu'arborait son double de papier contrastait vivement avec le souvenir très précis que je gardais de cette discussion, de son regard fiévreux et vibrant de colère.

J'avais dû l'observer, de l'autre côté de la rue, avant de réaliser le dessin. Son image était restée prisonnière de mon esprit, et je l'avais exorcisée dans ce nuage de pétales immaculés.

J'ai reposé la feuille de papier, puis jeté un dernier regard aux objets. J'y ai cherché un indice indiquant pourquoi ce trésor m'avait été dérobé. En vain. Encore un nouveau mystère.

Pourquoi ? J'ai pris une douche, je me suis habillée, j'ai piqué des gaufrettes dans la boîte ornée de l'étiquette « Hank, ne pas ouvrir », sans cesser de me poser cette question :

Pourquoi mettre sous clé le coffret à trésors d'une petite fille ? J'ai continué à me creuser la cervelle, mais il ne me venait à l'esprit qu'une collection d'insultes destinées à ma mère.

Je devais la confronter aux faits sans tarder. Parce qu'à ce moment précis je sentais toujours ses doigts serrés autour des miens, lorsqu'elle m'avait plaquée contre le matelas. Parce que j'avais toujours sur la langue le picotement ressenti au contact de la boîte dorée. Une flamme s'était allumée dans mon esprit, que rien ni personne n'aurait pu éteindre.

J'ai enfourché mon vélo et me suis mise en route malgré la chaleur écrasante. J'ai coupé par les parkings des centres commerciaux et traversé les étendues poussiéreuses hérissées de carottes sauvages. Lorsque j'ai rejoint la route principale, les radios des voitures qui me frôlaient m'ont immergée dans un concert changeant de notes et de mots. Par défi, j'ai roulé sur le muret ceinturant les bassins de rétention en espérant que personne ne me jette au passage un objet qui aurait pu me déséquilibrer.

Ruisselante de sueur, j'ai atteint le centre-ville de Woodbine. Ces six pâtés de maisons rassemblaient des restaurants, des cafés, un cinéma comportant deux salles, ainsi que l'hilarant Le Bleu, un bar dont les clients jouaient aux citadins en consommant des cocktails servis avec des agitateurs phosphorescents.

Encadrée par deux confiseries haut de gamme, la boutique de ma mère était située au rez-de-chaussée, sous un studio de danse dont les élèves ne cessaient de malmener le plancher. Lorsque je me suis arrêtée devant la façade, quelques notes de musique classique se sont échappées des fenêtres entrouvertes.

La Petite Boutique était plongée dans la pénombre. J'ai tenté de pousser la porte, qui n'a pas bougé d'un pouce.

Sur le trottoir, la clarté était si vive qu'il était impossible de voir quoi que ce soit à l'intérieur. J'avais beau connaître les horaires par cœur, j'ai consulté le panneau affiché dans la vitrine. Le magasin aurait dû ouvrir à dix heures.

J'ai emprunté la ruelle pavée bordée de lanternes en fer forgé qui séparait le magasin du confiseur Vanilla Fudge. Je pouvais enfin me réjouir qu'on m'ait forcée à travailler à la confection des paquets durant les dernières fêtes de Noël : je possédais un double de la porte de service réservée aux employés.

J'ai trouvé l'arrière-boutique déserte.

— Il y a quelqu'un ? ai-je lancé. Maman ?

Mon appel est resté sans réponse. J'ai considéré les étagères où les marchandises étaient soigneusement alignées, le chariot à courrier où Fee rangeait les échantillons et les publicités auxquels elle n'accordait pas un regard – chocolat préparé une nuit de pleine lune, pierres aux prétendues vertus curatives, prospectus vantant les effets bénéfiques du miel pour la santé des enfants, magazines présentant en couverture des photos de femmes scandinaves portant des vêtements recyclés.

Fee et ma mère avaient baptisé leur commerce en référence à leur théorie des « bonnes petites choses » : tout ce qui s'y vendait apportait au client une légère amélioration, un ajustement qui rendait sa vie meilleure. D'ordinaire, les lieux embaumaient les herbes médicinales, le thé bio et le parfum de la bougie qui se consumait près de la caisse enregistreuse. Ce jour-là, une odeur âcre et déplaisante flottait dans l'air. Sur l'armoire de classement, j'ai trouvé un gobelet de café glacé perlé de gouttes d'eau. Il était encore froid. La paille était maculée de rouge à lèvres sombre, celui de Fee.

— Maman ? ai-je répété. Tante Fee ?

J'ai actionné tous les interrupteurs et franchi la porte menant à la boutique. Ici, tout n'était que clarté, du blanc des murs au gris délavé du bois flotté. Dans ce décor sobre, tous les produits étaient mis en valeur comme des œuvres d'art. Mon regard s'est posé sur une tache de couleur rouille devant le comptoir.

Du sang, ça ne faisait aucun doute. En trop grande quantité pour n'être la conséquence que d'un banal saignement de nez. Trop peu pour me convaincre de me mettre à la recherche d'un cadavre. Au centre de la tache, j'ai aperçu une touffe de cheveux. En m'approchant pour l'examiner de plus près, j'ai discerné des nuances de brun et de gris. J'avais fait fausse route. Il ne s'agissait pas de cheveux, mais de fourrure de lapin.

Ma tête s'est mise à bourdonner. J'ai tourné les talons, rejoint la remise et poussé la porte de service avant de tomber à genoux sur le pavé de la ruelle. Le souffle court, j'ai composé le numéro de ma mère et suis tombée sur sa messagerie. Rien d'étonnant à cela. Elle avait la sale habitude de laisser son téléphone dans la voiture, histoire que la batterie se décharge et que sa boîte vocale soit saturée de messages.

J'ai appelé tante Fee. Cette fois, au moins, j'ai entendu trois sonneries avant que la messagerie ne se déclenche. J'ai lâché un juron si long et si sonore qu'une employée du glacier voisin qui vapotait au bout de la ruelle s'est retournée et m'a fait une drôle de grimace. Je lui ai adressé un doigt d'honneur en retour et ai enfourché mon vélo. Je l'ai entendue rire aux éclats tandis que je m'éloignais.

Tante Fee vivait dans une petite maison au bout d'une rue composée d'habitations identiques conçues à l'usage de couples n'ayant pas plus d'un enfant. Sa voiture n'était ni dans l'allée ni dans le garage. J'ai pressé le bouton de la sonnette, sans succès.

Après avoir fait le tour de la propriété sans trouver de fenêtre ouverte, je me suis assise sur la première marche du perron. Quelques secondes plus tard, mon téléphone s'est mis à vibrer. Un SMS de Fee.

Désolée d'avoir raté ton appel. On se parle bientôt.

J'ai senti mon cœur se serrer.

Je suis allée à la boutique. Que se passe-t-il ?
Où êtes-vous ?

Dos à la maison vide, j'attendais sa réponse quand j'ai senti des fourmillements sur la nuque. Alarmée, j'ai battu en retraite jusqu'à la pelouse, puis j'ai fait volte-face pour surveiller la façade.

On a un problème à régler, mais tout va bien.
Je t'appelle bientôt.

J'ai lu et relu ces mots, encore et encore. J'ai longuement hésité avant de composer un second message.

Cela a-t-il quelque chose à voir avec le lapin ?

Cette fois, elle n'a pas répondu. Je suis restée sur la pelouse une minute de plus, à guetter sa réponse. En pure perte.

CHAPITRE NEUF

Chicago

Autrefois

Dès l'âge de quinze ans, j'ai maîtrisé à la perfection l'art de modifier ma personnalité en fonction de mon interlocuteur. En présence de mon père, j'étais capricieuse et insolente, une vraie petite princesse. Au lycée, j'endossais le rôle de la fille réservée. Avec Fee, je me contentais d'être moi-même. Pour le reste, dans la rue, dans le train, dans la vie courante, j'étais aussi blindée que du verre Securit.

Marion, elle, ne jouait pas la comédie : elle ne le voulait pas, ou ne le pouvait pas. Selon les jours, cette particularité m'impressionnait ou m'exaspérait. Fee et moi savions nous faire toutes petites ou extraverties, au gré des circonstances. Notre nouvelle amie refusait d'être une autre. Son caractère était entier et intense. Elle ne riait qu'à ses propres blagues. Elle rembarrait les clients malpolis à haute et intelligible voix, au lieu de marmonner dans sa barbe comme nous le faisions, et répliquait du tac au tac à ceux qui se permettaient de hausser le ton.

Son refus de tout compromis nous rendait plus audacieuses. Elle avait fini par nous convaincre de franchir les frontières de notre quartier pour nous aventurer en territoire inconnu. Lors des concerts auxquels il nous arrivait d'assister, nous nous glissions dans la foule, main dans la main, en prétendant rejoindre des amies installées au premier rang. Nous ne craignions pas de passer sous le viaduc à deux heures du matin, entre les sacs de couchage et les Caddies de supermarché des malheureux qui avaient établi là leur campement de fortune. Nous nous gavions de café et de gâteau dans des bars louches ouverts toute la nuit aux côtés d'ivrognes et de punks à chien qui faisaient tomber la cendre de leur cigarette dans leurs œufs au plat.

Marion a commencé à travailler au fast-food au milieu de l'hiver, quand les rues de la ville étaient couvertes de sel de déneigement. Une nuit, à la fin du mois de mars, au tout début du dégel, nous étions assises sur la plage, au bout de Farwell Avenue. Nos vêtements empestaient le poisson. Nous nous partagions une bouteille de Jeppson's Malört.

À cette heure tardive, les rives du lac n'étaient qu'un lieu de passage. Il faisait chaud pour la saison. Nous écoutions un CD de Yo La Tengo à bas volume sur la stéréo portable de Marion. Cette dernière était détendue, pour une fois, les coudes plantés dans le sable. La tête de Fee reposait sur mes cuisses. Je faisais et défaisais des tresses lâches dans ses cheveux noirs, machinalement, comme on égrène les perles d'un chapelet.

Deux hommes longeaient la plage, tout près de l'eau. L'un d'eux a tourné la tête dans notre direction puis a saisi le bras de son compagnon. Ils se sont alors dirigés vers nous.

J'ai secoué les genoux pour inciter Fee à se redresser. Nos visiteurs, deux cols blancs d'une trentaine d'années, arboraient un look « vendredi décontracté ». Ils avaient sorti les pans de leurs chemises à rayures de leurs pantalons à pinces. Celui qui nous avait repérées, grand et mince, me faisait penser à un furet. Ses cheveux blonds décolorés formaient une forêt de pics sculptés à grand renfort de gel effet béton. Son ami, plus petit, arborait une bedaine de quinquagénaire et avait le visage écarlate. Dieu sait comment il était parvenu à attraper un coup de soleil à cette époque de l'année.

Ils se sont plantés à quelques mètres de nous, dos au lac.

— Salut, les filles, a bredouillé Furet, clairement ivre.

Ses yeux étaient si rouges et larmoyants qu'on aurait pu soupçonner un cas aigu de conjonctivite.

— Bonsoir, messieurs, ai-je répondu. Avez-vous passé une bonne soirée à l'Admiral[1] ?

Coup-de-soleil a bêtement cligné des yeux.

— On n'était pas à l'Admiral, a-t-il protesté sans grande conviction.

— Elle se paie notre poire, a dit Furet, tout sourire.

Il avait ce vernis de fausse bonne humeur qui, en règle générale, dissimule le vide et la malveillance. Il a pointé un doigt sur chacune de nous, à tour de rôle.

— Laissez-moi deviner. Toi tu es la fille délurée, toi la rigolote, et toi l'emo déprimée. Je me trompe ?

— J'aime bien la musique emo, a dit Coup-de-soleil. Je faisais partie d'un groupe, au lycée.

Furet a passé un bras autour de son cou.

---

1. The Admiral at the Lake est une luxueuse résidence pour personnes âgées située à Chicago, face au lac Michigan. *(N. d. T.)*

— Vous entendez ça ? Alors, laquelle d'entre vous aimerait s'envoyer en l'air avec une rock star ?

— Mec, c'est des gamines, a marmonné Coup-de-soleil, visiblement embarrassé.

— On n'est pas intéressées, a dit Fee d'une voix blanche. Foutez le camp, maintenant.

Furet a aussitôt posé ses fesses sur le sable.

— *Foutez le camp* ? Mais t'es qui toi, au juste, pour nous parler sur ce ton ? Johnny Corleone ?

— *Vito* Corleone, a corrigé Coup-de-soleil. Allez viens, Matt. On se tire.

D'ordinaire, je n'avais aucune difficulté à tenir ce genre d'abrutis à distance. Il me suffisait d'ajouter une pincée de sucre à mon mépris. « Désolée, mais j'ai un copain », ce genre de trucs. Mais ma bouche était comme paralysée par l'absinthe, et le silence de Marion commençait à me taper sur les nerfs.

— Fais ce que te dit ton ami, Matt. Tu es grossier, et personne ici n'a envie de discuter avec toi.

À ces mots, les traits de Furet se sont affaissés. Je crois qu'il rêvait de me coller une baffe, mais il se retrouvait piégé dans le dilemme classique du mec faussement sympa : s'il était trop cool pour lever la main sur une fille, comment devait-il réagir lorsque cette dernière lui manquait de respect ?

Il s'est penché vers moi et a frotté fermement ses phalanges au sommet de mon crâne.

— Tu pourrais me parler plus gentiment, ma jolie.

Avant que je n'aie eu le temps de réagir, Fee s'est dressée d'un bond et l'a repoussé de toutes ses forces.

— Ne la touche pas, espèce de connard, a-t-elle craché. Même pas en rêve.

Puis Marion s'est levée, tremblante, les poings serrés. Ses lèvres bougeaient en silence. Elle était comme possédée. L'un de ses yeux était bizarrement tourné vers l'extérieur.

— Pauvre minable, a-t-elle haleté.

Furet a lâché un rire nerveux. À dire vrai, ce spectacle avait de quoi flanquer la frousse, et nous n'étions pas plus rassurées que lui.

— Qu'est-ce que tu as en tête, hein ? a-t-elle poursuivi d'une voix étranglée par la colère. À quels trucs dégueulasses est-ce que tu penses quand tu insistes lourdement auprès de filles trop jeunes pour toi qui t'ont clairement dit qu'elles ne voulaient pas voir ta sale gueule ?

Furet a grimacé un sourire.

— Tu veux qu'on parle de trucs dégueulasses ? C'est quand tu voudras, bébé.

Marion est restée immobile. Enfin, pas exactement. Il me semblait la voir vibrer, comme la flamme d'une lampe-tempête. Lorsqu'elle s'est enfin décidée à parler, sa voix était étonnamment grave. Elle formait un murmure cadencé et vibrant qui troublait le rythme de mon cœur.

— Que toutes ses pensées nous apparaissent.

Sa voix a peu à peu gagné en volume et en assurance.

— Que la matière noire dont elles sont pétries se mêle à l'air qui l'entoure. Qu'elles se retournent contre lui.

Furet et Coup-de-soleil ont échangé un regard interdit.

— C'est bon, je me tire, a dit le premier. Bande de tarées.

À l'instant où il se levait, un scarabée s'est posé sur sa joue. L'insecte avait la taille imposante d'une cigale, des ailes de dentelle rouge et une carapace noire. Furet l'a chassé d'un revers de main.

Un deuxième scarabée a atterri sur sa tempe. Cette fois, il l'a écrasé sans ménagement. Le corps de l'animal a éclaté avec un bruit sec. Ses viscères ont giclé sur son front.

— Qu'est-ce que c'est que cette merde ? a-t-il bredouillé en contemplant la paume souillée de sa main.

Un troisième insecte a jailli de la pénombre pour se poser sur sa mâchoire.

Puis un autre.

Et encore un autre.

Les vibrations de leurs ailes produisaient un son écœurant. Ils se posaient sur les joues de Furet, sur son cou, sur son torse exposé grâce à sa chemise largement déboutonnée. Il les chassait, encore et encore, la peau écarlate et ruisselante de sueur.

— Qu'est-ce que… qu'est-ce que tu…

Un scarabée s'est alors posé sur ses lèvres. Il a ouvert la bouche pour lâcher une plainte lorsqu'un nouvel essaim d'insectes a fondu sur lui.

— Non, a-t-il gémi. Non, non, non, non…

Cette fois, il s'est tu pour de bon, les lèvres fermement scellées pour empêcher le pire. Il est tombé à genoux, puis a enfoui son visage dans le sable en émettant des grognements désarticulés, submergé par le nombre d'insectes qui continuaient à l'attaquer.

Terrorisée, j'assistais à la scène à quelques pas de distance tandis que Fee donnait des coups de pied dans le sable en espérant faire fuir les insectes.

Marion étudiait sa victime sans bouger, la bouche entrouverte, le regard vide.

— À l'aide ! a crié Coup-de-soleil. À l'aide !

Près du rivage, un homme portant un sac à dos a ralenti le pas. En amont, sur la piste bétonnée, deux cyclistes ont mis pied à terre pour voir de quoi il retournait.

— Il faut qu'on se tire, a dit Fee d'une voix calme mais pleine d'autorité.

Puis, constatant que Marion restait figée, elle a ajouté :

— Maintenant ! *Mueve tu culo !*

Ces mots ont brutalement ramené Marion à la réalité. Les yeux écarquillés, elle a regardé l'homme qui se tordait à ses pieds comme si elle découvrait ce qui venait de se produire. Puis elle s'est mise à courir.

— Attendez ! a crié Coup-de-soleil en s'agenouillant, par prudence, à distance respectable de son ami. Revenez !

Mais c'était peine perdue. Nous détalions déjà à toutes jambes. Le visage baigné de larmes, je portais la stéréo de Marion. J'avais reçu un tel choc que mes genoux flageolants peinaient à me soutenir. Lorsque nous avons atteint les abords de la station de métro Morse, je me suis sentie incapable de faire un pas de plus.

— Stop, ai-je haleté. *Stop.*

Fee m'a prise dans ses bras pour me soutenir. Marion nous a tourné le dos, s'est pliée en deux puis a vomi dans l'herbe frites et Jeppson's Malört. Nous l'avons à son tour aidée à rester debout, lui caressant doucement le dos tandis qu'elle pleurait toutes les larmes de son corps.

— Qu'est-ce que tu as fait ? a murmuré Fee.

— Je ne sais pas, je ne sais pas, a sangloté Marion.

— Comment une chose pareille a-t-elle pu se produire ?

— S'il te plaît. Ne me pose pas de questions.

La pointe de ses chaussures était souillée de vomissures. Elle les a essuyées sans grand succès contre le trottoir.

Fee est restée muette jusqu'à ce qu'il lui soit à nouveau impossible de tenir sa langue.

— On pourrait le faire, nous aussi ?

Nous étions assises sur un muret, au bout du parking du supermarché Dominick's. Des emballages de nourriture à emporter volaient entre nos pieds. Entrée pour acheter de l'eau minérale, Fee était revenue les bras chargés de biscuits, de chips et de Doritos que nous avions aussitôt entrepris de dévorer. Ivres de saveurs artificielles, nous nous sommes mises à rire à gorge déployée, la bouche pleine de miettes et de sel, en nous rappelant le moment où Furet était tombé à genoux avant de se tortiller dans le sable.

— Oui, a enfin murmuré Marion. Si c'est ce que vous voulez. Nous pourrions le faire toutes les trois.

« Si c'est ce que vous voulez », avait-elle précisé. Voulions-nous vraiment nous montrer aussi féroces ? Jouir d'un pouvoir comparable ?

Oui, nous le voulions. Plus que tout au monde.

CHAPITRE DIX

Woodbine

Aujourd'hui

De retour à la maison, j'ai trouvé mon frère en train de se rouler un joint, assis devant la porte du garage. Il m'a regardée approcher en plissant les yeux.

— On dirait que ça va mieux, ta lèvre. Mais, dis-moi, tu n'étais pas censée être privée de sortie ?

J'ai laissé tomber mon vélo en travers de l'allée.

— Je m'en fous. Je ne mérite pas cette punition. Toi, tu fais dix fois pire, et tu t'en sors toujours comme une fleur.

— Exact, a dit Hank en haussant les épaules. Papa m'a raconté ce qui s'était passé avec ton copain, le roi des abrutis. Tu veux que j'intervienne ?

— Mon *ex*-copain, ai-je rectifié. Et, non merci, je me passerai de tes services.

— En tout cas, appelle-moi la prochaine fois que tu as besoin d'un chauffeur.

— Il faudrait encore que tu décroches quand on t'appelle.

Je me suis assise à ses côtés.

— Hank ?

— Oui, Ivy ?

— Je sais que tu n'en as pas envie, que tu n'en as jamais envie, mais il faut qu'on discute de maman.

Il a gardé les yeux rivés sur son joint.

— Non. Il ne faut pas. C'est même la dernière chose dont on devrait discuter.

— Je suis sérieuse, ai-je insisté. Il se passe un truc. Il y a longtemps que tu ne lui as pas parlé, pas vrai ?

— Parlé ? À maman ? J'adore ton sens de l'humour.

Ma mère et mon frère entretenaient des rapports pour le moins orageux. En temps normal, je prenais grand soin de ne jamais me mêler de leurs affaires.

— La nuit dernière, je l'ai vue enterrer quelque chose dans le jardin. Du coup, je suis allée jeter un œil.

— Et ?

— J'ai trouvé un bocal rempli de sang et d'éclats de miroir. Qu'est-ce que ça peut bien signifier ?

— C'était la pleine lune ?

— Je ne sais pas trop. Je ne crois pas. Pourquoi ?

— C'est typiquement le genre de conneries new age que font les femmes, autour de la quarantaine. Genre, pour assurer la prospérité de la famille. Sans doute un truc qu'elle a lu dans un bouquin.

L'hypothèse, quoique plausible, était loin d'être satisfaisante. J'ai sorti mon téléphone et sélectionné la photo du lapin mort.

— Possible, sauf que quelqu'un a laissé ça devant chez nous, l'autre jour. Mieux : je suis allée à la boutique, et je suis à peu près certaine que quelqu'un a massacré une autre de ces bestioles devant le comptoir.

Il a jeté un œil au cliché, puis a détourné vivement le regard.

— Faut être dingue pour prendre en photo un truc pareil ! Papa m'a mis au courant pour le lapin. Je l'ai vu nettoyer l'allée au jet d'eau. Je parie que c'est un coup de ce gamin psychopathe... Je ne me rappelle plus son nom. Tu sais, celui qui habite dans la maison bleue.

— Peter.

— C'est ça. Peter. Tu sais, si cette histoire te travaille à ce point, tu devrais en parler à tante Fee.

— Je lui ai envoyé un SMS. Elle doit me rappeler un peu plus tard.

— Bien. Elle t'expliquera de quoi il s'agit. Pour maman, laisse tomber. Elle ne te dira rien, comme d'habitude.

Devais-je lui parler du coffre ? J'ai hésité quelques instants, puis j'ai estimé qu'il valait mieux m'abstenir. Soit il insisterait pour l'ouvrir sur-le-champ, soit il en minimiserait l'existence. Dans un cas comme dans l'autre, je ne serais pas plus avancée.

Hank m'a tendu le joint qu'il venait de rouler.

— Ça te dit ?

— Non, je passe.

— Comme tu voudras.

Il l'a rangé dans une boîte de pastilles à la menthe, puis il a frotté ses cuisses constellées de brins de tabac. Redoutant qu'il ne se lève et ne mette fin à la conversation, j'ai lancé la première chose qui m'est passée par la tête, l'un des sujets qui me préoccupaient depuis quelques jours.

— Tu te souviens de Hattie Carter ?

— Comment pourrais-je oublier Hattie Carter ? s'est-il esclaffé.

— Tu savais que j'étais son souffre-douleur ?

— Ah bon ? Tu as eu ce genre d'ennuis, toi ?

— Je suppose que ça arrive à tout le monde un jour ou l'autre. À moins d'être soi-même un tyran, bien entendu.

Je parlais sur un ton léger, mais le fond de l'affaire était plutôt pénible. Le Cherry Coke versé dans mon casier, pénible. Les rumeurs affirmant que j'étais la pire des dévergondées, pénibles. Mes maux de ventre et mes terreurs du dimanche soir, pénibles. Le pire, c'était qu'elle m'avait choisie au hasard. Elle s'était mise à me pourrir la vie du jour au lendemain, sans raison particulière. Cet enfer avait duré jusqu'à ce que la prof de sport la surprenne en train de rédiger un SMS à l'intention de ses copines, accompagné d'une photo de moi en sous-vêtements prise dans le vestiaire du gymnase. L'histoire aurait pu faire l'objet de poursuites, mais la principale du collège avait préféré régler les choses en interne.

Un jour, elle nous avait convoquées en présence de nos parents dans son bureau. Elle nous avait servi un sermon très général sur la nécessité de mettre un terme aux rivalités au sein de l'établissement, de faire un usage éthique de nos téléphones portables et d'accepter nos différences. Bref, à ses yeux, j'étais aussi coupable que la petite ordure qui passait le plus clair de son temps à me torturer. Les yeux de ma mère avaient jeté des éclairs, et j'avais craint que la pauvre femme ne soit réduite en cendres.

Hattie m'avait remis une lettre d'excuses officielle rédigée au stylo à encre gel vert et rehaussée de petits autocollants pailletés représentant des chiots. La principale s'était réjouie de ce geste de bonne volonté, mais j'étais bien placée pour savoir qu'il s'agissait là de l'acte froidement réfléchi d'un monstre dépourvu de remords qui avait passé la moitié de l'année de troisième à m'aboyer dessus dans les couloirs.

Mon père avait couvé sa colère en silence, une main protectrice posée sur mon épaule. Celui de Hattie avait à peine quitté son portable des yeux. Quant à sa mère, elle ne s'était tout simplement pas présentée à la convocation. La mienne avait affiché un air très civilisé, mais j'avais remarqué ses ongles fermement plantés dans ses genoux, et le sourire étrange qui flottait sur ses lèvres. La réunion achevée, elle s'était levée, avait lissé les plis de sa jupe puis avait déclaré le plus calmement du monde que le discours de la principale n'était qu'une sombre mascarade, et qu'elle perdrait son travail dans l'année. Sur ces mots, elle m'avait prise par la main et m'avait entraînée à l'extérieur du bureau.

Elle ne s'était pas trompée. Deux mois plus tard, la principale avait été contrainte à la démission en raison de rumeurs concernant l'envoi de SMS inappropriés à l'un de ses élèves. Ma mère avait-elle eu un incroyable coup de chance ou avait-elle orchestré cette campagne de dénonciation ? Quoi qu'il en soit, si les choses ne s'étaient pas déroulées ainsi, elle n'aurait pas hésité à planquer de la drogue dans la voiture de celle dont elle avait juré la perte. On pouvait s'attendre à tout avec Dana Nowak.

La chute de Hattie était survenue plus tôt encore. Le concours de talents du collège avait eu lieu une nuit d'avril, une semaine après notre rencontre avec la principale. Ce soir-là, j'avais tenu mon rôle au sein de la chorale chargée de soutenir une élève de quatrième dans son interprétation laborieuse de *You Can't Always Get What You Want* des Rolling Stones. J'étais retournée m'asseoir dans le public, couverte de sueur dans mon aube de choriste en polyester, quand Hattie était montée sur scène.

Sa contribution au spectacle avait consisté en une version en play-back de *Bad Guy* de Billie Eilish. Elle était apparue les yeux cerclés d'eye-liner à paillettes bleu et les cheveux tartinés de gel effet mouillé. Moi qui connaissais sa véritable personnalité, la voir séduire l'assistance avec ce look fracassant m'avait donné envie de pleurer.

Malgré une prestation statique et dépourvue de grâce, ses amis avaient bruyamment manifesté leur enthousiasme. Puis, à la surprise générale, elle s'était figée en plein milieu de la scène. La bande-son avait continué comme si de rien n'était, mais ses lèvres avaient cessé de bouger. Elle avait posé les mains sur son ventre, et nous avions tous cru qu'elle était sur le point de vomir.

Enfin, elle avait galopé vers les coulisses, les yeux écarquillés par la panique, un regard que même son épais maquillage n'avait pu dissimuler. Dès lors, chacun avait pu sans peine deviner la nature de sa mésaventure. Dès le lendemain, au collège, tous les élèves sauraient que Hattie Carter avait été victime en public d'un sévère désordre digestif.

Lorsqu'elle avait quitté la scène, un malaise s'était installé dans la salle. Chacun s'était tortillé sur son siège et avait échangé des regards avec son voisin, puis des rires avaient commencé à fuser. Moi, j'avais tourné la tête vers ma mère. Je nous savais unies par la haine que nous portions à Hattie. J'étais convaincue qu'elle m'adresserait un clin d'œil ou chuchoterait : « Elle ne l'a pas volé ! » Mais elle avait continué à regarder droit devant elle, la tête haute, vers l'endroit précis de la scène où notre ennemie commune s'était trouvée quelques secondes plus tôt. Sur son visage, j'avais reconnu le sourire inquiétant qu'elle avait adressé à la principale lors de notre ultime rencontre.

J'avais repensé à tout cela, ces derniers jours. À Nate, qui s'était comme moi blessé à la lèvre le lendemain de notre sortie de route. Au sentiment qui me hantait depuis des années que ma mère n'était jamais aussi proche de ses enfants que lorsqu'on s'en prenait à eux. Ceux qui les tourmentaient devenaient ses ennemis, du petit ami négligent à la petite fille qui refusait de leur prêter ses poupées.

— Le truc qui est arrivé à Hattie au concours de talents… Maman venait d'apprendre comment elle me traitait. Et tu te souviens de Keene, l'entraîneur ?

Hank a affiché une moue dégoûtée.

— Ce salaud… Bien sûr que je m'en souviens.

— Il est tombé malade quelques jours après t'avoir dit… ce que tu sais. Et les médecins n'ont jamais pu diagnostiquer ce dont il souffrait.

J'ai regardé Hank droit dans les yeux. D'aussi près, la ressemblance avec ceux de ma mère était sidérante.

— Est-ce que tu penses… Est-ce que tu t'es déjà dit que maman…

— Ivy ! s'est-il exclamé en se frappant la cuisse. Il y a des moments où tu ferais mieux d'arrêter de réfléchir.

— *Arrêter de réfléchir* ? ai-je répété en lui flanquant une claque sur la tempe. Tu as peur que j'abîme ma fragile cervelle de fille ?

— Je dis juste que maman restera toujours *maman*. C'est comme ça, et tu ne peux rien y faire. Alors n'en fais pas toute une histoire, d'accord ? Elle t'a privée de sortie, alors respecte ta punition et passe à autre chose. Il ne faut pas t'inquiéter, d'accord ? Je t'assure que ça n'en vaut pas la peine.

De l'autre côté de la rue, un break s'est arrêté dans l'allée des Paxton. Billy, un garçon et deux filles du lycée en sont descendus. Je me suis demandé si l'une d'entre elles était sa petite amie. Hank m'a donné un léger coup de poing dans l'épaule.

— Tu te rinces l'œil, petite sœur ? Faut avouer que Paxton est devenu plutôt canon.

Je l'ai fusillé du regard.

— Non. Je regardais dans le vide !

— Mouais. En direction de *sa* maison, comme par hasard.

Après avoir invité ses amis à entrer, Billy s'est tourné dans notre direction. Je crois qu'il me regardait. J'ai pensé au dessin trouvé dans ma boîte à cigares et à son visage d'enfant criblé d'étoiles. J'ai baissé les yeux.

— La ferme. Il va finir par t'entendre.

— Oh ! J'ignorais que Paxton avait une ouïe de super-héros. C'est encore plus sexy que je ne le pensais.

Quand Billy est entré, Hank m'a lancé un regard oblique.

— Qu'est-ce qui s'est passé au juste, entre vous deux ?

J'ai basculé la tête en arrière et lâché un grognement.

— J'avais douze ans. Est-ce que j'étais censée savoir comment on envoie bouler un garçon en douceur, à cet âge-là ? J'étais super embarrassée !

Parce que c'était de cela qu'il s'agissait, cet incident survenu en cinquième dont le simple souvenir me faisait toujours honte au point que j'en avais des vertiges. Billy Paxton, un élève de sixième parmi d'autres, le petit voisin de la maison d'en face, était venu me trouver deux semaines après la rentrée. « Ivy, avait-il dit, pâle comme un linge, l'air déterminé d'un condamné à mort devant le peloton d'exécution, tu veux être ma copine ? »

Je n'en avais pas cru mes oreilles. Nous étions restés plantés là comme deux idiots, à rougir jusqu'à la racine des cheveux, tandis que des élèves s'agglutinaient autour de nous pour ne rien manquer du drame qui se nouait. « Non merci », avais-je fini par lâcher d'une voix de robot avant de tourner les talons et de courir me réfugier dans les toilettes. Depuis lors, nous n'avions pas échangé un mot, jusqu'à la nuit de ma rupture avec Nate.

Hank a cligné des yeux.

— Ce pauvre Billy. Ce jour-là, il est tombé sur un vrai bloc de glace.

J'étais sur le point de me lancer dans un plaidoyer quand son téléphone a vibré pour la dixième fois depuis que je m'étais assise à ses côtés. Levant les yeux au ciel, il a sorti l'appareil de sa poche et a fait défiler un nombre incalculable de SMS envoyés par son petit ami de l'université. Il avait la désagréable habitude de ne répondre ni aux appels ni aux messages, j'étais bien placée pour le savoir.

— Laisse-moi seul, maintenant. Je dois trouver une façon décente de rompre avec Jared.

J'ai penché la tête pour lire le dernier message de Jared affiché à l'écran.

Tu te comportes de façon bizarre, ou c'est moi qui suis parano ?

— Oh ! je comprends, ai-je souri. Il faut faire preuve de tact quand on largue quelqu'un par SMS. Sinon, j'en connais qui pourraient trouver cette méthode franchement lâche et dégueulasse.

— C'est clair, a-t-il répliqué sans quitter des yeux son téléphone.

L'ironie de ma remarque lui avait-elle échappé ou l'ignorait-il délibérément afin de se débarrasser de moi ? Lorsque je me suis levée, il m'a saisi la cheville.

— Ivy, si j'étais toi, je ne me mettrais pas en travers du chemin de maman. Laisse-la faire ce qui lui chante. On sera bientôt partis d'ici, tous les deux.

Son téléphone s'est mis à sonner.

— Merde ! Il m'appelle, maintenant ! s'est-il exclamé en me faisant signe de m'éloigner.

Je suis entrée dans la maison et me suis aspergé le visage au robinet de la cuisine. Après avoir passé la matinée à jouer les détectives, je n'avais réussi qu'à multiplier questions et motifs d'anxiété. La mise en garde de Hank, le sang sur le sol de La Petite Boutique, Nate le salaud, Hattie Carter, le contenu mystérieux du coffre-fort, le silence de tante Fee, tout se bousculait dans mon esprit.

Puis je me suis rappelé l'adresse que j'avais découverte sur le vieux ticket de caisse. Dans ma chambre, j'ai effectué une recherche sur Google, et suis tombée sur une boutique proposant des fleurs et des livres, dans le quartier universitaire, au nord de la ville. J'ai composé le numéro de téléphone.

— Prose et roses, que puis-je faire pour vous ? a demandé une femme à l'autre bout du fil.

— Bonjour, je m'appelle… euh, pardonnez-moi mais… Pourriez-vous me dire en quelle année a ouvert votre boutique ?

Mon interlocutrice s'est accordé un instant de réflexion avant de répondre :

— Cela fera huit ans cet automne.

— Et savez-vous ce qu'il y avait auparavant, à votre adresse ?

— Un magasin de vinyles. Ça s'appelait Dr Wax, si je me rappelle bien.

— Ce magasin était-il ouvert il y a vingt-cinq ans ?

— Je ne sais pas trop… Vous pouvez patienter une seconde ?

Je l'ai entendue s'adresser d'une voix étouffée à une personne qui se trouvait à ses côtés.

— Vous êtes toujours en ligne ? a-t-elle demandé au bout de quelques minutes.

— Oui, je suis là.

— Le magasin de disques était voisin de notre boutique, qui est restée inoccupée un long moment. Mais il y a une vingtaine d'années, c'était un endroit baptisé L'Entre Deux Mondes.

J'ai pressé le téléphone contre mon oreille.

— Vous pouvez répéter ?

— L'Entre Deux Mondes. Vous savez, je n'ai pas grandi dans le quartier. Je ferais mieux de vous passer la propriétaire.

J'ai entendu des bruits confus, puis une autre voix, moins chaleureuse, plus âgée.

— Vous vous intéressez à l'histoire de la boutique ?

— Oui. Disons que… oui.

— Puis-je vous demander pour quelle raison ?

Je n'avais pas de mensonge tout prêt à lui servir, alors j'ai dit la vérité.

— Je crois que ma mère fréquentait un magasin situé à votre adresse quand elle avait mon âge.

Il y a eu un bref silence, puis la voix de mon interlocutrice a pris une note plus sombre, plus complexe.

— Alors votre mère était l'une des filles de Sharon.

Silence absolu. Pas un son à l'autre bout du fil ni dans la maison. C'est à peine si on entendait le vent battre contre la moustiquaire de ma fenêtre.

— C'est ça, ai-je hasardé. Justement, j'essaie d'entrer en contact avec Sharon.

Je m'attendais à ce que la propriétaire m'annonce que Sharon était morte, ou qu'elle venait de sortir ce prénom de nulle part dans le but de me piéger.

— Donnez-moi votre nom et votre numéro de téléphone. Je ne garantis rien, mais je vais tâcher de me renseigner.

Je lui ai fourni les informations qu'elle demandait, et j'y ai ajouté le nom de ma mère, au cas où. Après avoir raccroché, je me suis affalée sur mon lit, les yeux tournés vers le plafond, et j'ai laissé mes pensées s'envoler, comme des feuilles mortes chahutées par le vent.

CHAPITRE ONZE

Chicago

Autrefois

Deux jours après l'incident de la plage, nous avons pris le bus, direction le nord de la ville.

C'était la première fois que nous nous rendions chez Marion. Je n'en avais jamais discuté avec Fee, mais j'étais persuadée que notre nouvelle amie se trouvait dans une situation semblable à la nôtre. Je n'allais pas jusqu'à imaginer que sa famille survivait grâce à des bons alimentaires ou passait son temps à déménager au gré des expulsions locatives, mais je la croyais aussi fauchée que nous. Tout le laissait deviner : ses fringues dénichées dans des friperies ; les bagues qu'elle dessinait sur ses doigts et le trait de stylo-bille dont elle soulignait ses yeux faute d'eye-liner ; le maigre salaire qu'elle recevait en servant du poisson frit à des ouvriers en bâtiment et aux habitués grincheux du voisinage. Jamais je n'aurais pensé qu'elle roulait sur l'or.

C'était l'un de ces après-midi traîtres de début de printemps, où l'on continue à frissonner alors que tout resplendit comme en plein cœur de l'été. Après une demi-heure de trajet, nous sommes descendues du bus et avons atterri en plein pays d'Oz. Chaque pelouse était admirablement tenue, chaque visage rose, joufflu et satisfait. Des rais de soleil perçaient les nuages, formant sur les trottoirs de grandes bandes d'or, comme si, en ces lieux, la lumière elle-même était hors de prix.

Tandis que nous suivions Marion dans les rues tranquilles du quartier universitaire, je regardais les talons de ses Converse manger les ourlets effilochés de son jean. La chaussée était encadrée de maisons perchées sur des buttes gazonnées, semblables à des navires en équilibre sur la crête de hautes vagues. Lorsqu'elle s'est engagée dans un sentier pavé de tuiles menant à une vaste maison d'architecte, Fee et moi avons échangé un regard stupéfait.

Marion nous a offert une visite guidée de la demeure peuplée d'une foule d'objets qui n'avaient d'autre fonction que de l'embellir. Dans le réfrigérateur, en lieu et place de la nourriture à emporter périmée et de la bière bon marché auxquelles j'étais habituée, étaient alignées des carafes de jus d'orange frais et des bocaux de houmous. Marion avait avoué une tendance à la kleptomanie, mais en ces circonstances, c'est moi qui avais des fourmis au bout des doigts. J'ai fauché une ancienne pièce de cinq cents dans un cendrier et un petit recueil de poésie posé sur l'accoudoir d'une chaise à bascule. Le visage inexpressif, Fee m'a regardée faire sans dire un mot.

Cette maison était un véritable confessionnal. Tous les péchés de Marion y étaient exposés, du piano à queue du salon au shampooing de marque dans sa salle de bains en passant par son lit à baldaquin fleuri. Sur la table de nuit trônait une photo où une Marion plus jeune posait tout sourire, les lèvres peintes au gloss, dans une tenue de danse en satin jaune. Posés sur le cadre, mes ongles au vernis noir écaillé étaient un outrage à cette image.

À l'issue de la visite, alors que j'avais contemplé toutes ces merveilles dans le plus grand silence, j'ai éclaté d'un rire incontrôlable. Tout s'y mêlait : ma jalousie, la trahison dont il me semblait être victime, le mépris que m'inspiraient ces richesses. Fee s'est emparée d'une licorne en verre soufflé figée à mi-galop.

— Pourquoi as-tu besoin de trucs pareils ? a-t-elle demandé sur un ton inhabituellement hostile.

Le sous-entendu était limpide. Pourquoi Marion avait-elle besoin d'objets inutiles et luxueux, alors qu'elle disposait de la magie ? Nous n'avions découvert son secret que l'avant-veille mais, déjà, nous pressentions que ces pouvoirs ne pouvaient s'épanouir dans une demeure aussi douillette.

Marion était plantée au centre de sa chambre de petite fille riche, telle une mauvaise herbe sur la moquette jaune.

— Êtes-vous prêtes à m'écouter ?

Misérables souris des villes égarées en un lointain royaume, nous avons haussé les épaules et hoché la tête.

Marion était l'enfant tardive et non désirée de parents âgés. Lorsqu'elle était née, ses frères, tous majeurs, avaient déjà quitté la maison. Son père et sa mère, conciliants mais distants, avaient dès son plus jeune âge confié son éducation à une légion de gouvernantes.

Marion s'était efforcée de suivre les règles qu'on lui imposait. Souhaitant se montrer reconnaissante envers ceux qui lui avaient donné le jour, elle s'était toujours faite très discrète, telle une étrangère dans sa propre maison.

Elle s'était convaincue que ses parents la négligeaient par sa faute, et qu'elle finirait tôt ou tard par trouver un moyen de se racheter et de gagner leur affection. Hélas, au fil des années, le gouffre qui les séparait n'avait cessé de s'agrandir.

À douze ans, elle avait renoncé à leur plaire. Tout ce qui l'entourait lui était alors apparu étranger. Dans ses photos d'enfance exposées aux quatre coins de la demeure, elle ne voyait plus qu'une petite sœur défunte qui persistait à hanter les murs où elle avait vécu. Il fallait supporter ces images et, tant bien que mal, tâcher de trouver le sommeil dans ce grand lit à baldaquin qui ne lui appartenait pas.

Parfois, Marion s'interrogeait. Et si elle se trompait ? Et si c'était elle, le fantôme ?

Lorsqu'elle n'était pas à l'école, elle traînait sur le campus où enseignaient ses parents, se glissant discrètement au fond des amphis ou feuilletant des livres étendue sur une pelouse. L'université comptait deux bibliothèques. L'une était une vaste construction moderne en briques rouges, une ruche baignée de lumière où s'affairait la population étudiante. L'autre, réservée aux professeurs et aux chercheurs, était un bâtiment ancien annexé dans les années 1940. Marion n'y avait jamais mis les pieds. Elle ne savait pas précisément où elle se trouvait.

Le hasard l'y avait conduite un lundi soir, au cœur de l'hiver. Les cours terminés, elle avait tué le temps en se promenant sous un ciel d'azur. L'heure du dîner approchait, mais personne ne l'attendait à la maison. Ni sa mère, dont les journées de travail s'achevaient tard, ni son père, qu'un séminaire retenait loin de Chicago. Elle était à deux kilomètres de chez elle, avait oublié son écharpe dans son casier et avait envie de pleurer sans raison particulière. Toute à sa mélancolie, elle avait emprunté une ruelle inconnue en pensant que c'était un raccourci.

La chaussée était bordée de lampadaires anciens qui émettaient un bourdonnement entêtant et projetaient une faible lueur orangée. Elle n'avait pas tardé à se rendre compte de son erreur, mais avait continué à marcher jusqu'à une vaste pelouse figée par le gel.

Devant elle se dressait le bâtiment le plus étrange qu'elle eût jamais vu : une monstruosité néo-baroque, à la façade percée de fenêtres aux formes complexes et aux saillies biscornues. C'était, à en croire la plaque de laiton vissée près de la porte, la seconde bibliothèque de l'université.

Après avoir consulté sa Swatch rose orchidée (dix-sept heures trente-cinq), Marion avait franchi la porte en bois à double battant richement ouvragée. Il restait vingt-cinq minutes avant la fermeture. C'était plus de temps qu'il n'en fallait pour tomber amoureuse de l'étrange bâtisse.

Conçue selon un plan excentrique, la bibliothèque recelait davantage de secrets qu'un calendrier de l'Avent. On y trouvait des alcôves obscures, des portes s'ouvrant sur des murs aveugles, des escaliers et des couloirs qui ne menaient nulle part. Découvrant un coin lecture au deuxième étage, Marion avait décidé d'en faire son camp de base avant de poursuivre son exploration.

Deux vitraux avaient retenu son attention : l'un, en haut d'un escalier, représentait une petite fille tenant un couteau et une pomme ; l'autre, dans une salle de lecture, figurait un renard lové au pied d'un rosier.

Seuls les professeurs et les chercheurs invités par l'université étaient autorisés à consulter les ouvrages, mais Marion se moquait souverainement du règlement. D'une part, sa redoutable mère occupait la chaire d'anthropologie, et son père remplissait des fonctions tout aussi prestigieuses. D'autre part, elle savait se faire discrète. Elle n'était ni polie ni timide, mais avait un don pour ne jamais se faire remarquer. Le regard des adultes glissait sur elle sans s'attarder. Après quelques visites, le vigile posté à l'entrée l'inviterait à entrer d'un geste de la main, sans même la regarder.

S'il régnait au rez-de-chaussée un froid de crypte, le sous-sol, lui, était une véritable chambre frigorifique, un labyrinthe de rayonnages parsemé de petites salles de lecture dont l'épaisse moquette étouffait tout bruit de pas. Marion s'y déplaçait dans un silence absolu, si bien que les rares profs qui croisaient sa route sursautaient d'effroi, comme s'ils la prenaient pour l'une des jumelles de *Shining*.

Marion ne croyait pas aux esprits frappeurs. Depuis son plus jeune âge, ses parents avaient exorcisé ses peurs par des explications rationnelles froidement didactiques. La méthode dissipait tout le mystère propre à l'enfance, mais elle était diablement efficace. Pourtant, il lui semblait que cette partie de la bibliothèque était faite de strates, que l'histoire s'y agrégeait, que le temps posait sur son cou une main osseuse et ridée. Aussi ne s'aventurait-elle que très rarement au sous-sol.

Marion avait longtemps attendu, espéré, *prié* en vain pour que sa vie change. Elle avait douze ans le soir où elle avait découvert la bibliothèque, et quatorze le jour où, plus solitaire et en colère encore, elle s'y était réfugiée pour échapper à un orage de septembre. Le tonnerre n'avait pas encore grondé, mais l'air était chargé d'électricité.

Le vigile n'était pas à son poste, et le comptoir d'accueil était désert. Elle n'était pas revenue récemment. Elle qui avait toujours trouvé dans les livres un remède à sa solitude, se demandait depuis peu s'ils n'en étaient pas la cause. L'année de troisième venait de commencer, et les filles avaient déjà formé des clans dont elle était exclue. Elles s'échangeaient des tubes de gloss, des ragots et des points de vue au sujet de *Ma douce Audrina*, un roman d'épouvante que Marion avait dévoré. Aucune d'elles ne lui était ouvertement hostile, mais elles se comportaient comme si elle n'existait pas.

Sa mère lui avait toujours acheté des vêtements à la mode. Elle n'était pas laide. Sa voix n'avait rien de particulier. Elle était soignée et se parfumait. Pourtant, elle restait seule, alors que de nombreuses élèves bourrées de défauts vivaient entourées d'amies. Pourquoi était-elle condamnée à la solitude ?

Elle gravissait quatre à quatre le grand escalier de la bibliothèque lorsqu'elle avait senti un oiseau lui frôler l'épaule, si proche qu'il lui avait ébouriffé les cheveux, avant de se percher sur la plus haute marche et de la regarder fixement. C'était un cardinal rouge, aussi incongru en ces lieux qu'un elfe de Noël.

— Salut, toi, avait lancé Marion.

L'oiseau s'était aussitôt envolé, puis il avait voleté vers le rez-de-chaussée. Elle avait tourné les talons pour le suivre, espérant l'effrayer et le repousser à l'extérieur, mais après avoir tournoyé autour d'une corniche sculptée de feuilles de vigne, il s'était engouffré dans le passage menant au sous-sol.

Bah, à quoi bon poursuivre ce stupide volatile ? Elle pouvait très bien faire semblant de ne pas l'avoir vu, après tout.

Puis elle avait réalisé qu'elle était seule, et qu'il était inutile de se mentir. Seule, toujours seule. Frappée par ce constat affligeant, elle s'était engagée dans l'étroite et obscure cage d'escalier.

Elle avait glissé les mains dans les poches de son blouson, s'était lancée à la poursuite de l'oiseau.

Soudain, elle l'avait entendu chanter, comme s'il la guidait vers lui. Elle avait traversé le département d'histoire médiévale, la pièce dédiée aux poèmes épiques, puis celle consacrée à des sous-catégories n'occupant que quelques rayonnages, des ouvrages très savants imprimés en pattes de mouche.

L'oiseau pépiait toujours, sans doute occupé à souiller de ses déjections quelque document inestimable. Marion avait entrevu un trait écarlate piquer sous une arche de marbre et couru à sa suite, les yeux rivés au plafond voûté. Pas de trace du cardinal. De guerre lasse, elle avait baissé la tête, et manqué alors de s'étrangler.

Elle n'avait pas crié, et les battements de son cœur avaient rapidement retrouvé leur rythme normal. Plus tard, elle se demanderait si son sang-froid était digne d'admiration ou une énième preuve qu'elle était complètement tordue. Jamais elle ne pourrait trancher la question.

Au centre de la salle il y avait une table de bois sombre incrusté de motifs floraux d'une teinte plus claire. L'unique chaise était occupée par une femme que Marion avait déjà croisée sur le campus, une enseignante-chercheuse d'une quarantaine d'années arborant une étonnante coupe au bol. Elle était affalée, inerte, le front contre la table. Son œil droit, le seul visible depuis le seuil de la pièce, était terne et grand ouvert.

Peu fréquentée, la bibliothèque était assurément l'un de ces lieux où l'on pouvait mourir et demeurer sur place pendant des jours avant que l'on ne vous découvre. Seulement, cette femme n'avait pas rendu l'âme depuis longtemps. Pour commencer, son cadavre n'exhalait d'autre odeur que celle du café froid, du shampooing à la noix de coco et du cigarillo qu'elle avait dû fumer quelques heures plus tôt. Lorsqu'elle s'était penchée pour observer la scène de plus près, son souffle avait déplacé les cheveux très fins de la morte. L'espace d'un instant, elle avait cru que cette dernière reprenait vie et s'apprêtait à relever la tête.

Le rouge à lèvres couleur mûre de la chercheuse était épais et luisant. Sans doute s'était-elle refait une beauté devant l'un des antiques miroirs au tain déformant de la bibliothèque. Sa peau était tiède, le café dans sa Thermos encore brûlant.

Un livre était coincé sous son bras droit : *L'Histoire de Howlett House.*

Howlett House. C'était le nom du manoir, avant que l'université ne le reconvertisse en bibliothèque. Marion avait froncé les sourcils. À ses yeux, ce livre n'avait rien de remarquable. Il ne justifiait pas que l'on rende son dernier soupir en le lisant. Mais ça, c'était avant qu'elle ne consulte les deux pages sur lesquelles l'ouvrage était resté ouvert, et ne s'aperçoive que la main gauche de la femme, cachée sous la table, était serrée autour d'un second volume rangé dans un grand sac noir posé sur les cuisses de la morte. Cette position évoquait celle d'une écolière trichant lors d'un contrôle.

Un livre digne d'être caché était un livre digne d'être arraché aux doigts raidis d'un cadavre. D'autant qu'avec sa couverture pâle et plissée dépourvue de toute inscription, cet ouvrage-là semblait trop ancien pour n'être qu'un simple carnet de notes.

Des voix, lointaines et nombreuses, étaient parvenues aux oreilles de Marion. Elles n'exprimaient pas d'affolement, mais une urgence laissant deviner qu'elle n'était pas la première à découvrir le corps.

Comprenant qu'elle disposait de peu de temps, elle avait précipitamment glissé dans son sac les deux livres ainsi qu'un tube de rouge à lèvres trouvé dans le sac de la victime. Puis elle s'était éclipsée sans demander son reste, empruntant un parcours tortueux jusqu'à l'escalier. Entre deux rayonnages, elle avait furtivement aperçu les membres d'une équipe de secouristes conduits par deux bibliothécaires.

Lorsque Marion avait regagné le deuxième étage, des éclairs illuminaient l'alcôve dont elle avait fait son repaire. Peu lui importait. Elle ne craignait plus d'affronter la tempête. Elle savait désormais que le spectacle de la mort lui inspirait la seule émotion suffisamment intense et vorace pour engloutir ses angoisses et lui insuffler une forme de paix intérieure.

Assise dans un profond fauteuil, elle avait lu le chapitre que la chercheuse était en train d'étudier à l'instant de sa mort. Ces pages étaient consacrées à l'histoire des premiers occupants du manoir : son bâtisseur, John Howlett, riche héritier d'une compagnie d'armement aux mœurs excentriques, était décédé à l'âge de trente-deux ans après avoir légué la propriété à sa gouvernante. Cette dernière n'avait que brièvement profité de sa bonne fortune. Elle avait été assassinée, probablement par le neveu de Howlett, lequel avait à son tour hérité de la vaste demeure.

Selon l'auteur de l'ouvrage, la domestique avait amplement mérité son triste sort. En effet, tout portait à croire qu'elle avait elle-même tué son richissime employeur et falsifié son testament. D'anciens domestiques avaient affirmé que le maître des lieux et son employée avaient été amants. Pire encore, qu'ils avaient pratiqué les sciences occultes, Howlett n'étant que le disciple de sa maîtresse, une criminelle en fuite, condamnée à mort à Baltimore, qui tirait son sombre savoir d'un redoutable grimoire relié en peau humaine.

Si cet ouvrage impie avait existé – hypothèse peu probable selon l'historien –, il avait depuis longtemps été détruit par le feu. Cependant, d'autres spécialistes assuraient que la gouvernante avait dissimulé l'ouvrage dans le manoir. Une foule de chercheurs avaient vainement passé Howlett House au peigne fin dans l'espoir de le retrouver.

Marion avait dévoré les pages du mémoire dans un état de fébrilité croissant. Les voix lointaines au sous-sol, les lourds bruits de pas, le grésillement des talkies-walkies, aucun son ne pouvait l'atteindre. Sa lecture achevée, elle avait ouvert le second ouvrage, à la couverture blanchâtre souillé de taches brunes.

À cet instant, la pluie s'était enfin mise à tomber.

Elle était entrée dans la bibliothèque en adolescente solitaire fuyant un orage imminent. Elle l'avait quittée métamorphosée, armée d'un recueil d'occultisme dont naîtrait sa nouvelle personnalité, sa nouvelle existence.

Ses vêtements négligés, ses goûts musicaux et les piercings dont ses oreilles étaient criblées n'étaient pas seulement le reflet de ce qu'elle était devenue. Ils constituaient aussi des pièges redoutables, des hameçons garnis d'appâts et prêts à l'emploi. Car, après tout, quel plaisir la magie lui aurait-elle procuré si elle avait dû l'exercer en solitaire ?

Trois ans plus tard, elle avait entamé son boulot au fast-food, afin de gagner de quoi échapper à l'université, une décision que ses parents auraient désapprouvée. Dès que ses yeux s'étaient posés sur Dana, elle avait su que sa période solitaire était définitivement terminée.

— Tu as trouvé un cadavre, a murmuré Fee.

— Une spécialiste des sciences occultes, a précisé Marion. Rupture d'anévrisme.

— Tu es une sorcière, ai-je dit.

— Une occultiste. Une magicienne. Comme vous voudrez. C'est ce que je veux être. C'est ce que je serai.

Son regard était brûlant, comme si un feu ardent consumait son cœur avide.

— Montre-nous, ai-je demandé dans un souffle.

— Que je vous montre quoi ? Le livre, ou l'étendue de mes pouvoirs ?

— Tout, bon sang. Montre-nous tout.

— Oh ! oui, s'est exclamée Fee, souriant à présent jusqu'aux oreilles. S'il te plaît, Marion, montre-nous tout.

CHAPITRE DOUZE

Woodbine

Aujourd'hui

La nuit était tombée désormais, et je disposais les pièces du puzzle.

Le bocal enterré. Le coffre-fort. Les migraines de ma mère. Les lapins morts. L'humiliation de Hattie Carter. Cette phrase qui tournait en boucle dans mon esprit : « Alors votre mère était l'une des filles de Sharon. » J'avais cherché « Entre Deux Mondes Chicago » sur Google, puis j'avais ajouté le prénom « Sharon » à ma recherche. Sans succès. Internet n'était pas encore omniscient.

Et puis, il y avait ce mot qui me titillait, telle une graine coincée entre les dents que je ne parvenais pas à déloger. Un mot qui aurait pu désigner certains actes – comme celui d'enterrer un bocal de sang, par exemple – accomplis dans l'espoir que quelque chose se produise quelque part.

Les paroles ironiques de Hank me sont revenues en mémoire. « C'est typiquement le genre de conneries new age que font les femmes, autour de la quarantaine. » Oui, peut-être. Mais pouvait-on d'emblée rejeter la possibilité que, dans le cas particulier de ma mère, la lune entende ses messages ?

Non. C'était ridicule. Si je commençais à croire à des trucs pareils, je ne valais pas mieux que certains clients bobos de La Petite Boutique, qui se ruinaient en herbes, en cristaux et en remèdes concoctés par tante Fee, comme s'il suffisait de posséder des objets brillants pour conjurer les ténèbres.

Sauf que le baume que j'avais appliqué sur mes lèvres une seule et unique fois avait guéri ma blessure en quelques heures. Ce qui signifiait, en toute logique, que Fee versait elle aussi dans ces rituels bizarres.

Fallait-il que je sois stupide pour ne pas croire à ce que je voyais ? Cela pouvait tout expliquer : les cicatrices, les silences et les secrets avec lesquels j'avais appris à vivre. Ma mère était capable d'accomplir des choses réputées impossibles.

J'étais seule dans la maison, tourmentée par ces pensées devenues incontrôlables. Hank était sorti je ne sais où, et mon père était allé retrouver ses copains de lycée pour une interminable partie de jeu de rôles. Il m'en avait avertie par SMS aux alentours de vingt heures. À cette occasion, j'avais relu le message de tante Fee.

> On a un problème à régler, mais tout va bien.
> Je t'appelle bientôt.

J'ai réchauffé des cookies au micro-ondes, puis je me suis assise à la table de la cuisine. L'air conditionné venait d'achever son cycle quotidien dans un ultime soupir, et la maison était beaucoup trop silencieuse à mon goût. Dans mon dos, la porte de la cave. Devant moi, l'une des fenêtres donnant sur la rue, semblable à un miroir sans tain dans lequel je voyais une inconnue aux cheveux platine piocher un biscuit dans son assiette.

Quelqu'un aurait pu m'observer du dehors sans que je soupçonne sa présence.

Soudain, j'ai entendu un bruit de verre brisé provenant de l'autre côté de la maison, là où la baie vitrée s'ouvrait sur le jardin. C'était un bruit sec et discret, mais qui ne pouvait être le fruit de mon imagination.

Le cookie s'est changé en sable sur ma langue. Je me suis levée lentement et j'ai dégainé mon téléphone. À mesure que je progressais dans la maison, j'ai éteint les lumières une à une afin de voir ce qui se passait à l'extérieur et de devenir invisible aux yeux d'un visiteur indésirable. À mon grand soulagement, le jardin était plongé dans l'obscurité, preuve que personne n'avait activé le détecteur de mouvement qui commandait l'éclairage extérieur. Rassurée, j'ai fait coulisser la baie vitrée et suis restée sur le seuil, humant l'air nocturne où le parfum des fleurs le disputait à la fumée de barbecue.

Haute dans le ciel, la lune brillait comme une ampoule halogène sur un chapelet de nuages. Dans le jardin, rien ne bougeait hormis les plantes bercées par le vent. J'étais sur le point de tourner les talons quand un scintillement a attiré mon regard sous la table de pique-nique, il y avait des morceaux de verre brisé, près desquels, à demi exposée aux rayons de la lune, luisait une tache de sang en forme d'arc. J'ai senti le souffle me manquer. Je n'ai pas compris ce que je regardais jusqu'à ce que je voie le morceau de miroir.

Quelqu'un avait déterré le bocal de ma mère et l'avait fracassé sur le béton.

J'y avais vu un petit rouleau de papier blanc, la nuit où je l'avais exhumé. Il était invisible de l'endroit où je me trouvais, mais je savais qu'il était là. Rassemblant tout mon courage, j'ai dévalé les marches conduisant au jardin. L'éclairage s'est déclenché, jetant une lumière crue sur les éclats de verre maculés de sang. J'ai aperçu ce que je cherchais sous une chaise longue et m'en suis saisie du bout des doigts. Après l'avoir déroulé, j'ai reconnu l'écriture de ma mère. Elle y avait tracé des mots formant une phrase dépourvue de sens.

Chasse l'inamical exile le réticent rejette le poison repousse la menace

Une brise légère s'est mise à souffler, comme un voile de soie chargé d'électricité statique. Tout bien pesé, la nuit n'était pas silencieuse. Je percevais une foule de sons, des infimes grattements produits par la faune environnante au ronronnement discret des appareils électriques. J'ai couru vers la maison et verrouillé la baie vitrée derrière moi.

Ce mot qui me titillait depuis si longtemps s'est alors imposé à moi. Mon esprit trop rationnel, trop stupide peut-être, qui s'interdisait de le prononcer jusqu'alors me le hurlait à présent. Une graine de coquelicot qui venait de craquer sous ma dent et libérait lentement son poison. *La magie.* Cette inscription sur le morceau de papier, le sang dans le bocal, les aiguilles et les plumes trouvées dans le dressing. Tout pointait vers la même improbable vérité.

Je n'étais ni surprise ni soulagée de pouvoir enfin nommer ce qui rendait ma mère inaccessible. Je n'éprouvais qu'une profonde colère. Qu'est-ce qui l'autorisait à agir ainsi ? Où trouvait-elle le cran d'estimer que la réalité devait se plier à sa seule volonté ? Et que penser de cette réalité où ce qu'elle entreprenait était couronné de succès ?

Mais il y avait autre chose sous la rage qui me consumait, une créature qui me guettait de ses yeux vert poison. *La jalousie.* J'ai secoué la tête pour chasser ce sentiment puis, laissant les lumières éteintes, j'ai fait le tour du premier étage pour m'assurer que les fenêtres étaient bien fermées. De retour dans la cuisine, j'ai jeté un coup d'œil à l'extérieur. Tout était à sa place, de la haie de lilas au mur jaune de la maison voisine. Puis mes yeux se sont posés sur l'assiette de cookies.

J'en avais mangé deux sur les cinq, mais à la lumière provenant de la rue, j'ai découvert que les trois qui restaient avaient été à demi grignotés.

Prise de vertige, j'ai marché à grandes enjambées jusqu'à la porte d'entrée, l'ai déverrouillée à la hâte puis me suis ruée dehors. Harcelée par les moustiques, j'ai dévalé l'allée au pas de course. Parvenue sur le trottoir, j'ai porté la main à la poche arrière de mon jean pour en sortir mon téléphone. Lorsque je me suis aperçue que je l'avais laissé dans la cuisine, j'ai poussé un juron, me suis accroupie et ai enfoui mon visage entre mes mains.

— Ivy ?

J'ai tourné la tête vers la maison des Paxton. Dans l'ombre de la terrasse couverte, je voyais rougeoyer la cigarette de Billy.

— Un problème ? a-t-il demandé.

— Je crois que quelqu'un s'est introduit chez moi.

— Sérieux ?

Il a jeté sa cigarette et s'est hâté vers moi.

— Tu as appelé la police ?

Même à la lueur blafarde des réverbères, il était solaire, bouillant d'énergie. J'ai regardé ses taches de rousseur. J'ai songé au dessin retrouvé dans la boîte, et aux petites étoiles dont j'avais criblé son visage. À cette pensée, j'ai senti le rouge me monter aux joues.

— Non, ai-je répondu.

— Oh ! a-t-il lâché en considérant la maison d'un œil méfiant. Tu veux que je m'en charge ?

— Pas encore. Est-ce que tu pourrais juste… rester avec moi un moment ?

Il s'est assis sur le trottoir.

— Ouais, bien sûr. Alors… qu'est-ce qui s'est passé, au juste ?

Je ne savais pas trop de quoi j'avais l'air. D'une folle, sans doute, avec mes yeux écarquillés par la révélation qui venait de m'assommer. Ou d'une pauvre fille traumatisée après avoir réchappé de justesse d'une explosion. Il n'était pas question de parler des cookies.

— Rien. Enfin, rien de précis, en fait. J'ai juste… j'étais seule. J'ai cru qu'il y avait du monde dans le jardin, mais je n'ai trouvé personne. Ensuite, quand je suis retournée à l'intérieur, je me suis dit que quelqu'un avait pu s'introduire dans la maison.

— Et ce quelqu'un y serait toujours ?

Et si j'avais croqué les cookies moi-même ? Aurais-je pu le faire machinalement, et n'en garder aucun souvenir ? Était-ce plausible ? Après tout, j'avais toujours le goût du chocolat sur la langue. J'ai essayé d'imaginer à quoi pourrait ressembler cet intrus, et j'ai visualisé ma mère, se déplaçant de façon saccadée, sans bouger les jambes, comme dans un film d'épouvante.

— Je ne sais pas.

Billy a écrasé ses orteils contre le bitume.

— Mais tu ne veux pas appeler la police, a continué Billy.

— C'est ça.

Je croyais qu'il allait insister, mais il s'est contenté de hocher la tête. C'était bizarrement intense d'être assise si proche de lui. Billy Paxton, son corps filiforme, son jean taché de peinture, d'huile de moteur et de sauce à pizza. Il cumulait trois jobs à temps partiel. Je l'avais aperçu travailler en combinaison bleue au centre de vidange Jiffy Lube, dévaler la rue à scooter vêtu aux couleurs de Pepino's Pizza, et décharger des centaines de pots de laque du camion de son père. Même si je brûlais de lui dire toute la vérité, je l'ai gardée pour moi, évidemment, préférant lui servir une version expurgée.

— Des trucs bizarres se sont produits. Des trucs... qui me font penser que je ne connais pas vraiment ma mère.

Je l'ai senti se raidir, un bref instant.

— Ah ouais ?

Ma frayeur et ma timidité avaient cédé la place à une forme d'audace. Des années durant, j'avais soigneusement évité de croiser le regard de ce garçon. Pourtant, sur ce trottoir, au beau milieu de la nuit, je pouvais enfin le regarder à loisir. Ses yeux couleur thé, ses sourcils noirs qui lui donnaient un petit air sévère, ses incisives inférieures qui se chevauchaient. Je me souvenais de lui enfant, zézayant à cause de son appareil dentaire.

— Je te vois souvent par la fenêtre quand j'ai du mal à dormir. Même l'hiver, on dirait que tu campes sur ta terrasse.

— Tu m'espionnes ?

— Non, je me demande juste s'il t'arrive de dormir.

— Qui a besoin de dormir ? a dit Billy en souriant avant de froncer les sourcils. C'est à cause de mes cauchemars. J'en ai souvent.

— Moi, je n'ai pas ce problème, vu que je ne me souviens jamais de mes rêves.

Il a baissé les yeux, puis il a sorti un paquet de cigarettes de sa poche.

— Tu voudrais bien t'en débarrasser pour moi ? J'ai décidé d'arrêter.

— Tu viens de te décider ?

— Oui. Quand je t'ai vue sur le trottoir, j'étais sorti m'en griller une dernière.

— Tu reprends ta santé en main ?

Il a passé la main dans ses cheveux. J'ai remarqué que sa casquette y avait tracé un léger sillon.

— Non. C'est à cause d'Amy. Elle a juré de ne plus m'adresser la parole tant que je continuerais à fumer. Et le pire, c'est qu'elle a tenu parole. J'en suis à deux semaines de silence radio.

Amy, sa petite sœur, avait une douzaine d'années.

— Génial. Elle doit beaucoup t'aimer.

— Ouais, sans doute. Et elle est surtout furieuse contre moi, parce que Gremlin a mangé un paquet que j'avais laissé traîner. T'inquiète, il s'en est remis.

Gremlin était un pitbull qui s'était rendu tristement célèbre dans le voisinage en raison de la quantité et de la variété d'objets qu'il était parvenu à boulotter sans y laisser sa peau : plusieurs télécommandes, un kilo de sucre en poudre, la moitié d'un ordinateur portable…

— Pauvre Gremlin…

— *Pauvre* Gremlin ? Je te parie que ce crétin continuera à vider les poubelles du quartier quand on sera tous morts et enterrés. Une fois, il a bouffé une de mes chaussures et laissé les restes dans mon lit. Comme dans *Le Parrain*.

J'ai éclaté de rire. Billy a haussé les sourcils. Un sourire timide éclairait son visage.

— Alors, tu es prête à appeler la police ?

— Pas encore.

— Tu es prête à aller te coucher ?

— Qui a besoin de dormir ?

— Dans ce cas… tu veux qu'on aille quelque part ?

Je me suis accordé un moment de réflexion. J'avais besoin de faire un point sur mon aspect physique. Lèvre fendue, T-shirt déformé, cheveux décolorés de frais maintenus en arrière par un bandeau. Finalement, c'était presque libérateur d'être aussi moche et négligée.

— Qu'est-ce qu'on pourrait bien faire à Woodbine à une heure pareille ?

Il a haussé les épaules.

— Aller boire un verre chez Denny's, ou faire le plein de pâtisseries au Super Walmart.

J'ai contemplé les petites étoiles rousses qui lui criblaient les joues. Je ne voulais pas rester seule, et hors de question de rentrer à la maison.

— Peu importe, ai-je dit. Allons faire un tour.

CHAPITRE TREIZE

Chicago

Autrefois

Ce que Marion avait accompli sur la plage était la première véritable manifestation de ses pouvoirs. Une vengeance cruelle engendrée par des mots dont elle-même, jusqu'alors, n'avait pas connaissance.

— C'est grâce à vous, a-t-elle annoncé. C'est parce que nous étions toutes les trois que cela a marché.

Avant notre rencontre, elle avait souvent été à deux doigts de toucher au but. À présent que nous étions unies, ses revers se transformeraient en triomphes et nous serions en mesure de changer le monde.

Mais pour commencer, nous devions nous éveiller.

Le livre de l'occultiste n'était pas un ouvrage comme les autres. Il était impossible d'y chercher un point particulier, et si on tentait de le lire de la première à la dernière ligne, on allait de pages blanches en pages noires, de caractères entremêlés en incantations gutturales à déchirer les tympans. Il y avait là des dessins saturés d'encre qu'il suffisait d'observer quelques instants pour que des formes violettes se gravent durablement dans la rétine.

À en croire Marion, le livre fonctionnait comme un jeu de tarot : il n'exposait que ce que son lecteur avait besoin de voir. Or, depuis l'épisode de la plage, il s'ouvrait toujours sur le même sort au titre obscur dont le rituel exigeait le concours de trois participantes : « Tendre la main vers l'œuvre ».

L'opération débutait par un rituel de purification. Trois jours durant, chacune de nous a prétendu être indisposée afin de rester chez soi, d'éviter les miroirs, l'exposition directe au soleil et tout contact humain. Nous avons consommé des herbes infusées dans l'eau de source additionnée de sel de roche, et pratiqué des ablutions toutes les heures entre le crépuscule et l'aube. Ces épreuves achevées, je me sentais fragile, vidée de toute énergie, mais Marion m'a convaincue que cela faisait partie du processus. À cette époque, je prenais pour argent comptant tout ce qu'elle me disait, et elle m'avait convaincue que j'étais capable de pratiquer la magie.

Au soir du quatrième jour, nous avons rassemblé les ingrédients nécessaires. Nous nous étions procuré la plupart d'entre eux dans le commerce, mais nous avons dû cueillir le reste à Loyola Park, à deux pas du lac. Notre collecte terminée, nous nous sommes réunies dans ma chambre.

Marion était nerveuse, étrangement distante. Ses cheveux sales étaient rassemblés en queue de cheval. Elle ne nous a pas autorisées à toucher au livre. Elle a surveillé les ultimes préparatifs dans le moindre détail.

Aujourd'hui encore, il me suffit de fermer les yeux pour ressusciter le sentiment que j'éprouvais alors, assise avec mes amies dans un état proche de l'hallucination, au moment de lancer ce premier sort. Nos respirations étaient hachées mais parfaitement synchronisées. Nos cœurs battaient à tout rompre. Nous ne savions où poser nos regards. Marion était aussi tendue qu'une corde de violon. Fee riait nerveusement. Tandis que nous accomplissions à la hâte les étapes du rituel, j'étais certaine que nos efforts étaient voués à l'échec.

Pourtant, à l'instant où Marion a lancé l'incantation, l'air qui nous entourait s'est clarifié. Un souffle a balayé la pièce, puis nous avons toutes trois basculé en arrière, main dans la main, nos têtes frappant brutalement le parquet.

Je n'ai éprouvé aucune douleur, pas la moindre sensation. Ma conscience s'élevait déjà au-dessus de mon corps. Je nous ai vues toutes les trois, étalées comme des étoiles de mer. J'ai vu le toit de mon immeuble, puis la chaussée de notre rue. Je m'élevais toujours à une vitesse vertigineuse, et la ville tout entière s'est bientôt offerte à mon regard, gigantesque toile d'araignée tissée d'or et d'argent. À l'est, les eaux noires du lac Michigan ; à l'ouest, les faubourgs ; au centre, une forêt de gratte-ciel aux aveuglants reflets métalliques.

Nous étions minuscules, vues de là-haut, de la poussière cosmique tombée de l'épaule gauche d'un dieu. Cette découverte m'électrisait. L'air était pur, les étoiles chantaient leur hymne elliptique à la gloire du cosmos et se fichaient comme d'une guigne que je les écoute. Pour elles, je n'étais rien, et cette pensée me faisait chavirer de joie.

Ce n'est qu'au point culminant de mon survol, alors que Vénus flamboyait à ma gauche et Mercure à ma droite, que j'ai commencé à prendre peur. Quelque chose, à présent, me tirait irrésistiblement vers le bas. Je me suis abîmée dans l'espace d'encre et d'argent puis dans les différentes strates d'un bleu très pur, dans le halo de pollution d'origine humaine et l'entrelacs inextricable des ondes radio, jusqu'à me retrouver au-dessus de mon corps.

J'éprouvais une immense tendresse pour sa peau imparfaite, ses cheveux en bataille, sa géométrie anguleuse. Pourtant, je n'étais pas encore prête à redevenir humaine, à respirer, à suer, à souffrir, à avoir soif. Je l'ai donc abandonné sur le parquet.

J'ai sillonné la ville, juchée sur l'échine du vent. J'ai chevauché le souffle infime produit par la portière hydraulique d'un bus, le soupir d'une femme qui arrangeait sa frange devant la vitrine sale d'un magasin de réfrigérateurs, la toux rauque d'un vieillard derrière une fenêtre masquée par du papier journal.

Chicago m'ouvrait ses portes et me livrait tous ses secrets. À un carrefour, une foule d'hommes émaciés et affamés aux mains calleuses portant des bleus de travail. Une fille accoudée à un comptoir en zinc, tuant l'ennui en mangeant un à un les grains d'un sachet de sucre. Un juke-box aux boutons poisseux dans l'arrière-salle d'un bar miteux qui crachotait des chansons à la gloire d'une Amérique qui n'avait jamais existé ; des livres de poche poussiéreux exposés sur une couverture étalée à même le trottoir ; un club de vétérans empestant le renfermé où tournait une machine à loto. Une salle à l'atmosphère étouffante où des danseurs au regard vide se tortillaient sur une musique amplifiée au-delà du raisonnable. Dans un silence absolu, j'ai filé comme une patineuse à la surface ridée de l'eau, frôlé le pont des bateaux de pêche, plongé pour admirer la lente avancée des moules zébrées étendant leur empire.

De retour sur la terre ferme, je me suis glissée entre les lèvres jointes d'un couple d'amoureux. Deux adolescents maigres et criblés de piercings, mais au comportement chaste digne d'une peinture victorienne. Le banc sur lequel ils s'embrassaient se trouvait à proximité d'un vieux cimetière envahi par la végétation. Si mon âme avait été pourvue de mains, j'aurais serré contre moi les asclépiades et les campanules, les roseaux à plumes et les blancs macerons semblables à de petits feux d'artifice.

Parmi les bruits de la ville – les crissements de freins, les rires aigus et le miaulement rageur des chats errants –, j'ai entendu les lents battements d'un cœur. Le mien. Le fil invisible qui m'attachait au corps étendu sur le sol de la chambre était en train de se tendre. Je m'en suis saisie comme s'il s'agissait d'une tyrolienne, puis je me suis laissée glisser au-dessus des rails du métro aérien, du faisceau des phares et de la lente procession des cyclistes.

Les bougies que nous avions laissées se consumer n'étaient désormais pas plus grandes que des pièces de monnaie. Au-dehors, déjà, le ciel blanchissait. Avant que le soleil ne se lève et que mon fil ne menace de se briser, j'ai réintégré mon corps et me suis préparée à subir le choc annoncé, à l'instant où la chair et l'esprit fusionneraient à nouveau.

Seulement, rien ne s'est produit. J'ai supposé qu'il n'y avait là rien d'anormal, et que la magie serait bientôt entraînée dans le sillage de mon âme en mouvement dans mon enveloppe charnelle.

Fee était de retour, elle aussi. Je la sentais s'animer sur ma gauche, et ses doigts étaient tièdes entre les miens. À ma droite, en revanche, Marion était parfaitement immobile.

Constatant que sa main était froide et son pouls bien trop lent, j'ai essayé de m'asseoir, sans succès. Impossible de faire un geste, à l'exception d'infimes flexions des doigts.

J'ai alors senti la panique me gagner. Le sort avait fonctionné, cela ne faisait aucun doute. Si j'étais épouvantée, c'est précisément parce que tout se déroulait comme l'avait décrit le livre : nous avions entamé ce voyage toutes les trois, et il ne pourrait s'achever que lorsque nous serions à nouveau réunies. Tant que Marion ne serait pas de retour, Fee et moi demeurerions prisonnières de nos corps inanimés.

Rien de ce que j'avais éprouvé jusqu'alors n'était comparable à cette terreur-là. Statufiée, je n'entendais que les battements ralentis de mon cœur. Je me trouvais dans un état de suspension potentiellement éternel, respirant à peine mais incapable de mourir. J'attendais dans cette agonie sans fin. J'attendais.

Soudain, dans un bouquet d'étincelles et l'odeur du feu de bois, Marion a été de retour parmi nous.

Comme par miracle, toute peur s'est instantanément dissipée, et j'ai presque oublié les minutes d'épouvante que je venais de vivre, pétrifiée, livrée aux lois capricieuses de la magie dont seule Marion pouvait nous délivrer.

Nous avons toutes les trois rouvert les yeux. Nous avions la sensation de contempler le monde pour la première fois. Une seconde avant que la joie ne me submerge, j'ai senti un ultime frisson courir dans mon dos. À l'évidence, nous avions gagné et perdu quelque chose. Il me faudrait beaucoup de temps pour comprendre quoi.

Nous nous sommes assises, nous regardant toutes les trois, puis Fee et moi avons été prises d'un fou rire.

Marion, en larmes, nous a serrées dans ses bras de toutes ses forces.

— Merci, a-t-elle chuchoté.

Plus tard, en repensant à cette nuit-là, l'esprit saturé de sorcellerie et la main gauche mutilée par le verre brisé, je me demanderais si cette étreinte teintée de tristesse n'était pas un avant-goût de ce que la magie ferait de Marion. Une façon de nous avertir que sa soif de pouvoir était à double tranchant.

Les effets du sort ont été longs à se dissiper. Les jours suivants, nous nous sommes senties désorientées. Tous ceux sur lesquels notre regard se posait étaient nimbés d'une lumière colorée, douce, mystique, incontestablement magique. Fee flottait dans un halo vert tendre qui lui donnait des airs de princesse elfique. L'aura de Marion était semblable à de la poussière de brique, m'évoquant un voyage solitaire sur une route difficile. Fee me voyait comme un présent enveloppé dans le bleu du ciel.

À deux reprises, j'ai essayé de prendre le train mais j'ai dû en descendre aussitôt. Le wagon était un tel chaos de couleurs superposées que je ne pouvais le supporter, comme un sentiment d'exaltation aux effets beaucoup trop longs. Lorsque les choses se sont tassées, j'ai continué à avoir des visions de temps à autre. Un homme séduisant avec une aura couleur de sang séché qui me souriait de l'autre bout du compartiment, une danseuse qui, au beau milieu d'un spectacle, s'embrasait comme un feu de broussailles.

J'avais toujours eu cette capacité de perception supérieure qui me permettait de savoir d'instinct quelle rue il valait mieux éviter et où se cachaient les petits trésors perdus, mais le sort avait agi comme un hameçon. Il avait ferré une partie de moi demeurée jusqu'alors silencieuse et l'avait ramenée à la surface, tout contre ma peau.

— Votre alliance est coincée dans la doublure de votre poche, ai-je annoncé à une vieille dame qui passait commande au fast-food.

Loin de se montrer reconnaissante, elle s'est contentée d'un grognement indistinct.

Fee a dû elle aussi s'adapter aux changements opérés par le sort. Depuis la nuit de notre éveil, elle éprouvait les pires difficultés à supporter la foule.

— Les gens ne boivent pas assez, m'a-t-elle expliqué. Du coup, c'est moi qui crève de soif !

Cependant, ces inconvénients étaient peu de chose en comparaison de ce que nous avions gagné. Le livre distillait ses secrets par petites touches. Il nous livrait des sorts de bonne fortune, des charmes garantissant des nuits réparatrices et des potions améliorant la qualité de la peau. Nous faisions bouillir des herbes sur la cuisinière d'oncle Nestor, nous enchantions des bougies à l'aide d'épingles de nourrice. Nous tracions des formes complexes à la craie sur le parquet de la chambre de Fee et chuchotions des incantations devant un miroir drapé d'un linge blanc. Nous apprenions les propriétés des rayons de lune. Ce savoir nouveau agissait comme une drogue. Il nous en fallait toujours davantage. Bientôt, il nous est devenu impossible d'imaginer la vie sans ce frisson, sans ce sentiment grisant que nous façonnions le monde entre nos mains.

Nous ne nous posions pas de questions. Ni sur la nature de cette magie, ni sur le fait qu'elle rendait concret ce qui était impossible, ni sur notre légitimité à en faire usage.

Nous étions trois adolescentes inexpérimentées dont les cœurs tordus battaient à l'unisson, trois innocentes convaincues que nous écrivions notre histoire.

Trois filles qui préféraient ignorer que le livre d'une femme morte pavait la voie sur laquelle elles avançaient.

CHAPITRE QUATORZE

Woodbine

Aujourd'hui

La voiture de Billy était un pick-up à châssis abaissé dont la cabine embaumait le désodorisant sapin. L'esprit vaguement embrumé, j'ai pris place à ses côtés. La situation me semblait irréelle. Quelques minutes plus tôt, la vue du sang avait fait naître en moi les pensées les plus noires, et voilà que je me retrouvais dans ce véhicule, assise près de ce garçon que je connaissais, mais dont j'ignorais tout.

Au temps où nous empruntions le même bus scolaire, Billy arborait des T-shirts ornés de baleines ou de loups hurlant à la lune et des élastiques aux couleurs fluorescentes sur son appareil dentaire. À présent, il portait un T-shirt Pepino's sous une chemise aux couleurs fanées, et sa pomme d'Adam saillait comme un noyau de pêche. Il conduisait à la papa, un bras derrière le siège passager lorsqu'il manœuvrait en marche arrière puis tenant le volant d'une main, vitre ouverte, le coude posé sur le rebord de la portière.

Nous avons roulé au pas dans les rues bordées de maisons silencieuses et coquettes, puis nous nous sommes engagés dans l'avenue principale.

— J'aime bien tes cheveux, a-t-il déclaré, impatient de briser le silence. Je veux dire, je les aimais aussi avant, mais le blond te va super bien.

— Merci, ai-je répondu, un peu gênée.

Billy ne quittait pas la chaussée des yeux.

— Alors, vous avez rompu, Nate King et toi ?

— Ouais. Carrément.

— Qu'est-ce qui s'est passé, au juste ?

— Tu veux dire, à part le fait que j'ai découvert qu'il fumait des cigarillos en cachette ?

J'ai basculé la tête en arrière.

— Je crois que le fond du problème, c'est qu'aucun de nous ne sortait réellement avec l'autre. Moi, je le voyais comme un poète maudit. Lui me voyait comme une beauté aux cheveux roux, distante et sûre d'elle. J'aurais mieux fait de sortir avec un dictionnaire de rimes, et lui avec une perruque sexy. On s'en serait tout aussi bien portés, tous les deux.

Billy a éclaté de rire.

— J'imagine Nate coiffé d'une perruque. Ça lui irait à merveille.

— Et toi ? ai-je demandé en regardant défiler les réverbères au-dessus du toit ouvrant. Avec qui tu sors ?

Il a observé quelques secondes de silence avant de dire :

— Pour être tout à fait honnête, j'attends que la perruque de Nate King se libère.

Mon cœur a fait un bond dans ma poitrine. Si je ne trouvais pas immédiatement une réplique à la mesure de cette révélation, je ne serais sans doute plus jamais capable de prononcer un traître mot.

Billy s'est garé sur le parking du supermarché. Avant qu'il n'ait eu le temps de défaire sa ceinture de sécurité, j'ai saisi son poignet.

— Eh, Billy.

Il a considéré ma main, puis m'a regardée droit dans les yeux, tout sourire.

— L'année de cinquième, ai-je dit.

À ces mots, ses traits se sont figés.

— C'était une période difficile, ai-je poursuivi. Je passais mon temps à avoir honte. Au bout du compte, je crois même que j'étais embarrassée d'être en vie. Alors, la fois où tu as… où tu as…

Le visage de Billy exprimait une telle souffrance que j'en ai perdu le fil de mes pensées.

— Tout ça, c'est du passé, a-t-il soufflé sans me regarder avant d'ouvrir la portière.

Nous sommes descendus. C'était comme si toute magie avait soudainement cessé d'opérer. L'air ambiant ne pétillait pas davantage qu'un fond de Coca éventé. J'avais cru pouvoir évoquer le jour où il m'avait demandé de devenir sa copine. J'avais bêtement pensé que nous pourrions en rire, maintenant que de l'eau avait coulé sous les ponts. Je n'aurais pas pu me tromper davantage.

Nous avons traversé le parking en silence puis avons franchi les portes automatiques du Super Walmart.

Il régnait dans le supermarché désert un froid polaire. J'ai dû cligner des yeux pour m'accoutumer à la lumière crue des néons. De mauvais haut-parleurs crachotaient une chanson remontant à un lointain été. Billy a regardé mes bras hérissés de chair de poule, puis s'est dirigé vers un portant où étaient suspendus des sweat-shirts à capuche aux couleurs criardes. Il a choisi un modèle turquoise et me l'a lancé.

— Mettez cela, ma chère, a-t-il dit. Vous allez finir par attraper froid.

J'ai haussé un sourcil, enfilé le vêtement qu'il me tendait, puis glissé les mains dans les poches étroites.

— Bon sang, il n'y a pas assez de place pour mon fume-cigarette, ai-je soupiré.

Il s'est tourné vers un présentoir et a attrapé un sac-banane orné d'un chimpanzé.

— Eh bien, vous voilà équipée, à présent.

Après avoir noué le sac autour de ma taille, j'ai décroché d'un portant un coupe-vent bleu marine avec d'abominables épaulettes à motifs nautiques.

— Tenez, c'est pour vous, cher ami, ai-je dit. Au cas où un coup de vent balaierait le pont de votre yacht.

— Ah ! oui. Mon yacht, j'oubliais. Je suis un milliardaire qui fait ses courses chez Walmart.

— Ce qui fait de vous à la fois un gentleman *et* une énigme, mon ami.

Il m'a tendu la main.

— Madame, si vous voulez bien me suivre…

À l'instant où nos doigts sont entrés en contact, tout cela a cessé d'être un jeu. Prise de panique, j'ai aussitôt lâché sa main pour me diriger vers des robes hideuses, aussi fines et fragiles que du papier kraft.

— Que pensez-vous de ma nouvelle garde-robe, très cher ? ai-je demandé.

— Cela doit vous aller à ravir.

Lorsque nous avons émergé du rayon vêtements, nous étions tous deux affublés des pires habits que nous avions pu dénicher. Nous nous en sommes débarrassés à la hâte avant de nous aventurer au rayon épicerie pour faire main basse sur une boîte de cookies. Du côté des jouets, nous avons à tour de rôle donné quelques coups de pédale sur un VTT pour enfant, puis, tout en nous dirigeant vers la section jardinage, nous nous sommes essayés à l'art subtil du hulahoop.

— Tu t'y prends comme un manche, a dit Billy lorsque mon cerceau est tombé pour la troisième fois.

Il l'a passé par-dessus sa tête et l'a fait tourner autour de sa taille, de son torse et de ses genoux avec une lenteur hypnotique, tout en feignant de passer un coup de fil important. Hilare, j'ai décidé de corser l'exercice en lui lançant des petits morceaux de cookie. Bondissant pour en gober un au vol, il a perdu sa concentration, si bien que le cerceau a terminé sa course sur ses chevilles.

— Nous savons toi et moi que j'aurais pu tenir toute la nuit, a dit Billy, l'air faussement vexé.

— Eh, je t'ai dit que je m'étais fait faire une fausse carte d'identité ?

Son visage s'est illuminé.

— C'est vrai ? Montre-moi ça.

J'ai sorti de ma poche la carte que le frère d'Emily m'avait procurée. Tandis que Billy l'étudiait, j'en ai profité pour observer à nouveau son visage. Ses taches de rousseur étaient particulièrement nombreuses sur son nez et sur ses pommettes, comme si le soleil y avait négligemment passé un coup de pinceau.

Soudain, il a explosé de rire.

— Incroyable, Ivy, a-t-il dit. Ce truc est trop génial. Tu parais avoir onze ans sur la photo. Tu peux m'expliquer l'intérêt d'une fausse carte d'identité qui te rajeunit autant ? Ensuite… *Mary Smith* ? Ils ne se sont pas foulés. Ce nom sent l'arnaque à plein nez. Oh ! attends… *123 Main Street* ? Dis-moi que c'est une blague !

Il a continué à examiner le document.

— Qu'est-ce que je disais ! Ta date d'anniversaire !

Je lui ai arraché la carte des mains.

— Je ne vois pas ce qu'il y a d'extraordinaire à être née un 1er avril, ai-je grommelé.

La mine solennelle, il a posé les mains sur mes épaules. Les petites rides au coin de ses yeux étaient plus pâles que sa peau, preuve qu'il avait passé des heures à plisser les yeux au soleil.

— C'est la fausse carte d'identité la plus nulle de tous les temps.

— Dans ce cas, pourquoi elle marche à tous les coups ?

— Ça m'étonnerait. Tu ne pourrais même pas te faire servir une bière d'un frigo avec.

— Eh bien, je vais te prouver le contraire.

Sur ce, j'ai marché d'un pas résolu jusqu'au rayon alcools et jeté mon dévolu sur une bouteille de vin aromatisé à la fraise.

— Ouah ! s'est exclamé Billy. Ça va être la méga teuf au 123 Main Street.

J'ai ajouté à mes achats une boîte de tampons, des rouleaux de papier toilette et un sachet de préparation pour moelleux au citron.

— Et c'est maintenant que mon génie entre en jeu, ai-je annoncé. OK, j'admets que cette carte n'est pas parfaite.

J'ai l'air un peu jeunette sur la photo et le nom est trop passe-partout pour être vrai. D'où la nécessité de brouiller les cartes grâce à un article qui n'éveillera aucun soupçon…

J'ai brandi la préparation pour gâteau.

— … et des trucs plus personnels.

J'ai désigné les tampons et le papier toilette.

— Et cette stratégie a déjà fonctionné ? a demandé Billy.

Elle avait fonctionné. Une fois. Pendant que je réglais les achats, Nate avait parlé à haute voix de ses prétendus problèmes au bureau, comme si cela pouvait convaincre le caissier que nous étions majeurs. Il ignorait alors que j'étais en train de mettre en œuvre un plan infaillible. Emily et moi avions reçu nos fausses cartes un mois plus tôt, et nous avions passé des heures à concocter la liste parfaite, celle qui nous permettrait enfin de mettre la main sur une ou deux bouteilles d'alcool.

— Chaque fois, ai-je affirmé.

Nous nous sommes présentés devant la caissière, une femme corpulente à la frange relevée au-dessus du front à grand renfort de laque. Nous avons disposé les articles sur le tapis roulant. Elle a scanné la boîte de cookies vide, la préparation pour gâteau et les tampons. En quatrième position, la bouteille de vin me faisait penser à un fêtard se faisant tout petit dans l'espoir d'être admis dans une discothèque.

— Je vais préparer le moelleux dès notre retour, ai-je dit à haute et intelligible voix. Tu sais ce que c'est, quand j'ai mes règles… Avec un glaçage au chocolat.

— Aurez-vous besoin d'un sac ? a demandé la caissière.

— Non, merci, ai-je répondu en fourrant les articles dans les bras de Billy. Très bonne soirée.

Billy riait sous cape quand nous nous sommes dirigés vers la sortie d'un pas tranquille, avant de hâter le pas.

— Tu vois ? me suis-je exclamée lorsque nous avons retrouvé la fournaise extérieure. Ça a marché !

— Pas du tout ! Elle ne t'a pas demandé ta carte d'identité !

— Parce que le plan règles et gâteau était imparable.

— Elle va débarquer chez toi dans quelques heures pour vérifier que tu as préparé ce moelleux au citron. On va t'arrêter pour mensonge pâtissier.

— Dans ce cas, allons le préparer chez toi. Ça te va ?

Nous nous sommes souri.

— Vendu, a-t-il répondu.

Il était deux heures du matin passées lorsque nous nous sommes glissés aussi discrètement que possible dans la maison de Billy. Il flottait dans l'entrée une plaisante odeur de sauce tomate, de bois coupé et de fourrure de chien. Le parquet craquait discrètement sous nos pieds. Gremlin s'est faufilé entre nos jambes.

La voix de M. Paxton a retenti à l'étage.

— Bill ?

— *Et merde*, a chuchoté Billy en me poussant doucement vers l'angle formé par la cage d'escalier. Salut, papa, a-t-il lancé. Je suis rentré.

Son haleine embaumait le cookie.

— Tu es resté sur la terrasse jusqu'à cette heure ?

— Je n'arrivais pas à dormir.

Ce qui n'était qu'un demi-mensonge.

Un silence, puis nous avons entendu des pas dans l'escalier. Nous avons écarquillé les yeux, mais M. Paxton s'est immobilisé à mi-chemin, alors que ses pieds se trouvaient à hauteur de nos têtes.

— Ne réveille pas ta sœur quand tu monteras, a-t-il dit. Et essaie de te coucher un peu plus tôt, à l'avenir. Ça devient vraiment n'importe quoi.

— Ça marche, a répondu Billy. Bonne nuit, papa.

Nous avons attendu, immobiles et silencieux, qu'une porte se referme à l'étage. Billy m'a pris la main et l'a plaquée contre son cœur, qui battait à tout rompre.

— Il était moins une, a-t-il chuchoté.

Nous étions face à face, un peu étourdis. L'air semblait avoir changé de nature. J'éprouvais un sentiment étrange, comme une envie d'exploser de rire accompagnée d'une douleur sourde. Il me fallait lever les yeux et les plonger dans les siens. Il m'a fallu pour cela rassembler tout mon courage, mais je ne me suis pas défilée.

Alors que nous nous regardions sans rien dire, j'ai perçu son hésitation.

— Ivy, a-t-il murmuré.

À cet instant s'est produit un phénomène extraordinaire, plus précis encore que la vision qui m'avait frappée dans le dressing de mes parents : deux voix ont résonné simultanément à mes oreilles – la sienne, et aussi celle, haut perchée, du petit garçon qu'il avait cessé d'être. Puis j'ai vu deux visages superposés, ceux du jeune homme et de l'enfant. Cette apparition était si tendre et si triste que j'ai eu un violent mouvement de recul et que je me suis cogné la tête contre le mur.

— Qu'est-ce qui t'arrive ? a-t-il demandé sans prendre la peine de baisser la voix. Tu viens de faire un bond d'un mètre.

Je brûlais de me retrouver seule afin d'analyser ce qui venait de se produire.

— Je vais bien, je t'assure. C'est juste que… Écoute, je suis désolée, il faut que je m'en aille.

Billy s'est balancé d'un pied sur l'autre, comme s'il se trouvait au bord d'un précipice.

— Ivy, a-t-il répété d'une voix très douce, s'il te plaît, ne fais pas ça.

Pour une raison que je ne saurais expliquer, ces mots m'ont glacée jusqu'au sang.

— Faire quoi ? De quoi tu parles ? Pourquoi es-tu aussi bizarre, tout à coup ?

Il s'est écarté, visiblement abasourdi.

— Moi, je suis bizarre ? Tu as tout foutu en l'air, Ivy. Tu as toujours tout foutu en l'air. Qu'est-ce qui m'a pris de croire que tu avais changé ?

Prise de court, j'ai parlé sans trop réfléchir.

— C'est à cause du jour où je t'ai rembarré, au collège ?

— Rembarré ? a tonné Billy. C'est comme ça que tu décrirais les choses ?

Il a pris une profonde inspiration et a levé les yeux vers le plafond.

— Écoute, a-t-il dit sur un ton posé. On n'était que deux gamins. J'ai tourné la page. Mais prétendre que rien de cela n'a eu lieu ? C'est lâche de ta part.

— Est-ce que tu veux parler de… ai-je bredouillé.

Billy m'a foudroyée du regard, les mâchoires serrées, comme pour s'empêcher de pleurer.

— Tu m'as brisé le cœur, Ivy. Brisé le cœur, tu comprends ? Et le pire, c'est que tu as confié la sale besogne à ta mère.

Ma vision est devenue floue.

— Non, ai-je murmuré, en secouant lentement la tête. *Non.*

Il a pressé les mains sur ses yeux, comme s'il ne supportait plus de me regarder.

— Va-t'en, s'il te plaît. D'accord ? Va-t'en.

CHAPITRE QUINZE

Chicago

Autrefois

L'été venu et les cours terminés, la ville s'est ouverte à nous comme une boîte de bonbons. Au marché de Devon Avenue, nous achetions des mangues que nous dégustions au bord du lac. Les lèvres toutes collantes de glace à la noix de coco, nous nagions au large de la plage d'Ohio Street. Nous avons assisté à tant de concerts que nos oreilles bourdonnaient non-stop, si bien que nous avions l'impression d'évoluer dans un cocon délétère.

Et tout au long de cette saison étouffante, nous ne cessions d'explorer nos nouveaux pouvoirs.

Lorsque je repense à cet été, je le vois à la fois sombre et lumineux, baigné de soleil et couvert de nuages menaçants. J'adorais Fee, Marion, Chicago et les innombrables possibilités qui s'offraient à notre trio. Mais il y avait aussi l'autre moitié de ma vie, celle dont mon père occupait la place centrale. Sa colonne vertébrale était en miettes et sa table de nuit bourrée de flacons de pilules analgésiques. J'avais fini par comprendre que son état ne s'améliorerait jamais, et deviné confusément que je ne tarderais pas à être orpheline. Cette perspective était un chien aux yeux noirs qui me suivait comme mon ombre, mordait les pneus de mon vélo et s'embusquait en grognant jusque dans ma chambre. La magie, elle, m'apportait une joie immense et le sentiment de contrôler l'univers qui m'entourait. Elle seule parvenait, du moins pour un temps, à chasser cet animal sournois.

Fee et moi continuions à prétendre que nous la pratiquions pour le plaisir, même lorsque nos rituels prenaient un tour plus sombre. Nous ne prêtions pas attention aux migraines atroces et aux fringales que nous causaient les sorts malveillants – ceux dont nous usions pour désorienter, tromper ou punir. En outre, Fee avait concocté une potion qui nous aidait à supporter ces effets indésirables, et dont elle améliorait chaque jour la formule. Convaincues que nous maîtrisions la situation, nous n'avions pas conscience que la magie était devenue une drogue dont nous étions complètement dépendants.

Marion, elle, ne se racontait pas d'histoires. Elle mentait constamment, mais jamais à elle-même. Depuis le début, elle se voyait comme une complice. Celle du livre et, plus encore, d'Astrid Washington, l'occultiste à laquelle il avait appartenu. Chaque fois qu'elle prononçait son nom, elle y mettait tant de passion qu'on aurait juré qu'elle en était tombée amoureuse.

— Astrid était une femme extraordinaire. Une occultiste, mais aussi une guérisseuse. Elle vendait à prix d'or des philtres d'amour et des poudres de succession aux personnes de la haute société, mais elle ne faisait rien payer aux pauvres. À Baltimore, on l'appelait l'ange des veuves, car elle avait la réputation de régler le sort des maris violents grâce à des poisons qui ne laissaient aucune trace. Six jours après sa mort, le neveu de John Howlett – son assassin – est mort dans son sommeil, sans cause apparente. Il avait vingt-cinq ans, et il était en pleine santé.

Marion nous a raconté cette histoire dans un box du café Pick Me Up tout en dégustant un sundae au brownie. Fee était captivée.

— Alors c'est le *fantôme* d'Astrid qui a tué le neveu ?

Marion a esquissé un vague sourire.

— C'est une possibilité.

— Tu nous as dit qu'Astrid avait été condamnée à mort, ai-je dit. Comment s'est-elle fait attraper ?

Marion a haussé les épaules.

— Les gens accusent toujours les femmes puissantes de tout et n'importe quoi.

J'ai jeté un coup d'œil sous la table. Le sac qui contenait le livre était là, comme toujours. Elle ne s'en séparait jamais. Ni Fee ni moi n'avions tenu l'ouvrage entre nos mains, et ça me convenait très bien. Je préférais penser que notre magie provenait d'une dimension inconnue, une source à laquelle seules les filles courageuses et brillantes pouvaient puiser. Je ne comprenais pas l'insistance de Marion à nous rappeler qu'Astrid avait été une femme réelle. Pas un personnage, mais une personne, et peut-être pas très recommandable

Soudain, un frisson m'a parcourue de la tête aux pieds. L'espace d'un instant, je m'étais souvenue que la magie était une créature carnassière aussi vieille que le monde.

Je tente de me rappeler comment cela a commencé. Le début de la fin.

C'était le soir. Je roulais à bicyclette sous le métro aérien, des sacs à provisions suspendus au guidon, lorsqu'une Ford Fairlane a manqué de me renverser. J'ai fait une embardée pour éviter la collision, et mes courses ont atterri sur la chaussée.

— Espèce de débile ! ai-je hurlé. Tu as cassé mes œufs !

— Va te faire sauter, sale morue, a lancé le conducteur par la vitre ouverte avant de m'adresser un doigt d'honneur.

Constatant que ma chaîne avait déraillé, j'ai laissé tomber mon vélo sur le trottoir et me suis mise à courir, l'esprit vide, guidée par une rage incandescente. J'ai tendu le bras en direction du véhicule. À l'instant même, l'un des pneus arrière a éclaté comme une citrouille trop mûre, et la Ford est partie en tête-à-queue au beau milieu de Glenwood Avenue.

Je n'avais pas prononcé la moindre incantation. Je ne pensais même pas avoir voulu accomplir quoi que ce soit. Pourtant, j'éprouvais la sensation familière d'avoir expulsé une charge magique, et la migraine, déjà, plantait ses saletés de griffes dans mon crâne.

Le chauffard a disparu dans la circulation. Pourtant des images de métal tordu et de sang ruisselant sur la chaussée se sont formées dans mon esprit.

À compter de cet incident, je ne me suis plus considérée comme une fille ayant la chance de posséder un don exceptionnel, mais comme une enfant de quatre ans portant une caisse de nitroglycérine.

Et puis, il y a eu la nuit du philtre d'amour.

Fee avait la fâcheuse propension à tomber amoureuse. Son truc à elle, c'était les filles. Les filles au langage ordurier, les filles au crâne rasé, les filles à vélo qui fonçaient comme des kamikazes dans la circulation. Mais il lui a fallu attendre d'être investie de pouvoirs magiques pour trouver enfin le courage d'en aborder une.

Son premier puis son deuxième baiser, elle les avait échangés avec une barmaid du Rainbo Club aux cheveux courts teints en rose et au cou tatoué d'un collier de jacinthes. Quand la fille avait découvert l'âge de Fee, elle avait cessé de lui adresser la parole.

Dès le lendemain, le livre de l'occultiste a dévoilé un sort d'amour aux ingrédients dignes d'un bouquet de mariage : rubans, roses et lavande. Rien que de très innocent en apparence.

— Je ne sais pas trop, a marmonné Fee en triturant nerveusement ses cheveux. Comment fonctionne ce sort ? Est-ce que la magie va réarranger ses neurones pour lui faire croire qu'elle est amoureuse de moi ? Je ne veux pas qu'elle m'aime si ça repose sur un mensonge.

— La magie ne ment jamais, a déclaré Marion d'une voix glaciale. Qu'est-ce que l'amour, Fee, sinon un phénomène produit par des substances chimiques ? Autant se soûler un bon coup, c'est du pareil au même. La magie est cent fois plus réelle. Et puis, de toute façon…

Son regard s'est posé sur le livre.

— … Astrid ne nous dévoilera pas d'autre sort tant que nous n'aurons pas préparé le philtre.

N'ayant guère le choix, je me suis acquittée de la mission que m'avait confiée Marion. Je me suis rendue au Rainbo Club et j'ai surveillé la barmaid du coin de l'œil. Lorsqu'elle s'est accordé une pause pour boire un soda, j'ai attendu qu'elle pose le verre sur le bar pour faucher discrètement sa paille puis j'ai filé sans demander mon reste pour retrouver mes amies.

C'était la première fois que nous n'étions pas cent pour cent d'accord, et nos travaux s'en sont ressentis. La magie opposait une résistance, un vent contraire aux effluves de soufre qui menaçait notre harmonie.

Au beau milieu du rituel, Fee a lâché un cri perçant. Blême, elle a porté la main à la croix d'argent nichée au creux de sa gorge – celle de sa mère –, tiré sur la chaînette jusqu'à ce qu'elle se brise puis a jeté le pendentif sur le parquet.

— Bon sang, a-t-elle gémi, en proie à une vive douleur. Passez-moi un miroir.

Lorsqu'elle a déboutonné sa chemise, il y avait une trace sur sa peau, là où le crucifix avait reposé. Ce n'était pas une plaie, mais une cicatrice très pâle qui en épousait parfaitement les formes. À ses côtés, suspendu à une chaîne bon marché en métal doré, reposait un morceau de cœur brisé, un tiers du bijou « Meilleures Amies » qu'elle avait acheté dans une boutique de Maxwell Street pour sceller notre triple amitié.

Tandis que je la serrais dans mes bras et lui caressais doucement les cheveux, Marion s'est hâtée de ramasser la croix puis l'a enveloppée dans un morceau de papier noir tiré de son sac.

— Ce n'est pas grave, a-t-elle dit en glissant le tout dans un tiroir de la commode. Nous allons recommencer.

— Certainement pas, ai-je dit d'une voix ferme.

Les traits de Marion se sont tendus.

— Et pourquoi, je te prie ?

— C'était une mauvaise idée. Passons à autre chose.

— Et à quoi donc, dis-moi ?

D'un geste circulaire, elle a désigné la pièce, puis la fenêtre donnant sur la rue. À l'en croire, rien n'avait d'intérêt, hormis le sort que nous avions vainement tenté de lancer.

Les yeux braqués sur Marion, Fee a reculé d'un pas.

— Cette croix. C'est celle de ma mère. Elle la portait quand elle est morte.

Marion s'est avancée, les poings serrés. Je la sentais prête à faire usage de la force pour nous convaincre de renouveler l'expérience. Puis elle s'est ravisée.

— OK, comme vous voudrez, a-t-elle dit.

Les choses en sont restées là. C'était comme si rien ne s'était produit. Nous avons passé le reste de la soirée à écouter de la musique et à tirer les cartes. Ce n'est que le lendemain matin, quand Marion a quitté l'appartement, que Fee et moi avons échangé un regard lourd de sens. Nous savions toutes les deux qu'une page venait de se tourner.

Nous en avions terminé avec le livre de l'occultiste, avec ses noirs secrets dispensés au compte-gouttes par la bouche de Marion, ces empreintes de pas spectrales qui nous entraînaient toujours plus profondément dans le brouillard.

Astrid Washington n'était pas la seule source de savoir, et il devait exister d'autres formes de magie.

Sans en informer Marion, nous avons commencé à effectuer nos propres travaux. Nous avons étudié les manuels de sorcellerie, les précis d'herboristerie et les diverses versions du *Necronomicon* disponibles dans les boutiques spécialisées. Nous nous sommes procuré des fanzines photocopiés maculés de taches dans des librairies indépendantes. Des praticiennes rencontrées au cours de nos recherches nous ont conviées à des réunions tenues dans des parcs, des caves ou des cafés. Nos investigations nous ont le plus souvent menées dans l'impasse, mais nous avons aussi capturé d'authentiques étincelles de magie.

Et c'était si agréable d'échapper à la surveillance de Marion. Fee s'est découvert un don pour la botanique. Elle a fait des quelques pots où son père faisait pousser des plantes aromatiques à l'arrière de l'immeuble une véritable jungle. Elle rendait fréquemment visite à un herboriste du quartier de Pilsen qui lui confiait des formules rédigées sur du papier d'emballage de boucherie.

Au fond, la magie n'était ni aussi mystérieuse ni aussi onéreuse que nous le pensions. La ville grouillait d'habitants riches d'un savoir ancien, d'innombrables enseignements ésotériques qu'il suffisait de savoir recueillir : des souvenirs des shtetls d'Europe de l'Est livrés par un vieil homme assis sur les marches d'un immeuble de Rogers Park ; une mystérieuse comptine norvégienne récitée par une serveuse à Andersonville ; une histoire de fétiches à faire dresser les cheveux sur la tête contée par un chauffeur de taxi venu d'Afrique de l'Ouest. Nous nous émerveillions de découvrir que la magie avait des racines plus solides et plus anciennes que le livre de l'occultiste.

Nous nous sommes peu à peu détachées de Marion, tout comme elle s'est éloignée de nous. Il n'y a pas eu d'affrontement, juste un désintérêt mutuel. Après la nuit où nous avions tenté de réaliser le philtre d'amour, elle a donné moins de nouvelles, puis a tout bonnement disparu de la circulation pendant plusieurs jours, allant jusqu'à ne plus assurer son service au fast-food. Fee et moi avions décidé de lui rendre visite afin de voir comment elle allait, quand elle s'est pointée peu avant la fermeture. Elle portait une robe noire délavée et un bracelet de cuivre serti d'une énorme citrine non taillée. Il y avait quelque chose de différent en elle, une aura plus sombre. Elle ressemblait enfin à la sorcière qu'elle avait toujours voulu être : une créature famélique et effrayante.

Au lieu de nous demander à quoi nous nous intéressions, elle n'a cessé de parler d'un nouveau rituel dévoilé par le livre de l'occultiste, un sort censé accroître la force magique du corps : du sang, de l'urine, des cheveux et des ongles, tous ces ingrédients élémentaires qu'il était possible de collecter sur soi-même.

Son sac débordait de racines dégoulinantes d'eau sale, des abominations qui, à l'en croire, constituaient désormais sa seule nourriture. Sa peau exhalait une odeur de pin et de métal.

Et il y avait autre chose, disait-elle. Qu'elle devait nous montrer sur-le-champ.

Ni l'une ni l'autre n'avait envie de l'accompagner. Nous avions passé une grande partie de la nuit précédente à nous occuper de mon père souffrant, et nous étions épuisées. Pourtant, après avoir quitté le resto, nous lui avons emboîté le pas jusqu'à l'arrêt de bus.

L'énergie qui circulait entre elle et nous était aussi suffocante que la touffeur de cette fin de mois d'août. À notre descente du bus, au lieu de nous conduire chez ses parents, elle nous a guidées à travers le campus vers l'une des petites boutiques aux antiques façades de bois où les apprenties sorcières se procuraient pipes en verre soufflé, vêtements gothiques bon marché et bijoux incrustés de nacre ou de faux lapis-lazuli. Elle portait un nom si désespérément geek

– L'Entre Deux Mondes – que je me suis sentie embarrassée d'y entrer devant les employés du disquaire voisin, deux garçons au look recherché qui s'accordaient une pause cigarette sur le trottoir.

Le magasin embaumait le bois de santal. Sur ses rayonnages s'entassaient des articles plus ou moins inutiles, pipes à eau, T-shirts inspirés des œuvres d'Escher et tentures murales *tie and dye*. Tandis que j'étudiais ce bric-à-brac, une femme a surgi de l'arrière-boutique et a serré Marion dans ses bras.

— Salut, ma toute belle.

Elle n'avait pas plus de trente ans mais elle avait l'air d'une vieille punk. Sa peau était comme rôtie par le soleil, ses yeux d'un bleu de quartz, ses mains tatouées de fleurs, de triangles et d'étoiles.

— Tu as apporté le livre ? a-t-elle demandé à Marion qu'elle étreignait toujours.

Fee et moi avons échangé un regard suspicieux tandis que Marion fouillait dans son sac. Elle en a sorti le grimoire de l'occultiste. La femme a ri doucement en levant les mains comme si Marion allait le lui donner. Comme rien de tel ne se produisait, elle s'est tournée vers nous.

— Alors comme ça, Marion, voilà ton assemblée de sorcières, a-t-elle dit.

J'ai désigné la femme d'un coup de menton méprisant.

— C'est qui celle-là ? Et qu'est-ce qu'on fait dans sa boutique merdique ?

La femme a gloussé de nouveau, mais Marion s'est tendue comme un arc. Les veines de son cou saillaient dangereusement.

— Je vous présente Sharon. Une praticienne, comme nous.

— Tu peux dire *sorcière*, ma chérie. Ce n'est pas un gros mot.

Elle a passé la langue sur l'anneau qui ornait sa lèvre inférieure.

— Il est réducteur, a objecté Marion avec sérieux. Nous sommes plus que cela. Je veux être plus que cela.

Comme d'habitude, elle n'avait aucun humour lorsqu'il était question de magie.

— Bien sûr, bien sûr, a concédé Sharon. Tu as tout à fait raison.

— La boutique de Sharon est un lieu de réunion pour… pour les praticiennes, nous a expliqué Marion. Il y a quelques jours, j'y suis entrée pour acheter du matériel, et nous avons parlé pendant… Combien de temps, au juste ? Deux heures ?

— Exact, a confirmé Sharon.

Le livre serré contre sa poitrine, Marion a adopté un ton plus solennel.

— Quelque chose s'est passé, la nuit qui a suivi notre rencontre. Pour la première fois, le livre m'a dévoilé un sort exigeant le concours de quatre praticiennes.

Elle a marqué une pause avant d'ajouter :

— Je crois qu'Astrid souhaite que nous travaillions avec Sharon.

J'ai laissé échapper un éclat de rire moqueur.

— Oh, je vois ! Astrid est notre mère maquerelle, maintenant ? Désolée, mais il n'est pas question que je travaille avec quelqu'un que je ne connais pas.

— Elle me plaît, celle-là, a lancé Sharon, alors que son regard noir exprimait un sentiment opposé. Oui, tu me plais, ma chérie.

— Ça me fait une belle jambe, *ma chérie*, ai-je rétorqué.

Sharon a fait la moue, puis elle a lâché un soupir interminable, invraisemblablement long, un souffle où flottait un puissant parfum de réglisse. Soudain, toutes les ampoules de la boutique se sont mises à clignoter puis j'ai senti la tension ambiante se fragmenter en un million de fragments. Les yeux exorbités, Fee a porté les mains à sa gorge, là où la croix avait laissé son empreinte.

— Nous avons tout notre temps, a déclaré Sharon d'une voix égale, visiblement ravie de nous avoir impressionnées. En attendant, que diriez-vous d'une tasse de thé ?

Tandis qu'elle prononçait ces mots, j'ai eu un flash de son aura. C'était un halo où l'ultraviolet se mêlait à une nuance d'orange vif striée à la manière d'une peau de tigre. C'est la première fois que j'observais une aura bicolore, et j'ignorais alors ce qu'un tel phénomène pouvait bien signifier.

Je me suis tournée vers Fee, puis j'ai haussé un sourcil.

— OK, ça marche, ai-je dit. Discuter n'engage à rien, après tout.

CHAPITRE SEIZE

Woodbine

Aujourd'hui

Lorsque j'ai regagné la maison – une demeure hantée, cela ne faisait plus aucun doute dans mon esprit tourmenté –, j'ai vu la voiture de Hank dans l'allée. Je me suis mise à courir, et j'ai gravi les marches quatre à quatre jusqu'à sa chambre. Il dormait. Son visage était angélique, illuminé par les images qui défilaient sur l'écran de son ordinateur portable. J'ai rabattu l'écran puis j'ai posé la main sur son épaule.

— Hank, réveille-toi. Eh, Hanky. Hank… Hank.

Soudain, il s'est hissé sur un coude. Son regard exprimait un profond état de confusion.

— Ivy ? Quelle heure est-il ? Qu'est-ce que tu fais dans ma chambre ? Où est passé mon ordi ? Il est tombé du lit ?

— Tout va bien. Pas de panique. Respire.

Hank s'est lourdement laissé retomber sur le dos.

— Oh, bon Dieu ! Le jour n'est même pas levé.

— Il y a longtemps que tu es rentré ?

— Je ne sais pas. Je pionçais, je te signale. J'ai un peu perdu le fil.

— Tu n'as rien remarqué de bizarre quand tu es arrivé ?

— Comment ça, bizarre ? Écoute, laisse tomber. On parlera de tout ça demain, d'accord ? Va te coucher, par pitié.

— T'inquiète, je ne vais pas traîner. Mais avant, je veux que tu m'expliques ce que tu voulais dire, tout à l'heure, quand tu as parlé de Billy. Quand tu m'as demandé ce qui s'était passé entre nous.

— Et c'est pour ça que tu m'as réveillé ?

Il s'est adossé péniblement à la tête de lit et m'a étudiée d'un œil à peine entrouvert.

— Ce que je voulais dire, c'est que vous étiez amis, et que je ne sais pas pourquoi tu l'as largué.

— Tu te trompes. On n'a jamais été amis.

— Tu rigoles ?

— Non, je suis sérieuse. Je connais à peine Billy Paxton. C'est notre voisin, et ça s'arrête là. Avant ce soir, on n'avait pas échangé plus de deux phrases.

Hank a cligné nerveusement des yeux. Les rayons de la lune qui filtraient par la fenêtre accentuaient les angles de son visage. Il a rejeté son drap et allumé la lampe de chevet.

— OK. Je vais te montrer un truc.

Lorsque Hank était petit, tante Fee lui avait donné un vieux Polaroid auquel il était aussitôt devenu complètement accro. Il prenait en photo tous ceux qui entraient dans sa chambre, si bien qu'au bout de huit ans le pan de mur entre la porte et le placard s'était mué en lieu d'exposition permanente, une mosaïque de clichés aux couleurs plus ou moins délavées.

Il s'est posté devant sa collection, les cheveux ébouriffés et son pantalon de pyjama à hauteur du coccyx, et l'a longuement passée en revue.

Il y avait des photos de moi à tous les âges de ma vie. Curieusement, celle où j'apparaissais avec un carré plongeant, un sourire exposant deux incisives fraîchement poussées et des lunettes rouges portées de travers tenait la vedette. Il y avait des garçons en maillot de base-ball et des filles aux yeux mi-clos fumant des joints en brandissant leur téléphone portable, les cheveux décolorés par la lumière aveuglante du flash. Fixés avec des punaises, les clichés se chevauchaient, si bien que les plus anciens, criblés de trous, étaient à peine visibles.

— Ici, a annoncé Hank.

Il a détaché une photo qui se trouvait à hauteur de ses genoux, à demi masquée par une autre où Jada et lui posaient en Magenta et Riff Raff du *Rocky Horror Picture Show*.

Il s'est écoulé plusieurs secondes avant que mon esprit accepte ce que je voyais.

Billy et moi nous tenions côte à côte, respectivement âgés d'environ neuf et dix ans. Ce devait être l'été, car nous portions des shorts. Détail surprenant, nous étions affublés de vestes deux fois trop grandes pour nous.

Billy avait la bouche ouverte. À en juger par son expression malicieuse, il était en train de lancer une plaisanterie. Moi, je riais aux larmes, les yeux fermés. C'était une scène légère et joyeuse. J'ai esquissé un sourire, puis je me suis rendu compte qu'elle ne collait pas à la réalité.

Les doigts tremblants, j'ai plaqué la photo sur le torse de Hank.

— Je n'ai aucun souvenir de ce moment.

— Tu n'as pas pu l'oublier !

— Je te dis qu'il n'a jamais eu lieu ! Tu peux me dire à quoi ça rime ? Qu'est-ce que c'est que ces tenues ?

Il a ravalé sa salive avec difficulté.

— C'était un jeu idiot que vous adoriez. Vous enfiliez les vêtements de papa, puis vous espionniez les gens. Vous vous faisiez appeler les jumeaux inspecteurs.

— Tu veux dire, les jumeaux *détectives* ?

C'était le nom d'une série d'espionnage dont j'avais dévoré l'intégralité des épisodes.

— Ah, tu vois que tu te souviens ! s'est écrié Hank, manifestement soulagé.

— Non. Toujours rien.

La sueur perlait à mon front, mais j'étais glacée jusqu'aux os.

— Pourquoi as-tu attendu tout ce temps pour me parler de Billy ? ai-je demandé.

Ses épaules se sont raidies, comme s'il se préparait à encaisser un choc.

— C'est à cause de maman.

— Maman ? Qu'est-ce qu'elle a à voir avec cette histoire ?

— Elle m'a ordonné de ne rien dire.

De quoi pouvais-je bien avoir l'air à l'instant où il a prononcé ces mots ? D'une bête sauvage, sans doute, vu la façon dont il a blêmi avant même d'avoir achevé sa phrase.

— Quand ? me suis-je étranglée. Quand est-ce qu'elle a dit ça ?

— Durant l'été qui a précédé mon entrée au lycée. Tu allais entrer en cinquième. Je m'en souviens, parce que c'était juste avant que je fasse mon coming out.

Tu te comportais de façon bizarre depuis un moment, mais j'avais d'autres problèmes en tête.

— Qu'est-ce qu'elle t'a dit *exactement* ?

— Que toi et Billy vous étiez disputés, qu'il fallait que je te laisse tranquille et que je ne t'ennuie pas avec cette histoire. J'ai d'abord cru qu'il t'avait fait du mal, mais ensuite, il avait l'air si malheureux que je me suis dit que c'était toi qui avais fait quelque chose.

— Et tu ne m'as pas posé de questions.

— Comme je t'ai dit, s'est-il défendu sur un ton misérable, j'avais d'autres soucis.

— Elle a menti. Je ne me souviens de rien de tout ça. *D'absolument rien.*

Hank est resté silencieux. Ses lèvres se sont mises à trembler, comme s'il était sur le point de fondre en larmes.

— J'ai vu Billy, ce soir, ai-je repris. Il m'a dit que je lui avais brisé le cœur quand on était petits, et que je m'étais servie de maman pour arriver à mes fins. Quoi qu'il se soit passé, une chose est certaine : c'est elle la responsable.

— Elle t'aurait fait oublier Billy ? Mais comment ?

— Oh ! arrête de te mentir, Hank. On sait toi et moi qu'elle est parfaitement capable de faire ce genre de choses.

Alors que j'étais convaincue qu'il allait protester, il a hoché la tête.

— Ouais, tu as raison, a-t-il soupiré.

Nous nous sommes longuement regardés sans prononcer un mot.

— Et papa ? ai-je enfin demandé. Il est au courant ?

Il s'est laissé tomber sur le lit.

— Ivy, stop. Il est trois heures du matin, et il est possible qu'on ait fumé un ou deux joints, Jada et moi.

Par conséquent, je n'ai pas les idées très claires, tu piges ? Si j'ai un conseil à te donner, c'est d'en parler aux parents, ainsi qu'à Billy.

— Sauf que maman a disparu de la circulation et que Billy me hait.

— Tu délires. Il est fou amoureux de toi depuis l'âge de sept ans. Quant à Maman, elle finira tôt ou tard par rentrer à la maison.

— Un instant… Qu'est-ce que tu viens de dire ? À propos de Billy ?

Hank a gémi, puis il a plaqué un oreiller sur ses yeux.

— Si tu me laisses dormir, je promets de te soutenir quand tu parleras à maman. Bon, je ne dis pas que je plaiderai ta cause, mais au moins, je serai là, dans la pièce. Considère-moi comme… ton adjoint, OK ? Dans l'immédiat, par pitié, fous-moi la paix jusqu'à demain.

Ensuite, je me suis enfermée dans la salle de bains et j'ai étudié mon visage dans le miroir. J'aurais voulu sonder mon cerveau et dénicher les cicatrices que ma mère y avait laissées lorsqu'elle s'y était introduite.

Soudain, je me suis rappelé la sensation désagréable que j'avais éprouvée devant la maison de Fee, cette impression d'être observée alors que je consultais les SMS qu'elle venait de m'adresser. Étaient-elles toutes les deux à l'intérieur, à cet instant-là ? Se terraient-elles afin de régler le mystérieux « problème » qui avait commencé par la découverte du premier lapin mort ?

Mon père était en ville pour la nuit, ce qui signifiait que sa voiture se trouvait sur le parking de la gare, à moins de deux kilomètres. Il y avait un double des clés dans le vide-poche de l'entrée, ainsi qu'un double de la clé de Fee. Cette fois, si elle refusait de m'ouvrir, j'entrerais sans sa permission.

Une fois dehors, j'ai constaté que le pick-up de Billy n'était plus dans l'allée des Paxton. De toute évidence, je n'étais pas la seule à ne pas pouvoir dormir.

CHAPITRE DIX-SEPT

Chicago

Autrefois

Sharon a tourné le panneau de la porte vitrée côté *fermé*, a poussé le verrou puis nous a invitées à la suivre dans l'arrière-boutique. Des cartons de marchandises étaient empilés contre l'un des murs, tandis que des rayonnages garnis de livres recouvraient la paroi opposée. Dans un angle était aménagé un coin cuisine avec une plaque de cuisson et un minuscule réfrigérateur. Au-dessus de l'évier on avait punaisé une affiche du film *Génération perdue*. Sur un panneau en liège, j'ai remarqué quelques éléments intrigants perdus dans une collection de cartes postales et de flyers : des fleurs séchées, quelques décimètres de fil à tisser et une natte de cheveux si clairs que je doutais qu'ils puissent être naturels.

Le centre de la pièce était occupé par une vieille table en Formica vert menthe. Une jeune Asiatique vêtue d'un T-shirt Mickey Mouse était assise sur l'une des deux chaises, face à une règle en bois et une courte corde à nœuds. Après nous avoir dévisagées, elle a posé sur Sharon un regard fiévreux puis a tout fait disparaître sur ses genoux.

— C'est qui, celles-là ? a-t-elle demandé.

Elle s'exprimait avec un fort accent du South Side, le quartier le plus défavorisé de Chicago. Sharon a esquissé un sourire.

— Jane. Ne t'inquiète pas, mon ange. Je te présente Marion et ses amies.

À ses yeux, nous n'étions pas dignes d'être désignées par nos prénoms.

— Pourrais-tu aller nous chercher des sandwichs, ma chérie ? Prends-en quatre. À la dinde de préférence.

— Je n'ai pas faim, a objecté Marion, livide.

— Dans ce cas, trois sandwichs suffiront.

Jane a fait la moue.

— Mais j'ai faim, moi.

Sharon a posé la main sur son épaule puis s'est baissée pour l'embrasser sur la joue. Ces gestes affectueux étaient étrangement maternels.

— Trois, a-t-elle insisté. C'est compris ?

Prenant bien soin de ne pas croiser notre regard, Jane a glissé la règle et la corde dans un sac à dos violet. Son comportement m'a rappelé que nous serions bientôt de retour au lycée, entourées de filles de son âge. De *notre* âge. J'ai aussitôt chassé cette idée de mon esprit. Pour l'heure, c'était l'été, le soleil était sur le point de se coucher, et je me trouvais dans une boutique dédiée aux gothiques et autres accros de la fumette, les tempes douloureuses de la magie de la veille. La rentrée n'aurait pas pu m'apparaître plus lointaine.

Sharon a sorti de son réfrigérateur un bouquet d'herbes qu'elle a placées dans une théière électrique. En quelques secondes, un puissant parfum de coriandre s'est diffusé dans la pièce. Lorsqu'elle m'a tendu un mug rempli de ce breuvage, j'ai remarqué, parmi ses bijoux en argent, ses pierres et ses tatouages, une bague de cheveux pâles à son annulaire droit.

— C'est un anneau de deuil, a-t-elle expliqué, consciente qu'il avait attiré mon attention. Une mèche prélevée sur la tête de mon demi-frère, alors qu'il reposait dans son cercueil. J'ai passé la majeure partie de mon adolescence dans un camp en Arizona. À l'époque, c'était le seul sur qui je pouvais compter.

— Un camp ? s'est étonnée Fee.

— Une secte, a précisé Sharon. J'y suis entrée à l'âge de quinze ans, et j'en suis sortie cinq années plus tard. J'en ai gardé de sales souvenirs.

Elle a écarté ses bracelets pour révéler une rangée de cicatrices pâles régulièrement espacées, semblables aux marques que fait un prisonnier pour compter les jours sur un mur de sa cellule.

— Celles-ci sont à moi. Pas celles-là, en revanche.

Elle a désigné trois brûlures circulaires au pli du coude.

— Ma cicatrice de césarienne est encore plus belle. J'ai failli mourir, ce jour-là. Par chance, la sage-femme a réussi à me faire sortir discrètement du ranch pour me conduire à l'hôpital. Le ranch. C'est comme ça qu'*il* appelait le camp.

Sharon en est soudain venue au fait. C'était le genre de personne qui use de son histoire personnelle comme d'une arme. Moi qui avais grandi entourée d'ivrognes, j'avais appris à détecter les gens comme elle à des kilomètres. Ils truffaient les conversations de terribles révélations intimes qu'ils présentaient comme des secrets, mais qui n'étaient qu'un moyen de persuader leurs interlocuteurs de se confier en retour. Sharon avait sans doute des pouvoirs magiques. Cependant, selon moi, son véritable talent consistait à détecter les failles d'autrui.

Sauf que je voyais clair dans son jeu. Je lui ai lancé un regard hostile, moi, seize ans depuis peu, une vierge en T-shirt et rangers.

— Pourquoi vous nous racontez ça ?

— Pour vous faire comprendre que la magie n'est pas un jeu, a-t-elle répondu d'une voix éraillée de fumeuse.

Elle s'est plantée devant nous, les pieds écartés, comme pour nous mettre au défi de la regarder, avec sa coupe de cheveux à la Robert Smith et ses tatouages de prisonnière.

— Mon corps est une *batterie* chargée à bloc par toutes les souffrances que l'on m'a infligées. Et vous, d'où vient votre pouvoir ? De vos soirées passées à regarder *Dangereuse Alliance* ?

L'une de mes paupières s'est mise à tressauter. La nuit passée, mon père n'avait pas pu dormir à cause de la douleur que lui causaient ses vertèbres. Il avait trouvé le charme antidouleur que j'avais placé sous son lit et m'avait forcée à le jeter dans les toilettes. *Qu'est-ce que c'est que cette saloperie de vaudou dans lequel tu t'es embarquée ?* Il avait fallu ignorer la puanteur de ses vomissures. Les analgésiques ne faisaient pas bon ménage avec la vodka qu'il s'envoyait. Jusqu'à l'aube, Fee et moi avions tenté d'apaiser ses souffrances. J'y avais mis tout mon pouvoir et toute la force de mon ressentiment. Évidemment, les effets secondaires étaient désastreux.

— C'est bien, a souri Sharon. Laisse la colère monter en toi, mon cœur. Elle te fait du bien. Comme la douleur, c'est un moteur puissant. À présent, dis-moi, veux-tu travailler avec moi ? Moi, je le veux.

— Eh ! a protesté Fee. Je vous rappelle que je suis là !

Elle était plus jolie que moi, plus grande et plus solide. Au cours de ces mois irréels, elle avait affiché une assurance qui m'avait toujours fait défaut.

Sharon a promené l'index sur la chemise de Fee, puis décrit un *t* minuscule à hauteur de la cicatrice en forme de croix dissimulée sous le tissu.

— La foi perdue est une source de pouvoir, tout comme celle que l'on refoule. Je suis impatiente de travailler avec toi.

Marion sirotait son thé, l'air satisfait.

J'ai bu une gorgée du mien. Il était encore brûlant.

— En quoi consiste le sort ? ai-je demandé.

Marion a esquissé un sourire. Il y avait longtemps que je n'avais pas vu son visage s'éclairer ainsi. Depuis des semaines, elle avait perdu sa spontanéité. Tout en elle n'était plus que calcul. En toute occasion, il me semblait la voir penser. En cet instant, au contraire, elle rayonnait, fébrile et impatiente.

— Nous allons renforcer notre pouvoir, a-t-elle annoncé.

Elle a ouvert le livre, puis elle a lu à haute voix :

— « Une grâce de puissance offerte à qui aura le courage de la recevoir. Afin que mes vertus ne s'effacent pas. Afin que jamais je ne meure mais vive en vous. Un sortilège à huit mains. »

Sa voix tremblait imperceptiblement. Ses joues avaient rougi.

— Une grâce de puissance, a-t-elle répété. Voilà en quoi consiste le sort.

— *Offerte à qui aura le courage de la recevoir*, ai-je rappelé. Ça sonne comme un défi. Comme si elle nous traitait de poules mouillées.

— Un peu de respect, a sifflé Marion. Ce sort est une promesse. Une récompense. Une partie du pouvoir d'Astrid.

— Une récompense pour quoi, cela dit ?

Elle a délibérément ignoré ma question. Ses yeux étincelaient.

— Astrid ne s'est pas contentée de nous instruire. Elle nous a aussi évaluées. Elle devait s'assurer que nous étions dignes de son héritage, et nous n'avons pas déçu ses espoirs. Elle nous a choisies.

— Combien de temps ce sort fera-t-il effet ? ai-je demandé.

— C'est définitif, a répondu Marion.

— Pas question, ai-je annoncé. Ne compte pas sur moi.

Fee a froncé les sourcils.

— *Définitif* ? a-t-elle répété. Attends une minute. Et si on crève à cause d'un effet boomerang ?

Marion a fait la grimace.

— Il n'est pas question de donner, de prendre, de compenser ou je ne sais quoi. Il s'agit d'une offrande. Vous refuseriez un tel cadeau ? Sérieusement ?

Fee lui a serré la main.

— Du calme, Marion. C'est juste que… ça ne te semble pas un peu trop beau pour être vrai ?

Marion lui a pressé les doigts.

— Tu penses qu'on ne mérite pas ce qu'il y a de mieux ?

Sharon a posé sur Fee et moi un regard très doux.

— Je vous prenais pour des bosseuses, a-t-elle dit. Apparemment, ce n'est pas le cas.

— Vous, on ne vous a pas sonnée, ai-je aboyé.

— Taisez-vous ! a tonné Marion. Écoutez-moi.

Sa voix avait un timbre étrange, une texture si singulière que je me suis demandé si elle n'était pas en train de lancer un sort. Je mesurais à quel point elle était différente de celle qui était entrée dans le restaurant afin d'y prendre son service pour la première fois. Cette fille un peu ronde, aux pommettes rouges, dont la seule grâce tenait à sa gravité. À présent, elle avait le teint blafard et le corps décharné. Ces changements lui conféraient l'autorité troublante d'une nonne.

— J'ai beaucoup travaillé. Depuis que j'ai trouvé le livre d'Astrid, j'ai étudié toute la littérature disponible concernant la magie, l'occultisme, la sorcellerie… Personne n'est arrivé à la cheville d'Astrid Washington. Si nous possédions ne serait-ce qu'une infime partie de son pouvoir, rien qu'une miette…

Elle a fermé les yeux, comme éblouie par cette hypothèse. Lorsqu'elle les a rouverts, son visage rayonnait de la ferveur du cartographe foulant une terre inconnue, cette ferveur qui nous avait convaincues, Fee et moi, d'embrasser son obsession pour la magie.

— Réfléchissez, a-t-elle poursuivi. Pensez à ce que nous pourrions accomplir.

Les pensées ont alors commencé à se bousculer dans mon esprit. J'ai songé à de puissants sorts de guérison, au visage de mon père libéré de ses souffrances. J'ai même imaginé l'impensable : la guérison définitive. Je me suis tournée vers Fee. Visiblement, elle s'était retirée au fond d'elle-même.

— Quels sont les ingrédients ? ai-je demandé.

J'avais eu beau prononcer ces mots le plus platement possible, Marion a compris qu'elle me tenait. Elle a posé son sac sur la table et en a sorti un miroir circulaire enveloppé dans une peau de chamois, une épaisse bougie rouge et le tube de rouge à lèvres vide dans lequel elle conservait ses aiguilles et ses épingles.

— C'est tout ? s'est étonnée Fee.

— Oui. À part le livre, bien entendu, a dit Marion en posant la main sur la couverture. Et la bonne lune – celle de cette nuit. Et le bon endroit.

— Cette nuit ? Et si on avait d'autres engagements ?

— Je connais vos emplois du temps. Vous êtes disponibles.

— On a des vies privées, figure-toi.

Marion a tendu l'index, puis elle a décrit un cercle dans lequel elle nous a englobées.

— Chacune de vous est l'unique vie privée de l'autre.

Au début de l'été, j'aurais considéré cette remarque comme une manifestation de sa jalousie, mais pour l'heure, elle ne nous voyait même pas. Elle contemplait un autre horizon. Fee et moi nous sommes regardées dans les yeux. Nous n'avions pas besoin de mots pour nous comprendre.

Je n'aime pas ça, Ivy, disait son visage.

Je n'aime pas ça non plus.

Notre hésitation s'expliquait par toutes sortes de choses : curiosité, culpabilité, désir. Optimisme, peut-être. Et puis, les pires côtés de nous-mêmes. Les fragments de magie, aiguisés par nos rituels, s'étaient transformés en de redoutables lames. Étions-nous prêtes à retrouver nos vies d'avant, après tout ce que nous avions accompli ? Nous qui n'avions que seize ans, nous dont les existences, jusqu'alors, n'avaient pas valu grand-chose, nous débordions de pouvoir.

Même aujourd'hui, quand je tente d'obliger mon moi d'alors à dire « Non », à prendre Fee par la main et à tourner à jamais le dos à Marion et à la magie, je n'y parviens pas. En vérité, aucune version de moi-même n'aurait pu refuser l'offre d'Astrid Washington.

CHAPITRE DIX-HUIT

Woodbine

Aujourd'hui

Je me suis mise en route à trois heures et demie du matin. La tête pleine du bourdonnement entêtant des réverbères, j'ai traversé la rue, longé le terrain de jeu dont le manège achevait de rouiller aux rayons de la lune. Chahutés par le vent, les arbres soupiraient comme de vieilles femmes accablées par la chaleur.

Au cœur de la nuit, le monde est une boule à neige où tout, jusqu'aux choses les plus familières, revêt un aspect inquiétant. Les maisons au perron brillamment éclairé sont semblables à des pièges faussement accueillants ; celles qui demeurent plongées dans l'obscurité sont des coffres-forts recelant de terribles secrets.

J'ai soupiré de soulagement à l'instant où j'ai quitté le lotissement pour m'engager dans la rue principale. Je suis passée devant l'école élémentaire puis j'ai traversé le quartier du parc avant d'atteindre la zone commerciale où l'enseigne du 7-Eleven, la supérette ouverte vingt-quatre heures sur vingt-quatre, se détachait sur un ciel violet foncé.

L'intérieur du magasin était illuminé comme une scène de concert. Derrière la vitrine, les lieux étaient déserts, à l'exception de l'employé avachi sur le comptoir. J'ai imaginé par avance le souffle glacé de la climatisation, le parfum du détergent industriel et l'odeur de fromage fondu. Je me suis arrêtée sur le parking pour fouiller dans mes poches à la recherche de pièces de monnaie. Tout à coup, une fille est entrée dans mon champ de vision puis a poussé la porte du magasin. Sa présence ne m'a même pas étonnée. La retrouver ici, à cette heure de la nuit, me semblait tout à fait plausible.

C'était l'inconnue que Nate et moi avions suivie dans les bois jusqu'à la rivière. Je l'ai reconnue à son teint crayeux et à sa démarche animale. Son profil m'évoquait une très ancienne peinture sur bois au vernis écaillé. Ses traits étaient saisissants, comme taillés grossièrement. Et elle portait toujours ma chemise.

De crainte qu'elle ne m'aperçoive, je me suis accroupie derrière une Subaru afin de surveiller la porte de la supérette en toute discrétion. La fille l'a franchie quelques minutes plus tard chargée d'une bouteille de deux litres de soda énergisant Mountain Dew et d'un hot-dog. Sans blague ? Un hot-dog de chez 7-Eleven ? Même Hank n'aurait pas pu avaler pareille abomination. Amina et moi avions souvent plaisanté à ce sujet. Selon nous, le hot-dog exposé dans la vitrine chauffante était toujours *le même*, étendu pour l'éternité dans sa petite cabine de bronzage, suppliant d'une petite voix plaintive les clients de le dévorer.

La fille a débouché la bouteille et l'a vidée à grands traits jusqu'à la dernière goutte. La façon dont sa gorge palpitait à chaque gorgée évoquait un boa avalant sa proie. C'était une vision à donner la nausée. Cela fait, elle a englouti le hot-dog en trois bouchées avant de laisser tomber l'emballage et le récipient à ses pieds, ignorant la poubelle qui se trouvait à trois pas de là. Enfin, elle a traversé le parking et s'est engagée dans la rue principale, comme si elle retraçait en sens inverse l'itinéraire que je venais d'emprunter.

— Qu'est-ce que ça veut dire ? ai-je murmuré avant de quitter ma cachette et de la suivre.

Elle portait un jean trop large et défraîchi et la chemise que je lui avais donnée près de la rivière. Ses cheveux, qui tombaient au milieu de son dos, avaient un tel éclat qu'il paraissait impossible que je la perde de vue dans la pénombre ambiante. Pourtant, parvenue à un carrefour, c'est exactement ce qui s'est produit. J'ai choisi une direction au hasard et, par chance, l'ai aperçue à nouveau. Ce manège ne cessait de se reproduire : de pâté de maisons en pâté de maisons, elle échappait à ma vigilance pour réapparaître comme par magie quelques instants plus tard. C'était comme si les ténèbres l'accompagnaient et lui offraient refuge quand bon lui semblait. Elle marchait d'un pas décidé, sans manifester la moindre hésitation. Après avoir dépassé le terrain de jeu, elle a pris la route sinueuse qui traversait le lotissement, puis celle qui menait chez moi. J'ai creusé la distance entre nous.

Lorsqu'elle a tourné à l'angle de ma rue, j'ai retenu mon souffle, puis je l'ai vue s'immobiliser en bas de notre allée. Elle est restée parfaitement immobile, les bras inertes le long du corps, les yeux rivés sur la maison.

Je me suis blottie dans l'ombre, près de chez Billy. Là, j'ai tiré mon téléphone de la poche arrière de mon jean et composé le numéro de Hank.

— Réveille-toi, abruti, ai-je murmuré. Décroche, bon sang !

Mais mon appel a basculé sur la messagerie. Puis la fille a remonté l'allée à grandes enjambées et a disparu sur le côté de la maison.

— Eh ! ai-je crié sous l'effet de la panique.

J'ai traversé la rue au pas de course. L'espace où je l'avais vue s'engager était envahi par des framboisiers qui poussaient de façon anarchique. Je m'attendais presque à trouver la fille prise dans les ronces comme un prince de conte de fées.

Le jardin était désert lui aussi. La bouche sèche, j'ai longé les fenêtres de la cuisine. La pièce baignait dans une lumière verdâtre, comme immergée au fond d'un lac. J'ai terminé mon tour par l'allée. Aucune trace de la fille.

À moins que… J'ai pensé aux cookies entamés. Et si elle s'était introduite dans la maison ?

Je me suis glissée dans le vestibule et j'ai tendu l'oreille. Le silence avait une texture inhabituelle, presque malveillante. En dépit des apparences, j'avais l'impression que quelque chose clochait, que rien n'était à sa place. Ce sentiment était aussi concret qu'une odeur. J'ai inspecté le rez-de-chaussée, puis je suis montée à l'étage. Hank était dans son lit. Il ronflait, une main coincée sous son menton. Personne dans la salle de bains, ni dans ma chambre. J'avais gardé celle des parents pour la fin.

Tout semblait en ordre, mais l'air donnait l'impression d'être saturé d'électricité statique. J'ai jeté un coup d'œil au dressing et à la salle de bains privative, puis je me suis baissée pour regarder sous le lit. Alors que je me trouvais à plat ventre, l'écran de mon téléphone s'est mis à vibrer, et un numéro qui ne figurait pas dans mes contacts est apparu à l'écran.

Je me suis redressée d'un bond. Personne dans l'encadrement de la porte. À l'autre extrémité de la pièce, la fenêtre était un rectangle de ciel vide. J'avais la sensation irrationnelle que l'inconnue était près de moi, qu'elle surveillait chacun de mes faits et gestes, qu'elle attendait que je prenne l'appel. J'ai quitté précipitamment la pièce, dévalé l'escalier puis j'ai couru jusqu'à l'allée. Enfin, je me suis décidée à décrocher.

— Allô ?

Je n'ai entendu qu'un son confus et lointain. Le bruit de la circulation ou de l'océan. Prise d'un soudain espoir, j'ai pressé le téléphone contre mon oreille.

— Maman ?

— Oh ! mon Dieu, non, a répondu une voix féminine. C'est Sharon à l'appareil. On m'a transmis votre message.

CHAPITRE DIX-NEUF

Chicago

Autrefois

Le sort devait être lancé aux douze coups de minuit. J'avais longtemps cru que cette exigence n'était qu'un cliché parmi d'autres, une légende attachée au folklore de la magie. En vérité, c'était une condition essentielle à la réussite du rituel.

Nous avons quitté la boutique peu après vingt-trois heures, à l'heure où le lac soufflait son haleine humide dans les rues de la ville. Trente minutes plus tard, le bus nous a déposées dans le quartier de l'université aux rues déjà endormies. Les rares passants que nous y croisions nous considéraient d'un œil méfiant ou détournaient le regard. Toutes les quatre réunies, nous étions de redoutables créatures, un bouquet de fleurs vénéneuses qui ne s'ouvraient qu'à la nuit tombée. Fee était une déesse à la bouche couleur prune, Marion une sorcière de verre brisé. Par son seul aspect, Sharon fichait la trouille. Quant à moi… Il est impossible de porter sur soi-même un regard objectif, mais je pense avoir eu les yeux fiévreux d'une insomniaque, et mes cheveux couleur de feu cascadaient jusqu'à mes reins.

Marion nous a conduites au cœur du campus, dans l'ombre de hideux bâtiments de béton portant le nom d'hommes depuis longtemps disparus. Au bas d'une allée que d'antiques réverbères nimbaient d'une lumière orange, au-delà d'une étendue de trèfle à l'aspect féerique, se dressait un édifice baroque issu d'une imagination tourmentée.

— Est-ce que c'est… a commencé Fee.

Marion a contemplé la bibliothèque qui avait été la demeure de l'occultiste.

— On entre, a-t-elle annoncé.

Je l'ai fusillée du regard.

— Il n'était pas question d'entrer par effraction, ai-je protesté.

— Ce ne sera pas nécessaire.

Nous avons suivi Marion jusqu'à une ouverture dans le mur de pierre donnant sur un passage voûté qui aurait facilement pu passer inaperçu. Ce couloir, qui présentait de nombreux changements de direction au mépris de toute logique architecturale, était si étroit que nous avons dû avancer en file indienne dans une obscurité presque totale. Au bout de quelques minutes, nous avons débouché sur un jardin intérieur qui embaumait le basilic, les plants de tomates et la menthe sauvage. Fee a passé les doigts dans un bouquet de sauge afin d'en libérer le parfum. En plein jour, cet espace devait avoir l'aspect d'un cloître médiéval peuplé d'abeilles et planté de simples et de fleurs multicolores. Au clair de lune, il paraissait recouvert de cendres.

Marion, qui s'affairait depuis quelques instants derrière un carré de rhubarbe, en a sorti une cage grillagée.

À l'intérieur se trouvait un lapin domestique au pelage blanc comme neige.

— Oh ! non, pas ça... a gémi Fee en découvrant l'animal.

Marion a confié la cage à Sharon, puis elle s'est accroupie devant une épaisse porte de bois en ogive aménagée dans un mur de pierre. De son sac, elle a extrait une lampe de poche et un cintre en métal savamment tordu à l'extrémité duquel était attaché un aimant. Après s'être allongée à plat ventre, elle a braqué la lampe sur l'espace de quelques centimètres qui séparait le sol du panneau de bois. Elle y a glissé le cintre, l'a manipulé durant quelques secondes puis en a tiré une clé.

Sharon a lâché un sifflement admiratif.

— Bien joué, MacGyver.

À l'évidence, Marion mûrissait ce plan de longue date. Après avoir fait tourner la clé dans la serrure, elle a ouvert la porte d'un coup de hanche. Elle savait par avance qu'elle résisterait, preuve qu'elle n'en était pas à son coup d'essai. Elle a esquissé un petit sourire satisfait puis nous a fait signe de la suivre.

À l'instant où nous avons franchi le seuil, la température a chuté de façon spectaculaire. L'odeur de papier et de vieille encre a chassé les innombrables senteurs du jardin. Même en gardant les yeux clos, nous aurions su que nous nous trouvions dans une bibliothèque. Lorsque la porte s'est refermée derrière nous, nous sommes restées silencieuses. Les yeux du lapin brillaient comme des pièces de cinq cents dans la pénombre.

— Je vais vous guider, a annoncé Marion sur un ton léger. Il vaut mieux ne pas se servir de la lampe.

Elle a pris la main de Sharon, qui a saisi celle de Fee. J'ai fermé la marche, et nous avons commencé à progresser au cœur du bâtiment.

C'était un endroit splendide et chargé d'histoire, une mine de livres anciens recelant d'innombrables secrets oubliés. Nous avons franchi une porte de bois ouvragée puis avons gravi un large escalier au sommet duquel un vitrail dépeignait des renards élégamment vêtus pique-niquant sur l'herbe au bord d'une rivière. Le palier était inondé de taches couleur de fruits trop mûrs.

Ce n'est qu'à cet instant que je me suis souvenue que Marion avait découvert un cadavre dans ce bâtiment. Il m'a semblé recevoir un seau d'eau glacée sur la tête.

Nous avons emprunté un couloir obscur puis nous nous sommes engagées dans un second escalier. La cage a heurté les genoux de Marion, lui arrachant un juron. À cet étage, le plafond était plus bas, et les fenêtres moins nombreuses. Plongées dans le noir complet, nous avons à nouveau dû nous en remettre à la mémoire de Marion et nous laisser guider comme des enfants.

Alors que nous nous trouvions entre deux zones faiblement éclairées, elle s'est arrêtée et a posé la cage à ses pieds.

— L'une de vous pourrait-elle me faire la courte échelle ? a-t-elle demandé.

Sharon a mis un genou par terre puis elle a joint les mains pour que Marion puisse y prendre appui. Je ne distinguais que leurs silhouettes, l'une prosternée tel un chevalier à l'occasion de son adoubement, l'autre les bras levés afin de manipuler un objet situé au plafond.

— Ça y est, a-t-elle déclaré en libérant le verrou d'une trappe.

Marion a tiré fermement sur une chaînette et déployé une échelle de bois. Des rayons de lune ont jeté une pâle clarté dans la galerie où nous étions. Il y avait quelque chose de différent dans cette lumière, une propriété comparable à l'acidité du citron.

Marion s'est hissée à l'étage supérieur puis s'est retournée pour saisir la cage que Sharon lui tendait. Cette dernière l'a rejointe, aussitôt suivie par Fee. À l'instant où je me suis trouvée seule, la pénombre m'est apparue comme une créature malveillante à la gueule hérissée de crocs. Saisie de panique, j'ai grimpé l'échelle en toute hâte et l'ai repliée derrière moi. Marion a fermé la trappe.

La pièce évoquait une boule à neige baignée de rayons de lune. Elle se trouvait au-dessus de la cime des arbres, et les fenêtres étaient disposées de façon à ne ménager aucune zone d'ombre. Au centre, sur le plancher poussiéreux, il y avait une tache sombre dont la forme et la taille rappelaient un mastiff pelotonné aux pieds de son maître.

Marion a sorti une boussole de son sac, en a étudié le cadran, puis nous a placées en éventail, dos au mur.

— Enlevez vos chaussures, a-t-elle ordonné, et laissez-les là.

Lorsqu'elle s'est penchée pour délacer ses bottes, ses vertèbres saillantes m'ont fait songer à la crête d'un iguane.

Je me tenais près de l'angle sud-ouest, Sharon au sud, Fee au sud-est. De ma position, je ne voyais que le bout de son nez émergeant d'une cascade de cheveux noirs. J'aurais aimé que nous échangions un regard mais elle regardait droit devant elle, sourde à mon appel muet.

Marion a pris dans son sac une petite boîte cartonnée, l'a ouverte puis s'est frotté les mains avec la poudre blanche qu'elle contenait. Elle a soufflé sur ses paumes, et des particules se sont envolées en tourbillonnant, retombant en pluie sur ses épaules. Après avoir ôté la peau de chamois qui l'enveloppait, elle a mis le miroir sur la tache sombre au centre de la pièce. Sur sa droite, elle a posé la cage et la bougie ; sur sa gauche, un bol qu'elle a rempli de gros sel puis le livre de l'occultiste.

D'ordinaire, Marion était sur le qui-vive lors de la préparation des rituels, comme si elle redoutait de recevoir un coup. Là, au contraire, elle agissait avec assurance. À l'aide d'un morceau de craie, elle a tracé des lignes et des cercles sur le plancher, puis elle a ajusté nos positions. Enfin, elle a remis une épingle à chacune de nous.

— Je vais mener le rituel. Quoi qu'il arrive, restez à votre place. À mon signal, vous tracerez un trait avec votre aiguille dans la paume de votre main gauche, de là... à là.

Elle a désigné le pli de son pouce et la racine de sa ligne de vie.

— Appuyez fermement. Il faut que le sang coule. Puis, lorsque je vous en donnerai l'ordre, vous poserez la main sur le sol.

Mes orteils ont tracé des demi-lunes dans la poussière. Je savais par expérience que la magie du sang provoquait de terribles retours de bâton, le prix à payer serait élevé. Peut-être Marion nous louerait-elle une chambre d'hôtel où nous pourrions récupérer, regarder des séries ringardes à la télé, nous gaver de malbouffe et siroter le remède vinaigré de Fee. Cela pourrait être sympa.

Il y a des moments de la vie que l'on se rejoue en boucle comme un film, assis dans une pièce obscure et criant silencieusement au personnage : *Cours, pauvre imbécile ! Cours !*

Ce personnage nous ressemble à s'y méprendre. Sa voix est semblable à la nôtre. Comme nous, il commet des actes irréfléchis, et n'a aucune chance de se tirer d'affaire. Avec le temps, on finit presque par se convaincre qu'il nous est étranger et qu'il a mal agi par pure ignorance.

C'est toujours la même scène qui se joue dans ma tête. Pas quotidiennement, comme c'était le cas autrefois. Parfois, une semaine entière passe sans qu'elle ne m'assaille. Mais elle se manifeste assez souvent, fondant sur moi au hasard tel un nuage de monoxyde de carbone.

Quatre filles se tiennent debout, pieds nus, dans une pièce circulaire. La lumière est telle que leurs silhouettes sont floues, sans consistance. Elles n'ont pas toutes le même âge, mais elles sont jeunes. Cheveux roux, bruns ou blonds, toutes quatre sont tendues, telles des prédatrices à l'affût. Qui sait ce qu'elles ont dans le cœur.

La fille aux cheveux clairs s'accroupit devant la large tache qui souille le plancher. À ses côtés, un bol rempli de gros sel, un livre, une bougie rouge posée sur une soucoupe, et une cage contenant un lapin pantelant. Le miroir circulaire posé devant elle ne reflète pas le plafond du grenier mais un rond de ciel gris sale.

Certains sorts exigent une précision extrême. Leur rituel est fixé dans ses moindres détails. D'autres offrent certaines libertés, et restent ouverts à l'interprétation. La sorcière aux cheveux clairs allume la mèche à l'aide d'un briquet orné de smileys. Le sort n'a que faire de son aspect. Seule compte la flamme de la bougie.

Celle-ci n'a rien de particulier, jusqu'à ce que la sorcière place la main au-dessus et prononce les premiers mots de l'incantation. Elle se met alors à crépiter, puis se change en un globe lumineux d'un bleu très pâle.

Ce sort est plus puissant que celle qui a entrepris de le lancer. Devant ce premier succès, elle se mord la joue pour retenir un sourire triomphant.

La flamme bleue dévore la bougie à une vitesse surnaturelle, si bien qu'une grande quantité de cire se trouve bientôt répandue dans la soucoupe. Avec d'infinies précautions, la sorcière verse le liquide brûlant sur le miroir, formant une spirale partant du centre, comme lorsque l'on verse de la pâte à crêpes dans la poêle. Elle psalmodie dans un langage que nul au monde ne parle ni ne comprend plus. D'un geste preste, elle ouvre la cage et en sort le lapin. Placide jusqu'alors, il se met à lancer de furieux coups de patte. Un animal domestique menant un combat digne d'une bête sauvage. Le spectateur prie pour qu'il soit vainqueur, mais une lame brille, un cri païen retentit, et l'innocente victime rend les armes, la vie l'abandonne et son sang se répand sur la spirale de cire.

La sorcière ne se satisfait pas d'avoir tranché la gorge de l'animal. Il faut encore qu'elle le décapite. Je reconnais les chevaux de nacre qui ornent le manche du couteau. Je me souviens de ce jour, à la plage, où elle s'en est servie pour couper puis distribuer d'un geste généreux les tranches de mangue dont nous nous sommes régalées.

Après avoir écarté la dépouille de l'animal, elle se sert d'une épingle pour tracer des caractères dans la cire brûlante, de gauche à droite et de bas en haut. Comment peut-elle y voir quoi que ce soit, dans cette bouillie sanglante ? Les trois autres filles sont comme statufiées. On pourrait penser qu'il s'agit là d'un effet du sort si l'on ne remarquait, de temps à autre, un clignement de paupières ou la pointe d'une langue qui étanche des gouttes de transpiration. La température du grenier ne cesse de grimper.

Soudain, la sorcière se redresse, le bol entre ses mains dégoulinantes de sang. Elle verse le sel de façon à former autour d'elle un cercle englobant la bougie et le miroir. Sans interrompre son incantation, elle s'empare de la soucoupe, la penche afin que le globe de feu roule comme une boule de flipper sur le miroir maculé de cire et de sang. Aussitôt, les inscriptions s'embrasent puis disparaissent, révélant un portail ouvert sur un monde inconnu.

Hors du cercle de sel, la chaleur se fait moins vive. À l'intérieur, la sorcière ruisselle de sueur. Un vent violent balaie ses cheveux. Cette fois, elle est certaine d'avoir réussi. Elle lève la main.

— Maintenant !

Le visage dénué d'expression, ses trois comparses regardent la scène. Elles semblent dormir les yeux ouverts. Comme des automates, deux d'entre elles dessinent une ligne sanglante dans la paume de leur main à l'aide de l'épingle que la sorcière leur a donnée.

La troisième, la fille aux cheveux noirs et aux lèvres violettes, reste figée. Son regard est braqué sur le miroir embrasé.

— *Maintenant !* répète la sorcière aux cheveux clairs.

— *Qué carajo*… chuchote sa camarade récalcitrante.

— Qu'est-ce que tu attends ? siffle la jeune femme qui se tient à ses côtés. Est-ce que tu veux toutes nous faire tuer ?

Mais à l'instant où elle prononce ces mots, elle voit ce qui a dissuadé la fille aux cheveux noirs de poursuivre le rituel.

Moi aussi, je la vois, et cette apparition m'arrache à l'état de transe dans lequel je me trouvais. Je contemple avec horreur le centre du miroir nimbé d'un feu bleuté.

Une femme, dont le visage et les mains sont plaqués contre le verre, semble allongée sur le dos sous le parquet. Ses ongles sont pointus et le bout de ses doigts calleux, son front haut comme celui d'un enfant. Elle exerce une pression contre le miroir. Elle veut le *traverser*.

Avec le temps, ce souvenir mille fois ressassé commence à s'user, et certains détails m'apparaissent plus flous qu'autrefois. Certaines nuits, je pense avoir entendu le rire de l'occultiste. Parfois, je suis certaine d'avoir respiré son parfum, un mélange de bile et d'eau de Cologne. Mais il est une image dont je n'ai jamais douté, et qui demeurera à jamais gravée dans ma mémoire : une main tendue vers le plafond, l'autre plaquée sur le sol, ongles crochus, Astrid Washington se hissait hors du miroir.

Centimètre par centimètre, nous avons vu émerger son crâne couronné de cheveux blonds trempés, puis son horrible visage. Ses yeux peut-être bruns jadis étaient deux petits disques de bronze patinés par les années. Ses lèvres écarlates se tordaient dans un rictus douloureux et menaçant. Fermement plantés hors du miroir, ses coudes soutenaient à présent la moitié de sa cage thoracique.

Haletante et déterminée, elle émettait des sons étranglés dont l'onde formait des rides concentriques dans la nappe de sang qui brillait sur le parquet. Elle s'est haussée davantage.

C'est alors que Fee a chargé sur elle, profanant le cercle de sel. Lâchant un cri déchirant, elle a battu précipitamment en retraite. Dans le clair de lune, j'ai vu que sa peau avait rougi sous l'effet d'une chaleur intense. Marion devait littéralement *rôtir* vivante dans le cercle.

Saisie d'horreur, j'ai vu Fee fourrer la main dans la poche de son pantalon et sortir le petit paquet de papier noir contenant la croix de sa mère. Marion, qui assistait émerveillée à la résurrection d'Astrid Washington, a levé les yeux.

— Non ! a-t-elle hurlé.

Trop tard. Fee a lancé le crucifix en direction du miroir.

Je croyais l'occultiste bien plus puissante que ce que le collier renfermait. Pourtant, sous l'effet de la surprise, Astrid a lâché prise et basculé la tête en arrière sous les flammes. Sous le verre. Alors que son corps tombait, quelque chose est monté vers le plafond, une exhalation, un nuage de brume à peine visible. La croix a heurté le miroir à l'instant précis où l'occultiste disparaissait tout entière sous la surface du miroir. Le verre s'est brisé net en quatre lignes parfaites qui ont formé un astérisque.

Le brasier a émis un grondement quand les flammes ont disparu. Un vent brûlant nous a ébouriffé les cheveux. L'espace d'un instant, la lune a cessé de briller, et des ombres inquiétantes ont parcouru les murs à vive allure, nous donnant l'impression que nous détalions à perdre haleine dans une forêt aux arbres nus.

— Il faut tout arrêter, a dit Sharon d'une voix tendue. Le sort a échoué. Nous devons faire cesser la magie. Donnons-nous la main. *Maintenant.*

Dès que le cercle a été formé, elle a commencé à psalmodier.

J'ai laissé mon seau tomber dans ton puits
Et j'en ai tiré l'eau qui a étanché ma soif.

Mon sang en signe de reconnaissance,
Mes cheveux pour la bonne fortune,
Toute ma gratitude je te montrerai.
Jusqu'au jour de nos retrouvailles
Sous une lune rouge ou sur un rivage d'argent
Une fois, deux fois, trois fois, je remercierai le diable
Avant d'oser en demander davantage.

Son incantation achevée, elle s'est arraché d'un coup sec une mèche de cheveux, puis, la tenant dans sa paume blessée, l'a pressée fermement sur une latte du plancher. Sans qu'elle ait à prononcer un mot, nous l'avons toutes trois imitée.

À l'instant où notre sang et nos cheveux ont rejoint le tas informe sur le sol, le vent a cessé de souffler et les ombres mouvantes se sont dissipées. Quelques secondes ont suffi pour que la température revienne à la normale. Nos pieds nus foulaient le sol poissé de sel, de sang, de craie et des restes d'un lapin, mais toute magie avait cessé d'opérer.

Le regard bleu de Marion s'est alors embrasé.

— Espèce de *salope* ! a-t-elle lancé en se précipitant sur Fee.

Elle oubliait que Fee et moi partagions le même cœur, ce qui faisait de nous une guerrière munie de quatre bras et de quatre jambes. Son père nous avait appris à porter les coups de poing avec un maximum d'impact, le mien à viser les parties du corps les plus vulnérables. J'ai interrompu la charge de Marion en la saisissant par les cheveux. Se débattant comme un chat, elle a plongé les dents dans mon biceps, mais Fee l'a forcée à lâcher prise d'un coup de pied à l'estomac. Alors qu'elle tentait de repartir à l'assaut, j'ai mis en œuvre la stratégie qu'employait mon père pour mettre un terme aux bagarres dans son établissement : je l'ai ceinturée, l'ai renversée sur le plancher puis j'ai placé un bras sur sa gorge. Vaincue, Marion a cessé toute résistance. Je me suis redressée, honteuse et nauséeuse, tandis qu'elle fondait en larmes.

— C'était elle, a-t-elle gémi. C'était *elle*.

Sa voix brisée traduisait toute son amertume, toute l'ampleur de sa déception. Son visage était écarlate. Elle n'avait plus ni cils ni sourcils.

— Tu nous as menti, a lâché Fee.

Droite comme un *I*, elle gardait les yeux rivés sur le miroir. La croix de sa mère avait fondu, et l'argent en avait scellé les craquelures.

— Non, a pleurniché Marion. Je ne vous ai rien caché.

À ces mots, les joues de Fee se sont empourprées.

— C'était une *invocation* ! a-t-elle explosé. Tu voulais libérer Astrid Washington de… de quoi, au juste ? De l'enfer ? Sainte Mère de Dieu, Marion, qu'est-ce que tu avais en tête ?

Sharon n'était pas intervenue pour interrompre notre mêlée. Elle s'était contentée de nous observer en silence.

— Vous en avez terminé avec vos chamailleries ? a-t-elle dit en s'écartant du mur. Je vous signale que vous allez avoir des problèmes autrement plus importants à régler.

D'une main tremblante, elle a sorti un paquet de Camel puis a palpé vainement ses poches jusqu'à ce que Marion lui lance son briquet. Bien que le grenier fût saturé de magie, aucune déflagration ne s'est produite lorsqu'elle a allumé sa cigarette.

— Tu as violé une règle essentielle, Marion, a-t-elle déclaré. Tu as menti à tes associées. Tu leur as caché des informations cruciales. Je ne sais pas comment tu as fait ça, et jusqu'où ça aurait pu aller… mais au moins, *elle* est restée contenue.

Elle s'est tournée vers Fee avant d'ajouter :

— Mais toi, il a fallu que tu brises le cercle.

— Eh ! ai-je protesté. C'est Marion qui a invoqué Astrid. Fee l'a renvoyée d'où elle venait.

— Bon sang… Le problème, les filles, c'est que vous ne comprenez foutrement rien à la magie.

Je me sentais étourdie. Mes tempes bourdonnaient. J'avais l'impression que mon crâne était sur le point d'exploser.

— Mais Fee a réussi, ai-je fait observer. Elle a brisé le sort, et tu as dissipé la magie. Il ne reste plus qu'à tout nettoyer et à enterrer le lapin.

— Petites connes ! a craché Sharon. Comment pouvez-vous être encore en vie ? Fee n'a rien brisé du tout. Elle n'a fait qu'interrompre l'invocation en plein milieu. La grande copine de Marion ne s'est pas incarnée, je vous l'accorde, mais elle n'est pas pour autant retournée au Valhalla des sorcières. Vous l'avez laissée sortir. Elle doit beaucoup s'amuser, à l'heure qu'il est, hors de ces murs ou même ici, tout près de nous, à attendre un autre lapin.

J'ai jeté un regard circulaire à la pièce, en quête d'éventuelles modifications de l'ombre et de la lumière. Je n'ai rien vu ou senti qui sorte de l'ordinaire.

Marion avait cessé de chouiner. Elle a écarquillé ses yeux dépourvus de cils.

— Un instant… Tu veux dire que ça a fonctionné ?

Sharon l'a dévisagée, puis lui a jeté son mégot à la figure. Marion, lui montrant les dents comme un animal féroce, a reculé sur les fesses, laissant sur le parquet de larges traînées sanglantes.

— Qu'est-ce qui m'a pris de m'associer avec des pisseuses dans votre genre ? a tempêté Sharon. Je vous préviens : si je meurs à cause de vous, je vous traquerai jusqu'en enfer.

Nous avons redescendu l'échelle et le grand escalier sous le regard indifférent des renards qui pique-niquaient. J'avais l'impression qu'une année s'était écoulée depuis que je les avais vus. J'avais mal. J'avais peur. J'avais soif. J'étais une naufragée désespérée de revoir le ciel, le jardin, tout ce qui n'appartenait pas au cauchemar que nous venions de vivre. Je n'avais pas encore compris que *nous* étions ce cauchemar, qu'il nous collait à la peau comme un jean trempé.

J'étais condamnée à errer à jamais dans les sombres galeries de la bibliothèque. Désormais, lorsque j'arpenterais le couloir desservant les chambres de mes enfants, il suffirait que mon pied soulève par maladresse un coin de la moquette et dévoile quelques lattes du parquet ancien pour que l'effroi me saisisse à nouveau et que mon sang se mette à bouillir. Il me faudrait alors fermer les yeux et demeurer parfaitement immobile en attendant que le souvenir se dissipe.

Nous étions de retour dans le jardin. Marion venait de verrouiller la porte derrière nous et de replacer la clé où elle l'avait trouvée.

— Et maintenant ? ai-je demandé.

Sharon était plus âgée et plus expérimentée que nous. Son corps portait les marques de son noir savoir. Elle seule pouvait nous protéger.

Elle a haussé les épaules. Du pouce, elle manipulait nerveusement la molette du briquet de Marion.

— Maintenant ? a-t-elle répété. Faites ce qui vous chante. Moi, je dois rentrer à la maison pour m'occuper de mon gamin.

— Vous avez un fils ?

— Ouais, a-t-elle répondu, le visage fermé. Bon, passez toutes les trois à la boutique demain. Nous tenterons de réparer les dégâts. D'ici là, tâchez de rester en vie.

Sur ce, elle s'est engouffrée dans le passage voûté, nous abandonnant à notre désarroi. Le regard vague, Marion pressait machinalement ses avant-bras rougis par les flammes.

— Tu nous as bien manipulées, ai-je dit.

Elle a tourné la tête.

— Si c'est ce que tu penses…

J'ai fait un pas dans sa direction.

— Mais dis-moi… Est-ce qu'on a vraiment été amies, à un moment ou à un autre, ou est-ce que tu as toujours eu l'intention de te servir de nous ?

— Oh ! par pitié, arrête ton cinéma, a-t-elle dit d'une voix éraillée en levant les yeux au ciel. Si vous m'aviez laissée terminer, nous aurions toutes obtenu ce que nous désirons le plus au monde. Je n'ai pas menti. Astrid aurait accru notre pouvoir.

— Tu connaissais depuis longtemps l'existence de ce sort, a affirmé Fee avec une froide certitude. Avant même notre rencontre. Seulement, tu avais besoin de complices pour lancer l'invocation. Tu nous as *recrutées*. La vérité, c'est que tu nous détestes, n'est-ce pas ? Oui, tu nous détestes, parce que la magie nous rend heureuses et que tu continues à traîner ta misère.

Marion a observé quelques secondes de silence.

— Eh bien, grâce à vous, a-t-elle dit, nous voilà toutes trois misérables, à présent.

Puis elle a disparu dans le sillage de Sharon.

Nous avons pris le bus en direction du sud. À cette heure avancée de la nuit, les rares passagers étaient trop embrumés pour remarquer que nous étions couvertes de sang. De retour chez Fee, nous avons pris une douche, sifflé des cocktails puis nous avons marché jusqu'à Jarvis Beach.

Nous nous sommes déshabillées et avons plongé dans les eaux noires du lac Michigan. Bien qu'on fût à la fin du mois d'août, la fraîcheur de l'eau nous a saisies. Le souffle coupé, nous nous sommes tournées pour contempler la ville endormie. Le grenier de la bibliothèque se trouvait à des années-lumière, et nous nous sentions hors d'atteinte des dangers contre lesquels Sharon nous avait mises en garde.

Les choses en resteraient peut-être là, après tout. Le whisky, le froid et l'aube naissante formeraient un charme propre à écarter toute menace. La magie avait toujours été bonne avec nous. Elle s'était montrée docile entre nos mains inexpérimentées. Pourquoi se retournerait-elle contre nous ?

Alors que je me berçais de ces pensées rassurantes, un poisson est apparu à la surface, long et fin comme une anguille, les dents carnassières, l'œil d'un blanc d'os. J'ai plongé en arrière pour me soustraire à son contact et avalé une gorgée d'eau sale quand un second poisson a émergé. Puis un autre. Puis des dizaines d'autres.

Terrorisées, nous avons pataugé maladroitement jusqu'au rivage, puis nous sommes tombées à genoux sur le sable. Derrière nous, l'eau grouillait d'écailles argentées. Comme s'il avait suffi à Astrid d'y plonger un doigt désincarné pour que le lac tout entier entre en ébullition.

CHAPITRE VINGT

Woodbine

Aujourd'hui

— C'est Sharon à l'appareil. On m'a transmis votre message.

— Sharon…

Il s'est écoulé quelques secondes avant que mes idées ne se remettent en place. L'inconnue aux cheveux blancs occupait tout mon esprit.

— Ah ! oui, *Sharon*. Comment allez-vous ?

Pas de réponse.

— Merci de me rappeler. Je suis navrée de vous déranger, d'autant qu'il est affreusement tôt, mais…

— Il est plutôt tard, là où je me trouve. Qu'est-ce que vous voulez ?

Son ton était agressif.

— Je crois que vous avez connu ma mère. Dana Nowak. C'était il y a longtemps. À l'époque, elle fréquentait L'Entre Deux Mondes. Cette boutique vous appartenait, n'est-ce pas ?

— Je n'ai pas parlé à Dana depuis plus de vingt ans, mon ange. Je n'ai rien à dire à son sujet.

Elle était ivre. J'ai essayé d'imaginer à quoi elle pouvait bien ressembler, et de deviner ce qui l'avait conduite à se soûler avant de composer mon numéro de téléphone.

— Pourtant, vous m'avez rappelée. Pourquoi avoir pris cette peine, si vous n'aviez rien à dire ?

Ma question est demeurée sans réponse.

— Je veux juste savoir comment elle était, à l'époque, ai-je poursuivi, craignant qu'elle ne raccroche. Connaître certains détails dont vous pourriez vous souvenir.

— Oh ! Dana est morte.

L'espace d'un instant, je suis restée saisie d'horreur, puis j'ai compris qu'il s'agissait d'une question.

— Non, non. Ce n'est pas ce que j'ai… Qu'est-ce qui vous a fait croire qu'elle était morte ?

— Certaines filles ont une espérance de vie assez courte.

— Je ne comprends pas ce que vous voulez dire.

— Que sais-tu, exactement ?

Son ton était moins agressif, mais tout aussi méfiant.

— Je sais que vous m'avez rappelée pour une bonne raison. Et je sais que…

J'hésitais à prononcer le mot qui me hantait depuis des jours. Il était embarrassant. Seule dans l'allée, parlant à une inconnue, je me suis jetée à l'eau.

— Je sais que ma mère est une sorcière, et je pense que vous-même pourriez en être une.

— Une praticienne, a-t-elle corrigé, subtilement sarcastique. Mais je ne pratique plus.

Mille questions se bousculant dans ma tête, je me suis laissée glisser sur le sol de béton.

— Qu'est-ce que ça veut dire, exactement, être une sorcière… ou une praticienne ? Que savez-vous faire ? Est-ce que vous acquérez vos pouvoirs, ou est-ce que vous naissez avec ?

J'ai senti Sharon se détendre. Elle appréciait que je lui pose des questions auxquelles elle avait envie de répondre.

— Disons que certaines praticiennes ont des dispositions. Mais la plupart ont d'autres moteurs. La convoitise, l'ambition, l'audace. L'arrogance de considérer froidement la réalité et de dire : « Voilà comment j'aurais fait, moi. » Devine ce qui me motive.

Elle a éclaté d'un rire rocailleux.

— Et ma mère ?

— Dispositions. Et arrogance.

— Quelle était l'étendue de ses pouvoirs ? Quand vous l'avez connue, est-ce qu'elle pouvait… pensez-vous qu'elle était capable d'effacer un souvenir de la mémoire de quelqu'un ? Un souvenir très important ?

Sharon a observé quelques secondes de silence.

— Pourquoi ne pas le lui demander ? Puisqu'elle est encore en vie ?

Je suis partie d'un rire douloureux, aiguisé par des éclats de verre et des os de lapins morts.

— Il n'est pas facile de lui parler.

— Oui, je m'en doute. Je ne l'ai connue que peu de temps. Je la croyais forte. En vérité, elle était vulnérable ; c'était son amie, Felicita, qui tenait la barre. Tiens, voilà une chose que je sais de ta mère : c'est le chien d'un seul maître. Fréquente-t-elle toujours cette Felicita Guzman ?

— Oui.

— C'est bien. Fee était une fille adorable, mais elle formait un tout avec Dana. Enfin, avec Dana et…

Elle s'est tue si brutalement que j'ai cru que la ligne avait été coupée, mais j'entendais toujours l'océan en bruit de fond. À la réflexion, ce son ressemblait davantage au mugissement du vent dans les arbres. Je l'ai imaginée debout à la lisière d'un lieu isolé.

— Dana et qui ?

— Dana et Felicita. C'était un duo parfaitement assorti.

C'était une fin de non-recevoir. À l'évidence, elle s'était ravisée.

— La femme de Prose et roses a dit que ma mère était l'une de vos filles. « Une des filles de Sharon », ce sont les mots qu'elle a employés. Qu'entendait-elle par là ?

— Écoute… Je n'aime pas la personne que j'étais à l'époque. J'ai fait du mal à des gens, qui auraient sans doute préféré ne m'avoir jamais rencontrée. Mais ta mère n'en faisait pas partie. Loin de là. C'est moi qui donnerais tout ce que j'ai pour ne jamais avoir croisé sa route.

Sa voix se faisait de plus en plus véhémente. J'y ai perçu de la haine.

J'ai ravalé ma salive, m'efforçant de garder la tête froide.

— Pourquoi ?

— Ah ! a-t-elle murmuré, nous voilà enfin au cœur du sujet. Mais si tu me poses cette question, c'est que je n'ai rien d'autre à te dire.

Déjà, le ciel blanchissait. Il faisait encore nuit là où était Sharon.

— Quelqu'un a rôdé autour de notre maison et s'est peut-être même introduit à l'intérieur. Une personne qui a laissé des lapins morts à l'intention de ma mère. Du coup, je me demande ce qu'elle a bien pu faire pour être harcelée de la sorte.

— Des *lapins* ? C'est bien ce que tu as dit ?

Le sang s'est mis à battre à mes tempes.

— Oh ! Vous savez ce que ça signifie.

— Quand ?

— Quand quoi ?

— Les lapins ! Quand ont-ils été déposés ?

— Voilà quelques jours. J'ai vu la fille qui a fait ça. Elle est jeune, blonde. J'ignore comment ma mère a fait sa connaissance.

— Une blonde d'environ dix-huit ans ?

— Oui, à première vue.

Sharon a lâché une bordée de jurons.

— Est-ce qu'elle était… Oh, mon Dieu ! s'est-elle écriée d'une voix où se mêlaient horreur, espoir et émerveillement. Connais-tu son nom ?

— Comment le connaîtrais-je ?

— À quoi ressemble-t-elle ?

Je me suis relevée, les jambes tremblantes. J'ai pivoté sur moi-même et observé les arbres et les maisons dont les fenêtres réfléchissaient l'aube naissante.

— Pâle comme une fille qui ne voit jamais le soleil. Les cheveux longs dans le dos, les yeux clairs.

— Où est ta mère en ce moment ?

— Je ne sais pas. Je n'arrive pas à la joindre, ai-je dit d'une voix stridente.

— Tu es seule. Elle t'a laissée seule. Est-ce que tu sais au moins te défendre ?

— Vous me demandez si je pratique les arts martiaux ?

Comme sonnée par ma question, Sharon a observé un long silence, puis je l'ai entendue marmonner.

— Très bien, a-t-elle repris. Felicita Guzman, l'amie de ta mère. Est-ce que tu peux la contacter ?

— Tante Fee est avec ma mère.

— Oh ! que c'est mignon, a-t-elle dit avec dédain. Eh bien, vu que Dana et *tante Fee* ne veulent pas être dérangées, voici mon conseil : enferme-toi dans la maison et ne bouge pas jusqu'au retour de ta mère. Trouve-toi une bombe lacrymogène ou un canif, si ça te rassure. Et tiens-toi à l'écart des miroirs. Mieux vaut prévenir que guérir.

Elle a marqué une pause avant d'ajouter :

— Même si je doute que tu puisses *prévenir* quoi que ce soit.

— Qui est cette fille ? ai-je demandé, folle d'angoisse. Est-ce que c'est une autre… praticienne ? Est-ce qu'elle a l'intention de faire du mal à ma mère ? Pouvez-vous m'expliquer ce qui se passe, à la fin ?

— Je suis navrée, mon ange. Et crois-moi, je suis sincère. Malheureusement, je ne suis pas une bonne personne, et je suis à peine capable de prendre soin de moi. Fais attention à toi, dans la mesure du possible. Je vais faire le tour de ma propriété pour vérifier qu'il n'y a pas de lapins morts qui y traînent.

CHAPITRE VINGT ET UN

Chicago

Autrefois

L'occultiste est assise à tes côtés sur un banc vert, sous un vitrail dont la forme rappelle une rose des vents. Il représente une jeune fille tenant une pomme dans une main et un couteau dans l'autre. Elle affiche un sourire affamé.

L'occultiste a faim, elle aussi. Lorsqu'elle était en vie, elle se régalait de pommes à la chair rose cueillies dans son verger, d'onctueux bouillons d'os et de moelle, d'œufs à peine cuits et de sanglantes friandises. De la nourriture qui glissait, enrobait, croquait. Aujourd'hui, dans sa demi-mort, elle désire d'autres mets.

C'est ce qu'elle te chuchote à l'oreille, dans le rêve.

« L'œuvre n'est pas encore accomplie. Pourquoi avez-vous interrompu la procédure ? Achevez ce que vous avez commencé. En attendant, je te parlerai à toute heure du jour et de la nuit. Jamais tu ne cesseras de m'entendre. Tu verras ma main posée sur la tienne dans tous tes travaux, et mon visage se confondra avec le tien dans les miroirs. Mon cœur battra à l'unisson du tien et mon… »

Je me suis redressée d'un bond. Ma salive avait un goût de sel et de sang. J'ai passé la langue sur mes dents pour m'assurer que je ne m'étais pas mordu la langue.

Fee était assise sur le sol, entourée de livres ouverts.

— Tu as fait un cauchemar ?

J'ai posé la main sur ma poitrine. Mon cœur battait à coups redoublés.

— Je ne me souviens pas. Comment tu te sens ?

— À peu près aussi bien que toi. Tu verrais ta tête !

— Je me sens bizarre. Comme si…

J'ai tenté de décrire mon état, puis me suis rallongée vite fait. J'avais l'impression affreuse que mon cerveau flottait librement dans ma boîte crânienne. Tous les atomes de mon corps souffraient d'effets secondaires.

— Sur la table, a dit Fee sans lever les yeux de l'ouvrage qu'elle était en train de consulter.

Il y avait deux mugs, l'un de thé vinaigré, l'autre de café tiède. J'ai englouti le contenu du premier et pris quelques gorgées du second.

— Tes recherches avancent ?

— Bof. Pas vraiment.

Le radio-réveil indiquait huit heures six.

— On va au magasin ?

Cette fois, elle m'a regardée.

— Je ne sais pas trop. Qu'est-ce que tu en penses ?

J'ai haussé une épaule, et ce simple geste m'a fait grimacer de douleur.

— On ne peut faire confiance ni à Marion ni à Sharon. Mais si on veut réparer les dégâts en vitesse, on ne sera pas trop de quatre.

— Mouais, peut-être. Marion est… Je pense qu'elle n'est plus là, a-t-elle dit d'un ton mélancolique. Je veux dire… qu'elle n'est plus vraiment la même.

— À mon avis, nous ne l'avons jamais véritablement connue.

— Peu importe. Ce qui est certain, c'est que, aujourd'hui, elle boufferait nos cœurs si elle pensait que cela renforcerait ses pouvoirs.

Une vision m'a alors traversé l'esprit : une femme portant à ses lèvres quelque chose de mûr et d'abominable. L'occultiste. Elle avait figuré dans le rêve que je peinais à me rappeler.

— Quant à Sharon… a continué Fee. Elle n'en savait guère plus que nous. En plus, elle a un enfant. C'est une bonne raison de vouloir régler le problème au plus vite, tu ne crois pas ?

— Ouais, sans doute.

Quand j'ai fermé les paupières, j'ai vu des poissons morts, des miroirs brisés, des cercles de sel foulés aux pieds, le visage de l'occultiste. Puis j'ai remarqué un peu tard que Fee essuyait des larmes d'un revers de manche.

— Eh, qu'est-ce qui t'arrive ? ai-je dit d'une voix très douce.

— Si je n'avais pas brisé le cercle…

— Tais-toi ! Au fond, Marion est une débutante. Elle aurait perdu le contrôle à un moment ou à un autre. Au moins, grâce à toi, l'occultiste ne se promène pas dans notre monde sur ses deux pieds, à faire Dieu sait quoi.

— Le *diable* sait quoi, a rectifié Fee. Dieu regarde ailleurs. Satanée Marion…

— Satanée Marion, ai-je répété avec une vive émotion.

Fee a franchi la première la porte donnant sur la rue, mais elle a aussitôt fait un pas en arrière, la main plaquée sur la bouche. Je me suis glissée à ses côtés pour voir ce qui l'avait effrayée.

Sur la plus haute marche du perron reposait un lapin mort, le ventre tourné vers le ciel. J'ai identifié l'animal à sa queue et à ses pattes arrière. La tête manquait.

— Oh ! bon sang… s'est étranglée Fee, l'index pointé vers le pied de l'escalier où se trouvait la tête.

À l'aide d'un bâton, j'ai placé les restes de l'animal dans un vieil exemplaire du *Chicago Reader* que j'ai couru jeter dans la poubelle la plus proche. En chemin vers l'arrêt de bus, j'ai réalisé que mon regard était attiré par toutes les choses mortes : des oisillons à la nuque brisée, la coquille cassée d'un œuf de rouge-gorge. La dépouille d'un chat errant, aplati comme une crêpe par les véhicules qui lui roulaient dessus. Les mouches pullulaient. Mes baskets écrasaient des fleurs fanées par un soleil de plomb.

Nous sommes entrées dans la boutique de Sharon aux alentours de dix heures, chargées de cafés au lait pleins de sucre achetés chez Dunkin' Donuts. Dans une atmosphère saturée d'encens, un haut-parleur hors d'âge crachait une chanson de Black Flag. Le malaise que j'avais ressenti à mon réveil était plus vif que jamais. J'absorbais trop d'informations, trop de textures, de couleurs et de sons. Ces sensations me ramenaient à mon premier sort, au soir où j'avais volé en toute liberté au-dessus de la ville. J'étais nostalgique de cette expérience, et savais qu'elle ne se reproduirait jamais. J'aurais voulu me rouler en boule dans un coin et me fondre dans les ténèbres.

Je me suis cognée contre une vitrine où étaient exposées des babioles bon marché : bagues d'humeur aux pierres rouge-noir, couleur de l'anxiété ; bracelets en cuir ornés de symboles de paix et du yin et du yang ; bijoux gravés de symboles celtiques.

Fee a posé la main dans mon dos.

— Moi aussi, je le sens, a-t-elle dit.

La fille postée derrière le comptoir portait un sweat-shirt cousu d'écussons punk rock. L'un de ses sourcils était percé d'un anneau.

— Vous êtes les filles que Sharon attend ? a-t-elle demandé.

Nous avons hoché la tête. Elle nous a indiqué l'arrière-boutique d'un geste du menton.

Dès que nous en avons franchi le seuil, la musique nous est parvenue sensiblement assourdie. La porte donnant sur l'allée de service était entrouverte. Un lit de camp était poussé contre l'un des murs, près d'une petite tente d'où s'échappaient des couvertures. Assis en tailleur, un petit garçon vêtu d'un T-shirt Spider-Man lisait une bande dessinée. Ses cheveux étaient courts, à l'exception de la queue de rat qui se balançait entre ses omoplates.

Sharon faisait réchauffer des spaghettis en boîte sur une plaque électrique.

— Salut, a-t-elle lancé sans se retourner.

Elle a goûté une pâte puis a versé le reste dans un bol en plastique qu'elle a tendu à son fils.

Fee observait la scène d'un œil anxieux. Elle analysait les signaux que l'enfant lui adressait sans le savoir et dressait mentalement une liste des aliments que son corps réclamait. À l'évidence, les pâtes industrielles précuites n'y figuraient pas.

— Bonjour, ai-je répondu avant que Fee ne se lance dans un discours hors sujet. Marion n'est pas encore arrivée ?

Sharon s'est assise à la petite table en Formica vert menthe.

— C'est votre amie. Je pensais vous voir débarquer toutes les trois.

— Non. Elle a quitté la bibliothèque avant nous. Depuis, pas de nouvelles.

Nous l'avions appelée deux fois le matin et étions tombées sur le répondeur de ses parents.

— Où en sont vos recherches ?

— Depuis que nous nous sommes quittées, j'ai pris une douche puis j'ai dormi quelques heures avant de me réveiller en hurlant. Ensuite, j'ai passé la matinée à m'occuper de *cet individu.*

L'enfant nous a coulé un regard méfiant.

— Salut, toi ! s'est exclamée Fee sur un ton joyeux. Comment tu t'appelles ?

Le petit garçon a levé les yeux au ciel avant de retourner à ses X-Men.

— Ne faites pas attention, a soupiré Sharon. Il n'est pas très causant, même avec moi.

Malgré la porte ouverte, je me sentais claustrophobe. J'aurais voulu m'enfuir, échapper à l'odeur de sauce tomate et de fer-blanc, et ne plus jamais revoir Sharon. Hélas, désormais, nos destins étaient inextricablement liés.

— Bon, j'ai fait le tour des sorts de bannissement, et j'ai déjà quelques pistes, a dit Fee. Nous pourrions commencer par…

— Je doute qu'un sort traditionnel déniché dans un bouquin généraliste fasse l'affaire, l'a interrompue Sharon, ses mains tatouées croisées sur son ventre.

— OK. Alors qu'est-ce qui pourrait fonctionner ?

— Tout d'abord, nous avons besoin de Marion. Ses pouvoirs sont médiocres, mais elle seule connaît la nature exacte de ce que nous devons défaire.

À cet instant, la voix de Marion a retenti.

— Sorcière médiocre au rapport !

Elle était en bien pire état que moi. Dans sa robe noire trop ample d'où saillaient des bras et des jambes d'une maigreur effrayante, elle ressemblait à un épouvantail. D'immenses lunettes de soleil masquaient la moitié de son visage.

— Je sais ce que nous devons faire, a-t-elle annoncé.

— Ah vraiment ? a dit Sharon en cessant de se balancer sur sa chaise. Eh bien, je suis impatiente d'entendre ça.

Marion a laissé tomber son sac sur la table.

— Il faut recommencer le rituel. Et cette fois, il faudra le mener jusqu'au bout.

— Dans tes rêves, ai-je grogné.

— C'est pourtant le seul moyen, a-t-elle répliqué en ôtant ses lunettes.

Un silence si sépulcral s'est abattu sur la pièce que le fils de Sharon a levé les yeux de son album.

— Pouah ! s'est-il exclamé. Qu'est-ce qui cloche avec son visage ?

Le visage de Marion était tavelé comme un fruit gâté. Le contour de ses yeux, ses tempes et ses pommettes étaient criblés de minuscules ecchymoses.

— Astrid ne m'accordera pas une minute de sommeil tant que nous n'en aurons pas terminé, a-t-elle dit d'un air rêveur, comme si elle parlait en dormant. Elle me pince chaque fois que je pique du nez. Et vous ? Elle vous a laissées dormir ?

— Comme un bébé, a répondu Sharon. Enfin, jusqu'à ce que je me réveille l'oreille pleine de sang et le cadavre du hamster de mon fils sur l'oreiller.

— Hein ? a glapi l'enfant. Tu m'as dit qu'il s'était échappé !

Sharon a fermé les yeux.

— Je suis désolée, mon chéri. Tiens…

Elle a sorti de sa poche un billet froissé.

— Voilà de quoi t'acheter une glace et aller au cinéma. Reviens dans deux heures, s'il te plaît. Tu auras un autre hamster la semaine prochaine.

Le petit garçon s'est levé, abandonnant sa bande dessinée et le bol de spaghettis auxquels il n'avait pas touché. Il me semblait beaucoup trop jeune pour sortir seul, mais après tout, j'avais à peu près son âge lorsque mon père avait arrêté de surveiller mes allées et venues.

Il a arraché le billet des mains de sa mère avant de disparaître dans l'allée de service.

— Ah ! les enfants… a marmonné Sharon.

— Des esprits vengeurs, ai-je dit. Astrid a tué votre hamster ?

— Décapité, a-t-elle précisé en mimant avec les mains la chute d'un couperet de guillotine.

Marion s'est laissée tomber lourdement sur la chaise inoccupée.

— Je me suis trompée au sujet du sort et du prix à payer.

— Brillante analyse, a raillé Sharon. Mais c'est un peu tard.

— Laissez-la parler, a dit Fee.

Marion a posé sur la table le livre de l'occultiste et un épais volume à la couverture ornée d'un titre en lettres d'or : *L'Histoire de Howlett House.*

— J'ai passé la nuit à relire les passages qui concernent Astrid, a repris Marion. Il y a dans ces pages beaucoup de calomnies et de racontars sans fondement, mais aussi des informations dignes d'intérêt.

Marion a secoué vivement la tête avant de poursuivre.

— À Baltimore, elle a été reconnue coupable de l'assassinat de quatre hommes. Ça a été toute une affaire, à l'époque, sans doute parce que Astrid était d'une beauté renversante. Son procès a fait d'elle une célébrité, à tel point qu'elle a reçu de nombreuses propositions de mariage jusque dans sa cellule. Il faut dire qu'elle a toujours nié les faits dont on l'accusait, malgré les témoignages qui l'accablaient. Une domestique a juré avoir surpris une discussion concernant les meurtres entre l'accusée et son maître John Howlett. Selon elle, Astrid aurait reconnu les faits et précisé que ses victimes n'étaient que des cobayes destinés à prouver qu'il existait un moyen de vaincre la mort.

Marion a massé ses tempes bleuies. De l'autre côté de la cloison résonnaient les premiers accords d'un morceau de My Bloody Valentine.

— Bien sûr, c'est la parole d'une femme qui a également affirmé qu'Astrid se transformait en chat blanc la nuit pour chevaucher le diable. Mais il ne fait aucun doute que Howlett et sa gouvernante étaient obsédés par le concept d'immortalité. Toujours selon la domestique, Astrid avait trouvé un moyen de conserver son esprit intact après sa mort. Intact, et tout proche de notre monde.

— En devenant un spectre ? ai-je dit aussi calmement que possible.

— Non. Le charme fonctionne comme un barrage, a rétorqué Marion, visiblement émerveillée. C'était un endroit attaché à la maison elle-même où son esprit demeurait entre la vie et la mort. C'est là qu'elle attendait d'être invoquée. Et pour ce faire, elle avait dissimulé un sort dans un endroit où elle savait qu'on le trouverait.

Sharon a passé les doigts dans ses cheveux. Des étincelles ont jailli dans leur sillage, grésillé au bout de ses ongles et exhalé une puissante odeur de cordite.

— Oups… a-t-elle marmonné. Bien. Récapitulons. Nous avons donc affaire à une sorcière zombie qui a passé je ne sais combien d'années à perdre la boule dans un confinement magique, et qui va maintenant nous hanter jusqu'à ce qu'elle obtienne ce qu'elle veut. À savoir, que nous menions à son terme le sort d'invocation qui lui permettra de se réincarner. Est-ce que c'est tout ?

Marion s'est dressée d'un bond, a poussé la porte donnant accès au magasin et nous a fait signe de la suivre. Elle s'est plantée pile sous le haut-parleur, nous a tirées à elle puis a couvert nos têtes d'une étoffe cramoisie.

Son souffle était ténu, tiède et aigre ; sa voix, un murmure à peine audible.

— Tout ce que je viens de dire est exact. Mais ce n'est pas le propos. Astrid est ici. Elle nous écoute.

Nos cheveux crépitaient contre le tissu dont la couleur nous donnait une mine épouvantable.

— Nous devons être extrêmement prudentes et appliquer mes consignes à la lettre. Nous allons reprendre l'invocation afin de l'attirer hors de son refuge, mais cette fois, nous terminerons par un sort de bannissement.

— Qu'est-ce qui te fait croire que nous allons de nouveau te faire confiance ? ai-je sifflé.

Si seulement j'avais pu tenir une pièce neuve d'un penny entre le pouce et l'annulaire gauche… « Penny étincelant, dis-moi qui dit vrai et qui ment. » Si le cuivre s'oxyde, cela signifie que l'autre nous mène en bateau.

— Regardez-moi, a dit Marion. Elle va me tourmenter jusqu'à ce que ce soit terminé.

Les marques dont Astrid avait criblé son visage évoquaient des grains de riz noirs. Sans crier gare, elle a ôté l'étoffe d'un coup sec, provoquant un déluge d'électricité statique. Derrière sa caisse, la vendeuse nous a considérées avec des yeux ronds.

— Alors nous sommes d'accord, a ajouté Marion, le regard fiévreux. On fait comme j'ai dit.

Fee a entrelacé ses doigts aux miens. J'ai reçu le message : *Astrid nous écoute. Calme le jeu.*

— OK, ai-je répondu.

— Peut-on faire ça ce soir ? a demandé Sharon. Autant ne pas traîner.

— La lune n'est pas propice, a répliqué Marion. Vendredi prochain, ce sera parfait.

Cela nous laissait cinq jours. Cinq jours pour trouver une autre stratégie qui nous permettrait de ne pas nous en remettre entièrement à celle dont les mensonges nous avaient mises dans cette terrible situation. Sans lâcher la main de Fee, j'ai hoché la tête en signe d'assentiment.

Marion a levé les yeux vers le plafond et murmuré :

— Tu entends ça ? Nous ne t'abandonnerons pas, Astrid.

CHAPITRE VINGT-DEUX

Woodbine

Aujourd'hui

J'ai suivi les recommandations de Sharon et vérifié plusieurs fois que la porte de ma chambre était fermée à double tour. La fille qui tourmentait ma mère en semant des cadavres de lapin dans son sillage avait à deux reprises trouvé le chemin de la maison. Mieux valait redoubler de prudence.

À bout de forces, je me suis mise au lit et tournée vers la fenêtre pour regarder le jour se lever. Des nuages noirs glissaient dans le ciel mauve. L'air était épais, lourd d'une averse trop longtemps contenue. Soudain, un éclair a illuminé la chambre, et la température a brutalement chuté de plusieurs degrés. Alors, j'ai enfin pu fermer les yeux.

Pendant que je dormais, une pluie torrentielle a inondé les champs, ployé les branches d'arbre et fait sortir les rivières de leur lit. Elle s'est insinuée par les joints de la fenêtre puis s'est changée en rosée pour former des boucles dans mes cheveux.

À mon réveil, mon esprit était merveilleusement vide. Hélas, en quelques secondes, tout ce que j'avais voulu oublier en m'abandonnant au sommeil y a repris sa place.

Vaguement nauséeuse, j'ai attrapé mon téléphone et constaté que je n'avais reçu aucune notification. J'ai traversé le couloir, couru jusqu'à la chambre de mes parents et en ai ouvert la porte à la volée. J'aurais tellement voulu trouver ma mère indemne, dans son lit, que j'ai cru voir sous les draps la forme de son corps et de sa tête enfouie dans l'oreiller. Puis l'illusion s'est évanouie. Personne.

Il était trois heures et demie de l'après-midi, et c'était comme si la fin du monde avait commencé. Le déluge avait cédé la place à une bruine pénétrante, mais la maison était à présent plongée dans une pénombre verdâtre digne d'une fosse sous-marine. Je suis descendue à la cuisine et j'ai dévoré des céréales à même la boîte. Par la fenêtre, j'ai aperçu Billy. Il effectuait des allers-retours entre sa voiture et son garage, les bras chargés de sacs de courses en papier kraft qui se décomposaient à une vitesse alarmante. Son T-shirt était plaqué contre sa peau. Ses cheveux dégoulinants d'eau de pluie avaient viré au brun.

Je suis sortie le rejoindre. À mi-chemin, je me suis retrouvée trempée jusqu'aux os. Lorsque Billy m'a vue, il a marqué un temps d'arrêt. Au lieu de tourner les talons, il a claqué la portière de la voiture et m'a attendue de pied ferme. Je n'étais qu'à quelques pas de lui, et je n'avais pas la moindre idée de ce que j'allais bien pouvoir lui dire.

Je me suis plantée si près de lui que j'ai dû basculer la tête en arrière pour le regarder dans les yeux. J'ai pris une profonde inspiration, comme une nageuse s'apprêtant à traverser la Manche, puis je me suis jetée à l'eau.

— De toute ma vie, on ne s'est parlé qu'une fois, et c'était hier soir. Bien sûr, je t'ai aperçu de temps en temps dans le coin, vu qu'on est voisins, et je me souviens de ce qui s'est passé au collège. Mais la première fois qu'on a eu une longue discussion, c'était la nuit dernière.

Billy est resté sans réaction. Il s'est contenté de me dévisager en silence.

— Sauf que ce n'est pas la vérité, n'est-ce pas ? ai-je ajouté. Hier encore, j'étais convaincue que nous n'avions toujours été que des étrangers l'un pour l'autre. Tu dois me croire. Le pire, c'est que tout ça ne me surprend même pas. Au cours des années, je me suis efforcée d'ignorer ce que je ressentais chaque fois que je t'apercevais. Ton aspect, tes gestes, ta démarche, tout ça m'a toujours été tellement familier.

J'ai étudié ses taches de rousseur, ses sourcils sévères et les ondulations de ses cheveux trempés rejetés en arrière.

— Je te *connais* bien, Billy. Mais voilà, je ne sais pas pourquoi.

Il a expiré longuement, puis m'a attirée tout contre lui pour me serrer dans ses bras. Ce n'était plus du sang, mais du miel qui coulait dans mes veines. Je me suis haussée sur la pointe des pieds. À l'instant où il a posé la tête sur mon épaule, j'ai senti un frisson courir dans tout son corps.

— Quand nous nous embrasserons, ce ne sera pas notre premier baiser. Je veux que tu le saches. Je vais te raconter notre première fois, a-t-il murmuré à mon oreille.

J'ai hoché la tête, puis je l'ai écouté, le cœur battant, évoquer un passé qui m'était étranger.

— Il y a cinq ans, a-t-il commencé d'une voix tremblante, j'avais onze ans et toi douze. C'était en août, juste avant que tu n'entres en sixième. J'étais mort d'inquiétude à l'idée que tout était sur le point de changer. Nous avions toujours été amis, tu comprends ? Des amis de l'été, des amis du week-end. Moi, je faisais une fixation sur les bals du collège. Je me suis dit que tu allais te trouver un petit copain aspergé de parfum de supermarché et que tu ne m'adresserais plus jamais la parole.

— Je ne sortirais jamais avec un garçon aspergé de parfum de supermarché, ai-je répliqué en souriant.

Puis j'ai rougi en pensant à Nate, qui était plutôt du genre à s'asperger d'eau de Cologne française hors de prix.

Billy a éclaté de rire.

— Alors j'ai décidé que je deviendrais ton petit ami. Sauf que je ne savais pas du tout comment m'y prendre. J'ai fait des recherches sur Google, et ce n'est pas une blague : « Comment sortir avec une fille », « Comment devenir plus qu'un ami »... J'ai lu des articles ridicules rédigés par de prétendus professionnels de la drague, et je me disais que ces conseils n'avaient aucun sens, qu'ils ne me mèneraient nulle part vu que je n'avais que onze ans et que j'avais encore du mal à différencier ma droite de ma gauche... Enfin, tout ça, c'était plutôt le point de vue de mon père, à qui j'avais commis l'erreur de me confier. Une leçon à retenir : ne jamais laisser John Paxton se mêler de ses histoires de cœur. C'était l'un des derniers jours des vacances, et la nuit était sur le point de tomber. On jouait dans la soucoupe. Tu sais, cette partie de la rivière qui forme une cuvette... On y trouve plein de larves de grenouille, après les crues. Tu te souviens ?

Il a froncé les sourcils.

— Non, évidemment, tu ne te souviens pas. On avait les pieds dans l'eau, le soleil avait presque disparu, et moi, je mourais d'envie de t'embrasser. Seulement, j'aurais sans doute ressemblé à une tortue si j'avais tendu le cou pour atteindre tes lèvres. Là-dessus, tu as plongé au fond de la rivière, et je suis demeuré seul sur mon rocher, comme un idiot. Quand tu es remontée à la surface, tu m'as tiré par la manche pour me faire tomber dans l'eau. Et là, tu m'as embrassé. J'ai eu l'impression…

D'une main, il a décrit la trajectoire d'un avion au décollage.

— J'ai eu l'impression de m'envoler.

Une image précise s'est formée dans mon esprit : celle d'un Billy plus jeune souriant, à demi immergé dans le lit de la rivière.

— C'était un lundi, a-t-il poursuivi. Pile une semaine avant la rentrée. Le lendemain, ta mère a été conduite à l'hôpital. Une crise d'appendicite, si je me souviens bien. Du coup, on ne s'est pas vus pendant plusieurs jours. Mais après son retour, je suis resté sans nouvelles, et j'ai commencé à me dire que tu ne voulais pas me voir. Alors je suis passé chez toi, un samedi, et ta mère m'a dit que tu n'étais pas disponible. J'ai retenté le coup le lendemain, et là…

Son visage était tout près du mien, son regard d'une intensité à peine soutenable.

— Elle t'a brisé le cœur, ai-je murmuré.

— Elle m'a dit que tu… Bon sang, c'est toujours si difficile à répéter, même après tout ce temps… Elle m'a dit que j'étais trop jeune pour toi. Tu étais ma meilleure amie depuis mes sept ans. Tu étais celle avec qui j'avais échangé mon premier baiser. Je croyais que tu étais ma première copine. Ça ne pouvait pas s'arrêter comme ça.

Ses traits exprimaient une profonde douleur.

— J'ai donc décidé de jouer le tout pour le tout.

— Oh ! non, ai-je lâché en portant la main à ma bouche. Tu veux parler du jour où tu m'as demandé si je voulais être ta copine… Comme tu as dû me détester !

Il ne m'a pas contredite.

— Ensuite, après ce qui s'était passé, j'étais à la fois fou de rage et mort de honte. Il n'était plus question de t'adresser la parole. Mais j'ai fini par m'en remettre. Enfin, plus ou moins. Les choses en sont restées là, jusqu'à la nuit dernière.

Il m'a pris la main d'un geste tendre et maladroit, comme s'il redoutait que je ne le rejette. Nos doigts se sont entrelacés.

— Tu ne te souviens vraiment de rien ? a-t-il demandé.

J'ai secoué la tête.

— Je suis tellement désolée. Ma mère t'a menti. Je n'aurais *jamais*… Tout ça, c'est sa faute. Je sais que ça semble impossible, et pourtant… Je ne sais pas comment elle s'y est prise, mais elle est seule responsable de ce qui s'est passé.

Les premières lueurs de l'aube éclairaient le visage de Billy. Il a pris mon visage entre ses mains. Ses paumes étaient brûlantes, et nos lèvres sur le point de se joindre.

— Mon Dieu, a-t-il soupiré. J'aurais dû deviner…

J'ai grimacé un sourire.

— Comme aurais-tu pu deviner ?

À cet instant, nous avons entendu une portière claquer, puis vu une silhouette familière traverser la rue et se diriger dans notre direction.

— Ivy ! a dit mon père sur un ton inhabituellement abrupt. Qu'est-ce que tu fais là ? Est-ce qu'il est arrivé quelque chose ?

J'ai esquissé un pas de côté pour m'écarter de Billy, qui a retenu ma main.

— Papa, ai-je bredouillé, tu es déjà de retour.

Ses vêtements étaient trempés. Il a ôté ses lunettes – celles que Hank et moi avions choisies chez un opticien branché – et en a essuyé la buée avec un pan de sa chemise.

— Ta mère n'est pas rentrée, n'est-ce pas ?

— Pas encore.

— Ah, Billy. Comment tu vas, mon garçon ?

Billy se cramponnait à ma main comme à une ancre. Son visage était étonnamment inexpressif.

— Bien, monsieur Chase.

Mon père a baissé les yeux vers nos mains jointes. Était-ce la pluie qui ruisselait sur ses lunettes qui lui donnait l'air aussi déconcerté ?

— De quoi est-ce que vous parliez, tous les deux ?

À ces mots, j'ai senti mon cœur cesser de battre. Il savait. Quoi que ma mère ait mis en œuvre pour effacer mes souvenirs, il avait joué un rôle dans l'affaire.

— Ivy, rentre à la maison, a-t-il ordonné. Il faut que je te parle.

Oppressée, je l'ai regardé s'éloigner à la hâte. Je me suis tournée vers Billy. Il paraissait effrayé.

— Ivy, a-t-il dit. Cette fois, promets-moi de ne pas oublier.

J'ai hoché la tête, mais je suis restée muette, car c'était là une promesse que je n'étais pas sûre de pouvoir tenir.

CHAPITRE VINGT-TROIS

Chicago

Autrefois

Cet après-midi-là, j'étais de service au fast-food. Tandis que je m'affairais derrière les friteuses, servais les clients et leur rendais la monnaie, je regrettais amèrement de ne pas connaître un sort qui m'aurait permis de dormir tout en laissant mon corps accomplir mes corvées.

Un phénomène se produisait en moi. J'en étais certaine, désormais. Ce n'était ni un effet secondaire de l'invocation, ni une conséquence des cocktails que nous avions bus la veille, ni le souvenir d'un mauvais rêve. Quelque chose était en train de s'ancrer à l'intérieur de mon corps et de s'y multiplier comme un virus. J'ai repensé au sort d'invocation, et me suis répété les promesses de l'occultiste telles que Marion les avait prononcées : « Afin que jamais je ne meure mais vive en vous. » J'ai contemplé ma main posée sur le comptoir et ne l'ai pas reconnue comme mienne. À cet instant, une terreur glacée s'est emparée de moi.

— Dana. *Dana !*

Lorna, l'une des employées à plein temps, claquait des doigts devant mes yeux. Comment accomplissait-elle ce prodige, avec des ongles pareils ? Ils étaient aussi longs que ceux d'Elvira, maîtresse des ténèbres, mais recouverts d'un vernis rouge nacré. Constatant que je restais sans réaction, elle a frappé dans ses mains.

— Rentre chez toi, ma fille. Je ne sais pas ce que tu as, mais tu fais peur à voir.

Âgée de cinquante ans, Lorna travaillait au resto depuis son ouverture. Elle m'avait vue grandir, ce qui l'autorisait à me parler comme à un membre de sa famille.

Avant de quitter l'établissement, j'ai fait un détour par les toilettes du personnel. Après m'être lavé les mains, j'ai levé les yeux vers le miroir au-dessus du lavabo et ai poussé un hurlement.

Astrid me regardait. Un visage aux traits réguliers, une chevelure de poupée en porcelaine, deux yeux dorés semblables à des puits sans fond. J'ai glissé la main dans ma poche, brisé le cure-dent en bouleau qui s'y trouvait et craché un bref sortilège. C'était la première fois que j'employais la magie depuis la nuit de l'invocation.

Défais abolis
Brise romps

À la seconde où j'ai prononcé le dernier mot, l'ampoule des toilettes a explosé. Plongée dans le noir complet, j'en ai senti les fragments retomber en pluie dans mes cheveux. Le phénomène s'était accompagné d'un fracas assourdissant. J'ai ouvert la porte de la réserve attenante. Une forte odeur de vinaigre m'a aussitôt assailli les narines, et mes yeux se sont mis à larmoyer.

Le sol était jonché de bocaux en miettes et inondé de saumure. J'avais lancé un sort mineur, un charme qui aurait pu faire voler en éclats un verre à courte distance, mais ses effets s'étaient propagés jusqu'à la pièce voisine, détruisant tout le stock de cornichons. Même le hublot de la porte était ébréché.

Lorsque Lorna m'a vue débouler derrière le comptoir, elle a haussé ses sourcils dessinés au crayon et secoué sa perruque bordeaux.

— Qu'est-ce que c'était que ce bruit ? Qu'est-ce que tu as fait ?

J'ai ignoré sa question et balayé la salle du regard. Le sort n'avait pas endommagé la vitrine. Aucun client ne criait, ne saignait ni ne menaçait de porter plainte. C'était déjà ça.

— Tout va bien, ai-je dit. Je m'en occupe.

Lorsque j'ai regagné les toilettes, Astrid avait disparu. Le miroir était intact. Rien d'étonnant, puisqu'il était constitué d'acier trempé. J'avais lancé le sort sous l'empire de la panique et commis une maladresse. Cela expliquait sans doute son rayon d'action inhabituellement large. Sans doute.

Avant même d'enlever les débris et de passer la serpillière, j'ai appelé Fee avec le téléphone de la réserve.

— Surtout, ne lance pas de sort, l'ai-je avertie. Je t'expliquerai. En attendant, tiens-toi tranquille jusqu'à mon arrivée.

Nous n'avions pas achevé l'invocation. Dès lors, était-il pensable que nous ayons malgré tout obtenu ce que nous désirions ? Astrid Washington nous avait-elle, peut-être malgré elle, communiqué une partie de son pouvoir ?

Nous avons vérifié cette théorie grâce à un sort opposé à celui que j'avais employé dans les toilettes du restaurant. Un simple sortilège de réparation exigeant l'emploi de cire blanche et d'un crayon cassé en deux. Si l'on s'y prenait convenablement, la cire scellait la fracture et disparaissait comme de la mélasse dans une tasse de thé.

La qualité des ingrédients de ce sortilège important peu, nous nous sommes rendues dans une solderie proche de l'immeuble de Fee pour acheter un lot de bougies parfumées à prix réduit. De retour dans sa chambre, j'en ai allumé une et une agréable odeur de gâteau d'anniversaire s'est répandue dans l'air. J'ai lancé l'incantation tandis qu'elle versait la cire chaude. Cette dernière a instantanément disparu au contact du crayon, dont les deux parties se sont jointes sans que l'on puisse plus distinguer l'endroit de la cassure.

Mais le sort ne s'en est pas tenu là. La peinture jaune s'est volatilisée à son tour. Le bois nu s'est rapidement épaissi puis s'est recouvert d'écorce en dégageant un puissant parfum d'encens au cèdre. Dans un tressaillement, la petite branche qui se trouvait à présent sous nos yeux s'est couverte de mousse puis d'un répugnant manteau de moisissure dont se sont extraits trois minuscules scarabées semblables à des pastilles de réglisse.

Fee les a réduits en bouillie d'un grand coup de livre.

— Nom de Dieu, ai-je dit, la main crispée sur le cœur.

— « Achevez ce que vous avez commencé, a-t-elle dit d'une voix songeuse. Tu verras ma main posée sur la tienne dans tous tes travaux. »

— Qu'est-ce que tu as dit ?

— J'ai entendu ces mots dans un rêve. Ils ont flotté en moi toute la journée, mais ils ne me revenaient pas. Je m'en souviens, à présent. C'est Astrid qui me les a soufflés.

J'ai fermé les yeux, et les paroles que l'occultiste avait prononcées me sont revenues en mémoire.

« Achevez ce que vous avez commencé. En attendant, je te parlerai à toute heure du jour et de la nuit. Jamais tu ne cesseras de m'entendre. Tu verras ma main posée sur la tienne dans tous tes travaux, et mon visage se confondra avec le tien dans les miroirs. Mon cœur battra à l'unisson du tien et mon… »

Un sourire gourmand, une pomme de verre.

— « Mon cœur battra à l'unisson du tien », ai-je dit.

J'ai pressé la main sur la poitrine de Fee et j'y ai perçu les mêmes palpitations insolites que dans la mienne.

Cinq jours. Le temps fondait comme des bonbons au fond d'une poche.

Tantôt les heures filaient sans se laisser saisir, tantôt elles se traînaient péniblement, comme prisonnières d'un rêve obsédant. Nous prenions garde à nous tenir à distance des miroirs, mais Astrid avait d'autres moyens de nous traquer : dans l'évier du restaurant, à la surface d'une tasse de café noir. Sous la douche, ses doigts crochus apparaissaient dans la vapeur, puis la température de l'eau chutait brutalement. Nous passions constamment de la musique pour ne pas l'entendre murmurer. Ma vision périphérique était environnée de brume. Mes semelles crissaient sur des mouches mortes.

J'ai trouvé des cadavres de lapin partout : sur le rebord de ma fenêtre, sur l'escalier de secours, caché dans un pot où je cultivais un plant de romarin… Une patte sanglante au fond d'une de mes Converse de contrefaçon que j'avais enfilée à la hâte.

Ne pouvant ni dormir ni faire usage de la magie, nous nous sommes lancées à cœur perdu dans la recherche d'une solution autre que celle imposée par Marion. Laissant Fee explorer la documentation dont elle disposait, j'ai rendu visite à des praticiennes et à des initiés susceptibles de m'aider.

Le premier d'entre eux, un médium de Clark Street, a failli me briser les doigts en me claquant la porte au nez.

— Les ténèbres planent au-dessus de ta tête, a-t-il lancé en poussant le verrou.

— C'est pour ça que je viens vous voir ! ai-je braillé en frappant la porte d'un poing rageur.

Je suis allée à un concert des Cramps au Metro afin de parler à Linh, la barmaid d'origine coréenne. Capable de communiquer avec les morts, elle arrondissait ses fins de mois en aidant des clients endeuillés à retrouver des objets ayant appartenu à leurs chers disparus : alliances, testaments, clés de voiture. Si elle avait la capacité d'ouvrir son esprit aux défunts, peut-être connaissait-elle un moyen de leur en interdire l'accès. Avant même qu'elle ne m'aperçoive, j'ai vu son visage se fermer. Elle a regardé autour d'elle, comme si elle cherchait à localiser la source d'une odeur déplaisante.

— Oh ! ça vient de toi, a-t-elle dit lorsque je me suis accoudée au bar. Eh bien, ma chérie, tu es mal. Qu'est-ce qui s'est passé ?

— C'est une longue histoire, et elle n'est pas très gaie.

J'ai posé un billet de vingt dollars sur le comptoir.

— Tu aurais une idée sur la façon dont je pourrais empêcher un esprit de me parler ?

Linh a secoué la tête d'avant en arrière.

— Non. Je veux dire… Aïe ! J'ai l'impression qu'on me verse de la javel dans les oreilles. Mes *autres* oreilles.

Elle a repoussé le billet.

— Garde ton argent, Dana. Et, s'il te plaît, ne t'approche pas de moi tant que tu n'auras pas résolu ton problème.

On était mercredi soir. Il ne nous restait que quarante-huit heures.

CHAPITRE VINGT-QUATRE

Woodbine

Aujourd'hui

Mon père, appuyé contre l'évier de la cuisine, tenait un gobelet en plastique. Son visage était crispé, presque méconnaissable. Une canette de soda et une bouteille de vodka perlée de gouttelettes étaient posées sur le bar.

— Qu'est-ce qui se passe entre Billy et toi ? a-t-il demandé.

Je suis restée là où j'étais, aussi loin de lui que possible.

— Pourquoi cette question ?

— Réponds, Ivy.

— Non, c'est toi qui vas me répondre. De quoi est-ce que vous essayez de me protéger, maman et toi ?

Il a plissé les yeux.

— Qu'est-ce que tu racontes ?

« Qu'est-ce que tu sais ? » Voilà la question qu'il avait réellement en tête.

— J'ai trouvé le coffre, ai-je avoué sans me soucier des conséquences. Tu devrais mieux planquer tes mots de passe, à l'avenir.

Il a traversé la cuisine en deux enjambées. Sa posture était si inhabituelle, que j'ai reculé d'un pas. Conscient de la peur qu'il m'inspirait, il s'est arrêté net.

— Tu l'as ouvert ? a-t-il demandé.

J'ai acquiescé d'un geste du menton.

— Et tu sais ce que j'y ai trouvé ? Des trucs qui m'appartiennent.

Il a cligné des yeux comme un oiseau de nuit, puis il a lâché un long soupir.

— Ta boîte à cigares. D'accord. D'accord. On va en parler. Mais avant tout, je dois savoir ce qui t'a pris de te mettre à fouiner partout.

— J'ai une meilleure question, papa. Où est-elle ?

Ma voix s'est mise à trembler, puis elle s'est brisée dans un sanglot.

— Où est maman ?

Sa pomme d'Adam s'est mise à jouer au yoyo.

— Je ne sais pas.

— Son comportement, la façon dont elle a disparu… Rien de tout ça n'est normal.

— Chacun a sa propre définition de la normalité.

— Non. Quelle que soit la façon dont on considère les choses, rien n'est normal dans notre famille.

Cette phrase était montée crescendo pour s'achever par un cri perçant. Quand mon père a voulu me prendre dans ses bras, je me suis dérobée.

— Papa, j'ai besoin d'elle. Prétendre sans cesse le contraire me rend malade.

Prononcés presque malgré moi, ces mots me brûlaient la gorge.

— Moi aussi j'ai besoin d'elle, a dit mon père sur un ton

posé. Mais elle n'a pas le choix. Elle *doit* agir comme elle le fait.

— C'est inadmissible. C'est une vraie pagaille.

Bien qu'il y eût des larmes dans les yeux de mon père, il a poursuivi sur un ton égal.

— Ta mère est une personne exceptionnelle. Ses capacités sont différentes des nôtres, et il en est ainsi depuis bien avant ta naissance. Tout ça n'a rien à voir avec toi.

— Des *capacités différentes* ? Papa, s'il te plaît… C'est une sorcière.

Il a mis la main sur ses yeux, comme pour se soustraire quelques instants à la réalité de notre monde. Lorsqu'il l'a retirée, il semblait avoir vieilli de dix ans.

— Oh ! mon Dieu, ai-je soupiré.

Malgré tout ce que j'avais découvert, j'avais cru jusqu'alors qu'il me contredirait et m'apporterait une explication rationnelle aux agissements de ma mère. La vérité venait de me frapper de plein fouet.

— Elle allait t'en parler.

J'ai lâché un rire sans joie.

— Ben voyons !

À nouveau, mon père s'est approché de moi. Cette fois, je l'ai laissé me serrer contre lui tout en gardant les bras le long du corps et j'ai posé ma joue sur son épaule.

— Je m'inquiète pour elle, ai-je chuchoté.

— Je sais, mon cœur. Moi aussi, je m'inquiète. Mais elle saura se défendre, tu peux me croire.

— Et nous ? ai-je demandé en levant les yeux pour accrocher son regard. Quelqu'un a rôdé autour de la maison. Quelqu'un qui la cherche et qui lui veut du mal. Tu as vu le lapin, n'est-ce pas ?

Il a hoché la tête, mais son expression était indéchiffrable. J'ai observé une pause avant d'ajouter :

— Et si l'intrus était entré ?

À ces mots, mon père a blêmi.

— De quoi tu parles ? Quelqu'un est entré dans la maison ?

— Une fille d'à peu près mon âge. Les cheveux blonds, la peau très pâle.

— De ton âge ? Peut-être une ancienne employée de la boutique qu'elle aura licenciée…

— Peu probable, l'ai-je contredit. C'est la fille qui…

Je n'ai pas achevé ma phrase. Je n'avais rien dit de l'inconnue qui avait provoqué la sortie de route de Nate.

— La fille qui quoi ? a-t-il demandé.

— Celle qui a déposé le lapin dans l'allée.

J'ai saisi sa main.

— Maman a de graves ennuis. J'en suis certaine.

— Oh ! mon cœur…

Je devinais qu'il réfléchissait intensément, tentant de dissimuler ses craintes.

— T'a-t-elle dit quelque chose avant de partir ? ai-je demandé.

— Tout ce que je sais, c'est qu'elle avait un problème à régler. Si j'avais su qu'elle ne rentrerait pas ce soir, je ne vous aurais jamais laissés seuls, ton frère et toi.

— Qu'est-ce qu'on est censés faire, à présent ? L'attendre ?

— On va rester ici, tous les trois, et tâcher de lui faire confiance.

— Lui faire confiance, ai-je répété sur un ton amer. Sache que je suis au courant pour Billy. Je sais qu'elle a effacé les souvenirs que je gardais de lui.

Une fois encore, il est demeuré sans réaction. Il savait. Il avait toujours su.

— Pourquoi, papa ? Pourquoi vous m'avez fait ça ?

J'ai contemplé ses yeux. J'avais hérité de leur couleur, mais pas de leur douceur. Il y avait si peu de lui en Hank et moi… Il devait voir ma mère chaque fois que son regard se posait sur nous.

— Nous avons beaucoup de choses à nous dire, a-t-il concédé. Cependant, j'ai promis à ta mère que cette conversation n'aurait pas lieu en son absence.

— Quelle conversation ?

— Pas en son absence, a-t-il répété.

— Tu comptes vraiment respecter cette promesse, alors qu'une inconnue rôde autour de la maison et que maman est introuvable ?

— Parfaitement, a-t-il répondu avec une véhémence inattendue. Je ne pourrais même pas prononcer les mots que tu attends d'elle. Tu dois les entendre de sa bouche.

Ce n'est qu'à cet instant que j'ai commencé à entrevoir l'ampleur de ce que l'on me cachait. Et soudain, je n'étais pas sûre de vouloir savoir.

— Eh, regarde-moi, a dit mon père, conscient de mon trouble. Je ne te demande pas d'oublier les questions que tu te poses. Au contraire, je suis fier de toi, et des efforts que tu déploies pour connaître la vérité.

— Ça tombe bien, papa, parce que j'ai une autre question pour toi : pourquoi l'as-tu épousée ?

Ses traits se sont tendus.

— Ivy.

— Je sais pourquoi tu l'as épousée. À cause de Hank. Ce que je voulais dire, c'est pourquoi tu es encore avec elle.

— Parce que je l'aime. Parce qu'elle est ma femme, que nous avons deux merveilleux enfants et que nous vivons dans cette grande maison. Parce que nous avons une histoire commune qui a commencé bien avant ta naissance.

— Et ça te suffit ? Est-ce que vous vous parlez de temps à autre ? Ses mensonges ne te rendent pas malade ? Est-ce que tu supportes la façon dont son regard te traverse ?

La colère que mon père enfouissait très profondément en lui a refait surface avec une rare violence.

— Arrête de parler de ce que tu ne connais pas, a-t-il grondé sans desserrer les mâchoires. C'est ta mère. Tu comprends ? Elle était orpheline à ton âge, et mère à vingt ans. Elle n'a pas eu une enfance heureuse, des parents pour la soutenir jusqu'à l'université, pas même pour lui dire qu'il était l'heure d'aller au lit. Elle a commencé à travailler à dix ans. À dix ans ! Il y a des questions que tu es en droit de poser et auxquelles tu dois obtenir des réponses, mais celle concernant mon mariage ne figure pas dans le lot. Bon sang, Ivy, il va falloir apprendre à ne pas aller trop loin.

Baissant les yeux, j'ai quitté la pièce sans un mot.

— Ivy. Ivy, reviens immédiatement.

Ignorant son ordre, j'ai gravi l'escalier à la hâte.

— Comme tu voudras ! a-t-il rugi. Dans l'immédiat, je t'interdis de quitter cette maison !

Ce n'est qu'après avoir claqué la porte de ma chambre que je me suis autorisée à fondre en larmes.

CHAPITRE VINGT-CINQ

Chicago
Autrefois

J'étais affalée dans un siège en plastique de la ligne de métro Blue Line. Ma peau me semblait aussi fine et fragile qu'une aile de papillon. Nous étions jeudi matin. Le temps nous était compté.

Une heure plus tôt, lorsque je m'étais versé un bol de céréales, une tête de lapin aux paupières closes était tombée de la boîte.

J'avais passé une nuit infernale. Chaque fois que j'étais parvenue à m'endormir, le même rêve de chute m'avait brutalement arrachée au sommeil et fait rebondir sur le matelas comme un pantin désarticulé. Mon cœur avait battu de façon anarchique, comme si deux boules de billard entraient constamment en collision dans ma poitrine.

Je suis descendue à la station Halsted. J'ai ramassé mes cheveux en chignon et les ai fourrés sous ma casquette de base-ball.

Lorsque je me suis présentée devant l'étal de M. Lazar, sur le marché de Maxwell Street, il faisait des mots croisés, assis sur une chaise pliante. Dans son bric-à-brac, seul un œil exercé aurait pu distinguer la camelote bon marché des articles aux pouvoirs bien réels dont il ne se séparait qu'à prix d'or.

— Tu es venue seule, aujourd'hui ? a-t-il demandé en m'observant par-dessus la monture de ses lunettes. Où est ton amie, la petite princesse ?

— Fee est occupée.

— Si tu n'as pas l'intention d'acheter, va embêter Andy. Il n'a rien qui mérite d'investir un seul dollar.

L'homme qui occupait le stand voisin lui a adressé un doigt d'honneur.

— Si vous avez ce dont j'ai besoin, je suis preneuse, ai-je dit.

Une petite flamme s'est allumée dans les yeux de M. Lazar. J'avais piqué sa curiosité.

— Je vois, a-t-il dit. Suis-moi dans mon bureau.

Quelques mètres en retrait de son étal, un tapis sale et élimé était posé sur le trottoir. À l'instant où j'y ai posé les pieds, tout ce qui nous entourait est soudain devenu flou. À quelques mètres des promeneurs, nous pourrions parler sans crainte d'être vus ou entendus. J'espérais que ce phénomène valait également pour les esprits désincarnés.

— Nous sommes hantées, ai-je expliqué. Une invocation ratée, un fantôme qui ne veut pas retourner d'où il vient. Je n'ai pas confiance dans la femme qui assure avoir le pouvoir de le chasser. Je suis en quête d'un autre moyen de me débarrasser de cet esprit.

M. Lazar m'a considérée comme si j'étais une définition de mots croisés particulièrement difficile, puis il s'est traîné vers une pile d'objets hétéroclites.

— Je savais que tu reviendrais me voir, a-t-il dit d'une voix teintée d'un accent algérien émoussé par les années passées à Chicago. Lors de notre première rencontre, j'ai eu la certitude que j'avais quelque chose qui t'appartenait.

Il a écarté un gramophone et un amoncellement de vieux journaux pour exhumer une valise noire et carrée, du genre de celles où un prestidigitateur transporterait les morceaux de son assistante. Il l'a posée sur ses genoux, l'a ouverte, puis en a sorti une deuxième valise un peu plus petite. Il a procédé ainsi à plusieurs reprises, sans que je puisse deviner s'il s'agissait là d'un effet théâtral ou d'un authentique rituel magique.

Enfin, de la septième valise, il a tiré un objet à peine plus grand qu'un sandwich au pain de mie, un parallélépipède couleur fauve qui semblait fondu dans l'or le plus pur. À sa vue, j'ai senti mon cœur se serrer. Je disposais d'un rouleau de billets piochés dans la réserve de mon père, des économies dont je connaissais l'existence depuis des années mais sur lesquelles je m'étais jusqu'alors refusée à faire main basse. Malgré cette petite fortune, si l'objet était réellement en or, jamais je ne serais en mesure de l'acheter.

J'ai senti ma gorge s'assécher. Je le *voulais*. Je le voulais à tout prix. Je le voulais si fort qu'il m'a semblé évident que ce désir était lié à ses pouvoirs.

— Qu'est-ce que c'est ? ai-je demandé.

M. Lazar a tapoté du bout des doigts le couvercle, ou le fond de l'objet. Apparemment, il n'y avait pas d'ouverture.

— Son véritable nom est quasiment imprononçable. Je l'appelle la boîte de l'oubli.

— La boîte de l'oubli ? Je ne vois pas en quoi elle pourrait m'aider à régler mon problème.

En vérité, je jouais les sceptiques dans l'espoir d'en faire baisser le prix. J'étais déjà en son pouvoir.

— Là n'est pas la question. Ce qui compte, c'est qu'elle réponde à tes besoins. Demain, l'année prochaine ou dans cinquante ans. Tu me connais. Je ne suis qu'un intermédiaire.

À dire vrai, je ne connaissais pas très bien M. Lazar. Fee m'avait raconté qu'il avait vendu un galon de dentelle blanche à une *curandera* de sa connaissance. Cette dernière en avait orné deux robes de baptême dans le plus grand secret, quelques semaines avant que sa fille, qui suivait depuis des années un traitement contre l'infertilité, apprenne qu'elle attendait des jumeaux. Je doutais cependant que toutes les histoires liées à M. Lazar soient aussi romanesques.

— Mon problème doit être réglé immédiatement, ai-je objecté. Pas dans un an ou un demi-siècle.

— Ce qui est fait est fait, et rien de ce que je pourrais te vendre n'y changera rien. Tout ce que je peux te dire, c'est qu'un jour tu auras besoin de cette boîte.

Je me suis surprise à approcher la main pour en effleurer la surface.

— À quoi sert-elle ?

Pour toute réponse, il m'a étudiée.

— Ces cheveux roux… Je te croyais irlandaise. Or, tu es polonaise, n'est-ce pas ?

— Les deux, ai-je répondu en fronçant les sourcils. Comment le savez-vous ?

— Comme je te l'ai dit, je suis un intermédiaire. La boîte de l'oubli vient de Pologne. Comme toi. Crois-tu que je vendrais un fétiche africain ou une fiole de sang de Kvasir à une Irlando-Polonaise ? Certainement pas.

Vous autres, les jeunes, aimez nager dans des eaux qui ne vous appartiennent pas, mais vous n'y plongez jamais très profondément, de peur de ce que vous pourriez y croiser. Le sang, lui, est plus épais que l'eau. Contente-toi de la magie qui coule dans tes veines.

Malgré moi, ces mots me pénétraient et se gravaient là où je ne voulais pas qu'ils aillent. J'ai pensé à nous, les trois praticiennes débutantes, qui tracions notre route étroite dans le grimoire de l'occultiste, cette morte que je m'efforçais constamment de chasser de mon esprit. Comme si chaque sort était forgé de fraîche date, sans passé ni racines.

M. Lazar a esquissé un sourire.

— C'est lorsqu'une chose est difficile à entendre qu'elle doit être considérée avec attention. Mais revenons-en à la boîte. Il existe un conte traditionnel polonais connu sous des titres divers : *Agnès et le prince solitaire*, *La Petite Cabane dans les bois*… Une jeune fille tombe amoureuse d'un prince, mais une fée jalouse dérobe les souvenirs de celui-ci et les enferme dans une boîte dorée. L'héroïne affronte alors de terribles épreuves afin de retrouver la boîte et de l'ouvrir pour que son bien-aimé se souvienne d'elle.

— Vous êtes en train de me dire qu'il s'agit de cette boîte ?

Il a hoché la tête.

J'étais à deux doigts de le croire. Ou peut-être tentait-il de faire monter le prix ?

— Pourquoi est-ce que je voudrais de ce truc ?

M. Lazar a fait la moue.

— Qu'est-ce que j'en sais, moi ?

J'ai alors posé la question qui me brûlait les lèvres.

— Combien ?

Il a grogné.

— Combien vaut cette boîte ? Plus que ce que tu possèdes. Combien vais-je t'en demander ? Ça, c'est une autre affaire.

J'ai sorti l'argent de ma poche.

— C'est tout ce que j'ai. Et je ne sais même pas si je veux vraiment de cet objet.

— Peu importe. Cette boîte t'appartient. Crois-tu que ça m'enchante de savoir qu'une telle merveille est la possession d'une gamine fauchée qui ne se lave même pas les cheveux ? Si elle avait appartenu à un homme riche, j'aurais pu lui soutirer la moitié de sa fortune.

Il a prélevé dix billets de vingt dollars dans ma liasse, a considéré les deux qui restaient puis en a empoché encore un.

— Une jeune fille ne doit pas se promener les poches vides. Ce que tu m'as donné est loin d'être suffisant, mais je veux bien conclure l'affaire, si tu demandes à la petite princesse de m'apporter quelques flacons de son remède contre les maux d'estomac. Ensuite nous serons quittes.

— Elle a un prénom, ai-je maugréé en me frottant le front. Elle s'appelle Felicita. Et j'ignore de quel remède vous parlez.

— C'est une herboriste, et une bonne. Elle saura. Ma femme suit une chimiothérapie, et seule la potion de ton amie apaise ses nausées. Je prends ton argent aujourd'hui, et Felicita m'apportera cinq flacons de son remède. Marché conclu ?

Je ne parvenais pas à me décider. À quoi pourrait me servir cette boîte ? Pourquoi m'offrirais-je un objet capable d'emprisonner les souvenirs ? Et les souvenirs de qui ?

Ceux de mon père ? Les miens ? Ceux d'une personne que je n'avais pas encore rencontrée ?

Ça n'avait pas grande importance. Que je sois victime du pouvoir de suggestion du vendeur, d'un véritable enchantement ou du sang polonais de mon père, je brûlais de posséder cette boîte. Elle n'existait que pour m'appartenir et il était réconfortant de s'entendre dire qu'on avait un avenir.

— Marché conclu, ai-je dit. Pourvu que vous m'expliquiez comment elle fonctionne. Sans supplément.

De retour du marché, je me suis rendue chez Fee. Lorsque je lui ai montré la boîte et décrit ma rencontre avec M. Lazar, elle a émis un « euh » dubitatif.

— Comment ça, *euh* ?

Elle a posé la main sur le couvercle, ou sur le fond. C'était impossible à déterminer avec certitude, mais je savais désormais comment l'ouvrir le moment venu.

— Je me demande si M. Lazar a dit vrai, si tu es réellement liée à cet objet. Moi, en tout cas, je ne ressens rien à son contact. Il est joli, c'est certain, mais je ne perçois en lui aucune magie. Et toi, quel effet te fait-il ?

J'ai repris la boîte et l'ai serrée entre mes mains. Le métal avait la même température que ma peau. Le grain du métal légèrement bruni était si fin que j'avais l'impression de caresser de la fourrure.

— Elle me donne faim, ai-je dit. C'est la première fois que j'éprouve un truc pareil. Honnêtement, elle me fiche un peu la trouille, et j'espère que je n'aurai jamais à m'en servir. Mais j'ai été comme… obligée de la prendre, tu comprends ?

— Cette faim… C'est ce que je ressens quand je me trouve dans un jardin. Il y a quelques jours, mon père m'a appris que mon arrière-grand-mère maternelle était une *yerbera*, une herboriste. Alors je suppose que ce pouvoir-là coule dans mes veines. Quand on en aura terminé avec l'occultiste, je veux être une meilleure personne. Je veux employer la magie pour soutenir ceux qui ont besoin d'aide, pas pour nos petits plaisirs égoïstes. La praticienne du quartier de Pilsen serait prête à me prendre comme apprentie. Quand j'aurai terminé le lycée, ou même avant. M. Lazar a raison. Tu es plus efficace quand tu fais appel à ce qui est dans ton sang.

— Oh ! c'est génial, ai-je dit. Je suis certaine que tu réussiras. Tu es faite pour ce travail.

Je me suis mordu l'intérieur de la joue avant d'ajouter :

— Ça me manquera, tu sais ? De bosser avec toi.

— Pour le moment, concentrons-nous sur ce qui nous attend demain et terminons-en.

— Tu crois que ça sera fini demain ?

— J'en doute. Et toi ?

J'ai serré la boîte contre ma poitrine. Il en émanait une vibration ténue, semblable au ronronnement d'un chat. Ce phénomène me rassurait. Il me donnait le courage d'affronter les ombres qui s'accumulaient dans les recoins de la chambre de Fee, ces ténèbres qui se rempliraient de vent et de chuchotements dès que nous aurions éteint la lumière.

— Honnêtement, je crois qu'on est fichues.

CHAPITRE VINGT-SIX

Woodbine

Aujourd'hui

Lorsque j'ai fermé les paupières, de même qu'un corps conserve durant quelques minutes les sensations éprouvées sur une montagne russe, je pouvais encore sentir les mains de Billy sur mon visage inondé de pluie.

« Quand nous nous embrasserons, ce ne sera pas notre premier baiser. »

J'ai ouvert les yeux, et tout ce qui me restait de ce moment s'est dissipé.

Je me suis aventurée dans le couloir à l'heure du dîner. La maison était si silencieuse que j'ai craint que mon père ne se soit absenté sans m'avertir. Puis j'ai entendu sa voix derrière la porte de sa chambre. Quand j'ai compris qu'il était en train d'enregistrer un message sur la boîte vocale de ma mère, mon cœur s'est figé dans ma poitrine.

« Où es-tu, bon sang ? disait-il sur un ton implorant. J'ai besoin de toi. Ivy a besoin de toi. Nous nous étions mis d'accord, nom d'un chien, et j'ai respecté ma part du marché. Maintenant, c'est à toi de me rendre la pareille.

Je jure devant Dieu que si tu me laisses seul face à cette… »

Puis j'ai entendu son poing heurter la tête de lit. Quatre coups violents, à faire vibrer les murs, puis plus un bruit. C'est à cet instant précis que j'ai cessé de lui en vouloir. Seule ma mère était à blâmer, et même lui ne parvenait pas à la contacter.

J'ai battu en retraite dans ma chambre. J'ai relu un SMS d'Amina reçu une heure plus tôt, un message auquel j'étais incapable de rédiger une réponse qui tienne debout.

OK. Soit ton père a confisqué ton téléphone,
soit tu es morte.

Soudain, j'ai entendu une porte s'ouvrir à la volée, puis les pas précipités de mon père résonner dans le couloir. Lorsqu'il a fait irruption dans ma chambre, il m'a suffi d'un regard pour comprendre qu'il n'était pas en colère. Il était terrifié.

— Où est la boîte ? s'est-il étranglé.

— La boîte ? Quelle boîte ?

— Celle que tu as prise dans le dressing. Rends-la-moi immédiatement.

Son souffle était court, sa respiration sifflante. Je me suis penchée pour attraper la boîte à cigares cachée sous mon lit et la lui ai tendue.

— Pas celle-là, Ivy ! *La boîte en or !*

J'ai secoué la tête.

— Je l'ai remise dans le coffre. Je ne savais même pas que c'était une boîte. Qu'est-ce qu'elle contient ?

Ses mains se sont mises à trembler. Il a jeté sur le lit un morceau de tissu roulé en boule.

— Tu es certaine que tu ne l'as pas emportée ?

— Sûre et certaine. Je n'ai fait que la sortir et la reposer à sa place. En fait, je ne savais pas de quoi il s'agissait. J'ai d'abord cru que c'était un lingot, mais ça m'a semblé trop léger…

Plus je plaidais ma cause, plus son silence m'angoissait. Son visage était d'une pâleur effrayante, sa peau tirée sur ses pommettes trop saillantes.

— La fille que tu soupçonnes d'être entrée dans la maison… Décris-la-moi encore une fois.

J'ai à nouveau brossé le portrait de l'inconnue tout en guettant ses réactions, mais il est resté impassible, comme statufié.

— OK, a-t-il conclu. Je vais continuer à essayer de joindre ta mère. Si Hank te contacte, peux-tu lui demander de me rappeler ?

Je n'ai pas répondu. Mon regard était rivé sur ce qu'il avait laissé sur mon lit : c'était la chemise que j'avais abandonnée à la fille de la rivière, celle qu'elle portait en sortant du 7-Eleven, lorsque je l'avais suivie jusqu'à la maison.

— Où l'as-tu trouvée ? ai-je demandé en la prenant.

Mon père m'a gratifiée d'un demi-sourire, preuve que j'avais dû poser cette question d'une voix égale, sans trahir mon trouble.

— Dans le dressing. Tu as dû l'oublier après avoir fouiné dans le coffre. Tu n'es pas encore prête à te lancer dans une carrière de braqueuse, ma chérie.

Le vêtement sentait la sueur, la friture et – chose étrange – le parfum de ma mère. Je l'ai tenu comme un linceul entre mes doigts exsangues.

— Papa… ai-je chuchoté.

Il étudiait la boîte à cigares posée sur le lit.

— Ivy, est-ce que ça te dérange si je jette un coup d'œil ?

J'ai hoché la tête, mais c'était davantage un frisson qu'un signe d'assentiment. Il a soulevé le couvercle et émis un rire discret en découvrant l'anneau de bois, le billet de comédie musicale, le médiator. Il a caressé la boucle de cheveux roux avant de refermer le coffret.

— Je t'aime, ma chérie, a-t-il dit. Ne t'inquiète pas. Tout va bientôt s'arranger.

C'est ainsi que j'ai compris qu'il ne pouvait pas me protéger. Qu'il n'avait pas les moyens d'affronter le péril qui nous menaçait. Qu'il n'avait pour seule arme contre ces ténèbres que des mensonges réconfortants.

— Merci, papa, ai-je murmuré.

Ainsi, l'inconnue était à ma recherche.

C'était la conclusion à laquelle j'avais abouti. J'étais recroquevillée sur mon lit, les genoux remontés sous le menton. Rongeant machinalement l'ongle de mon pouce, je scrutais le vide sans cligner les paupières.

Elle avait volé la boîte dans le dressing et s'était débarrassée de ma chemise. Elle s'était introduite dans notre maison alors que je m'y trouvais seule, passant en silence de pièce en pièce, sans se manifester, laissant la trace de ses dents dans mes cookies. Comme pour me démontrer que j'étais à sa merci.

« Tiens-toi à l'écart des miroirs », m'avait dit Sharon. Saisie d'angoisse, je me suis rappelé la vision apparue dans celui de la salle de bains, le jour où j'avais décoloré mes cheveux, ce visage hâve qui s'était brièvement substitué au mien. Et si cette image n'avait pas été le fruit de mon imagination ?

Mon père m'a de nouveau rendu visite aux alentours de vingt-deux heures. Il m'a souhaité bonne nuit et a plaqué un baiser sur mon front. Il continuait à se comporter comme si tout était pour le mieux dans le meilleur des mondes. Je l'ai imité de façon convaincante, et suis parvenue à lui cacher que j'étais sur le point de devenir folle. Dès qu'il a quitté la chambre, j'ai continué à ruminer des pensées obsessionnelles, sautant d'une révélation à l'autre et m'abîmant toujours plus profondément dans la confusion.

Considérer ma situation, c'était tenter d'assembler des pièces de puzzle tirées de cent boîtes différentes. Quelque chose en moi luttait pour percer à la surface. Une question, peut-être, ou un souvenir qui glissait comme un reptile au seuil de ma conscience. J'ai fini par trouver le sommeil, mais la vérité qui se refusait à moi a continué à arpenter mes rêves sur la pointe des pieds.

Mon cerveau s'est rallumé brutalement au beau milieu de la nuit. Agrippée à la pensée que j'avais eue, je me suis coulée hors du lit, suis sortie de la chambre et ai marché sur l'épaisse moquette du couloir jusqu'à la porte de mes parents. Je l'ai ouverte aussi silencieusement que possible. Par chance, mon père me tournait le dos, allongé de son côté habituel du lit. Parvenue à la coiffeuse, je me suis emparée de la photo encadrée qui y était exposée : Fee et ma mère, âgées de seize ans.

Je me suis approchée de la fenêtre pour l'étudier à la pâle lumière venue de la rue et avoir la confirmation de ce qui m'était apparu dans mon rêve : la partie droite de la photo était plane, mais la gauche présentait un renflement.

Et il y avait ces pendentifs autour de leur cou, ces morceaux de métal qui, réunis, n'auraient formé qu'un cœur incomplet…

J'ai démonté le cadre et en ai sorti la photo.

J'avais vu juste. Le tiers gauche du cliché avait été plié afin de le soustraire aux regards. Quelqu'un ne voulait plus voir ce qui y figurait, mais n'avait pu se résoudre à le découper. Lorsque j'ai découvert ce qui avait si longtemps été masqué, j'ai senti la nausée me gagner.

Si ma mère et Fee étaient penchées l'une vers l'autre, une troisième fille posait avec raideur, droite comme un *I*. Épais traits d'eye-liner, pas de rouge à lèvres, ras-de-cou émeraude. Suspendu à une chaînette, le troisième fragment du cœur d'amitié reposait sur sa poitrine. Son visage était d'un autre temps. Maquillage mis à part, elle aurait pu figurer sur un tableau ancien, une peinture hollandaise peuplée de saints ou de paysans.

Elle était moins maigre, moins sournoise, mais c'était sans l'ombre d'un doute la fille qui était apparue dans le faisceau des phares de la voiture de Nate, le spectre que j'avais suivi jusqu'au seuil de la maison. Bien que la photo ait été prise vingt-cinq ans plus tôt, son visage n'avait absolument pas changé.

CHAPITRE VINGT-SEPT

Chicago

Autrefois

Vendredi matin.

Nous n'avions parlé ni à Marion ni à Sharon depuis notre explication à L'Entre Deux Mondes, mais nous savions que toutes deux nous attendraient le soir même au manoir de l'occultiste.

— Au moins, on retrouvera le sommeil, a dit Fee.

Il était un peu plus de huit heures du matin, et nous revenions du McDonald's.

— Exact. Et il paraît qu'il n'y a pas plus reposant que la mort.

J'ai examiné l'intérieur de mon sachet et constaté que celui-ci ne contenait rien de plus effrayant qu'un beignet aux pommes de chez McDonald's.

— Très drôle, Dana, a grogné Fee. Tu imagines dans quel état seraient nos pères si nous mourions ? Je ne veux pas être une autre image pieuse sur l'autel de la salle à manger, entre ma mère et la Vierge Marie.

— Je t'y vois déjà. Serre-tête en velours, crucifix par-dessus le col du chemisier.

— À ce propos, mon père m'a demandé pourquoi je ne le portais plus. Je lui ai dit que je te l'avais prêté, que tu voulais prier pour que ton père recouvre la santé.

— Oncle Nestor… Il a gobé cette explication ?

Elle a pressé ses paumes l'une contre l'autre, levé les yeux au ciel et murmuré sur un ton angélique :

— *Perdóname, Padre.*

— Oh ! tu es adorable, ai-je gloussé.

J'avais plaisanté jusqu'alors, mais je sentais désormais ma gorge se serrer à chaque syllabe.

— Ma jolie Felicita. Tu sais que s'il t'arrivait malheur, j'irais te chercher jusque dans les Enfers ? Je serais ton Orphée. Je…

… je me fondrais dans le sable, sans toi. Je me désintégrerais parmi les étoiles.

— Moi aussi, a-t-elle dit en m'enlaçant. Tu es ma sœur, ma seule et unique sœur.

Nous croyions alors que l'amour était aussi la clé, qu'il nous suffirait de rester agrippées l'une à l'autre pour ne pas être emportées par le tourbillon de la vie.

Le temps s'est écoulé paresseusement jusqu'à dix-neuf heures puis s'est mis à fondre comme neige au soleil. À vingt heures, nous avons tâché de nous remplir l'estomac, juste assez pour ne pas faiblir au moment crucial. À vingt et une heures, le soleil s'est couché. À vingt-deux heures trente, nous attendions le bus dans un tel état d'agitation qu'une femme qui patientait en notre compagnie – sac à dos en vinyle transparent et fard à paupières vert – nous a offert quelques bretzels. À vingt-trois heures trente, dans l'ombre immense de la vieille bibliothèque, nous avons passé la pelouse au peigne fin à la recherche de trèfles à quatre feuilles.

Sharon a débarqué quelques minutes plus tard. Elle s'est jointe à nos recherches jusqu'à l'arrivée de Marion.

Ses ecchymoses s'étaient transformées en d'horribles traînées jaune verdâtre. L'air aussi fragile qu'un sucre d'orge, elle était animée d'une vitalité animale qui évoquait à mes yeux un fil électrique dénudé parcouru d'étincelles. Je l'ai observée quelques instants, puis j'ai compris : c'était la conséquence du cadeau d'Astrid. Alors que Fee et moi nous efforcions de le refuser, Marion avait dû en prendre soin comme d'une plante vénéneuse. J'ai senti mes entrailles se nouer. Elle aurait du mal à renoncer à ce pouvoir.

— Finissons-en, a-t-elle dit.

À nouveau, nous avons progressé en file indienne dans la pénombre saturée de poussière. L'air était si épais que j'avais l'impression de respirer à travers du coton. Astrid marchait, dans notre dos, devant nous, à nos côtés.

Nous avons gravi l'échelle menant au grenier. Marion n'avait pas menti. La lune, plus mince que lors de la première invocation, offrait les conditions idéales au déroulement du rituel. Je le sentais au fond de mon âme de sorcière. À présent que le moment était venu, que nous étions toutes les quatre réunies dans le sanctuaire, je me sentais étrangement calme, comme si ce que nous nous apprêtions à faire était déjà accompli.

Marion s'est agenouillée et a procédé aux préparatifs. Flamme bleue, miroir d'argent, cire écarlate. Elle a brandi le couteau et soulevé le lapin par la peau du cou.

Cette fois, c'était un animal sauvage, une maigre créature à la fourrure tachetée et aux flancs palpitants. Se débattant avec l'énergie du désespoir, il est parvenu à tordre la tête et à plonger ses incisives jaunes dans l'avant-bras de Marion. Elle n'a pas laissé échapper un cri tandis que son sang gouttait dans la cire fondue.

Lame émoussée ou cou trop tendineux, à l'agonie, l'animal a réussi à se libérer. Cette fois, Marion l'a plaqué au sol et a pesé sur lui de tout son poids avant de scier la chair avec une telle brutalité qu'un jet de sang m'a éclaboussé les mains. J'en ai laissé tomber mon épingle et ai dû farfouiller dans la poussière pour la retrouver.

Le rituel se poursuivait, mais son déroulement avait été perturbé. Foutraque, la magie était désormais une maison ouverte à tous les vents. Lorsque Marion a commencé à psalmodier l'incantation, celle-ci m'a paru différente de la première fois. Les voyelles en étaient précipitées, les consonnes heurtées. De sa main ensanglantée, Marion a formé le cercle de sel et embrasé le miroir. À cet instant, la pièce a vacillé, sous l'effet de l'onde de chaleur. Il se passait quelque chose d'anormal. *Ça ne va pas fonctionner*, ai-je pensé, à la fois soulagée et glacée de terreur.

Or je me trompais. Le visage d'Astrid Washington est apparu à travers le miroir. Ses yeux dorés nous observaient avec gourmandise. Elle souriait, les lèvres retroussées sur des dents aussi blanches et régulières que des perles.

J'avais un goût de pomme acide sur la langue. C'est maintenant que l'invocation devait se muer en bannissement. Marion semblait à bout de forces. Ses yeux étaient vides, ses épaules affaissées. À son signal, nous nous sommes tailladé la paume et mises à genoux pour la plaquer au sol.

Marion a alors éclaté d'un rire sauvage si strident que j'ai senti toutes les molécules de nos trois corps vibrer à l'unisson. Alors nous avons compris. Elle allait nous trahir.

— Astrid Washington !

Elle avait prononcé ce nom avec délectation. Sa voix emplissait l'espace d'une texture écarlate, comme un verre se remplissant d'un vin capiteux.

Elle a pris une profonde inspiration. Et elle a commis une terrible erreur.

D'une poche secrète, elle a tiré un objet qui scintillait autour de ses doigts, étincelant au clair de lune comme les cheveux dorés d'un démon. Sous le miroir, Astrid a cessé de sourire.

Serrant fermement mon épingle, j'ai plissé les yeux dans l'espoir d'identifier l'objet. Marion l'a manipulé entre ses doigts à la façon dont on cajole un chaton, puis il s'est déployé entre elle et le miroir tel un voile aussi ténu que de la brume.

Aussitôt, Sharon s'est précipitée vers le cercle.

— Ne fais pas ça ! a-t-elle hurlé. *Non !*

Marion l'a ignorée. Tenant le voile au-dessus du miroir, elle a déclaré :

— Je te somme, Astrid Washington, d'obéir à mes ordres. De me servir. De t'attacher à moi à jamais. D'être ma compagne et mon… mon esprit familier.

Fee a étouffé une exclamation. Sharon, elle, a marmonné une bordée de jurons qui se sont matérialisés en une brume bleue et glacée. Marion n'était qu'une sorcière inexpérimentée, debout dans un cercle de sel, son plan révélé au grand jour : elle n'avait jamais eu l'intention de bannir l'occultiste, mais, au contraire, de la lier à elle pour l'éternité. Un sort d'attachement.

Marion a lâché le voile. Dieu seul sait comment elle s'était procuré ce trésor et à quel prix. Dans un instant, il couvrirait la couronne de cheveux blonds d'Astrid. Il s'y fixerait de lui-même, comme une toile d'araignée, et la lierait à jamais à celle qui l'avait invoquée.

Sauf que les choses ne se sont pas passées ainsi.

Avant même que le voile n'ait quitté les doigts de Marion, Astrid avait tendu les mains afin de s'en saisir au vol. Les mailles translucides ont étincelé à leur contact puis ont adhéré à sa peau.

Comme ça, tu voulais me soumettre ?

Nous n'entendions pas la voix d'Astrid, mais il nous suffisait d'observer les mouvements de ses lèvres pour deviner ses paroles.

Tu m'as invoquée pour que je te serve ? Pour me lier à ton infinie médiocrité ? A-t-on déjà vu un lion baisser la tête pour subir le joug d'une souris ? La foudre se prosterner devant une luciole ?

Comble de l'horreur, tout en parlant, elle ne cessait de sourire.

Tu as cru pouvoir faire de moi...

— ... ton esprit familier ?

Ces trois derniers mots ont résonné pour de bon à nos oreilles. Dans un mouvement fluide, Astrid s'était hissée hors du miroir. Elle était à présent agenouillée au centre du cercle, et seuls ses orteils baignaient encore dans l'univers du miroir. La pièce était devenue effroyablement exiguë et empestait la sorcellerie.

— Espèce d'idiote ! croassa la sorcière d'une voix rauque. Tout ce que tu sais, tu l'as appris dans mon grimoire. C'est de moi seule que tu tiens ta magie.

Marion tremblait comme une feuille.

— Je… je te somme… a-t-elle bredouillé.

Alors, d'une main languide, Astrid a lancé le voile d'attachement, qui a recouvert le visage de Marion. Il est demeuré visible quelques instants, parcouru de lueurs dorées, avant d'être absorbé par sa peau.

Marion a reculé jusqu'au bord du cercle de sel mais n'a pu le franchir. Il formait une prison où étaient désormais détenues l'occultiste et sa disciple.

À mes côtés, Fee récitait en trois langues de fervents *Ave*. Sharon faisait les cent pas autour du cercle dans l'espoir d'y déceler un point faible. Les voir se démener ainsi, chacune à sa manière, m'a arrachée à l'état de stupeur dans lequel j'étais. Tout n'était pas perdu.

J'ai saisi Fee par le poignet, l'ai attirée à moi et ai chuchoté à son oreille :

— Le pouvoir qu'Astrid nous a communiqué… Il est toujours en nous. Si nous pouvions tirer Marion hors du cercle…

Fee a plissé les yeux. Une idée venait de prendre forme dans son esprit.

— Le sort de restauration, a-t-elle dit dans un souffle en posant un doigt tremblant sur mon pendentif. Toute chose brisée se languit de retrouver sa forme originelle.

Puis elle s'est mise à psalmodier :

Réunis l'essence de nos trois âmes
Et verse le sang dans la coupe d'amour
Si notre trinité devait se défaire,
Laisse les flots l'emporter.

C'était moins un sort qu'une comptine que Marion avait inventée un soir où nous étions allées chercher de l'eau à la rivière. Nous étions alors ivres de bonheur et d'espoir, plus jeunes d'un siècle, nos pendentifs flambant neufs étincelant à notre cou.

En dépit de tout ce que nous avions traversé depuis ce moment heureux, aucune de nous n'avait ôté son talisman. Fee a répété notre hymne d'amitié, et je me suis jointe à elle. Bientôt, nos voix se sont faites plus puissantes, plus assurées.

J'ai croisé le regard de Marion. Ses lèvres bougeaient à l'unisson.

Ce n'est qu'à cet instant que le phénomène a commencé à se manifester. Un crépitement s'est fait entendre, signe que notre chant à trois voix était en train de canaliser la magie volée à Astrid. Mon fragment de cœur s'est mis à tiédir, puis ses bords brisés à rougeoyer. Ceux de Fee et de Marion produisaient une lumière bleuâtre semblable au cœur d'une flamme. Puis j'ai senti mon pendentif se détacher de ma peau et la chaînette se tendre. « Toute chose brisée se languit de retrouver sa forme originelle. » Les fragments de pendentif étaient irrésistiblement attirés les uns vers les autres.

Alors que nous reprenions une dernière fois la fin de la chanson, il y a eu un souffle infime suivi d'une explosion silencieuse qui nous a jetées pêle-mêle sur le sol.

Nous sommes restées un instant sonnées dans un enchevêtrement de membres et de cheveux. Tout n'était que chaleur et confusion. Des traînées colorées striaient mon champ de vision. Je sentais la peau acide de Marion contre mes lèvres. À ce contact, j'ai éclaté de rire. Nous avions réussi. Nous l'avions arrachée aux griffes d'Astrid Washington.

Me redressant sur un coude, j'ai constaté qu'elle n'avait pas quitté le cercle de sel. C'est Fee et moi qui y avions été propulsées.

Nous étions toutes trois étendues là, liées par nos chaînettes au cœur désormais intact. Astrid se tenait au-dessus de nous. L'or de ses iris avait colonisé le blanc de ses yeux. Son regard glacé était celui d'un oiseau de proie.

Cela équivalait à être observées par deux entités. L'une était une femme, une occultiste, un être humain qui avait jadis marché et respiré dans notre monde. L'autre était un bloc de métal ou de pierre que le temps et la magie avaient transformé en une créature d'une simplicité terrifiante. Un monstre cynique, froidement efficace, qui n'hésiterait pas une seconde à nous tailler en pièces.

Astrid a ramassé le couteau de Marion, a regardé nos visages l'un après l'autre puis s'est approchée de Fee.

— *Non !* ai-je hurlé en rampant dans sa direction afin de m'interposer.

L'occultiste a éclaté de rire, puis a tendu le couteau à Fee en lui en présentant la poignée.

— Votre coven abrite une traîtresse, a-t-elle annoncé. Fais ce qui doit être accompli.

Fee s'est emparée du couteau d'un geste lent mais réfléchi. Le visage de Marion était inexpressif, son regard vide. Apparemment, elle était prête à offrir son cou à la lame.

— Fee, me suis-je étranglée. Non ! Ne fais pas ça.

Elle a étudié l'arme d'un air songeur puis a levé les yeux sur Astrid.

— Vous êtes liée à Marion par le voile d'attachement, a-t-elle dit avec fermeté. Si je la tue, vous l'accompagnerez dans la mort.

L'espace de deux battements de cœur, Astrid est demeurée de marbre. J'ai pensé que Fee était allée trop loin. Puis les traits de l'occultiste se sont décomposés. Un son à glacer le sang a jailli de sa gorge, un cri qui n'avait rien d'humain. Elle a pris sa tête entre ses mains et s'est pliée en deux à hauteur de la taille, si bien que sa chevelure a balayé le plancher.

Délivrée de l'emprise de ses yeux magnétiques, je me suis libérée de ma chaînette, dont les maillons m'avaient profondément entaillé la nuque.

Marion demeurait sans réaction, la bouche entrouverte, les yeux dans le vague.

— Brise le cercle, ai-je chuchoté. Tu l'as créé, tu peux le détruire.

Elle est restée immobile et silencieuse. Rien n'indiquait qu'elle m'ait entendue. Fee l'a saisie par les épaules et l'a secouée sans ménagement.

— Réveille-toi, pauvre idiote ! Brise ce foutu cercle et on s'occupera du reste. On peut encore réparer les dégâts. Mettre un terme à tout ça.

Secouée d'un spasme, Marion est soudainement revenue à la vie, ses yeux caves se sont embrasés.

— Parce que tu t'imagines que j'ai l'intention de la bannir ? a-t-elle grondé entre ses dents serrées.

À ces mots, Astrid s'est redressée. Elle a arraché le couteau des mains de Fee et s'est tenue au-dessus de nous, ses yeux de faucon luisant comme de petites lunes gibbeuses.

— Que faire, que faire ? a-t-elle chuchoté en tapotant sa tempe de la pointe du couteau.

Les pensées se bousculaient dans mon esprit affolé. Astrid nous a regardées avec gourmandise et amusement, comme une cuisinière considérant les ingrédients d'un plat : une sorcière à laquelle elle ne pouvait s'en prendre, deux autres auxquelles elle le pouvait. Et un couteau. J'étais tétanisée. C'est alors qu'il m'est venu une idée.

Je dois la tuer.

Pas Astrid. Elle m'écorcherait vive avant que je ne lève la main sur elle. Non. Marion. C'était la seule solution. Morte, elle entraînerait l'occultiste dans le néant. Le cercle se briserait. Nous sortirions saines et sauves de cet enfer.

Dans une succession d'images stroboscopiques, je me suis vue la saisir à la gorge, la plaquer au sol, lui labourer les bras avec l'épingle, lui fendre le crâne avec le lourd bol de sel. Autant d'instantanés tirés d'un film d'épouvante. Je savais que je serais incapable de passer à l'acte.

Sous une impulsion, j'ai saisi Marion par les épaules et par la taille et l'ai jetée dans le miroir.

Dans mon souvenir, la scène s'est déroulée dans le plus grand silence. Les yeux et la bouche grands ouverts, Marion s'est abîmée dans les profondeurs verdâtres du miroir avant de disparaître en emportant avec elle ce cœur que nous avions partagé et les débris de nos chaînettes.

Astrid n'a eu que le temps de faire un pas dans ma direction, les mains tendues, prêtes à me saisir, avant que le lien magique qui l'attachait à sa disciple ne l'entraîne dans sa chute. Le souffle produit par la rupture du cercle de sel, puis le choc creux de la magie de la sorcière arrachée à ses racines ont fait osciller tout le bâtiment.

Fee a haleté. Sharon a éructé une salve d'injures. Quant à moi, j'ai poussé un hurlement où la terreur le disputait au soulagement.

Rassemblant mes forces, j'ai frappé du poing en plein centre du miroir.

Cet œil ouvert sur l'outre-monde, dont la surface n'était ni réellement faite de verre ni réellement un portail, a résisté à mon assaut. L'espace d'un instant, ma main a plongé dans une substance poisseuse et glacée, que le miroir a aussitôt rejetée avant de se briser net à hauteur de mon poignet, ses éclats dessinant un motif semblable à une toile d'araignée.

Folle de douleur, j'ai extrait de ce piège ma main gantée de sang, puis je me suis tournée vers ma valeureuse Felicita.

Elle me regardait sans chercher à dissimuler l'épouvante que lui inspirait mon acte, elle qui aurait préféré mourir plutôt que de faire ce que je venais de faire.

Tant mieux, car pour rien au monde je ne l'aurais laissée faire.

CHAPITRE VINGT-HUIT

Woodbine

Aujourd'hui

Trois filles déguisées en apprenties sorcières, l'air provocateur ou narquois. Ma mère, tante Fee et cette fille que les vingt-cinq dernières années n'avaient absolument pas changée.

Elle s'était introduite chez nous. Elle avait grignoté mes cookies, volé l'étrange boîte dorée de mes parents. Peut-être s'était-elle tenue à l'endroit même où je me trouvais, les yeux rivés sur l'espace où elle aurait dû figurer.

Qu'était-elle pour ma mère pour que celle-ci ait conservé sa photo dans des conditions si particulières ? Dissimulée mais tous les jours devant ses yeux.

Mon père a roulé sur le flanc en marmonnant quelques paroles inintelligibles dans son oreiller. Je me suis glissée hors de la chambre.

Passé le choc de cette révélation, j'ai rapidement recouvré mon calme. Je pouvais à présent considérer froidement la situation et mesurer l'impossibilité de ce dont j'avais pourtant la preuve. Dans cet étrange état d'apaisement, je me suis rendue dans la salle de bains et j'ai actionné l'interrupteur.

Je me suis plantée devant le lavabo, le teint blafard dans la lumière crue, et j'ai brandi la photo. Si Sharon disait vrai, si tout miroir était une source de danger, ce pouvait aussi être un moyen d'entrer en contact avec l'inconnue... Si, la veille encore, je ne m'y serais pas risquée, cette fois j'ai regardé mon reflet droit dans les yeux.

— Il faut que je te parle, ai-je dit.

Rien ne s'est produit. Pas une ondulation à la surface du miroir, pas la moindre trace de brume, juste une fille aux cheveux blonds tenant une photographie froissée.

— Je viens te chercher.

J'ai enfilé une robe T-shirt et récupéré les clés de la voiture de mon père dans le vide-poche de l'entrée. Ce n'est que lorsque j'ai posé le pied sur l'accélérateur que je me suis rendu compte que je n'avais pas de chaussures.

L'inconnue pouvait se trouver n'importe où. Sa présence conférait à la nuit une texture particulière, faisant fermenter l'air telles des bactéries. J'avais l'impression que chaque voiture était lancée à mes trousses, que chaque zone d'ombre coagulait comme une flaque de sang noir. La cabine du maître nageur était un monolithe extraterrestre surveillant le sinistre miroir de la piscine municipale. Après avoir dépassé l'enseigne du restaurant Denny's, le panneau lumineux de la station-service Amoco et le centre commercial au parking désert, j'ai roulé au pas dans le centre-ville de Woodbine. Les bars avaient depuis longtemps fermé leurs portes. L'éclairage public d'un autre âge peinait à dissiper l'obscurité rampante.

J'ai marqué le stop au passage à niveau. Avant que j'aie pu redémarrer, la portière passager s'est ouverte, et la fille est montée.

Elle était plus réelle que dans mes souvenirs. Ses joues étaient criblées de petits boutons d'acné, ses cheveux sales et emmêlés. Elle aurait pu paraître quelconque, sans l'intensité de ses yeux de loup bleu pâle. Elle dégageait une forte odeur de sueur à laquelle se mêlait le parfum à la bergamote de ma mère.

— Roule, a-t-elle dit.

Je me croyais trop déterminée pour éprouver de la peur, mais mon corps ne partageait pas cet avis. Mon pied nu tremblait sur l'accélérateur, mes membres vibraient comme les cordes d'un piano. La seule présence de l'inconnue mettait mes nerfs à vif, son regard me brûlait tel un projecteur. Elle qui avait partagé la jeunesse de ma mère devait forcément en savoir long sur la menace qui pesait sur elle.

J'ai éteint la radio qui passait une chanson de Nick Drake évoquant une lune rose aux pouvoirs maléfiques. Le silence de l'inconnue produisait sa propre musique, un bourdonnement entêtant qui était synchrone avec les battements de mon cœur.

Au stop situé à l'entrée de la réserve forestière, elle a tendu le bras vers la gauche.

— Par là, a-t-elle dit.

Quand elle a levé le bras, j'ai senti de nouveau une bouffée du parfum de ma mère. Je l'ai vue s'en aspergeant les poignets, debout devant la coiffeuse. Ce sacrilège me semblait plus grave que l'empreinte de ses dents dans mes cookies, que ses mains dans le coffre-fort de mes parents.

Peut-être nous dirigions-nous vers l'endroit où était ma mère. À cette pensée, ma respiration s'est accélérée. Peut-être étaient-elles complices, après tout. Nous roulions en pleine campagne, un territoire parsemé de rares pavillons aux jardins envahis par les mauvaises herbes. On disait que les lois de l'État n'y avaient pas cours, pas plus que dans les eaux internationales.

— Ici, a-t-elle dit en désignant un chemin non éclairé qui s'enfonçait dans la forêt.

Je m'y suis engagée lentement, mes pneus mordant le gravier, puis elle a pressé la main sur le tableau de bord.

— Stop. Coupe le moteur.

À la lumière de la lune, le sentier était semblable à un fleuve charriant des eaux grisâtres. À quelques pas de nous, il obliquait vers la droite et se perdait parmi les arbres.

— On est où ? ai-je demandé.

L'inconnue n'a pas répondu. Respirant vite, comme un animal, elle était plongée dans ses pensées.

— Je ne sais pas si tu es prête, a-t-elle chuchoté.

— Prête ? Prête à quoi ? ai-je demandé, gênée par notre intimité.

— Dans certains contes de fées… l'héroïne sacrifie une part d'elle-même pour obtenir ce qu'elle désire. L'amour, la fortune… ou des informations, a-t-elle ajouté en me regardant droit dans les yeux.

— Dis-moi seulement ce que tu attends de moi.

— Tu as déjà payé trop cher. Si je pouvais agir à ma guise, cela ne te coûterait pas un sou de plus.

Une vague d'auto-apitoiement a déferlé sur moi, réconfortante.

— Qu'est-ce qui ne me coûterait pas un sou de plus ?

L'un de ses yeux demeurait dans l'ombre. L'autre était une coupe de lumière liquide.

— Les réponses. Les réponses aux questions que tu te poses, et celles qui ne te sont même pas venues à l'esprit.

— Qui es-tu ?

— Je suis ton amie, Ivy. N'aie pas peur. Tu n'as rien à redouter de moi. Bientôt, tu comprendras.

La façon dont elle avait prononcé mon prénom… pourquoi était-ce cela qui m'effrayait le plus ? Peut-être à cause de l'air qu'elle avait eu en le disant : comme si elle me connaissait, comme si nous avions un long passé en commun.

— Si je veux ces réponses, ai-je dit, qu'arrivera-t-il ensuite ?

— Au bout de ce chemin, je te mènerai à un endroit où tu apprendras tout.

J'ai serré les clés de la voiture avec une telle force que leur forme s'est imprimée dans la paume de ma main.

— Pourquoi ne pas tout m'expliquer ici ?

— Ce n'est pas comme ça que cela fonctionne.

Des arbres touffus masquaient notre destination. J'ai regardé cette fille qui connaissait ma mère et qui avait emprunté une route mystérieuse pour venir s'asseoir à mes côtés.

— Comment tu t'appelles ?

Elle a laissé s'écouler quelques secondes avant de répondre :

— Marion.

J'avais l'impression étrange qu'elle avait dû faire un effort pour arracher le prénom à sa mémoire. Qu'elle était un spectre depuis longtemps privé de sa propre identité.

Mais je pouvais la nommer, à présent. Je pourrais interroger ma mère et Fee à son sujet, les contraindre à dévoiler le secret qui lui était attaché.

— Marion, ai-je répété en ouvrant la portière. Allons-y.

À l'extérieur, telle une expiration sans fin, un vent léger faisait frissonner le feuillage. La forêt a réveillé en moi le souvenir de ma première rencontre avec Marion, silhouette pâle et nue aperçue entre les arbres au beau milieu de la nuit. Elle portait à présent un jean et une chemise deux fois trop large pour elle. Je l'ai suivie sur le chemin, le poing toujours fermement serré autour des clés de mon père. Des cailloux aux arêtes saillantes blessaient mes pieds nus. M'entendant gémir, elle s'est tournée dans ma direction et a prononcé quelques mots qui sont restés suspendus dans l'air comme les étincelles d'un cierge magique. J'ai senti une odeur de mélasse et de cheveux brûlés. L'instant suivant, le sol a pris une texture soyeuse, comme si les pierres s'érodaient sur mon passage, formant une chaussée de verre lisse et tiède. J'ai crié et bondi en arrière avant de me rendre compte que le sentier n'était pas en cause.

J'ai levé un pied, puis l'autre. Quand j'ai tapoté de l'ongle mon talon calleux, j'ai entendu un son cristallin semblable au tintement du verre.

— Bon sang… Comment tu as fait ça ?

Marion m'a regardée d'un œil vide, comme si je lui avais demandé comment elle s'y prenait pour respirer.

— Inutile de me remercier, a-t-elle dit.

Il m'a fallu quelques minutes pour m'adapter à cette nouveauté. J'avançais à grandes enjambées, levant et repositionnant maladroitement les pieds, aussi gracieuse qu'un chien chaussé d'après-skis. Ce n'était qu'un changement minime, et pourtant mon corps tout entier me semblait étranger, comme indépendant de ma conscience. Mon cerveau se rebellait contre ce que Marion avait fait, et contre ma présence à ses côtés. Toutefois, ma peau était *éveillée*, attentive au moindre de ses mouvements, guettant l'instant où elle accomplirait de nouveau un prodige.

Le sentier s'est élargi, puis a cédé la place à une longue allée pavée qui menait à une imposante maison blanche et silencieuse. Aucune lumière ne brillait aux fenêtres, mais la porte d'entrée était grande ouverte.

CHAPITRE VINGT-NEUF

Chicago

Autrefois

Nous avons récuré le grenier, commençant à quatre pattes, à la force du poignet, avant que Sharon, ayant émergé de l'état de choc dans lequel l'avait plongée la disparition de l'occultiste et de sa disciple, ne lance un sort d'assainissement. Nous avons longuement cherché le grimoire d'Astrid, puis conclu qu'il avait été précipité dans le monde du miroir. Enfin, nous avons fui la bibliothèque en emportant tout ce qui avait appartenu à Marion.

À trois heures du matin, nous roulions sans but à bord de la voiture de Sharon.

— Plus jamais ça, a-t-elle grondé. Est-ce que vous comprenez ?

J'avais l'impression de regarder une mauvaise série télévisée. J'entendais sa voix, mais les mots qu'elle prononçait ne formaient à mes oreilles aucune phrase sensée.

— Vous ne connaissez pas mon nom de famille, je ne connais pas les vôtres, et c'est très bien ainsi, a-t-elle poursuivi. Tôt ou tard, les parents de Marion vont signaler sa disparition. Si on vous questionne, vous n'avez rien vu, rien entendu. Vous n'êtes au courant de rien. Si vous faites ne serait-ce qu'évoquer mon existence, je vous le ferai payer cher.

— Qui viendrait nous questionner ?

— Les flics, abrutie.

Le vent frais qui s'engouffrait par une vitre entrouverte m'a subitement dégrisée, et un détail capital m'est revenu en tête.

— Marion… ai-je dit d'une voix blanche. Aujourd'hui, c'est son anniversaire. Elle aurait eu… elle a… elle a dix-huit ans.

Le visage de Sharon s'est éclairé.

— Sérieusement ? Nom d'un chien, ça, c'est un sacré coup de chance. Vu qu'elle est majeure, elle ne peut pas être considérée comme fugueuse. Elle ne sera pas inscrite sur le fichier des personnes disparues.

— Tu es une personne *horrible*, a grogné Fee. Horrible. J'espère que tu… que tu…

Elle a pincé les lèvres pour retenir la malédiction qu'elle brûlait de prononcer.

— Je ne veux plus rien avoir à faire avec toi, a-t-elle achevé.

— Si jeune et si innocente, a ricané Sharon. Tu crois vraiment que les regrets peuvent racheter les crimes que l'on a commis ? Marion a construit son propre cercueil, ma pauvre chérie. Et le sang sur tes mains n'est pas moins rouge que celui dont les miennes sont souillées.

Elle a secoué énergiquement la tête.

— Sur ma vie, je préférerais crever que d'avoir à nouveau seize ans.

De retour à l'appartement, j'ai trouvé mon père endormi sur le canapé, un verre de whisky posé en équilibre sur la poitrine. Les glaçons n'avaient pas encore entièrement fondu, et un disque des Flamingos tournait toujours sur la platine.

Il a levé la tête, l'air complètement sonné.

— Dana ?

— Va te coucher, papa.

— Où est-ce que tu étais passée ?

Ses narines se sont dilatées, puis il a ajouté :

— Bon sang, dans quoi est-ce que tu t'es roulée ? Est-ce que c'est du sang sur ta chemise ?

— Je t'ai demandé d'aller *te coucher* !

Sa tête a basculé en arrière, entre deux coussins, et il a de nouveau sombré dans l'inconscience.

Les jours se sont écoulés, identiques et monotones. Aucun phénomène surnaturel n'est survenu, et la police nous laissait tranquilles. Nous vivions dans un état de paix sinistre et mensonger. Les paroles de Sharon m'obsédaient. Au bout du compte, tout s'est déroulé exactement comme elle l'avait prédit.

Alors que je nous croyais définitivement tirées d'affaire, deux semaines après la disparition de Marion, un enquêteur s'est présenté au restaurant, un homme aux yeux de basset qui flottait dans un costume mal taillé. Il a questionné oncle Nestor et Fee, qui était de service ce jour-là.

Mon oncle en savait sans doute davantage qu'il ne le laissait entendre. Il avait vu les coupures profondes qui zébraient ma main gauche et peinaient encore à cicatriser. Il avait observé les discrets changements survenus dans le comportement de Fee. Pourtant, il ne nous avait pas posé de questions. Dans sa déposition, il s'est efforcé de minimiser l'importance de nos rapports avec Marion. De toute façon, c'était un interrogatoire de pure forme, mené sans grande conviction. Sharon avait vu juste : Marion était majeure. Elle ne figurait pas dans les priorités de la police. Je devinais déjà le portrait qu'en dresserait l'enquêteur : délinquante, dépressive, en conflit avec ses parents. Elle avait quitté le domicile familial le jour où la loi l'y avait autorisée, puis elle était partie refaire sa vie dans un autre État.

C'est ainsi que Marion a disparu deux fois en l'espace de deux semaines. La première, tombée en enfer par ma faute. La seconde, enterrée par le monde des vivants.

CHAPITRE TRENTE

Woodbine

Aujourd'hui

À l'extrémité de l'allée, la porte ouverte n'était pas une invitation, mais une menace. À mes yeux, c'était l'une de ces maisons de conte de fées dont l'occupant maléfique attire les voyageurs épuisés en leur promettant un repas ou une nuit de sommeil réparateur.

Un SUV aux vitres teintées était garé devant la propriété. Un panneau de basket se dressait dans un bloc de béton récemment coulé. Une poupée Ariel, la petite sirène, gisait face contre terre sur la pelouse.

J'ai franchi la porte dans le sillage de Marion.

La maison était un espace ouvert, avec un haut plafond lambrissé. Depuis l'entrée, deux marches donnaient accès à un salon bordé d'une longue baie vitrée. Un escalier en colimaçon menait à l'étage, un bref couloir à la cuisine.

L'odeur de cire et de meubles neufs se mêlait à un parfum inconnu qui me faisait tourner la tête. Me sentant soudain vidée de toute énergie, j'ai dû m'agripper à un portemanteau mural où se balançait un sac à dos licorne scintillant de paillettes roses.

— T'inquiète, a dit Marion avant de murmurer à mon oreille trois syllabes qui ont instantanément dissipé cet état de faiblesse.

— Qu'est-ce que tu viens de faire ? ai-je demandé en saisissant son poignet.

Elle a aussitôt dégagé son bras et craché comme un chat. L'espace d'un instant, ses yeux ont lancé des éclairs, puis se sont radoucis.

— Fais attention, a-t-elle averti sur un ton conciliant. Ne me prends jamais par surprise, et ne me touche jamais de cette façon.

J'ai croisé les mains derrière mon dos et balayé le salon du regard. Le canapé et les fauteuils étaient rebondis, signe qu'on s'y était rarement assis. Les murs laqués étaient immaculés, sans affiches ni tableaux, parfaitement impersonnels. À l'évidence, la maison n'était pas occupée depuis très longtemps.

Un miroir biseauté était suspendu dans le couloir menant à la cuisine. En passant devant, je n'y ai pas observé mon reflet. Je me suis placée devant lui et ai agité la main devant mon visage. Rien. Puis j'ai réalisé que l'image que je voyais dans la glace n'était pas celle qu'elle aurait dû me renvoyer. Sur la gauche, dans la pénombre, se trouvait une porte entrouverte. Devant moi, un rideau de douche au motif familier.

Je faisais face à ma propre salle de bains. Ce miroir était une fenêtre ouverte sur ma vie et celle de mes proches. J'avais beau avoir sérieusement envisagé cette possibilité, je me suis sentie glacée d'effroi. J'aurais voulu briser la glace à coups de poing, mais Marion guettait ma réaction du seuil de la cuisine.

Je l'ai rejointe de mauvaise grâce. Des plantes en pot faisaient triste mine sur le rebord de la fenêtre, au-dessus de l'évier, à côté d'un rince-doigts où brillait une alliance. J'ai visualisé celui ou celle qui l'avait ôtée avant de laver les couverts déposés dans l'égouttoir. Sur l'îlot central il y avait un exemplaire du *New Yorker* et un mug de fabrication artisanale contenant un doigt de café à la surface iridescente. Il flottait dans l'air une puanteur fade de poubelle et de cartons de nourriture à emporter que l'on n'avait pas pris la peine de rincer. Ce laisser-aller contrastait avec l'ordre et la propreté qui régnait dans le reste de la demeure.

Une baie coulissante était ouverte sur le jardin. L'eau d'une piscine rectangulaire miroitait dans la pénombre.

— Pourquoi laisses-tu toutes les portes ouvertes ?

— Je déteste les endroits clos, a-t-elle répondu avec un petit sourire entendu dont le sens m'échappait.

Elle s'est assise sur le comptoir.

— À qui appartient cette maison ?

Ma question demeurant sans réponse, j'ai pris le journal et lu à haute voix le nom figurant sur l'étiquette d'expédition.

— Qui est-ce ? ai-je demandé.

Elle a longuement soutenu mon regard avant de lancer :

— Tu veux que je te le présente ?

Mon rythme cardiaque s'est brutalement accéléré.

— Tu veux dire qu'il est ici ?

D'un coup de menton, Marion a désigné une porte au fond de la cuisine.

— Allez, va lui dire bonjour.

— Est-ce qu'il est… vivant ?

— Oui, Ivy, a-t-elle répondu, sans s'étonner de ma question. Il est vivant.

J'ai poussé la porte et découvert une buanderie faiblement éclairée par une veilleuse, un coquillage en plastique couleur ambre branché sur une prise électrique. Un homme en caleçon et T-shirt blancs était étendu sur le dos, à même le sol, les bras en croix, la plante des pieds orientée vers l'entrée de la pièce.

J'ai lâché un son étranglé, l'un de ces cris que l'on pousse lorsqu'on découvre un cafard, puis j'ai vu sa poitrine se soulever.

— Il est en vie, je te dis, a répété Marion de la cuisine.

— Qu'est-ce que tu lui as fait ?

Je me suis alors souvenue du vertige qui m'avait saisie lorsque j'étais entrée dans la maison. Cette sensation que j'étais sur le point de perdre connaissance, et que trois syllabes prononcées par Marion avaient suffi à dissiper. Quel que soit le sortilège qu'elle avait lancé au propriétaire des lieux, il flottait dans toute la demeure.

— Il va bien.

J'éprouvais de la gêne à contempler le visage de l'homme inconscient. Je me suis concentrée sur ses mains, et sur son T-shirt d'un blanc immaculé. Marion l'avait-elle traîné jusque-là, ou s'était-il affalé sur place à l'instant où le sort avait fait effet ?

— Tu dois le réveiller, ai-je dit avec fermeté.

— Certainement pas. J'ai besoin de sa maison.

J'ai quitté la buanderie et me suis plantée devant elle.

— Tu n'as pas le droit. Comment pourrais-je te faire confiance, maintenant que tu m'as montré ça ?

Marion a fait courir la pointe de sa langue sur ses incisives.

— Je ne t'ai rien caché. Pourquoi te méfierais-tu de moi ?

— Il y a d'autres personnes dans la maison ?

— Ça n'a aucune importance.

— Pour elles, si !

— Elles ne sont pas mortes. Elles dorment, voilà tout. Et tant qu'elles dormiront, elles ne souffriront ni de la faim ni de la soif. Elles ne vieilliront pas. Elles ne mourront pas. Personne n'est plus en sécurité que ces gens-là. Il se trouve que j'ai besoin de cet endroit, et je le leur rendrai quand j'en aurai terminé.

— Mais ce sont des êtres humains, Marion ! Tu n'as pas le droit de les traiter de cette façon.

— Oh ! les êtres humains… a-t-elle dit sur un ton léger. Ils sont si nombreux.

Elle a éclaté de rire à la vue de mon expression horrifiée.

— Ils font un rêve, Ivy. Ils y sont tous réunis. La mère, le père et le fils. Il y a une photo d'eux dans la salle de bains, où on les voit tous les trois, en Italie, sur une espèce de pirogue…

— Une gondole, ai-je rectifié.

— C'est ça. Ils rêvent qu'ils font une balade en gondole.

J'ai passé la main sur ma bouche.

— Alors c'est ça que font les sorcières ? Elles bousillent le cerveau des gens pour obtenir ce qu'elles convoitent ?

— Je suis une occultiste, et *nul* ne m'arrive à la cheville. Enfin…

Elle a fait jouer sa mâchoire d'avant en arrière.

— … ou presque.

— Qui pourrait rivaliser avec toi ? Ma mère ?

Marion a poussé une exclamation dédaigneuse.

— Qui d'autre, alors ?

— Ah ! Nous voici enfin arrivées au cœur du sujet.

Elle a passé un bras dans son dos puis, d'un geste théâtral, m'a présenté la boîte dorée de mes parents.

Quelque chose s'est mis à pétiller sur ma langue, comme si j'avais mordu dans un citron. Voir cet objet entre les mains de Marion éveillait en moi un sentiment violent. *Elle est à moi.* J'ai essayé de m'en emparer, mais elle l'a éloigné d'un geste vif.

— Non. Pas encore.

— Comment ça, pas encore ? Pourquoi avoir volé cette boîte ? Qu'est-ce que tu comptes en faire ?

— Tu ferais mieux de me demander ce qu'elle contient.

J'ai ravalé ma salive avec difficulté.

— Très bien. Alors je te le demande. Que contient-elle ?

Marion a sauté du comptoir.

— Viens avec moi.

Je l'ai suivie dans le jardin jusqu'au bord de la piscine. Elle a posé la boîte à ses pieds puis a déboutonné son jean.

— Déshabille-toi, a-t-elle dit.

— Pour quoi faire ?

— Si j'ai choisi cette maison, c'est essentiellement à cause de sa piscine. Elle nous facilitera les choses.

Elle a ôté sa chemise.

— Quelles choses ? ai-je demandé en retirant docilement mes vêtements.

— Tu verras. Allez, saute avec moi.

L'eau était tiède et plus profonde qu'il n'y paraissait. Des feuilles mortes tournoyaient à la surface. Zébré de reflets bleutés, le visage de Marion était indéchiffrable.

— J'ai longuement réfléchi à la meilleure façon de s'y prendre. Je pense que l'eau est l'élément le plus favorable.

Elle a placé la boîte entre mes mains.

— Est-ce qu'on court un danger ? me suis-je inquiétée. Tu ne m'as toujours pas dit ce qui se trouvait à l'intérieur.

Elle a hoché la tête.

— Ouvre-la.

— Comment ?

— Par le sang, Ivy.

Au moment où Marion prononçait ces mots, j'ai vu la lame d'un couteau de cuisine briller dans sa main droite. La lune se reflétait dans son regard fiévreux.

— Veux-tu que je m'en charge ? a-t-elle demandé.

— Non. Laisse-moi faire.

En un instant, un changement s'était opéré en moi. Toutes mes craintes s'étaient envolées. J'étais affamée. Je brûlais de savoir. J'étais prête à plonger dans l'inconnu. J'ai empoigné le couteau, en ai planté la pointe dans mon pouce et versé une goutte de sang sur la boîte.

— Comme ça ?

Mais je savais déjà.

La boîte ne s'est pas mise à luire, à léviter ou à bourdonner. Elle a simplement tiédi au contact de ma peau, puis sa texture s'est assouplie, comme s'il s'agissait d'une tablette de cire. Une rainure s'est dessinée, délimitant le fond et le couvercle, puis un fermoir demeuré jusqu'alors invisible s'est matérialisé. Marion était à mes côtés, mais j'avais l'impression d'être seule au monde.

J'ai fait courir un ongle le long de la fente. Qu'allais-je trouver dans cette boîte ? De vieilles lettres, des photos, un journal intime aux pages couvertes de l'écriture illisible de ma mère, un bouton aux pouvoirs magiques ? Je ne craignais pas, comme Pandore, de libérer tous les maux de l'humanité. Je restais convaincue que j'allais découvrir un objet bien réel, que je pourrais tenir et manipuler.

J'ai ouvert le fermoir et soulevé le couvercle.

Et je me suis réveillée.

PARTIE II

CHAPITRE TRENTE ET UN

Ailleurs

Ainsi, par la faute de Dana, Marion s'abîma dans le monde du miroir, ce gouffre sans fond aux couleurs du vent. La dernière chose qu'elle vit avant de fermer les yeux, ce fut le verre qui se brisait sous le coup de poing rageur de son ancienne amie.

C'est bien, pensa-t-elle.

Mais elle croyait alors vivre ses derniers instants.

Marion ne s'était pas trompée au sujet d'Astrid Washington. Ses pouvoirs dépassaient l'imagination. Le royaume qu'elle s'était bâti, cet écrin destiné à abriter son âme proscrite, était une réplique fidèle du manoir où elle avait perdu la vie sous les coups de son assassin.

Les innombrables portes s'ouvraient sur des pièces fourmillant de détails criants de vérité : livres, lits à baldaquin, jeux d'échecs et miroirs à main, tasses en porcelaine et carrés de sucre piqués comme de l'ivoire ancien. Les fenêtres encadraient des pans de ciel nocturne. La demeure était à jamais captive de la nuit d'été où Astrid avait achevé son existence terrestre.

Les accords d'une valse mélancolique résonnaient à l'infini dans la salle de bal du rez-de-chaussée. Non loin de là, l'occultiste avait aménagé un salon de billard, un jardin d'hiver et un bar en bois des îles où étaient alignées des bouteilles aux formes biscornues et au contenu apparemment inépuisable.

Marion goûta à chacune de ces liqueurs amères, sirupeuses ou fortes comme des coups de tonnerre. Elles lui brûlèrent la langue et réveillèrent des souvenirs du temps où elle vivait sous un véritable ciel, dans le monde trépidant des vivants. Hélas, elles ne lui procurèrent aucune ivresse.

Son deuil achevé, elle prit conscience de l'horreur de ce qu'on lui avait infligé en la précipitant dans cette antichambre de l'au-delà. Entre deux accès de désespoir, elle coulait des jours paisibles et dépourvus de sens. Elle jouait aux dames et aux échecs, comme une orpheline abandonnée de tous. Elle courait dans les galeries obscures et passait des toilettes trouvées dans des coffres. Elle demeurait étendue sur un lit, n'importe lequel, en implorant un sommeil qui se refusait à elle. Elle dansait sur le parquet ciré au son de cette valse qui l'entraînait lentement dans la folie.

Nul ne pouvait mourir en ce royaume. Aux premiers instants de leur exil dans le manoir, Astrid avait fait usage d'une magie singulièrement cruelle pour détruire le voile d'attachement qui l'unissait à Marion. En un autre lieu, le sort les aurait tuées. Certains liens ne pouvaient être défaits.

Quoi qu'il en fût, les deux sorcières étaient condamnées à partager la même prison.

Astrid était une geôlière inconstante. Les innombrables décennies passées seule en ces lieux depuis son assassinat avaient emporté sa raison. Après quelques accès de rage, elle abandonna son invitée à son triste sort. Lors des rares occasions où les deux sorcières se retrouvaient nez à nez au détour d'une galerie, l'occultiste semblait avoir oublié qui était Marion. Cette dernière en vint à mépriser la maîtresse des lieux, comme l'on rejette le soleil, durant l'hiver, lorsqu'il ne se montre qu'une fois par semaine, une heure durant, sans prendre la peine de nous réchauffer.

Le royaume crépusculaire d'Astrid Washington privait ses occupantes de toute considération non essentielle. Au fil de ce temps qui ne s'écoulait plus guère, Marion oubliait le pouvoir qu'elle avait exercé sur le monde physique, ses désirs terrestres, le plaisir élémentaire d'être de chair et de sang, les couleurs d'un soleil perdu à jamais. Il ne lui restait qu'une colère infinie, incontrôlable, qui modifiait sa vision de toute chose et faisait bouillir son sang dans ses veines.

Mais cette rage était sans objet. Marion n'avait personne contre qui la retourner. Alors elle la chérit et la cajola si bien qu'elle grandit paisiblement et se changea en une ambition, un désir ardent de fuir le purgatoire dont elle était prisonnière et de faire payer à Dana le calvaire qu'elle lui avait infligé. Il ne lui restait plus qu'à trouver un moyen d'exercer sa vengeance.

Des jours durant, Marion étudia le pendentif en forme de cœur brisé, celui qu'elle avait partagé avec les deux sœurs de son coven, et que leur trahison avait reconstitué. Les trois chaînettes y étaient encore attachées. L'une d'elles – Marion supposait que c'était celle de Dana – était incrustée de sang séché. Elle en gratta précautionneusement chaque maillon et récolta les grains brunâtres dans une tabatière en argent.

Quelques semaines plus tard, elle dénicha le sort ad hoc dans l'un des livres d'Astrid. Un charme de scrutation. Elle se planta devant un miroir, versa de l'eau dans un bol d'argent, y ajouta le sang réduit en poudre et prononça la formule. Aussitôt, une brume légère et nacrée s'éleva au-dessus du récipient, puis une silhouette vague, couronnée de cheveux roux, apparut dans la glace. Marion reconnut aussitôt l'expression fermée et coléreuse de sa pire ennemie.

Elle se pencha à cette fenêtre ouverte sur la vie de Dana.

CHAPITRE TRENTE-DEUX

Chicago

Autrefois

Les vestiges de l'été se sont consumés comme un feu de paille. En l'espace d'un week-end, les arbres se sont dénudés. Les feuilles mortes foulées par les passants se sont changées en boue avant de disparaître pour de bon, emportées par les pluies d'automne.

Fee et moi partagions toujours le plus clair de notre temps, mais nos relations s'étaient refroidies. Les silences qui émaillaient nos conversations étaient lourds des mots que nous n'osions prononcer. Si mon père n'avait pas été aussi gravement malade, nous aurions sans doute eu une explication qui eût suffi à dissiper ce malaise. Nous aurions mis à plat nos différends, et notre amitié aurait repris son cours. Or tel n'était pas le cas.

Nous avions tourné le dos à la magie, et ne parlions jamais de l'état de manque dans lequel cet abandon nous avait plongées. Si le don d'Astrid nous avait été arraché, nous avions conservé nos pouvoirs, mais il n'était plus question d'en faire usage.

Privé de magie, le monde était terne, sans relief.

Au lycée, nous avions traversé l'année de seconde sans nous faire remarquer. Il en fut tout autrement dès la rentrée de première. Fee culminait désormais à un mètre soixante-dix-huit, et ses épaules étaient si larges qu'il lui était impossible de se fondre dans le décor. En outre, avec son rouge à lèvres prune, ses vêtements noirs et ses épais cheveux bruns, elle avait des airs d'ange déchu qui attiraient tous les regards.

À l'issue de la première semaine, elle avait une petite amie secrète, une fille minuscule, format Polly Pocket. Un jour, cette dernière m'a coincée dans les toilettes des filles pour me remercier de couvrir leur relation. Il m'a fallu quelques secondes pour comprendre que les autres élèves me prenaient pour la copine officielle de Fee, et que j'étais celle sur laquelle devaient se concentrer tous les ragots du lycée.

— Il… il n'y a pas de quoi, ai-je bredouillé.

Chose étrange, rien de ce que j'appréhendais ne s'est produit – ni calomnies écrites sur les murs au rouge à lèvres, ni ricanements, ni coups d'œil en coin. J'évoluais dans les couloirs de l'établissement comme je l'avais toujours fait, dans une bulle de ma fabrication. Et, personne n'avait envie de s'en prendre à Fee.

Bien sûr, j'ai payé cher ce que j'avais fait à Marion. Mes rêves n'étaient que cercles de sel, rivières de sang et glapissements de lapins mis à mort.

Toutefois, j'avais d'autres préoccupations. Mon père était mourant. Au début, il avait été capable de se traîner jusqu'au magasin du coin pour acheter des Pringles, des Nicorette et des canettes de bière grand format. Puis il était resté cloîtré à l'appartement. Oncle Nestor lui rendait fréquemment visite. Des heures durant, il lui tenait les mains en évoquant un avenir que je me refusais à regarder en face.

Il s'est accroché jusqu'au printemps. Un lundi matin, lorsque j'ai ouvert les yeux, le silence avait changé de texture. Alors j'ai su. Avant même d'entrer dans sa chambre, j'ai téléphoné à oncle Nestor.

Ce dernier m'a serrée très fort dans ses bras pendant que les ambulanciers emportaient le corps de mon père, ce corps qu'il avait maltraité et trop peu aimé.

— Tu es la bienvenue chez nous, Dana, a-t-il dit. Et aussi longtemps que je vivrai, tu auras quelqu'un pour veiller sur toi.

J'ai déménagé un jeudi, trois jours plus tard. Tandis que je faisais mes bagages, j'avais l'impression d'être l'héroïne tragique d'un roman pour enfants, de celles dont l'auteur élimine les parents pour la laisser vivre dans un wagon de marchandises, une ferme perdue au fond des bois ou une école de magie.

Plus tard, quand j'ai défait ma valise sur le lit de Fee, j'ai compris à son expression que je m'y étais prise comme un manche. Je n'avais emporté que des trucs inutiles ou saugrenus, et elle s'inquiétait pour moi.

Quelques semaines plus tard, j'ai fêté mes dix-sept ans. Déjà, mon enfance me faisait l'effet d'un rêve lointain.

La discussion que Fee et moi avions si longtemps retardée a eu lieu un an jour pour jour après la seconde invocation. Elle m'a réveillée à l'aube et a murmuré à mon oreille :

— Viens. On va au lac.

Pour la première fois depuis des mois, nous avons emprunté l'itinéraire familier menant à la plage, marchant côte à côte vers le soleil levant.

Lorsque nous sommes arrivées à destination, Fee s'est agenouillée et a contemplé l'horizon. Elle a lâché un long soupir puis a passé les mains dans ses cheveux en bataille.

— Il faut au moins qu'on essaie. Dès cette nuit.

— Qu'on essaie quoi ? ai-je demandé, l'esprit encore embrumé.

Lorsqu'elle s'est tournée vers moi, son visage exprimait une infinie tristesse dont j'ignorais la cause.

— De retrouver Marion.

Mon cœur s'est emballé.

— De quoi tu parles ?

— Je pense à elle jour et nuit. Quand je me regarde dans le miroir. Quand je ne peux pas dormir. Quand je... je ne sais pas... même quand je me sens *heureuse,* ne serait-ce qu'une minute, je pense au cauchemar qu'elle traverse à l'instant même. Je ne peux pas continuer à vivre comme ça. Il faut qu'on tente quelque chose.

— Elle est morte. Bon sang, Fee... Depuis un an, tu t'imagines qu'elle est toujours *en vie* ?

— Elle n'a pas pu mourir. Si c'était le cas... ça voudrait dire que tu... que tu...

— Que je *quoi* ? Vas-y, dis-le !

Muette, elle s'est tournée vers le lac.

— Avec toi, tout est toujours ma faute ! ai-je tempêté. Je veux bien jouer ce rôle, si c'est ce dont tu as besoin. Mais tu dois accepter la vérité : Marion est morte. À cause de moi, c'est vrai, mais c'était elle ou nous.

— Comment peux-tu en être certaine ? Nous ne l'avons pas vue mourir.

— C'était inutile.

— Je revois cette scène sans arrêt, et je…

— Arrête, s'il te plaît.

J'ai laissé tomber ma tête sur mes genoux.

— Qu'est-ce que tu crois ? Moi non plus je n'arrête pas d'y penser. C'était le seul moyen de sortir du cercle. Elle est responsable de ce qui lui est arrivé. Elle voulait poursuivre l'invocation. Mon seul regret, c'est de ne pas avoir eu une arme sous la main. Ç'aurait été plus rapide.

J'essayais souvent de me figurer la façon dont était morte Marion. Si la chute interminable ne l'avait pas tuée, Astrid avait dû la garder vivante, le temps de trouver un moyen de rompre le lien d'attachement. Peut-être l'avait-elle torturée. Peut-être l'avait-elle laissée errer dans l'outre-monde. Peut-être l'avait-elle bannie, la laissant dépérir et succomber.

Mais je refusais de considérer la pire des hypothèses : sa survie.

— Sérieusement, ai-je murmuré. Je ne pourrais pas supporter de la savoir en vie, entre les griffes d'Astrid. Je ne veux même pas y songer. Non. Elle est de chair et de sang. Elle ne peut pas avoir survécu.

J'ai guetté une confirmation dans le regard de Fee. Une absolution. Elle a pris une profonde inspiration.

— Tu as raison, Marion est morte, a-t-elle déclaré, tournée vers le large, telle une figure de proue.

Elle avait prononcé ces mots d'une voix ferme, comme si c'était elle qui s'efforçait de me convaincre.

— Oui, elle est morte, ai-je répété, enfin libérée du poids écrasant de la culpabilité.

Nous avons observé le ballet des mouettes au-dessus des flots. Fee a chuchoté une prière à la mémoire de Marion. Même si, comme moi, elle doutait que ces mots atteignent jamais le monde maudit où elle avait perdu la vie.

CHAPITRE TRENTE-TROIS

Chicago

Autrefois

Deux ans plus tard, ayant dit adieu au lycée, Fee et moi avons emménagé dans un studio. L'immeuble était situé dans un quartier miteux, face à un vieux club de jazz dont l'enseigne projetait sur nos murs une lumière verdâtre.

Fee s'est aussitôt lancée dans la vie active. Tout en suivant son apprentissage auprès de la *yerbera* de Pilsen, elle occupait un emploi à mi-temps au service des espaces verts de la ville. Sur le plan sentimental, elle multipliait les histoires avec des filles qui s'efforçaient de gagner ma confiance ou, jalouses de notre amitié, me surveillaient d'un œil soupçonneux.

Il semblait si facile pour elle de se tourner vers l'avenir. Moi, je vivais au jour le jour. J'effectuais six services par semaine au Golden Nugget, un restaurant de pancakes du centre-ville. Je quittais le studio à six heures du matin et le regagnais à quatre heures de l'après-midi. Fee ne restait jamais longtemps célibataire, et notre coin de paradis était trop petit pour y inviter qui que ce soit. En conséquence, je passais la plupart des soirées seule. Je tuais le temps en buvant du café et en écoutant les disques de la collection de mon père. Je regardais le soleil se coucher puis l'enseigne du club scintiller comme la robe défraîchie d'une femme dans la déveine.

Je me suis fait virer du restau un dimanche, dix mois après avoir été embauchée, pour avoir renversé un demi-litre de café sur les genoux d'un conseiller municipal.

C'était un habitué au visage rougeaud, qui distribuait de gros pourboires et multipliait les vantardises d'une voix d'aboyeur de fête foraine. Alors que je servais les clients de la table voisine, il s'est permis de me pincer la taille.

— Ressers-moi, ma jolie, a-t-il roucoulé en me présentant son mug vide.

J'ai senti la chaleur de ses doigts sur ma blouse en polyester. Je n'avais dormi que quelques heures, et j'étais encore ivre des rêves colorés de la nuit. J'ai commencé à remplir sa tasse, perdue dans mes pensées, et ce n'est que lorsqu'il est sorti en hurlant de son box que j'ai pris conscience de ma distraction.

— Tu l'as fait exprès ! a-t-il beuglé avant de se tourner vers Sergio, le gérant du restaurant. Elle l'a fait exprès !

Ce dernier a accouru en brandissant une pile de serviettes en papier.

— Fous-moi le camp d'ici, a-t-il grogné à mon oreille.

J'ai aussitôt ôté mon tablier, ai récupéré mes affaires et me suis dirigée vers la porte d'un pas rageur. Une jeune femme a alors bondi de sa chaise et s'est plantée en travers de mon chemin.

— Salut, Nowak.

Je connaissais ce visage, mais il appartenait à une autre vie.

— Salut, Linh.

Linh, qui travaillait au bar du Metro. Linh, qui communiquait avec les morts. Je ne l'avais pas revue depuis trois ans, depuis le soir où j'étais venue lui demander de l'aide pour me débarrasser d'Astrid.

— Bravo ! a-t-elle souri. Quitte à renverser du café bouillant sur un client, tu n'aurais pas pu mieux choisir.

Elle avait environ vingt-cinq ans, une frange au ras des sourcils et des yeux soulignés d'un épais trait d'eye-liner. Elle portait un sweat-shirt aux manches grossièrement raccourcies à coups de ciseaux. Ses cheveux, noirs à la racine, présentaient un dégradé s'achevant aux pointes en un orange délavé.

J'ai jeté un coup d'œil en direction de Sergio, qui n'en finissait pas de s'excuser.

— Merci, c'est gentil. Mais je viens juste de me faire virer. Je crois qu'il vaudrait mieux que je fiche le camp.

— Reste où tu es, ma grande. La vérité, c'est que tu mériterais une promotion. Ce type est le pire abruti du quartier. Il m'a draguée dans un bar une fois. Il m'a demandé s'il m'arrivait de sortir avec des Blancs. J'ai répondu que oui, mais qu'en revanche je n'étais pas dingue des mecs couleur vinasse.

— Oh !

Je me sentais affreusement mal à l'aise, convaincue que Sergio allait tôt ou tard poser son énorme main sur mon épaule et me ficher dehors sans ménagement.

— Bon. En tout cas, merci pour ton soutien, mais il faut que j'y aille.

— Attends une minute.

Elle s'est mordu la lèvre. Je lui trouvais l'air vaguement mélancolique.

— Je peux t'offrir le petit déjeuner ? Pas ici, évidemment. Je ne suis pas près de remettre les pieds dans ce boui-boui. De toute façon, je n'avais pas encore passé commande. On y va ?

À dire vrai, je me demandais ce que Linh pouvait bien faire seule dans ce restaurant à la déco immonde, moi qui l'aurais imaginée dans un endroit branché, entourée de ses amis. Il fallait pourtant se rendre à l'évidence : elle était aussi solitaire que moi.

Nous avons atterri dans un café suédois à quelques rues de là. Elle a mis tant de sucre dans son café que j'ai cru qu'il s'agissait d'une blague. Puis elle en a bu une gorgée et a hoché la tête en signe de satisfaction.

— Ici, le café est toujours parfait.

— Sérieusement… Tu sens toujours le goût ?

Linh m'a lancé un regard supérieur.

— Les morts aiment le sucre. Ils me parlent plus volontiers quand ils le sentent dans mon haleine.

— Ah oui ? C'est plutôt marrant.

Pour la première fois depuis que j'avais renoncé à la magie, j'étais parvenue à évoquer un phénomène surnaturel sans sentir mon cœur se serrer.

— Est-ce que ce sont eux qui te contactent, ou est-ce que tu dois les invoquer ?

Linh a posé sa tasse.

— Il vaut mieux que je les sollicite. Ce n'est jamais bon signe quand ils viennent me trouver. Je ne suis jamais la personne concernée, et je me retrouve aux prises avec des manifestations paranormales qui ne me concernent pas. Et puis les morts mènent leurs petites affaires dans leur coin. Ce sont presque toujours les vivants qui viennent les déranger.

Elle a esquissé un sourire.

— Et maintenant, tu ne veux pas savoir où tu en es ? Si des esprits flottent toujours autour de toi ?

Une image s'est formée dans mon esprit : Marion, penchée au-dessus de mon épaule, faisant courir ses doigts squelettiques dans mes cheveux. Je me suis agrippée à la table si violemment que la vaisselle s'est entrechoquée.

— Non, je ne veux rien savoir, ai-je répondu d'une voix tremblante.

Linh a mis le coude dans une tache de café en tendant le bras pour me saisir la main.

— Pardonne-moi, je ne voulais pas t'effrayer. C'est juste la question que tout le monde finit par me poser. Je suis comme ces médecins que leurs amis bombardent de questions au moindre petit bobo. Tout va bien, Dana. Je te le promets. Tu es blanche comme un linge. Pas de spectre à signaler.

Je me suis efforcée d'attraper un morceau de crêpe nappé de jus d'airelles sans faire trembler ma fourchette. Sur l'image mentale que j'avais forgée, mes parents se sont à leur tour matérialisés dans mon dos, les bras chargés de roses aux pétales de brume. C'était presque apaisant de peindre Marion aux couleurs poussiéreuses de la mort. Jusqu'alors, elle m'était apparue telle que je l'avais vue pour la dernière fois, nimbée des ombres verdâtres de l'outre-monde ou, pire encore, telle que je l'avais connue, pâle mais bien vivante, perdue à jamais dans les limbes où je l'avais précipitée.

Non, non, non, ai-je pensé. C'étaient là les mots les plus proches d'une prière qui me soient jamais venus à l'esprit.

Consciente de mon trouble, Linh a poliment gardé les yeux rivés à son assiette.

— Le plus bizarre, a-t-elle dit, c'est que mes fantômes restent injoignables, quelle que soit la dose de sucre que je m'envoie. Je suis capable d'interroger l'ancêtre d'un client remontant à trois générations pour qu'il me donne une recette de riz wolof depuis longtemps oubliée, tandis que les miens restent aux abonnés absents.

Elle a lissé ses mèches abricot, puis m'a regardée droit dans les yeux.

— Et ton problème avec cet esprit. Tu as fini par le résoudre ?

J'ai lâché un éclat de rire sans joie.

— Mmmh… Non, pas exactement.

— Je suis désolée de la façon dont je t'ai traitée. Je t'ai envoyée paître, alors que j'aurais au moins pu t'écouter.

— Crois-moi, c'est mieux ainsi. Personne n'est sorti indemne de cette histoire.

— Même toi ?

— Je n'ai plus de boulot. Mes parents sont morts. J'ai une amie. Une seule. Et même si elle ne l'admettra jamais, je suis un boulet pour elle. Chaque matin, quand j'ouvre les yeux, j'ai hâte que la journée se termine, histoire de retourner me coucher.

J'ai souri, mais Linh est restée de marbre. Elle a porté la tasse de sucre liquide à ses lèvres. J'ai compris que son cerveau tournait à plein régime.

— Tu cherches du boulot ? a-t-elle demandé.

Je me suis penchée en avant.

— Un peu, que j'en cherche. Le Metro recrute ? J'aurai bientôt dix-neuf ans. Ce n'est pas trop jeune ?

— Je ne pensais pas au Metro. Ce serait plutôt un job free-lance.

— Ah ! non, désolée. Je ne touche plus à la magie.

Elle s'est figée, un bout de saumon en suspension à quelques centimètres de sa bouche.

— Tu ne veux plus, ou tu ne *peux* plus ?

— J'ai arrêté. C'est terminé.

— Je peux savoir pourquoi ?

J'ai secoué la tête.

— Non. Navrée. C'est comme ça.

Elle a levé une main aux ongles violets coupés ras. Des bagues serties d'éclats de kyanite bleue brillaient à ses doigts.

— Tu devrais écouter ce que j'ai à te dire avant de te braquer.

— Tu perds ton temps.

— Je te rappelle que je t'offre le petit déjeuner. Reprends du café, si tu veux. Les boissons chaudes sont à volonté.

Elle a calé son menton dans la paume de sa main.

— Revenons-en à la magie, sans nous énerver. Il est vrai que c'est une activité parfois ingrate, sans doute la plus solitaire de toutes.

Les souvenirs ont déferlé, une mosaïque illustrant les heures lointaines de notre coven. Marion, Fee et moi. Non, la magie n'avait rien d'une activité solitaire.

À moins que… À la réflexion, il y avait toujours eu un moment particulier, lorsque nous œuvrions, où je m'étais retrouvée seule face à la magie. « C'est comme donner le jour », avait un jour dit une praticienne que Fee était allée consulter. « Tout commence avec un partenaire et se termine par un enfant. Mais entre les deux, on est seule au monde. »

— Dans le domaine de la nécromancie, personne en ville ne m'arrive à la cheville, a poursuivi Linh. Ce n'est pas pour me vanter, hein. Juste pour clarifier les choses. Du coup, je n'appartiens à aucun cercle. En revanche, j'ai monté un petit business.

J'ai croisé les bras sur ma poitrine et me suis penchée en arrière.

— Tu as besoin d'une secrétaire ? Navrée, mais je ne suis pas compétente.

Elle m'a regardée longuement, les yeux plissés, comme pour m'évaluer.

— Non, tu n'y es pas du tout. Si certains des services que je propose sont authentiques, la plupart en revanche ne sont que du spectacle. J'ai besoin de quelqu'un qui connaisse les ficelles, qui sache à quoi ressemble notre art et soit en mesure de faire passer des tours de prestidigitation pour de la magie authentique.

— Tu cherches une arnaqueuse, quoi.

Elle a froncé le nez.

— Disons plutôt quelqu'un qui apprécie la dimension théâtrale de la magie. Qui fasse en sorte que les gens veuillent croire à nos illusions.

— Une menteuse, en somme.

Elle m'a souri.

— Il n'est pas question que je porte une cape et un chapeau pointu, Linh. En plus, je suis allergique aux chats. Tu es sûre de vouloir de moi pour sorcière ?

Elle a éclaté de rire.

— Tu n'auras pas à te déguiser. Tes cheveux roux feront admirablement l'affaire. Cent dollars la séance de deux heures et demie maximum, parfois moins de deux.

À ces mots, j'ai décroisé les bras.

— Cent dollars ?

— Après prélèvement de ma commission.

— En quoi consiste une séance ? Il y en aura combien par semaine ?

Elle n'a répondu qu'à la seconde question.

— Deux. Quelquefois trois. Je travaille surtout de mai à septembre. Autrement dit, la saison va bientôt commencer. J'ai un engagement ce soir. Tu peux m'accompagner, si tu veux, et te décider quand tu auras vu de quoi il est question.

Ma décision était déjà prise. Je n'ai même pas demandé ce qu'elle exigerait de moi. Quelle que soit la nature de cette activité, pour ce tarif, j'apprendrais bien assez vite.

CHAPITRE TRENTE-QUATRE

Ailleurs

Jour et nuit, Marion surveillait Dana.

Elle se nourrissait de sa vie, de la façon dont elle portait sa tasse de thé à ses lèvres, dont ses bottes foulaient les feuilles mortes, dont elle posait le front contre la vitre du train. Du véritable thé, une véritable vitre. Dana dormait, elle mangeait, elle urinait, elle se cognait contre des hommes et des femmes de chair et de sang. Les événements insignifiants de son existence, même les plus désagréables, étaient délicieusement *réels*. Ce que Marion voyait aiguisait sa colère telle la pointe d'un diamant.

La découverte de tout ce qu'elle avait perdu l'avait brisée. Puis elle s'était relevée, et la vérité s'était imposée à elle dans toute sa clarté.

Dana possédait le monde entier. La ville étoilée de lumières colorées et les passants qui arpentaient ses rues. Ce chiot pitbull dont elle caressait la tête soyeuse, un genou sur le trottoir, tandis que son propriétaire piaffait d'impatience à ses côtés. Le grondement du métro aérien. La pluie qui lui mouillait les cheveux. Des galettes de pommes de terre nappées de ketchup. Une douche chaude.

Il ne lui manquait que la conscience d'anticiper le retour de Marion, afin de s'y préparer avant qu'il ne soit trop tard.

CHAPITRE TRENTE-CINQ

Chicago

Autrefois

Animer des enterrements de vie de jeune fille, voilà en quoi consistait mon nouveau job. Linh m'avait brièvement initiée à la divination, à la lecture des auras et à la chiromancie. Elle m'avait appris des trucs propres à faire frissonner ces filles à moitié ivres mortes qui, coiffées de chapeaux à paillettes en forme de sexe masculin, siphonnaient des cocktails avec des pailles d'aspect plus obscène encore.

Je me suis procuré une longue robe blanche chez le prêteur sur gages. Avant chaque séance, je me peignais des cernes sinistres autour des yeux et je laissais mes cheveux cascader dans mon dos, à l'instar d'un modèle d'une peinture préraphaélite.

— Très victorien, version épidémie de choléra, avait dit Fee en me découvrant dans mon costume de scène.

Je savais qu'elle réprouvait la façon détournée dont je revenais à la magie, mais ses reproches s'étaient limités à quelques haussements de sourcils.

Le plus étrange, c'est que j'aimais ce boulot, et que je ne me débrouillais pas trop mal. J'accomplissais mes tours de manière un peu outrée, parfois franchement kitsch, en lançant aux moments propices des clins d'œil ironiques à l'assistance.

De temps à autre, je percevais des échos bien réels – les pieds glacés de la future mariée, la jalousie qui dévorait le cœur d'une demoiselle d'honneur. Je m'en imprégnais avec délices, comme une ancienne fumeuse inhalant la fumée de tabac d'un passant, mais tout ceci était sans rapport avec l'éclat aveuglant de la véritable magie.

Bosser le soir a changé ma tendance naturelle au noctambulisme en un mode de vie à part entière. Je dînais peu avant l'aube et passais la journée à dormir, un T-shirt sur les yeux. Tout au long de l'été, je me suis éveillée au crépuscule, mais dès le mois d'octobre, je n'ai plus vu la lumière du jour. Lorsque Linh m'a annoncé que le travail se ferait plus rare, j'ai compris qu'il me faudrait trouver de quoi passer le temps et régler les factures jusqu'au printemps suivant. Sous la pression d'un avenir vide et incertain, j'ai commencé à éplucher les petites annonces.

Ma dernière séance a eu lieu un vendredi étonnamment tiède de novembre, peu après le coup de feu de Halloween. Linh m'avait parlé d'un énième enterrement de vie de jeune fille. Lorsque je me suis présentée à l'adresse indiquée, je me suis rendu compte qu'il s'agissait en fait d'une soirée assez banale, ambiance bière en bouteille, barquettes de houmous et invités fumant aux fenêtres. La sono diffusait une chanson de Spoon. La maîtresse des lieux était une jeune femme noire d'environ vingt-cinq ans en débardeur et salopette et chaussée de lunettes surdimensionnées plutôt sexy.

— C'est toi, la chiromancienne ? a-t-elle demandé en m'étudiant de la tête aux pieds. Ouah, j'adore ton look.

Elle m'a conduite jusqu'à une chambre au fond de l'appartement. Les fenêtres étaient ouvertes sur des frênes dénudés.

— Prépare-toi, a-t-elle dit. Pendant ce temps, je vais aller te chercher à manger. Tu préfères de la bière ou du vin ?

— Juste de l'eau, ça ira.

Lorsqu'elle s'est éclipsée, j'ai parcouru la pièce du regard. Sur une commode, des bols tibétains débordaient de bijoux en cuivre sertis de perles. Un tableau abstrait aux couleurs vives était suspendu au-dessus du lit défait. J'ai jeté un coup d'œil aux livres alignés sur les étagères.

Oh ! J'avais affaire à des intellectuels. Des universitaires, probablement.

La jeune femme m'a apporté une assiette en carton qui pliait sous une montagne de *mezze*, de taboulé et de pesto, puis elle est allée retrouver ses invités. À l'autre bout de l'appartement, la programmation musicale alternait entre la new wave, la soul et des tubes ringards que les invités reprenaient en chœur d'une voix avinée. Une heure s'est écoulée, et j'ai commencé à me demander si l'on ne m'avait pas oubliée. J'ai pris un livre au hasard dans la bibliothèque et me suis assise sur le rebord de la fenêtre.

Viens dans le jardin, Maud,
Car la chauve-souris noire, la nuit, s'est envolée
Viens dans le jardin, Maud,
Je suis seul à la grille.

La porte s'est entrouverte. Un garçon s'est immobilisé quelques instants sur le seuil. Pour la première fois depuis des années, j'ai vu flamboyer son aura avant de le voir, lui : du bleu, du bleu, rien que du bleu. Les paroles de Fee, celles qu'elle avait prononcées le jour où nous avions lancé notre premier sort, me sont revenues à la mémoire : « Un présent enveloppé dans le bleu du ciel. » Je l'ai fixé longtemps, trop longtemps, avant qu'il éclate de rire.

La vingtaine, il était mince et bronzé comme un agriculteur. Il portait un T-shirt blanc et des lunettes à la Elvis Costello. Ses cheveux étaient coiffés en banane, dans le plus pur style rockabilly.

— Ton aura, ai-je dit sans réfléchir. C'est la plus belle couleur que j'aie jamais vue.

Il a ri de nouveau, légèrement perplexe.

— Tu engages toujours la conversation de cette façon ? a-t-il demandé.

— Non, ai-je répondu. C'est une première.

J'éprouvais les pires difficultés à organiser mes pensées. Je n'étais pas censée flirter au travail. Pire, j'avais la nette impression de draguer le futur marié.

Lorsqu'il a jeté un œil au livre que j'étais en train de feuilleter, son visage s'est éclairé.

— J'adore ce poème.

Les échos d'une chanson de Hanson sont parvenus à mes oreilles, de la pop bubble-gum dont les convives braillaient le refrain à s'en briser les cordes vocales. L'inconnu a hoché la tête en direction de la porte et s'est mis à réciter :

— « Et l'âme de la rose s'est mêlée à mon sang, alors que la musique résonnait dans la grande salle. »

J'ai levé les épaules.

— Oh non, pitié ! Ce n'est vraiment pas nécessaire.

— Tu me déconseilles cette stratégie ? Je ne devrais plus citer des vers d'Alfred Tennyson devant les filles que je rencontre en soirée ?

— Est-ce que ça a déjà marché ?

— Pour Tennyson, je suppose. Autrement, non.

Malgré moi, j'ai esquissé un sourire.

— La plus belle aura que tu aies jamais vue… a-t-il répété. Qu'est-ce que ça signifie pour moi ?

Je me suis alors souvenue que j'avais été payée d'avance pour ma prestation. Je me devais d'agir en professionnelle.

— Tout dépend de ton degré de crédulité. Je pourrais te dire tout sur ton aura, ou voir ton avenir dans les lignes de ta main.

— Sauf que tout ça, c'est du pipeau, hein, a-t-il ajouté en s'asseyant sur le lit. Mais j'imagine que tu n'es pas censée me le dire…

J'ai étudié ses yeux noisette et ses mains dont les longs doigts serraient une bouteille de bière Rolling Rock. Il avait des cheveux sublimes.

— Tu te trompes. Ce que je n'ai pas le droit de te dire, c'est que tout ça est bien réel. La magie existe, fais-moi confiance. Seulement, personne ne veut connaître son avenir.

Il a souri. À l'évidence, il ne croyait pas un mot de mon discours.

— Comment tu t'appelles ?

Il était mignon, c'était désormais un fait établi. Il était grand. Tout bien réfléchi, il n'était probablement pas le futur marié. Je voyais déjà le regard qu'il me lancerait, juste avant d'ouvrir la porte de son appartement, son sourire à la fois timide et satisfait. J'imaginais par avance son petit appartement. Ses montagnes de livres et de cahiers, l'odeur un peu embarrassante de célibataire, mélange de déodorant, de nourriture à emporter dans le meilleur des cas, de renfermé et de pisse de chat dans le pire. Peu m'importait. Tout ce que je voulais, c'était passer quelques heures lumineuses à flotter dans son aura aux couleurs du ciel.

— Dana, ai-je répondu.

À la façon dont il a bougé, impatient et ravi, j'ai compris qu'il avait décrypté mon intention.

— Heureux de te rencontrer Dana, a-t-il dit. Moi, c'est Rob.

Les paroles de Rob sont gravées dans ma mémoire. Celles qu'il a prononcées en novembre, en décembre, et durant l'année qui a suivi.

— Bon sang, ils sont presque rouges. On jurerait que ce n'est pas une couleur naturelle.

Nous étions étendus sur l'herbe blanchie par le givre, à Winnemac Park. Rob était penché sur moi. Il protégeait mes yeux du pâle soleil hivernal.

— Voilà ce que j'ai voulu faire à l'instant où je t'ai vue. Passer la main dans tes cheveux.

Au restaurant Peking, à deux pas de chez moi, ses lunettes embuées de vapeur.

— Tu es ma copine, n'est-ce pas ? Je pensais que c'était le cas, puis je me suis réveillé en proie à la panique au milieu de la nuit.

À la librairie Powell's Books, sur Lincoln Avenue, chuchotant à mon oreille tandis que j'essayais de m'y retrouver parmi les montagnes de livres exposés sur une table.

— Je travaillais dans un magasin de meubles, sur la 57e. Figure-toi que j'ai toujours la clé.

Étendus sur son futon près de la fenêtre. C'était au tout début du mois de février, nous faisions tous deux semblant d'ignorer que nous nous étions rencontrés trois mois plus tôt, jour pour jour.

— Je sais que tu ne veux pas que je le dise, a-t-il murmuré.

Je sentais son souffle tiède dans mes cheveux.

— Tu n'es pas prête à l'entendre, mais…

J'avais eu de la chance. Son appartement sentait les livres, le café et le linge humide. Il y avait aussi *son* odeur, qui m'enflammait, m'oppressait et me grisait tout à la fois. Certaines nuits, quand il s'endormait en me serrant trop fort contre lui, une petite voix dans ma tête criait : *Cours, cours, cours.* Lorsqu'il était éveillé, ses gestes étaient plus délicats. J'étais un moineau dans la paume de sa main, une créature sauvage prête à s'envoler à la moindre alerte.

Je me suis levée d'un bond et me suis éloignée du lit.

— Tu ne me connais pas aussi bien que tu le crois.

Il s'est assis. Il n'a pas chaussé ses lunettes. Son visage est resté dans l'ombre. Seul son torse était éclairé par la lueur des réverbères, tel un buste à l'antique.

— Je ne connais de toi que ce que tu veux bien me laisser voir, a-t-il dit. Or moi, je veux tout savoir.

— Tu es puéril. Et tu te racontes des histoires. Personne ne veut tout savoir.

— C'est vrai. Mais je veux en savoir davantage. J'aime… j'aime déjà tout ce que je connais. Est-ce que tu pourrais en dire autant ?

J'avais chaud. J'avais froid. Je voulais rester auprès de lui. Je voulais le planter là. J'étais clouée sur place par deux forces opposées.

— Tu sais tout ce qu'il y a à savoir, les bonnes choses, un peu moins les mauvaises. Il y a une foule de trucs que j'aime en toi, OK ? Je ne veux même pas penser à ta réaction si tu connaissais ma part d'ombre. Cette simple idée me rend malade.

Son expression s'était radoucie à l'instant où il m'avait entendue prononcer les mots « j'aime ». J'ai compris que nous n'allions nulle part. En tout cas, pas ce soir.

— Que pourrait-il y avoir d'aussi mauvais en toi ? a-t-il murmuré.

Il avait vingt-trois ans, soit quatre ans de plus que moi, mais j'avais l'impression de me trouver en présence d'un enfant.

— Est-ce que tu es mariée ? Est-ce que tu travailles pour le crime organisé ? Est-ce que tu te tiens du mauvais côté de l'Escalator ? Est-ce que tu as tué quelqu'un ?

Submergée par une fulgurante vague d'angoisse, je me suis pris la tête entre les mains. Je devais à tout prix dissimuler mon trouble et maîtriser les tremblements de ma voix.

— Je ne joue pas un rôle, Rob. Je n'essaie pas de faire ma mystérieuse.

Il a mis ses lunettes et m'a regardée pour de bon.

— Ça ne m'est jamais venu à l'esprit. Tout ce que je te demande, c'est de me faire confiance et de me laisser apprendre à te connaître.

Mon intello. Mon type bien. Celui qui lissait mes cheveux sur l'oreiller quand je m'endormais.

— D'accord, ai-je soupiré avant de le rejoindre sous les draps.

Il a niché son nez dans mon cou.

— Vraiment ? a-t-il roucoulé.

— Oui, vraiment.

J'ai présenté Rob à oncle Nestor. Il a apporté une bouteille de vin qui coûtait cinq dollars de plus que celui que nous buvions d'ordinaire, et il nous a appris à jouer au crib, un jeu de cartes en vogue au XVIIe siècle. Fee, qui l'avait déjà rencontré à plusieurs reprises, appréciait visiblement sa compagnie. À la fin de la soirée, mon oncle était conquis à son tour.

En mai, je me suis sentie patraque. Mes sens étaient détraqués. Tout ce que j'avalais était affreusement sucré, avec un arrière-goût de banane pourrie. Je travaillais comme serveuse dans un restau grec de Lincoln Square, à quelques minutes de marche de chez Rob. Un jeudi soir du mois de juin, alors que toute la ville étouffait de chaleur, les effluves de saganaki frits à l'huile m'ont soulevé le cœur, et j'ai dû courir aux toilettes pour vomir tripes et boyaux. Lorsque je suis sortie de la cabine, Phœbe m'attendait devant les lavabos. C'était une fille aux petits yeux de rat, à la silhouette amincie par la cocaïne. Seule serveuse à parler le grec, elle avait les faveurs du patron, qui l'aurait probablement laissée commettre un meurtre en toute impunité. Je la détestais de tout mon cœur.

— C'est Gabriel, n'est-ce pas ? a-t-elle dit.

Gabriel était un commis de cuisine d'une cinquantaine d'années qui avait la désagréable habitude de suivre le personnel féminin dans la chambre froide.

— Si tu veux, je peux t'accompagner au planning familial, a-t-elle ajouté.

— Ne m'adresse même pas la parole, ai-je grogné.

Je l'ai écartée d'un coup d'épaule et me suis dirigée vers la porte donnant sur la salle.

— Pardon ? s'est-elle exclamée en montrant les crocs. C'est quoi ton problème, connasse ?

Je me suis figée. J'entendais des cloches tinter dans ma tête, un son distant, fragile comme la glace à la surface d'un lac, aussi lointain que le soleil. C'était le chant des étoiles, un souvenir flou de la nuit où je m'étais pour la première fois offerte à la magie.

J'ai sorti une pochette d'allumettes de la poche de mon tablier, en ai détaché une, l'ai allumée, puis j'ai prononcé deux syllabes. L'applique près de la tête de Phœbe a aussitôt explosé. Le visage balayé par une pluie d'éclats de verre, elle a poussé un cri épouvanté.

J'ai quitté le restau sans demander mon reste, j'ai couru jusqu'à la pharmacie Walgreens pour acheter un test de grossesse et je me suis enfermée dans les toilettes du bar voisin. La pièce minuscule était si mal éclairée que j'ai dû tourner le bâtonnet de plastique en tous sens avant de pouvoir lire le résultat. Puis je l'ai enveloppé dans une feuille de papier hygiénique et l'ai enfoui au fond de la poubelle. J'ai posé le front contre le cadre de la porte.

J'avais beau être fauchée, j'ai pris un taxi pour rentrer au plus vite à la maison. Du trottoir, j'ai aperçu Fee à la fenêtre du studio. J'ai gravi les marches quatre à quatre. J'ai glissé à mi-chemin du second palier et suis tombée lourdement sur les genoux. J'ai posé la main sur mon ventre dans un geste protecteur, et pensé pour la première fois concrètement à ce qui grandissait en moi, quelque chose qui devait alors ressembler à la crosse d'une fougère.

Fee a ouvert la porte avant que je n'y introduise ma clé. Elle m'avait entendue tomber.

— Qu'est-ce qui t'est arrivé ?

Je me suis accrochée à elle comme une nageuse sur le point de se noyer.

— Tu te souviens, quand on était petites ? On disait toujours que l'une d'entre nous mourrait jeune. Comme ta mère, quand tu es née. Ce jour où la mienne s'est retrouvée toute seule.

Les larmes lui sont montées aux yeux.

— Oui, je me souviens.

— Je suis enceinte, Fee.

Elle a lâché un soupir à peine audible, puis m'a étreinte avec force dans la lumière verdâtre.

CHAPITRE TRENTE-SIX

Ailleurs

La maison de l'occultiste était un royaume perdu entre la vie et la mort, un monde qui pourrissait lentement en raison de son immuabilité. Marion allait fêter ses dix-huit ans, Astrid en avait trente, les pendules étaient à jamais figées sur vingt heures quarante-six, et le ciel éternellement violet demeurait celui d'une lointaine nuit d'été. Rien n'avait de *cœur* en ces lieux. Les liqueurs ne procuraient pas d'ivresse. La musique n'élevait pas l'âme. Les aliments s'évaporaient au contact de la langue. Même les fruits sans saveur du jardin d'hiver n'avaient pas de noyau, rien que des cavités noires comme du charbon.

Seule la bibliothèque échappait à la règle. Qu'ils fussent le reflet de l'esprit d'Astrid ou doués de leur enchantement propre, les livres étaient tangibles, lisibles, riches de la seule nourriture dont Marion se languissait encore : le savoir.

Au fil des pages de ces grimoires antiques s'épanouissaient des contes, des mythes et des légendes, ces fleurs empoisonnées du jardin de la sorcière. Dans ce manoir de rêve, peu importait que Marion eût son art dans le sang, que ses intentions fussent bonnes ou mauvaises, qu'elle pût souffrir d'effets secondaires ou eût pour soutiens les sœurs d'un coven. La demeure était la magie même. La jeune sorcière se sustentait de son atmosphère délétère. Elle s'y affinait et s'y endurcissait. Le temps faisait d'elle une créature aussi vide de substance que les prunes de Damas du jardin d'hiver.

Au sein de ce néant, elle dissimulait ses charmes et ses malédictions, ses sortilèges et ses incantations, sa puissante magie noire et ses règles célestes. Jadis, elle s'était acharnée à prouver son excellence, se tenant prête à souffrir, à mourir ou à tuer à cette seule fin. En son exil, elle se montrait plus pragmatique. « Nul n'a besoin pour accomplir son dessein que du savoir, de la foi et de la volonté d'acier que seul le temps peut forger. »

Lorsqu'elle n'étudiait pas les livres de la bibliothèque, Marion gardait un œil jaloux sur le monde de Dana. Elle chérissait sa propre rage, et soufflait constamment sur ses braises pour la garder ardente. Elle était son atout majeur. Le moment venu, elle serait prête.

De l'autre côté du miroir, Dana tomba enceinte. Elle se maria. Elle donna naissance à un bébé qui glissa hors de son ventre comme un poisson, un garçon à l'épaisse tignasse bouclée et aux yeux qui, les mois passant, demeurèrent d'un bleu irréel. Lorsqu'elle tomba de nouveau enceinte, elle quitta la ville pour emménager dans une maison neuve, à Woodbine, un faubourg rural de Chicago.

Sa seconde grossesse fut plus délicate. Au fil des mois, à l'exception de son abdomen rebondi, Dana maigrissait de façon inquiétante. Si Marion n'éprouvait pour elle aucune compassion, elle avait perçu quelque chose que son ennemie ignorait, et cette nouvelle perspective l'électrisait : ce serait une fille.

Les douleurs arrachèrent Dana au sommeil au beau milieu de la nuit. Elles firent d'elle un animal plaintif et haletant. Elle parcourut les deux kilomètres qui séparaient son domicile de l'hôpital dans une ambulance, et ne vit de la ville qu'un collier de perles écarlates. On la fit asseoir dans un fauteuil roulant, pantin hurlant aux membres grêles, jusqu'à une salle aux murs vert amande.

Astrid méprisait Marion et son miroir de scrutation. Pourtant, en ces instants terribles, penchée par-dessus son épaule, elle observait la scène d'un œil impassible. Seuls les mystères amers de la vie et du trépas éveillaient encore son intérêt. Elle brûlait de voir Dana rendre son dernier soupir.

Lorsque la mort fit son apparition, Astrid émit un sifflement strident. La Faucheuse avait pris la forme d'un dogue au pelage de brume noire qui furetait dans les recoins de la pièce stérile en surveillant d'un œil sournois la femme étendue sur le lit.

Oui, pensa Marion. Puis, *non*. Elle peinait à respirer. Son cœur cognait comme un oiseau affolé dans sa cage thoracique. Elle se sentait… presque humaine de nouveau. Ses yeux braqués sur le miroir se mirent à lui brûler. Immobile, Astrid à ses côtés, elle attendait l'issue du combat sur le point d'être engagé.

Dana bravait du regard le hideux chien de la mort. Elle le reconnaissait. Ses lèvres bougeaient, mais sa voix était couverte par le vacarme des appareils de monitoring et les cris des médecins qui s'escrimaient à retenir son âme à l'intérieur de son corps. Ces derniers ignoraient que leurs efforts étaient vains. Seul comptait le duel que se livraient leur patiente et le molosse tapi à ses côtés.

La peau de Dana avait la couleur du porridge, mais ses cheveux flamboyaient plus que jamais. Elle les saisit à pleines mains et tira, tira tant qu'elle put…

Puis elle bloqua sa respiration et se mit à pousser de toutes ses forces.

CHAPITRE TRENTE-SEPT

Woodbine

Autrefois

Il y a eu un instant, juste avant qu'Ivy ne voie le jour, où le monde qui m'entourait est devenu inconsistant. Un moment où ses mailles se sont distendues, me laissant entrevoir le néant profond qui se cachait au-delà. Un instant où j'ai cessé d'avoir peur, parce que je pouvais la *sentir*. Pour elle, je devais m'armer de courage.

Il y a la magie des objets, la magie compatissante, les sorts que l'on fait mijoter, que l'on cajole, et ceux auxquels la parole donne corps. Magie lumineuse et magie sombre que l'on ne doit manier qu'avec une extrême précaution, tel un couteau dépourvu de manche. Magie qui se passe des mots et naît d'une détermination forgée par le chagrin, la peur ou l'amour, quelle que soit sa nature.

Puisant à ma volonté vacillante et à mon cœur endurci, j'ai appelé la créature qui luttait dans mon ventre.

Viens, lui ai-je dit. *Viens, mon tout-petit.*

La chose – le bébé – se débattait dans sa prison. Il avait peur. Il redoutait d'être emporté par le chien dont les yeux noirs étaient fixés sur moi. *Pas encore*, ai-je murmuré. À ces mots, l'animal s'est retiré dans un angle de la pièce. *Un jour, un jour, mais pas aujourd'hui.*

Il a fait volte-face puis, semblable à un petit nuage de brume fuligineux, il a glissé entre les mailles béantes du monde. De nouveau, j'ai parlé à mon enfant. *Viens. Il faut que tu viennes. Je te protégerai.*

C'est ainsi qu'Ivy est venue au monde, avec sa petite crête de coq d'un roux éclatant et cet air de réprouver tout ce qu'elle découvrait, le froid, la lumière aveuglante et l'immensité de la salle d'accouchement. Elle n'a pas immédiatement poussé son premier cri, car le cordon ombilical était enroulé deux fois autour de son cou, mais je savais qu'elle vivrait.

Dès que je l'ai prise dans mes bras, j'ai énuméré les rituels à même de lui porter chance. *Relâche ton emprise*, ai-je alors pensé par habitude. J'avais toujours fait en sorte que jamais Hank ne se sente étouffé ; que Rob ne se sente pas coupable, s'il en avait un jour sa claque et se décidait à me quitter. Mais Ivy venait de naître. Elle était désarmée. Elle ne pouvait même pas me voir. Cette fois, pour elle, je ferais ce que me dictait mon cœur.

Cela m'est venu la nuit, aux premiers jours de sa vie, à cette heure fragile où les étoiles le disputent à la clarté du jour. Alors que je lui donnais le sein, seule au monde à demeurer éveillée, une idée s'est formée dans mon esprit : celle que j'avais pu *altérer* Ivy, sa nature ou sa chimie en accédant à elle via mon amour, ma volonté et ma magie. Que j'avais peut-être éveillé en elle quelque chose qui aurait dû rester endormi.

Cette hypothèse me terrorisait et m'emplissait de fierté. Les années passant, mon angoisse s'est estompée, sans jamais toutefois disparaître.

Puis Ivy a fêté ses six ans et j'ai découvert que mes craintes étaient fondées.

CHAPITRE TRENTE-HUIT

Woodbine

Autrefois

Ivy Chase aimait les canards, le dessin et le gâteau à la citrouille. Elle aimait plus que tout le château gonflable violet dans lequel elle avait joué à la fête d'anniversaire de son amie Shawna.

Depuis ce jour, impatiente de le retrouver en rêve, elle insistait pour se coucher tôt. Une semaine durant, elle en avait peaufiné l'aspect. Cette nuit-là, il était splendide, aussi haut et intimidant qu'un trois-mâts. Une délicieuse odeur de beignet flottait dans l'air. Elle se baissa pour caresser l'herbe aussi douce et épaisse que du caoutchouc. Si sa mère avait pu contempler ces merveilles, elle aurait immédiatement accédé à sa requête et réservé un château gonflable pour son prochain anniversaire.

Depuis peu, elle soupçonnait que ses rêves – lucides, vastes, aisément modelables, même si elle n'aurait jamais employé ces mots – n'avaient rien d'ordinaire. Tante Fee lui avait mis la puce à l'oreille.

— C'est extraordinaire, avait un jour dit cette dernière, les traits figés, alors qu'Ivy achevait de lui décrire son dernier songe. Pourrais-tu m'en raconter un autre ?

Ivy avait prétendu n'en garder aucun autre en mémoire.

Elle était la reine de son petit monde imaginaire. Elle pouvait, par sa seule volonté, colorer l'herbe en bleu, provoquer une averse de bonbons ou faire jaillir du château un chiot qui courait se blottir dans ses bras. Elle était toute-puissante, et rien dès lors ne pouvait l'empêcher d'accueillir sa mère en son royaume.

En se concentrant, elle sentit sa présence de l'autre côté du couloir. C'est ce que les rêves avaient de plus merveilleux : même s'ils ne se trouvaient pas à ses côtés, elle sentait maman, papa et Hank, profondément endormis, chacun irradiant une chaleur et une lumière qui leur étaient propres.

Debout dans l'ombre du château, elle ferma les yeux et perçut celles de Dana. Elles formaient un halo d'un bleu profond.

Ivy s'en saisit et les attira à elle comme un drap, sans que cela lui coûte le moindre effort. Alors, sa mère apparut dans son rêve.

Son visage était inexpressif. Éblouie par le soleil éclatant, elle promena son regard sur les éléments du décor, puis posa les yeux sur sa fille.

— Coucou, maman, sourit Ivy.

Les pupilles de Dana se dilatèrent comme des taches d'encre sur du papier buvard. Lorsqu'elle ouvrit la bouche, Ivy entendit deux cris simultanés, l'un dans son rêve, l'autre au-dehors, dans la maison où elle était endormie.

Elle se réveilla en sursaut. Un bruit de pas précipités résonna dans le couloir, puis sa mère fit irruption dans la chambre, en débardeur et culotte, les cheveux hérissés à la manière d'une Valkyrie. Trouvant sa fille les yeux grands ouverts, elle posa la main sur son cœur pour s'assurer qu'elle était en vie, puis elle la serra dans ses bras.

— Comment as-tu fait ça ? chuchota-t-elle avec hargne entre ses dents.

— Je ne sais pas, répondit Ivy.

Dana se leva, fit un pas en arrière, puis plaqua les mains sur ses joues baignées de larmes. Ses paupières se fermèrent. Sa bouche était entrouverte, sa tête oscillait comme une algue chahutée par les flots. Ivy était pendue à ses lèvres. Son cœur battait à tout rompre. Une minute s'écoula avant que sa mère n'ouvre les yeux.

— Est-ce que tu as perdu la montre que papa t'a prêtée ?

Ivy était désorientée et apeurée. Oui, elle avait perdu la montre de plongée que son père lui avait prêtée. Était-ce cela que lui reprochait sa mère ?

— Oui, maman, dit-elle en baissant le regard.

Dana lui caressa doucement le genou.

— Ce n'est pas grave, ma chérie. C'est juste que… Attends, je vais te montrer.

Dans la pénombre, elle s'accroupit devant la bibliothèque. Sur l'étagère du dessus, posé à l'horizontale, se trouvait un exemplaire du *Lorax*. Elle s'en saisit, l'ouvrit et y trouva la montre coincée entre deux pages.

— Comment tu savais qu'elle était là ? demanda Ivy.

— Et toi, comment m'as-tu attirée dans ton rêve ?

La petite fille fronça les sourcils.

— Toi d'abord.

Elle qui craignait jusqu'alors d'être punie, elle vit alors sa mère sourire pour de bon, de toutes ses dents, et cela lui réchauffa le cœur, comme le feu réchauffe le ventre d'un dragon.

— Demain, dit Dana, on partagera nos secrets. Marché conclu ?

Elles se quittèrent sur cette promesse. Quelques heures plus tard, l'aube se leva sur le premier jour de la deuxième vie d'Ivy.

CHAPITRE TRENTE-NEUF

Woodbine

Autrefois

— Certaines formes de magie sont à tout le monde. Celles que l'on tire de la lune, du soleil et de la pluie, des plantes que l'on fait pousser. De nos ongles, de notre salive. On peut se cultiver soi-même comme un jardin.

Je n'ai rien dit à Ivy des travaux délicats qu'exigeait cette culture particulière. Il y avait assez d'elle en moi pour qu'elle le découvre par elle-même.

— En revanche, il est une magie qui n'appartient qu'à toi : celle qui coule dans tes veines. Chacun se nourrit de ses propres origines et traditions. Les nôtres s'enracinent dans la campagne et les pays lointains où ont vécu nos ancêtres. Tu devras faire attention à ne pas te mêler de la magie des autres. Tante Fee et moi…

Je me trouvais au bord du ravin profond où me menaient inévitablement ces explications.

— … avons appris à ne pas détourner ce qui n'est pas à nous.

— Détourner ? a demandé Ivy, le front creusé d'une ride.

— Voler, ou emprunter, comme disent ceux qui se cherchent des excuses. Ne fais jamais ça. Quand tu seras plus grande, nous étudierons en détail ce qui nous appartient. Pour l'instant, restons-en à ce qui est à tout le monde.

J'avais longtemps pensé que le puits auquel je puisais ma magie avait été à jamais empoisonné par les pouvoirs dérobés à Astrid. Que si l'on m'avait passée au scanner, on aurait vu son ombre se détacher sur mon squelette. À mon grand étonnement, la magie qui me revenait lorsque j'œuvrais avec ma fille était d'une infinie pureté. Elle coulait librement, comme un fluide, à l'intérieur et à l'extérieur de mon corps.

Fee et moi avons commencé l'apprentissage d'Ivy par des notions élémentaires : teintures de soin, rituels de purification, principes du tarot. Puis sont venus les jetons de chance, les charmes de mémoire et les manipulations d'énergie qui la faisaient hurler de joie lorsqu'elle faisait sauter une flamme d'une bougie à l'autre d'un simple claquement de doigts.

C'était une excellente élève. Elle n'avait ni l'ardeur au travail de Fee, ni l'âme écorchée de Marion, ni mon sens aigu de l'organisation. Pour elle, la magie était un livre vivant débordant de contes, de secrets et de contradictions. Elle en appréciait les aspects les plus ingrats et accomplissait sans rechigner les exercices de préparation physique.

L'aspect le plus délicat de notre travail consistait à dissuader Ivy de se confier à Hank. Elle brûlait de lui faire partager notre secret, si bien que Rob avait dû faire preuve d'autorité et mettre les points sur les *I*. Il ne connaissait de mon histoire que le peu que j'avais bien voulu lui dévoiler.

Pour lui, j'avais flirté dans ma jeunesse avec le surnaturel, et une fille que je connaissais y avait perdu la vie. Parfois, un cauchemar lié à cet événement me plongeait dans un profond état d'abattement. Je me repliais alors sur moi-même, un isolement dont je n'émergeais qu'une fois dissipés les effets du poison.

Hank rendait les choses faciles. C'était un garçon solaire qui voyait la vie en noir et blanc. Mes trésors, mon garçon et ma fille, mon jour et ma nuit, l'un doux et insouciant, l'autre curieuse et pleine d'ironie. Je les regardais grandir, avec ou sans magie, et mesurais chaque jour la chance qui m'était donnée. Oui, enfin, après tout ce que j'avais vécu, j'étais incroyablement chanceuse.

Mais combien de temps durerait cette trêve ?

Au lendemain de mon intrusion dans le royaume d'Ivy, je lui ai fait promettre de ne plus jamais m'y attirer sans mon autorisation. À compter de ce jour, elle n'a plus guère parlé de ses rêves. J'en ai déduit qu'elle avait grandi, et que ce chapitre de son enfance s'était refermé. Jusqu'à ce qu'un matin, au cœur de l'hiver, elle ne me réveille, affolée, et ne m'apprenne qu'elle avait rêvé d'un arbre étranglé.

Je me souviens de la vapeur qui s'échappait de nos bouches, de l'empreinte de nos bottes dans la neige, de la silhouette minuscule d'Ivy dans le manteau à col de velours qui avait appartenu à Hank quelques années plus tôt. Elle m'a guidée par les sentiers de la réserve forestière jusqu'à un noisetier nu prisonnier d'un inextricable roncier, le seul que je pouvais observer dans les environs. Rien d'autre ne poussait dans un rayon de quelques mètres. À l'évidence, ce cercle de terre stérile n'avait rien de naturel.

Nous avons coupé les ronces, arraché les racines, salé leur emplacement par précaution puis, de retour à la maison, brûlé tout ce que nous avions pu emporter. L'idée qu'il pouvait être dangereux d'interagir avec cet arbre ensorcelé ne m'a pas traversé l'esprit. Dans la clarté bleutée réfléchie par la neige, œuvrer aux côtés de ma petite fille déterminée m'inspirait une confiance sans bornes.

— De quoi as-tu rêvé, exactement ? lui ai-je demandé, le soir venu.

Elle a haussé les épaules.

— Je t'ai dit. J'ai vu l'arbre, et je savais où le trouver.

— Avais-tu déjà fait des rêves comme celui-là ?

Elle a fait la moue.

— Je ne crois pas. Mais je ne me souviens pas de tous mes rêves.

Ivy avait entendu l'appel d'un arbre martyrisé, un phénomène qui revêtait sans l'ombre d'un doute une dimension druidique. Découvrir qu'elle avait accès à une magie aussi ancienne m'a donné le vertige. J'avais l'impression d'être une nageuse s'aventurant par inadvertance au-dessus d'une fosse sous-marine.

Je n'ai pas pu fermer l'œil de la nuit. Ivy n'avait pas dix ans et, déjà, je ne parvenais plus à évaluer l'étendue de ses pouvoirs. En outre, j'avais la conviction qu'elle ne répondait plus toujours honnêtement à mes questions. Y avait-il une limite à ce qu'elle pouvait accomplir lors de ses rêves lucides ? Pouvait-elle s'immiscer dans ceux d'autrui ? Pouvait-elle s'y déplacer ? Pouvait-elle les transformer comme elle transformait les siens ?

Non, bien sûr. C'était impossible. Et, au fond, cela avait-il la moindre l'importance ?

Pourtant, cette question m'a gardée éveillée jusqu'au petit matin.

— Je peux le faire.

Ivy, dix ans, les poings serrés, ivre de dépit parce que je venais de lui interdire formellement de frapper d'une malédiction un camarade de classe.

— Je sais que tu en es capable, mais tu ne le feras pas.

— Ah bon, et comment tu le sais ?

— Parce que je te fais confiance, et que tu me fais confiance.

J'espérais faire de ces mots un filet de protection, une forme ordinaire de magie maternelle.

— Je ne fais que répéter ce que tu sais déjà : les malédictions appartiennent à la magie noire, et tu n'es pas prête à en payer le prix.

— Bien sûr qu'elle veut maudire ceux dont la tête ne lui revient pas, a rigolé Fee, le lendemain. Quelle gamine de dix ans renoncerait à faire usage de ce pouvoir ?

— Attends, il y a pire. Figure-toi qu'elle a l'intention de *scruter*. Ou, selon ses propres mots, d'espionner les gens de sa classe pour savoir ce qu'ils pensent d'elle.

— Tu dois lui parler de Marion. Lui offrir une chance de mesurer les conséquences possibles de ses actes. Pour le moment, elle croit que tu poses des interdits pour le seul plaisir d'exercer ton autorité. Surtout, ne la laisse pas te considérer comme une adversaire, pas avec ce dont elle est capable.

Elle me prodiguait ce conseil pour la énième fois, et ma réponse n'a pas varié.

— Oui, je sais. Quand elle sera un peu plus grande, on lui racontera ce qui s'est passé.

Mais nous n'étions pas dupes. L'âge d'Ivy n'était pas en cause. Seule la honte m'interdisait d'évoquer le sort de Marion.

Elle est adorable.

Je me répétais ces mots comme un mantra, comme pour oublier qu'Ivy était irrésistiblement attirée par les usages les plus immoraux de la magie comme une abeille par le goulot d'une bouteille de Coca. Elle était curieuse, réfléchie et, de façon presque inquiétante, totalement immunisée contre la peur. En outre, ses pouvoirs étaient infiniment supérieurs aux miens. La contraindre à ne lancer que de modestes sortilèges, c'était comme espérer canaliser la foudre dans les galeries d'une fourmilière.

L'exercice de la magie l'avait éloignée des autres enfants de son âge. Elle était maîtresse d'elle-même et insensible à l'influence de ses semblables. Elle les fréquentait à l'école, lors des entraînements de football et durant les colonies de vacances, mais elle ne s'était pas fait d'amis à proprement parler.

Peu après son huitième anniversaire, une famille a emménagé de l'autre côté de la rue. Un père célibataire, un bébé qui faisait ses premiers pas et un petit garçon de sept ans au visage criblé de taches de rousseur prénommé Billy.

Je n'avais pas mesuré à quel point Ivy était solitaire avant qu'il n'entre dans sa vie. Ils se sont mélangés comme deux gouttes de pluie se rencontrant sur une vitre. Lorsque je lui ai rappelé que la magie était un secret absolu et que Billy ne pouvait en aucun cas être mis dans la confidence, elle a hoché la tête avec solennité.

Les mois et les années ont passé sans qu'aucun drame se produise, mais je n'étais ni aveugle ni idiote : notre petit voisin savait quelque chose.

Un matin, en regardant par la fenêtre, je les ai vus assis dans l'herbe au bout du jardin, parfaitement immobiles, les yeux rivés sur un point entre eux. Impossible de voir ce qui captait leur attention.

Puis le visage de Billy s'est illuminé. Il exprimait la stupeur et la joie. Ils ont échangé un sourire. Ivy rayonnait de fierté. J'ai su que ce qu'elle venait d'accomplir n'avait rien d'ordinaire.

Ayant pesé toutes les hypothèses, il m'a bien fallu réévaluer mes certitudes : Billy savait tout.

Ma crise d'appendicite est survenue au pire moment. Rob était en voyage d'affaires. Fee et oncle Nestor rendaient visite à leur famille à San Antonio. Hank traversait une période de bouleversement émotionnel dont il refusait de parler. Ivy, elle, était l'image même du cauchemar adolescent. N'ayant aucune amie mère de famille à qui demander conseil, j'ai effectué une recherche sur Google : « fille 12 ans provocations ».

Le lendemain matin, Ivy a déboulé dans la cuisine en brandissant mon ordinateur portable.

— Un, a-t-elle dit, il serait temps que tu apprennes à effacer ton historique de navigation. Deux, je ne suis pas provocatrice, je m'affirme.

Je me suis levée d'un bond afin de lui arracher l'appareil. Aussitôt, une douleur fulgurante m'a déchiré l'abdomen, et je me suis retrouvée à genoux sur le carrelage.

Ivy s'est accroupie à mes côtés.

— Qu'est-ce qui t'arrive ? Où est-ce que tu as mal ?

Le souffle coupé, j'ai posé la main droite près de mon nombril.

— Oh, oh, a-t-elle dit. Ça m'a tout l'air d'être l'appendicite.

Elle semblait à la fois effrayée et excitée par la situation. Elle a proposé de lancer un charme de guérison, ce que je lui ai formellement interdit. Elle boudait toujours quand un voisin s'est présenté pour nous conduire à l'hôpital.

Des heures durant, assise à mon chevet, elle m'a distraite en me montrant des vidéos sur son téléphone, puis elle s'est fait raccompagner.

On m'a gardée toute la nuit. À en croire le médecin, mon appendice était rompu, et mes intestins risquaient d'être infectés.

— On peut en mourir, a expliqué une infirmière en esquissant un petit sourire malveillant.

Elle était furieuse contre moi, parce que je contestais les traitements que l'équipe médicale prétendait m'administrer. J'aurais voulu que Fee soit à mes côtés. J'avais besoin que Rob me ramène à la maison. Je leur en voulais d'être aussi loin de moi.

Aucun vol n'étant disponible en cette heure tardive, Rob ne serait pas de retour avant le lendemain matin, mais les enfants étaient assez grands pour rester en vie durant une nuit. Tout se passerait bien. Il n'y avait aucune raison de s'inquiéter.

Dès mon retour à la maison, j'ai compris hélas que je n'avais fait que me bercer d'illusions.

CHAPITRE QUARANTE

Woodbine

Autrefois

Dana était la pire des hypocrites.

Elle parlait constamment d'équilibre, de prudence et de sens des responsabilités, alors qu'elle avait commis les pires abominations.

Tout le prouvait : son refus de parler de sa main blessée ; le silence qu'elle observait lorsque Ivy la surprenait en compagnie de Fee ; les colères imprévisibles que Rob croyait apaiser en demandant à ses enfants de filer dans leur chambre. *Maman a besoin d'un peu de calme.*

La culpabilité se lisait sur le visage de Dana chaque fois qu'Ivy employait la magie. Cette dernière y excellait désormais. Elle était plus vigilante, plus mesurée, plus soucieuse de contrôler les effets de ses sorts. Sa mère, qui aurait dû en tirer une immense fierté, semblait au contraire se flétrir à mesure que son élève s'épanouissait. Si elle avait pu attraper ses pouvoirs au lasso et les mater comme un poulain, elle n'aurait probablement pas hésité une seule seconde.

Ivy avait compris que Dana était hantée par l'acte qu'elle avait commis et dont elle refusait de parler. Elle avait cessé d'espérer que sa mère laisse échapper un indice, ou que Fee évente leur secret, mais elle n'avait pas renoncé à connaître la vérité.

Depuis des semaines, elle attendait que ses parents s'absentent. Dana avait été conduite à l'hôpital, et ça ne lui faisait ni chaud ni froid. La culpabilité était un sentiment stérile devant lequel elle s'était juré de ne jamais plier.

Il était vingt heures passées. De l'autre côté de la cloison, Hank regardait un épisode de *Battlestar Galactica*. Dans sa chambre, baignée de lumière crépusculaire, Ivy a posé un miroir contre sa chaise, appliqué un mélange d'huiles essentielles en sept endroits cruciaux, enroulé autour de son annulaire droit une boucle de cheveux bruns collectés sur le col de la veste de Billy et, du bout du doigt, elle a tracé un sceau à la surface du verre et prononcé l'incantation. Une brume a aussitôt chassé son reflet.

— Montre-moi ce qu'il fait en ce moment, a-t-elle dit.

Dans le brouillard, comme une photo plongée dans un bain de révélateur, un garçon au visage parsemé de taches de rousseur est apparu. Il avait les cheveux trempés et était torse nu. Lorsqu'elle a compris qu'elle était en train d'espionner Billy au sortir de la douche, Ivy a poussé un cri perçant et a ôté la mèche de cheveux de son doigt.

Aussitôt, le garçon a laissé la place à un puits de couleurs mouvantes qui se reflétaient sur les murs de la chambre.

Ivy a attendu que les battements de son cœur retrouvent un rythme normal. L'odeur de sa sueur se mêlait au parfum pénétrant de l'encens.

Ça avait marché. Mais ce n'était qu'un test. Il fallait passer aux choses concrètes, même si elle ne savait pas trop comment formuler sa question.

Ivy a enroulé une seconde boucle de cheveux autour de son doigt. Ceux-ci avaient la même couleur que les siens. Elle les avait prélevés sur la brosse de sa mère.

Elle a de nouveau dessiné le sceau. La porte était fermée, Hank avait ses écouteurs vissés dans les oreilles, pourtant elle a chuchoté d'une voix à peine audible :

— Révèle-moi le secret de ma mère.

Cette fois, des ondulations concentriques sont apparues dans la brume, comme si l'on y avait jeté une lourde pierre. Lorsque l'image est redevenue lisse et uniforme, Ivy a vu une jeune fille dans le miroir.

Saisie d'effroi, elle a basculé en arrière. Elle s'est retenue de justesse pour ne pas arracher la bague de cheveux. L'apparition était immobile, tel un portrait déniché dans un vide-greniers. Sa peau était aussi pâle que le ventre d'un poisson, ses cheveux blonds, presque blancs, son regard plein d'indulgence. Ivy avait l'impression que l'inconnue la regardait, mais la scrutation ne fonctionnait pas comme ça. Se ressaisissant, Ivy s'est approchée. La fille l'a suivie du regard.

Ivy en a eu le souffle coupé.

— Est-ce que… est-ce que tu me vois ?

Non, bien sûr que non. La scrutation ne pouvait être réciproque.

— Oui, a répondu l'inconnue d'une voix éraillée et lointaine, comme si elle se trouvait au fond d'un caveau.

Toutes deux se sont dévisagées en silence, le spectre et la fillette qui avait au genou un pansement en forme de papillon.

— Qui es-tu ? a demandé Ivy.

— Je suis une occultiste.

Une « occultiste ». Ce mot-là était plus inspirant que le triste « praticienne » qu'employait sa mère.

— Comment tu t'appelles ?

— Un nom pour un nom. Quel est le tien ? a dit la fille dont la voix gagnait en force.

Ivy a plissé les yeux.

— Je crois que tu le connais déjà.

— Futée Ivy ! s'est exclamée l'apparition. Je m'appelle Marion.

Le compliment a insufflé à Ivy une bouffée de courage.

— Quel est ton lien avec le secret de ma mère ?

La fille – ou la femme, Ivy ne parvenait pas à trancher – a souri pour la première fois, révélant des dents blanches et régulières.

— Je *suis* le secret de ta mère.

CHAPITRE QUARANTE ET UN

Woodbine

Autrefois

Quelque chose ne tournait pas rond. Ivy avait été difficile à vivre depuis des mois, mais, au moins, nous n'avions jamais cessé de communiquer. Or, lorsque je suis rentrée de l'hôpital, elle ne m'a plus accordé un regard. L'été touchait à sa fin. Au lieu de profiter de ces derniers instants de liberté pour s'amuser avec Billy, elle restait murée dans sa chambre.

Au troisième jour, j'y suis entrée sans frapper et j'ai claqué la porte derrière moi. Elle a aussitôt laissé éclater sa colère.

— Sors de chez moi ! a-t-elle craché.

Elle a fermé d'un coup sec le carnet de notes dans lequel elle était en train d'écrire et l'a pressé contre sa poitrine.

Je m'étais juré de faire preuve de patience, cependant son attitude m'a mise hors de moi.

— Chez toi ? ai-je grondé. Et depuis quand paies-tu ton loyer ?

C'était comme si mon père était revenu d'entre les morts pour m'inspirer ces mots.

Le visage d'Ivy s'est empourpré, puis elle s'est dressée d'un bond pour me hurler au visage :

— Je t'ai demandé de sortir d'ici ! Espèce de… espèce de *monstre* !

La chambre tout entière s'est alors mise à tourner autour de moi, et j'ai dû écarter les pieds pour ne pas perdre l'équilibre. À l'instant où j'ai repris mes esprits, j'ai su que ma vie venait de changer à jamais.

— Pourquoi tu me traites de monstre ? ai-je demandé quand j'ai réussi à recouvrer l'usage de la parole.

— Tu le sais très bien.

Elle disait vrai. Toutefois, comment m'avait-elle démasquée ?

Toutes les répliques qui me sont alors venues en tête n'auraient fait qu'aggraver mon cas. Je n'avais d'autre choix que d'admettre la vérité.

J'ai posé la main sur mon ventre, juste au-dessous de mes points de suture.

— Parle-moi, mon ange. Que s'est-il passé en mon absence ?

— Rien du tout, a-t-elle répondu d'un ton rageur. Il s'est bien passé quelque chose, mais c'était il y a vingt ans.

— Qui t'a raconté ça ? *Qui* ?

Son expression s'est radoucie.

— J'ai reçu une lettre. Elle n'était pas signée. Je l'ai brûlée.

Cette salope de Sharon, ai-je pensé. J'ai fermé les yeux. Au regard de tout ce que j'avais imaginé, cette explication était à tout prendre plutôt rassurante.

— Dis-moi ce que tu crois savoir, et je te dirai la vérité.

— Entendu.

Ivy s'est mordu la lèvre inférieure.

— Savoir qui tu es ne m'intéresse plus, a-t-elle déclaré. La seule chose que je veux t'entendre dire…

Une lueur d'espoir brillait dans ses yeux.

— … c'est que ce que disait cette lettre était un mensonge, et que tu n'as pas précipité ton amie en enfer.

J'avais passé ma vie à mentir. C'était pour moi un mécanisme de survie. Mon père avait été un modèle en la matière. Oui, je mentais comme je respirais. Cet art exigeait un engagement total et des nerfs d'acier. Seulement, il y a longtemps que je n'avais pas eu à forcer mon talent, et je me sentais un peu rouillée.

— Pour commencer, sache que je n'ai pas agi sans raison.

Ivy a écarquillé les yeux.

— Oh ! mon Dieu… a-t-elle murmuré.

— Laisse-moi finir, ma chérie.

— Non ! a-t-elle hurlé en portant la main à ses yeux. Tire-toi d'ici ! Je ne veux plus te voir !

J'ai battu en retraite dans le couloir. Elle a claqué la porte, dont le battant a violemment heurté l'arête de mon nez.

Des jours durant, elle n'a laissé entrer personne. Elle montait le son de la musique chaque fois que nous essayions d'établir le contact.

C'est alors que, n'ayant plus le choix, après quinze ans de mariage, je me suis enfin confessée auprès de Rob. J'ai dépeint à grands traits les événements qui avaient entraîné la disparition de Marion en prenant soin d'écarter les détails les plus sinistres. Sa réponse n'a pas été celle que j'attendais.

— C'est à ça que tu pensais, n'est-ce pas, voilà des années, avant la naissance de Hank ?

Bien qu'il portât ses lunettes, son regard restait inhabituellement vague.

— La nuit où je mourais d'envie de te dire que je t'aimais, a-t-il précisé.

Je n'ai même pas fait semblant d'y réfléchir.

— Oui. C'est à ça que je pensais.

— Eh bien, c'est ce soir-là que tu aurais dû tout avouer, a-t-il déclaré avant de quitter la pièce.

Je me suis réveillée en sursaut, en proie à une terreur sans objet. Je savais qu'un cauchemar en était la cause, mais je n'en gardais aucun souvenir. Je tremblais comme une feuille. J'avais besoin de ma fille. J'avais besoin de la serrer dans mes bras et de voir son visage. Je me suis glissée hors du lit et me suis ruée dans le couloir. Il y avait un rai de lumière sous la porte de sa chambre. J'ai aussitôt reconnu les couleurs caractéristiques d'un miroir de scrutation.

Prise de panique, j'ai lancé un sortilège qui a fait céder le verrou.

Ivy était assise en tailleur sur le parquet, un miroir posé face à elle. Absorbée par le rituel, elle n'a pas réagi à ma présence. À la surface obscure de la glace, j'ai découvert une silhouette, des épaules, un cou, un visage que je n'avais pas oubliés.

À cette vue, j'ai ressenti une douleur inouïe, comme si les cicatrices de ma main gauche venaient de se rouvrir.

J'ai écarté Ivy d'un coup de pied puis j'ai brisé le miroir à l'aide du premier objet qui m'est tombé sous la main, une botte. L'apparition s'est instantanément dissipée dans la brume luminescente, puis les éclats de verre sont tombés en pluie sur le sol.

La chambre s'est alors retrouvée plongée dans les ténèbres.

CHAPITRE QUARANTE-DEUX

Woodbine

Autrefois

Trois nuits durant, Marion a parlé à Ivy. Elle lui a appris ce qu'avait fait sa mère, qui elle était vraiment. Elle a décrit l'enfer qu'elle avait traversé, ses longues années d'exil dans l'outre-monde.

— Je t'observe depuis ta naissance. Jour après jour, j'ai vu grandir tes pouvoirs. Je suis tellement fière de toi. C'est toi qui me sauveras, je le sais.

Armée de son courage et de son intelligence, Ivy était parvenue à retrouver celle que sa mère avait essayé d'éliminer. Elle devait à présent la libérer de sa prison et la ramener dans le monde des vivants.

Elle occupait tout son temps à lire, à étudier, à chercher un moyen de réaliser son projet. Chaque jour, sitôt ses parents endormis, elle dialoguait avec Marion.

Aux yeux de la praticienne en scrutation, le miroir devient le centre du monde. Tout ce qui l'entoure n'est plus alors qu'une masse de formes mouvantes tout en nuances de gris. Ivy a senti plus qu'elle n'a vu un mouvement sur sa droite, un instant avant qu'une force invisible ne la renverse. Un objet non identifié a frôlé son visage. Un craquement sinistre a retenti, puis elle s'est retrouvée accroupie dans l'obscurité.

Être aussi brutalement arrachée à la magie l'a plongée dans un profond état de stupeur. Lorsque ses yeux se sont accoutumés à la pénombre, elle a aperçu sa mère penchée au-dessus d'elle, une botte noire à la main. Ivy était à la fois ivre de rage et satisfaite, car Dana était précisément celle contre laquelle elle voulait tourner sa colère.

— Qu'est-ce que tu fais ici ? Je t'ai demandé de me ficher la paix !

Sa mère a allumé la lampe de chevet. Son visage était écarlate, gonflé. Elle avait pleuré.

— Ne crie pas. Tu es épuisée. Tu dois avaler quelque chose.

— Avaler quelque chose ? C'est tout ce que tu as à dire ?

— Tu m'as menti au sujet de la lettre, a dit Dana en s'asseyant sur le lit. Nous allons parler de ce qui s'est passé. Mais d'abord, j'insiste. Si tu ne manges pas, tu vas te sentir affreusement mal.

Ivy l'a dévisagée longuement. Comment pouvait-elle parler de nourriture, alors que son monde venait de voler en éclats ?

— Parce que tu crois que je ne me sens pas *déjà* affreusement mal ?

— Tu te défouleras sur moi plus tard. Pour le moment, je vais aller te chercher des biscuits et de l'eau.

— Va te faire foutre avec ton eau, a grogné Ivy.

C'était la première fois qu'elle adressait un mot aussi grossier à sa mère.

— Et je n'ai pas besoin de tes biscuits. Je dois réparer ce que tu as fait. C'est tout ce qui importe.

Dana s'est passé la main sur le front à plusieurs reprises.

— Il est impossible de réparer ce que j'ai fait, a-t-elle dit d'une voix blanche.

— J'y consacrerai ma vie s'il le faut, a rétorqué Ivy avec ferveur. Tu ne pourras pas m'en empêcher.

Dana est restée immobile et silencieuse, mais une tempête faisait rage sous son crâne.

— *Maman* ? Tu n'as rien d'autre à me dire ?

— Je n'aurais jamais dû t'apprendre ce que tu sais. Je n'aurais même pas dû prononcer le mot « magie ».

— Je n'avais pas besoin de ton aide. Ce pouvoir est en moi depuis ma naissance.

— Mais je t'ai enseigné les mots qui te permettent de le domestiquer. Je t'ai aidée à devenir forte.

— J'ai toujours été forte.

Dana a secoué la tête.

— Ça n'aurait pas dû se dérouler de cette façon. En œuvrant avec toi, je t'ai… *corrompue*. Ma magie… elle n'est pas saine.

Ivy n'avait jamais vu sa mère ainsi, vaincue et accablée de chagrin. Elle éprouvait un profond malaise. Elle avait l'impression de perdre l'équilibre. Elle commençait à comprendre à quel point sa mère souffrait depuis qu'elle désirait fendre l'armure.

— Maman.

Malgré elle, Ivy a employé un ton presque conciliant. Elle s'est efforcée de durcir sa voix, de durcir son cœur.

— Je peux réparer ça.

— Et comment comptes-tu t'y prendre, exactement ? Œil pour œil, dent pour dent ? Tu as l'intention de me tuer, c'est ça ?

Que sa mère s'apitoie sur son sort a ranimé la colère d'Ivy.

— Je vais faire ce que tu aurais dû faire il y a vingt ans, a-t-elle dit. Je vais ramener Marion parmi nous.

Le prénom a fait sur Dana le même effet qu'une explosion.

— Ivy… Personne n'a le pouvoir de ressusciter les morts, a-t-elle gémi.

Ivy a froncé les sourcils.

— Les morts ? Marion n'est pas morte.

CHAPITRE QUARANTE-TROIS

Woodbine

Autrefois

J'ai eu l'impression d'un formidable délitement.

En un éclair, la vérité a détricoté le voile de mensonge que j'avais patiemment tissé, de l'instant où j'avais jeté Marion dans le miroir et l'avais tenue pour morte, à celui où ma fille a confirmé ce que j'avais toujours refusé de croire.

Tout mon être était tendu vers la magie, en quête de paroles en mesure de ralentir les battements de mon cœur, de réduire en miettes tout objet fragile dans la chambre. Cependant, c'était la magie qui, la première, avait ouvert la porte aux loups.

Ivy n'avait pas conscience que j'avais été brisée jadis. Elle me voyait telle que je lui avais appris à me voir : une femme stoïque, une adversaire, une mère qu'elle pouvait tour à tour aimer et haïr, avec qui échanger des demi-vérités.

— Tu ne pourras pas m'en empêcher, a-t-elle répété d'une voix dont la froideur m'a brutalement ramenée au présent. Je vais la délivrer, que tu le veuilles ou non.

Je n'ai besoin que d'un miroir. Crois-tu pouvoir m'en priver pour le restant de mes jours ? Sûrement pas !

Elle a esquissé un petit sourire satisfait. Elle était trop jeune et trop confiante. C'était plus fort qu'elle.

Une colère noire s'est alors emparée de moi. À douze ans, Ivy, cette enfant protégée, puait l'autosatisfaction et me menaçait de transformer ma vie en cauchemar sans limites.

Elle ne ressusciterait pas Marion. La créature revêtirait peut-être son aspect, mais l'intérieur serait tordu, brisé, asséché. Un monstre qui n'aurait plus rien d'humain.

Néanmoins, savoir qu'elle était en vie et ne pas agir ferait de moi le monstre.

— Une magie aussi puissante te briserait, ai-je dit d'une voix que j'ai à peine reconnue. Elle te broierait jusqu'aux os.

Elle a cligné des yeux. Bien. Elle avait peur. Il fallait à tout prix qu'elle soit terrifiée.

— Tu ne pourras pas…

— Je ne pourrai pas t'en empêcher. Je sais. Tu me l'as déjà dit.

Et c'était vrai. À moins de la ligoter et de l'enfermer à double tour, je ne pourrais l'empêcher de se détruire à tenter de lancer le terrible sort que lui avait chuchoté Marion à travers le miroir.

Mais il y avait une chose dans la maison dont le pouvoir était supérieur au sien. Un objet qui m'attendait depuis mes seize ans : la boîte dorée, qui somnolait, les yeux à demi clos. On m'avait dit voilà longtemps que j'aurais besoin d'elle un jour. Le moment était venu, et cette perspective me causait une tristesse infinie.

La boîte était reléguée sur l'étagère la plus haute du dressing, dans une boîte à chaussures. À mon retour, Ivy n'avait pas bougé d'un pouce : tête rentrée dans les épaules, poings serrés, tête basse. Elle a considéré la boîte avec curiosité.

— Qu'est-ce que c'est ?

— Prends-la, ai-je dit.

Elle me l'a prise des mains comme si elle lui avait toujours appartenu. Elle me ressemblait tant. Suspicieuse et avide, le cœur vrombissant. Elle a retourné la boîte et en a vainement cherché le fermoir.

— Qu'est-ce qu'elle contient ?

Le souffle s'est mis à me manquer. J'étais la sorcière à la pomme empoisonnée.

— Ouvre-la. Il suffit d'une goutte de ton sang.

Elle a arraché un petit morceau de la cuticule de son pouce.

— Maintenant, touche-la, ai-je dit.

Le phénomène qui s'est alors produit n'avait rien de spectaculaire. Une rainure est apparue autour de la boîte, puis un fermoir. Ivy a soulevé le couvercle. L'intérieur était doublé de bois précieux dont la couleur rosée, organique, légèrement iridescente, évoquait une tranche de viande cuite dans la vitrine d'un traiteur.

— Je t'aime, ai-je dit. Je ne te laisserai pas te détruire.

Ma voix était sourde, mes mots apaisants. Ivy ne paraissait pas m'entendre.

— Je t'aime, ai-je répété.

Puis j'ai récité l'incantation.

Je l'avais entendue une fois, au marché de Maxwell Street, quand j'avais seize ans. Je l'avais recopiée sur un morceau de papier que j'avais jeté au feu deux mois plus tard. Elle était gravée dans ma mémoire, à côté du numéro de téléphone de Fee lorsque nous étions petites, des génériques de dessins animés de mon enfance et de l'expression de Rob lorsque je lui avais annoncé ma première grossesse.

La colère m'a accompagnée jusqu'à la moitié du rituel, puis j'ai senti la peur me gagner à l'idée que j'étais en train d'employer la magie pour intervenir sur le cerveau de mon enfant. Il n'était pas pour autant question d'interrompre l'incantation. Le risque était trop grand de provoquer des dommages cérébraux irréversibles.

Ne lui prends pas tout, ai-je dit à la boîte. *Ne lui vole que les souvenirs que la magie a corrompus.*

Mais tout artefact puissant comporte sa part de danger. Toute magie est gâtée – teintée, forgée – par quelque chose. La boîte avait été enchantée. J'aurais dû me souvenir que les pactes de ce genre sont empoisonnés par essence.

Ivy étudiait toujours l'intérieur de la boîte lorsque j'ai prononcé la dernière syllabe de l'incantation.

— Qu'est-ce que… a-t-elle commencé, avant de me regarder, les yeux emplis d'effroi. Maman ? a-t-elle chuchoté.

— Tout va bien, ma chérie. Je suis là.

Mes mains tremblaient comme des feuilles. L'espace d'un instant, j'en suis certaine, elle a su ce que je venais de faire. Elle m'a lancé un regard brûlant de haine dont je me souviendrai jusqu'à mon dernier souffle, puis son regard s'est éteint.

Elle est restée immobile, la boîte ouverte contre sa poitrine, puis elle a été prise de convulsions, comme si chaque souvenir lui était arraché à l'instar d'une mauvaise herbe. C'était un spectacle si affreux que je l'ai allongée sur son lit, et me suis couchée sur elle de tout mon poids afin de l'immobiliser. Elle se tordait de douleur sans qu'un cri jaillisse de sa gorge.

Tout en contemplant son visage crispé par la souffrance, je me suis rappelé le jour d'orage où, du bout des doigts, nous avions dessiné des images sur le rideau de pluie. Celui où, âgée de onze ans, elle avait lancé pour la première fois le sort de putréfaction que lui avait enseigné Fee et gémi de dégoût lorsqu'elle en avait humé les effluves pestilentiels. Cette veille d'entrée en sixième où elle avait pleuré à chaudes larmes, parce que ses cheveux avaient accidentellement viré à l'orange fluo alors qu'elle les rêvait rose pâle. Je nous revoyais au milieu de l'été, cueillant sur le terrain de football des fleurs que nous seules connaissions, qui ne fleurissaient qu'à l'aube pour se faner aussitôt. Les souvenirs défilaient dans mon esprit. À compter de cet instant, ils n'appartiendraient plus qu'à moi.

La boîte a produit un claquement sec en se refermant. Elle formait de nouveau un bloc uniforme et compact, sans fente ni fermoir.

Ivy dormait. Sa poitrine se soulevait à un rythme régulier. J'ai effleuré ses paupières, aussi douces que du satin. Une mèche de cheveux humide était enroulée autour de son cou comme un cordon ombilical. J'ai dégagé sa gorge et tiré le drap jusqu'à ses épaules avant de quitter la chambre.

Le regard trouble, Rob était assis sur la plus haute marche de l'escalier. J'ai scruté son visage et deviné qu'il n'était pas là depuis très longtemps. Il ne savait rien de ce qui venait de se produire. Il s'est levé et a posé les mains sur mes hanches.

— Alors ? a-t-il soupiré. Est-ce que la forcenée a accepté de négocier ?

La honte m'a serré le ventre, puis elle s'est nichée entre mes dents telle une capsule de cyanure.

— C'est terminé, ai-je dit.

J'ai descendu les marches et suis allée m'étendre sur le canapé du salon sans fermer l'œil jusqu'au matin.

Quand Fee m'a vue devant sa porte à six heures du matin, elle a marmonné un juron puis m'a fait signe d'entrer. Elle était depuis toujours ma seule confidente. Elle n'hésitait jamais à me reprocher d'être allée trop loin, de m'être montrée trop impatiente ou trop cruelle. Lorsque j'ai achevé mon récit des événements de la veille, elle est demeurée immobile, guère plus expressive qu'une morte, les deux mains posées à plat sur la table.

— Comment Rob a-t-il réagi ? a-t-elle demandé.

J'ai secoué la tête. Fee a fermé les yeux.

— Retourne auprès de lui, Dana. Va retrouver ta fille que tu as…

Son visage s'est crispé.

— Rentre chez toi, Dana.

Lorsque j'ai regagné la maison, je me suis précipitée dans la chambre d'Ivy. Elle dormait dans la position où je l'avais laissée. Son teint était rose, son rythme cardiaque lent et régulier.

Rob, dans la cuisine, préparait du café.

— Salut, a-t-il lancé avec froideur. Qu'est-ce qui se passe ?

Il semblait nerveux et lessivé, mais au moins ne m'a-t-il pas regardée comme une étrangère. J'ai tâché d'inscrire son expression dans ma mémoire, car jamais plus il ne me regarderait de cette façon.

J'ai commencé à parler, tournée vers la fenêtre contre laquelle une mouche se cognait avec obstination. Mon histoire terminée, j'ai guetté sa réaction. Il m'avait déjà considérée avec perplexité, lassitude, voire dégoût, mais jamais encore dans une combinaison des trois proche de la haine.

— Est-ce que tu vas demander le divorce ? ai-je chuchoté.

Il a fait un pas en arrière. Tout mon être le repoussait. Il était déjà loin, très loin de moi. Même s'il devait le nier au cours des mois qui ont suivi, il a répondu :

— Bien sûr que non. Si je te quittais, c'est toi qui aurais la garde des enfants.

Devais-je rouvrir la boîte et restituer à Ivy les souvenirs dont je l'avais privée ?

J'ai composé le numéro de Fee.

— N'y pense même pas. Je comprends que tu sois tentée, mais il est impossible de revenir en arrière.

— Pourquoi ? Qu'as-tu appris ?

— Simple bon sens. Compte tenu de son âge, son cerveau est beaucoup trop malléable. J'espère qu'elle ira bien, et que cette foutue boîte ne l'aura privée que de peu de souvenirs. Mais il est hors de question de saturer son système nerveux d'un tel flot d'informations.

— Jusqu'à quand ?

— Il n'existe pas de mode d'emploi, Dana. Comment Robert a-t-il réagi ?

— Il me déteste.

— Je suis presque arrivée à la boutique. Reste à la maison aujourd'hui, et efforce-toi de gérer les retombées. Je passerai te voir ce soir.

Dans un silence sépulcral, nous avons attendu le réveil de notre fille. Peu après huit heures du matin, nous avons entendu le parquet grincer à l'étage, puis le bruit de la chasse d'eau. Quelques secondes plus tard, Ivy a descendu les marches en fredonnant. Lorsqu'elle est entrée dans la cuisine et nous y a trouvés assis raides comme des mannequins, elle a ouvert de grands yeux étonnés.

— Bon sang ! Qu'est-ce qui vous arrive ?

Rob s'est levé pour la serrer dans ses bras.

— Tout va bien, a-t-il murmuré sans grande conviction.

— Papa... a-t-elle gémi, jugeant que l'étreinte s'éternisait.

Puis, sentant confusément qu'elle disposait de quelque mystérieux avantage :

— Et si on allait prendre le petit déjeuner chez Walker Bros ? Je vendrais mon âme pour un pancake hollandais.

Elle aurait aussi bien pu nous demander la lune.

Ce matin-là, nous ne nous sommes retrouvées en tête à tête que quelques minutes, dans les toilettes du restaurant. Depuis son réveil, je n'avais pas cessé de guetter un changement dans son comportement. Quand nos regards se sont croisés dans le miroir, elle a levé les yeux au ciel.

— Maman. Arrête de me fixer.

J'ai senti mon cœur manquer un battement.

— Ivy...

Consciente de mon trouble, elle s'est radoucie.

— Rooibos, lavande et baie, détournez de nous les cœurs noirs, ai-je récité.

Elle a serré les lèvres, embarrassée.

— Ce que tu peux être bizarre, parfois, a-t-elle chuchoté avant de regagner la salle.

Billy est venu frapper à la porte une heure après notre retour à la maison. Depuis des jours, Ivy était restée enfermée dans sa chambre, trop affairée pour lui accorder une minute. Je m'étais sentie navrée pour lui. Désormais, sa seule présence me terrifiait. Il savait. Qu'arriverait-il lorsqu'il parlerait à ma fille de choses dont elle ne pouvait se souvenir ?

Je l'ai éconduit, mais il est revenu le lendemain. Il était tôt, aussi ai-je prétendu qu'Ivy dormait encore. Quand j'ai fait volte-face, je l'ai vue dans l'escalier.

— C'était qui, ce garçon ? a-t-elle demandé.

— Billy, ai-je répondu sans réfléchir.

— Billy ? Qui est Billy ?

Mon cerveau a tourné à vide durant quelques secondes, puis j'ai été horrifiée.

Billy savait. Depuis le début, la magie avait dû tenir une place importante dans leur relation. Et moi, j'avais demandé à la boîte dorée d'effacer à jamais leur amitié.

— Personne, ai-je répondu. Juste un gamin du quartier.

CHAPITRE QUARANTE-QUATRE

Ailleurs

Marion avait vu ses espoirs d'évasion réduits à néant. Elle aurait pu laisser libre cours à la colère, mais c'était ce que Dana avait fait à sa fille qui lui brisait le cœur.

Elle en était tout étonnée. Elle ne cédait jamais à l'émotion. Mais Ivy faisait partie de sa vie. Elle avait observé ses moindres faits et gestes depuis le jour de sa naissance.

Marion se recroquevilla telle une boxeuse se protégeant d'une volée de coups. Elle se laissa dériver, désarmée par la tristesse, puis s'abandonna aux songes d'océan profond où sombrent ceux qui jamais ne dorment.

Elle attendit longtemps avant de se pencher de nouveau au-dessus du miroir.

Ivy avait grandi.

Qui était cette fille aux lèvres luisantes de gloss bon marché et à l'allure gauche ? Sans magie pour lui donner forme, son énergie s'était figée. L'adolescente était irritable, vulnérable, agitée.

Marion la regarda traverser sans filet les pires années de l'existence d'une femme, et multiplier les faux pas sans rien ni personne pour la protéger.

Elle vit du tissu cicatriciel recouvrir les endroits blessés de son cerveau. Ivy demeurait intelligente, mais dépouillée de son assurance ; curieuse, mais ne croyant plus dans la capacité du monde à l'émerveiller.

Ivy eut quatorze ans, quinze ans, seize ans. Puis, en un clin d'œil, dix-sept. L'âge de Marion lorsqu'elle avait fondé sa désastreuse assemblée de sorcières.

Le temps filait et soufflait à l'extérieur des murs du manoir d'Astrid sans jamais y déceler la plus infime ouverture. Le jour où Ivy fêta ses dix-sept ans, l'esprit de Marion se projeta vers l'avenir comme une flèche fendant les airs.

Dana mourrait. Ivy mourrait. Si cette dernière mettait des filles au monde, elles mourraient, elles aussi. Marion demeurerait-elle devant le miroir, comme une araignée surveillant sa toile, à se repaître de leurs ombres ? Resterait-elle en vie à jamais, figée pour toujours à la veille de ses dix-huit ans, prisonnière d'une maison qui sentirait éternellement la poussière de rose ?

Non.

Elle trouva l'occultiste allongée sur une méridienne, les cheveux déployés sur le velours rouge sang. Ses yeux fixaient un lointain néant.

Marion lui porta un coup de pied dans les côtes.

— Réveille-toi, gronda-t-elle.

Astrid braqua sur elle son regard reptilien.

Marion brandit le livre trouvé dans le sac de la chercheuse, dans une autre vie, et le laissa tomber lourdement sur le torse de la sorcière.

— Le temps est venu.

Astrid battit lentement des paupières avec mépris.

— Le temps… dit-elle d'un ton dédaigneux.

Marion saisit sa geôlière – ou sa compagne de cellule, elle n'avait jamais réussi à trancher – et la tira sur le tapis par sa sainte chevelure.

— Le temps est venu, répéta-t-elle.

— Misérable chiure de mouche, cracha l'occultiste.

L'air se mit à trembler, comme chauffé à blanc par le soleil d'été, mais rien ne se produisit. Les pouvoirs d'Astrid s'amenuisaient.

Lorsque Marion s'agenouilla pour ramasser le livre, la sorcière la gifla fort à deux reprises. Elle encaissa le choc et plaça d'autorité le grimoire dans sa main.

— Ouvre-le, gronda-t-elle.

Le livre avait un drôle de sens de l'humour, tout comme la femme qui l'avait jadis relié avec la peau d'un charlatan qui avait voulu se faire passer pour un devin. Marion avait longtemps cru qu'il dévoilait les sorts que la situation exigeait, or il ne montrait que ce qu'Astrid voulait vous révéler. Elle se rappelait l'avoir tenu entre ses mains tremblantes, aux premiers instants de son séjour dans le manoir. Il était alors son seul espoir, et elle était fière de ne pas l'avoir lâché dans sa chute. Elle l'avait ouvert, cherchant un moyen de regagner le monde des vivants. Elle s'était penchée sur la page : *Purifier les furoncles percés.*

Lorsqu'elle avait levé les yeux, elle s'était rendu compte que l'occultiste l'observait avec une joie maligne. Dix fois, Marion avait consulté le grimoire et n'y avait trouvé que des sorts comparables.

Astrid n'a pas ouvert le livre. Et Marion était certaine de savoir quel genre de sort elle désirait le plus voir.

— Tu viens à moi pour me lancer des ordres et me parler du temps, caqueta l'occultiste. Souviens-toi que je règne sur ces lieux et que tu es liée à *moi*.

De tous les attributs de la sorcière, seule sa voix aigre avait encore la faculté d'épouvanter Marion.

— Tu ne règnes que sur du vent, rétorqua-t-elle. Tous ceux qui connaissaient ton nom sont morts, et nul ne l'apprendra plus jamais. Personne ne viendra te délivrer. C'est terminé. Maintenant, ouvre cette saleté de livre.

— Pourriture. Moucharde. Souillon puante !

— Oui, oui, dit Marion, rompue aux divagations d'Astrid. Mais j'ai également raison.

— Tu n'es *rien*.

— Je suis ce que tu as fait de moi.

— Tu te trompes, la contredit l'occultiste. Je vais te dire encore une chose, et ce sera la dernière. Tu n'as toujours été qu'un fruit sans noyau. Sans quoi, pourquoi aurais-tu volé mon livre ?

— Tout ce que tu pourras dire à mon sujet, je le sais déjà. J'ai eu tout le temps d'y réfléchir. Et il y a aussi deux ou trois choses que je sais de toi.

Marion contempla les yeux délavés de l'occultiste.

— Tu es fatiguée, Astrid. *Nous* sommes toutes deux fatiguées. Finissons-en.

Les deux sorcières se jaugèrent, puis Astrid inspira, mais ne dit mot. De nouvelles rides apparurent sur son visage cruel et séduisant, comme si le temps avait enfin découvert une brèche dans son monde aussi clos qu'une coquille d'œuf.

Elle prit le livre que Marion lui tendait. Avec une extrême lenteur, elle fit courir un ongle pointu sur sa terrible reliure puis l'ouvrit.

Marion se dévissa le cou pour déchiffrer le nom du sort que le grimoire avait choisi :

Briser les barreaux de la cage.

L'occultiste avait du cran. Nul n'aurait pu soutenir le contraire. Elle demeura impassible et silencieuse, le temps de parcourir le texte et de mesurer les effets du sortilège, puis elle entonna l'incantation qui devait détruire son monde.

En proie à une profonde mélancolie, Marion ferma les yeux. Dans la douce obscurité de son esprit, elle regarda les murs tomber et le temps s'écouler enfin, entraînant toute chose vers sa dissolution. Elle vit les trésors que la sorcière avait rassemblés blanchir puis tomber en poussière. Peut-être connaîtrait-elle le même sort. Peut-être serait-elle ballottée comme une bouteille à la surface de l'océan, ou, telle une étoile filante, se désintégrerait-elle. Peut-être tiendrait-elle le choc, trop attachée à sa conscience pour y renoncer aussi facilement. Elle garda les paupières closes, même lorsque Astrid s'agrippa à elle, folle de terreur ou éperdue de gratitude.

Ivy, dit-elle. *Ivy, Ivy.*

Elle croyait en avoir trop vu pour connaître la peur, mais rien n'égalait celle qui la saisit lorsqu'elle sentit les doigts d'Astrid se désagréger.

Elle tint bon au cœur d'une tempête qui voulait la réduire, elle aussi, en poussière d'étoile. Ses vêtements partirent en lambeaux, puis se dispersèrent en particules. C'était sans importance. Elle n'avait jamais rien possédé sinon l'épée ardente et vertueuse qui flamboyait au plus profond d'elle-même. Astrid s'était trompée. Elle avait un noyau, un cœur qui ne battait que dans un seul but.

Ivy.

La connaissance et la foi, voilà tout ce qu'il faut, plus une volonté d'acier forgée par le temps.

Une bourrasque dispersa les restes de l'occultiste. L'espace d'un instant vide et lumineux, Marion n'éprouva strictement plus rien.

Soudain, l'immensité. Un monde sans murs.

Elle ouvrit les yeux sur les étoiles, de véritables astres qui brillaient dans un ciel d'encre. Une brise tiède caressait son corps nu. Tout autour d'elle, la rumeur sourde de la nuit. Elle se sentait ivre, affaiblie, revenue à l'état sauvage.

Mais elle était libre. Le monde d'Astrid n'était plus, et elle n'avait pas disparu avec lui.

Sous ses pieds, elle reconnut la texture granuleuse du matériau noir et luisant que des machines déversaient sur les routes en été. *De l'asphalte*, se souvint-elle. Elle éclata de rire, puis leva les yeux vers la voûte céleste où brillaient trois étoiles parfaitement alignées. Elle essayait de se rappeler leur nom lorsqu'elle sentit une vibration dans son épine dorsale. Son anxiété grandissante prit la forme d'une gigantesque créature aux yeux blancs et lumineux qui chargeait dans sa direction.

Un regard fixe, un corps de métal qui déchirait l'air. Marion se figea dans un brouillard d'effroi et de toxines, mais le monstre modifia sa trajectoire *in extremis* en poussant une plainte aiguë. Ce n'est que lorsqu'il s'immobilisa que le mot « voiture » lui revint en mémoire.

L'instinct la poussa vers les arbres qui bordaient la route. Les branches qui lui cinglaient la peau étaient pour elle un cadeau, tout comme la caresse du vent et la démangeaison provoquée par la sueur sur sa peau.

Elle sentait la présence de l'eau à proximité, ou peut-être l'entendait-elle – ses cinq sens étaient encore entremêlés. Elle n'aspirait qu'à s'y immerger. Elle sortit de la forêt, gravit une butte, se jeta tête la première dans un ruisseau au cours paresseux et se laissa porter par le courant. Ivre de plaisir, elle riait tout en se donnant des tapes, pour le plaisir de constater qu'elle avait un corps.

Elle aperçut alors un point lumineux entre les arbres, puis deux silhouettes immobiles. On l'observait.

Des êtres humains ! Elle les invita à la rejoindre, leur lança des paroles provocantes, des mots crus. Elle brûlait de les voir approcher. Son appel restant sans réponse, elle comprit qu'elle n'était à leurs yeux qu'un animal de la forêt parmi les autres.

Elle convoqua la magie, sans succès. Rien d'étonnant à cela. Elle manquait de pratique dans le monde réel. Elle se saisit d'un bâton.

La lumière s'éteignit et elle put alors distinguer les personnes qui la regardaient. L'une d'elles était Ivy.

Marion aurait aimé posséder un cœur d'une nature différente. Elle aurait voulu le sentir palpiter, se briser, sous l'effet de l'émotion. Ivy était là, bien réelle, et elle n'éprouvait que de la douleur en sa présence. Elle avait les cheveux de Dana, mais des traits plus doux. Toute son assurance d'enfant avait disparu en même temps que la magie. Marion chercha en vain l'ivresse que lui avait procurée son triomphe. Contempler cette version amoindrie de sa protégée l'avait brutalement dégrisée.

Tu ne te souviens pas de moi, pensa-t-elle. *Il en sera tout autrement quand j'en aurai terminé.*

Mais l'heure n'était pas encore venue. Le monde leur appartenait. Ainsi que le temps.

Marion avait oublié qu'elle était nue jusqu'à ce qu'Ivy ôte sa chemise et la jette à ses pieds. Elle la ramassa, la porta à son nez pour en humer les odeurs.

Et elle laissa la fille s'en aller. Pour le moment.

— Merci, Ivy, dit-elle.

Elle fut ravie de la voir tressaillir, puis lancer un coup d'œil par-dessus son épaule.

Parfait. C'était un bon début. Elle devait trouver ses marques, progresser à la vitesse convenable. Elle avait entendu la mise en garde de Fee. À l'en croire, faire de nouveau usage de la boîte pourrait briser Ivy, voire pire. Il faudrait l'attirer par la ruse. La magie devrait briller quelque temps à la lisière de son champ visuel. Il faudrait planter les graines et les faire sortir de terre avant qu'elle ne soit prête à recevoir quoi que ce soit.

D'une main, elle rendrait à Ivy ses pouvoirs. De l'autre, elle taillerait Dana en pièces. Elle poserait une bombe au beau milieu de son existence de rêve, et s'assurerait qu'elle entende son tic-tac.

PARTIE III

CHAPITRE QUARANTE-CINQ

Tu flottes dans l'eau bleue d'une piscine. Tu saignes. Tu es nue. Tu étreins une boîte en or. Tu en soulèves le couvercle et te perds dans ton passé.

À présent, raconte-moi l'histoire de cette boîte.

Il était une fois un prince qui aimait une princesse. Hélas, une méchante sorcière déroba ses souvenirs et les enferma dans un coffret doré.

Essaie encore. Je veux entendre la véritable histoire.

Il était une fois une petite fille qui aimait tendrement sa mère. Hélas, cette dernière avait commis le pire des crimes. Refusant de lire la vérité dans les yeux de son enfant, elle déroba ses souvenirs et les enferma dans un coffret doré.

Pour commencer te revient un parfum. Des baies de genièvre et des feuilles de laurier grillant dans un poêlon. Les mains de ta mère. L'une d'elles est couturée de cicatrices. Elle pile les herbes dans un mortier.

Des étoiles, les plus grandes que tu aies jamais vues. Si proches que tu distingues les comètes qui cascadent dans leurs rivières de feu, coiffées d'ondulantes chevelures célestes.

« Il y a la vérité, dit ta mère, et il y a l'histoire que l'on raconte. Chacune a son usage. »

Te rappelles-tu l'avoir entendue parler sur un ton aussi patient, toute son attention concentrée sur toi ? Est-ce un souvenir ou un souhait ?

C'est un souvenir.

En voici d'autres.

« Certaines formes de magie sont à tout le monde. Celles que l'on tire de la lune, du soleil et de la pluie, des plantes que l'on fait pousser. De nos ongles, de notre salive. On peut se cultiver soi-même comme un jardin. »

Une salle de classe. Il fait chaud. L'air sent la poussière et le stylo-feutre. Chaque enfant a devant lui une boîte remplie de terre où il a planté des graines. La tienne est déjà une petite jungle, plusieurs jours en avance. Gagnée par l'impatience, tu as accéléré leur croissance. La maîtresse, qui ne t'aime pas sans trop savoir pourquoi, s'empare de ton potager et le jette à la poubelle.

Ton frère te cingle les jambes avec un torchon de cuisine. « Ferme-la, je t'ai à peine touchée ! » crie-t-il tandis que tu pleures à chaudes larmes. Le soir même, ta mère te surprend en train de prélever des cheveux sur sa brosse. Elle te flanque une gifle mémorable. « Ce n'est pas une arme, dit-elle. Si tu t'en prends encore une fois à ton frère, ou à qui que ce soit, cela s'arrêtera. »

Comment cela pourrait-il s'arrêter ? Les abeilles cessent-elles de butiner ? Les nuages, de glisser dans ciel ? Ton cœur bat. Tes cheveux poussent. Dans ta tête et tes paumes circule une énergie douce et verte. C'est elle qui te permet d'œuvrer, comme disent Fee et ta mère. Tu peux lui donner forme, la contrôler, la diriger, mais tu ne peux pas la refuser.

Tu t'arraches un instant au flot de souvenirs, le temps de sentir ton corps fragile, chair rouge et matière stellaire, flotter dans l'œil de quartz de la piscine. Quelqu'un flotte à tes côtés. Quelqu'un te tient étroitement enlacée. Puis tu t'évades de nouveau.

C'est la nuit. Tu marches dans un champ en compagnie de ta mère. Tu as de l'herbe jusqu'à la taille. Des années plus tard, au même endroit, la végétation s'élève à hauteur de tes genoux. Vêtue d'une salopette et armée d'un sécateur, ta tante ouvre la voie. La lune ressemble à une petite cuillère suspendue dans le ciel. Le nez te démange. Tu soupires à l'idée de devoir séparer les bonnes herbes des mauvaises dans la pénombre.

« Allons, Fee. On ne peut pas utiliser une lampe de poche ? »

« Pas même une chandelle, jeune fille. »

Les souvenirs se bousculent, à présent.

Celui-ci date d'avant ta naissance. La voix de ta mère, gravée dans ton cerveau comme des aiguilles de pin dans de la cire. « Nage, ma toute-petite. Nage en moi. Maman est fatiguée. Elle veut dormir. »

Vêtue d'une robe d'été, tu cherches la maison des fées au cœur de la forêt. Frapper deux fois sur le frêne pour les réveiller, trois fois sur le mélèze, puis laisser une offrande.

Tu as fait un cauchemar après une soirée pyjama. Il a fallu changer les draps et les asperger d'eau de lavande pour chasser les mauvais rêves.

Des fleurs bleues semblables à des langues. Un dépôt saumâtre dans un creuset. Des gouttes de sang sur tes genoux. Tous ces souvenirs forment un fleuve dont tu chevauches les flots tumultueux. Tu tournoies comme une feuille morte, menaçant de sombrer.

Quelqu'un murmure à ton oreille. *Ivy. Tu es forte, tu es intelligente. Transforme-toi en forteresse, en arche. Tu es un coffre-fort, tu es un voilier, tu es une montgolfière. Accroche-toi. Tu es insubmersible.*

Sans savoir comment, tu protèges ton esprit. Tu le rends imperméable. Tu accompagnes le courant et t'échoues sur une île : un souvenir si limpide que tu peux t'y reposer.

Des taches de rousseur. Voilà ce qui te vient.

Tu es petite. Tes cheveux cascadent jusqu'au milieu de ton dos. Ils n'ont jamais été coupés. Tu avais oublié à quel point ils étaient lourds à porter. Tu portes une salopette qui appartenait à ton frère et un T-shirt troué à l'encolure. C'est le printemps. Tu es accroupie dans l'herbe. Il y a quelque chose de collant au coin de ta bouche. Sans y penser, tu y passes la pointe de la langue. Du sirop d'érable.

Hier, un camion de déménagement était garé de l'autre côté de la rue. Aujourd'hui, un enfant aux cheveux bruns et bouclés, aux innombrables taches de rousseur et au sourire à la Peter Pan t'observe entre deux planches disjointes de la palissade.

Tu es jeune, assez âgée cependant pour connaître la règle : nul ne doit savoir ce dont tu es capable. Ces pouvoirs appartiennent à un monde qui est le tien (et à Fee et à ta mère). « Ne les montre à personne, jamais. Ni à tes copains de foot, ni à tes copines de classe, ni à tes amies de la colo. Si Hank pose des questions, tu me l'envoies aussi sec. »

Mais c'est le printemps. Ce changement, tu l'as senti dès ton réveil. Chaque branche, chaque bourgeon, chante une promesse. Le monde frémit d'impatience, et cela rend l'œuvre plus facile. Le soleil ne s'est pas encore levé. Tout le quartier est endormi, mais il y a cet enfant qui te sourit, aussi menu que toi. La curiosité éclaire son visage comme une guirlande de Noël.

Il s'agenouille à tes côtés. Tu devrais lui cacher ce que tu étais en train de faire, mais tu es trop fière pour taire ce secret : tu peux accomplir ce dont les autres sont incapables.

Tu passes les mains dans l'herbe encore perlée de rosée. À chaque trèfle que tes doigts rencontrent, tu offres une nouvelle ambition, tu le cajoles jusqu'à ce que se déploie une quatrième, puis une cinquième feuille. Tu cueilles l'un d'entre eux et le donnes à ton nouvel ami.

« Pas possible ! s'exclame-t-il d'une voix haut perchée. Tu peux le refaire ? »

Dès le premier jour, la magie vous a réunis, Billy et toi.

Vous passez l'un avec l'autre chaque jour de l'été. Lampes de poche, grenouilles, ton genou écorché en courant pour atteindre la première le camion du marchand de glaces. Même les souvenirs d'hiver ont la texture du mois de juin.

Tout a commencé avec ta magie enfin dévoilée. Ce secret vous lie l'un à l'autre plus solidement qu'un serment. Il donne un relief inattendu à votre terrain de jeux en perpétuelle expansion, des ombres et des ravins profonds.

Tu es joyeuse et insouciante. La plupart du temps, vous faites du vélo, vous construisez des cabanes, vous achetez d'énormes sacs de bonbons que vous dévorez au cinéma. Mais certains jours, tu lui montres ce dont tu es capable, et il te regarde œuvrer avec une crainte mêlée d'admiration. Il n'est pas jaloux. Ton pouvoir vous illumine tous les deux sans faire de distinction.

À vos jeux vient se mêler un sentiment nouveau qui scintille et enfle comme un fleuve en crue. Une émotion qu'aucun mot ne saurait décrire.

Enfin, vous échangez un baiser. Dans la rivière, à l'heure où le ciel se teinte de mauve. Cheveux ruisselants, taches de rousseur, le goût de la glace à l'eau sur ses lèvres.

Tu aimerais t'attarder ici, dans ce joli rêve d'été, mais d'autres souvenirs t'emportent, moins lumineux. Des actes de ta vie que tu préférerais ne pas voir resurgir.

Tu aimes ta mère. Cette femme impatiente et lointaine. L'arbre sous lequel tu t'abrites. Une bête coriace. Mais elle t'a trop longtemps, trop souvent menti. Elle a des secrets, des lacunes dans son histoire qu'elle croit pouvoir te cacher. Elle veut que tu bâillonnes ta magie, que tu n'en uses qu'avec parcimonie. Si tu pouvais la confronter aux preuves qu'elle n'a pas toujours été la gentille sorcière qu'elle prétend être, peut-être se déciderait-elle à te dire ce que tu veux savoir. Peut-être cesserait-elle enfin de te couper les ailes.

Un soir, aux derniers jours de l'été, tu trouves ce que tu cherchais dans sa bibliothèque, parmi les livres qu'elle t'a formellement défendu de consulter. Tu fabriques un miroir de scrutation et y traces un sceau du bout des doigts. Y apparaît un spectre d'ombre et de glace qui te chuchote : « Je suis le secret de ta mère. »

Et si ce secret dépassait en horreur tout ce que tu avais imaginé ? Et si, au bout du compte, il était plus sage de renoncer à savoir ? Pour finir, la curiosité balaie tes inquiétudes.

« Je connaissais ta mère, dit le fantôme aux lèvres exsangues. Nous étions jeunes, toutes les deux. Il y a des années que j'arpente les couloirs de l'enfer. Veux-tu savoir comment je suis arrivée là ? »

Tu aimes ta mère. Tu la connais bien. Tu es assez âgée pour la savoir imparfaite et assez avisée pour nommer certains de ses défauts.

Jusqu'à ce que tu apprennes ce qu'elle a fait, et que cette révélation t'altère comme une réaction chimique.

La fin approche. Le flot de souvenirs se tarit. Il ne t'arrive plus qu'à hauteur des chevilles.

Cette dernière confrontation avec ta mère, les mots explosant entre vous comme des feux d'artifice. Ses bras croisés, son visage fermé, puis étincelant de rage.

Elle place la boîte en or entre tes mains. Le métal froid se transforme en une chose vivante au contact de ton sang, en une gueule affamée qui te vide de ton être. Ta mère verse des larmes de tristesse et de remords, tel un assassin pleurant la mort de sa victime à l'instant où il plonge sa dague entre ses côtes.

La boîte te dépouille de ce qu'il y a de meilleur et d'unique en toi. Ta mère a fait de toi une fille *docile*, mais elle se sent incapable d'aimer ce qu'elle a créé.

C'est terminé. Tu as retrouvé chacun de tes secrets.

Maintenant, ouvre les yeux.

CHAPITRE QUARANTE-SIX

Woodbine

Aujourd'hui

Je me suis réveillée en hurlant.

J'ai senti des doigts sur ma peau. Une voix a murmuré à mon oreille.

— Ivy, est-ce que tu…

J'ai articulé des mots confus exprimant ma terreur et le dégoût que m'inspirait le contact de ces mains inconnues.

La voix s'est tue, et j'ai entendu le son sourd produit par un corps heurtant un obstacle.

Quand j'ai voulu me tourner pour voir ce qui se passait, mes pieds n'ont pas trouvé d'appui. Je me suis débattue quelques instants avant de comprendre que je flottais dans une piscine. J'ai commis l'erreur de lever les yeux vers le ciel. Les étoiles étaient horriblement proches. Elles me regardaient, myriade de petits yeux d'argent auxquels je ne pouvais me soustraire.

J'ai ouvert la bouche pour crier, avalé une gorgée d'eau chlorée. J'ai craché, tenté de reprendre mon souffle, mais mon cou ne m'obéissait pas correctement, pas plus que le reste de mon corps. De nouveau, j'ai bu la tasse, puis je me suis retrouvée entièrement immergée. J'ai battu des jambes pour remonter à la surface et je me suis cogné la tête contre le fond du bassin. J'ai martelé les carreaux de céramique de mes paumes, comme s'il existait une chance qu'ils cèdent sous ma pression.

J'étais en train de me noyer. Plus assez d'air dans les poumons pour flotter, plus assez d'énergie pour nager. Mon corps a pivoté, et j'ai contemplé le dôme liquide qui allait me tuer. La boîte reposait non loin de moi, couvercle fermé. Je m'en suis emparée. Ma main libre s'est alors animée, mes lèvres ont formé un mot que je ne connaissais pas, et je suis remontée avec une force telle que mon buste tout entier a crevé la surface.

L'eau me portait désormais. J'ai contemplé le ciel où dérivaient de petits nuages écarlates, un spectacle charmant qui, sans que je comprenne pourquoi, mettait tous mes sens en alerte. Puis j'ai vu la fille flotter à quelques mètres de moi, et compris que les nuages rouges s'échappaient de son crâne. Je me suis souvenue du choc que j'avais entendu, et su que, d'une façon ou d'une autre, les mots que j'avais prononcés pour l'éloigner de moi l'avaient précipitée tête la première contre le rebord de la piscine.

Cette révélation m'a fait l'effet d'une décharge d'adrénaline. Je me suis aussitôt rappelé mon prénom, le sien, celui du garçon que j'avais aimé à l'âge de douze ans, celui de ma mère, qui m'avait volé un pouvoir dont j'avais jusqu'alors ignoré l'existence.

J'ai tiré Marion hors du bassin et compris alors pourquoi elle avait tenu à m'y plonger avant de me faire ouvrir la boîte. Lorsque j'ai de nouveau senti mon corps

– son poids, son état d'épuisement, ses piqûres d'insectes et ses ecchymoses récentes –, le monde a explosé.

La voûte du ciel tournait au-dessus de ma tête telle une boule à facettes, la surface de la piscine scintillait comme de la poudre de diamant. Je sentais les odeurs d'herbe, de chlore et de pluie, ainsi que celles de l'essence de la voiture garée devant la propriété, du plastique dans lequel avait été moulée la poupée Ariel, de l'haleine des trois occupants endormis dans la grande maison silencieuse. Des braises rougeoyaient sous ma peau, le sang pétillait dans mes veines. J'aurais voulu quitter mon corps et me dissoudre dans le vent.

Je pouvais retourner dans le bassin ou faire quelque chose de plus radical afin de purger cette nuit démesurée de son effervescence.

Utiliser un sort. Je n'ai pas eu besoin d'y penser. Les mots et les gestes se sont imposés à moi. Comme un écho, j'ai perçu la réalité cotonneuse du sort de sommeil que Marion avait lancé sur la maison. Cela n'avait plus rien de sucré. C'était une couverture fétide, lourde comme une pierre, jetée sur l'esprit de ses victimes, des malheureux qui avaient eu la malchance d'habiter une maison isolée avec piscine.

J'ai saisi la couverture à pleines mains, l'ai portée à mes dents et l'ai déchirée en deux.

Marion, à présent. Je l'ai tournée sur le dos sur le béton rugueux. Un filet de sang s'écoulait d'une plaie qu'elle avait à la nuque. Hormis ce que j'avais vu dans des films, je n'avais aucune notion de secourisme, mais j'ai supposé qu'il me suffirait d'appuyer fort sur sa poitrine pour expulser l'eau de ses poumons.

J'ai visualisé le liquide dont ses poumons étaient remplis comme s'il s'agissait d'une carte d'hydrographie que j'ai vue s'illuminer tandis que j'exerçais des pressions répétées sur le sternum. *Dehors*, ai-je pensé en effleurant ses côtes de ma paume.

Un geyser d'eau chlorée a jailli de la bouche de Marion. Elle a roulé sur le flanc, a été prise d'une violente quinte de toux puis elle a porté la main à sa nuque.

— *Couds, suture*, a-t-elle dit.

Je n'ai pas vu la blessure se refermer, mais j'ai senti la perturbation énergétique autour de son crâne. Sans me quitter des yeux, elle a fait courir ses doigts sur son cuir chevelu en voie de cicatrisation. Le processus achevé, elle s'est assise, sorcière nue coiffée d'une couronne de sang.

— Je suis désolée, ai-je dit, le souffle court. Je ne voulais pas te faire mal.

Son visage était aussi tranchant qu'une épée sortie de son fourreau.

— Tu te souviens, à présent ?

Il y avait tant à se rappeler… Mais elle ne voulait pas savoir si tous mes souvenirs m'étaient revenus, seulement si je me souvenais d'*elle*, du miroir de scrutation et des secrets qu'elle m'avait révélés.

— Oui, je me souviens.

— Et tu mesures maintenant l'étendue de tes pouvoirs.

J'ai hoché la tête, bien que ce ne fût pas le cas. Pas vraiment. J'étais comme étrangère à moi-même. Tout ce qui avait été réparé dans mon esprit, le savoir, les pensées et l'expérience formaient en moi un tourbillon dont je ne distinguais pas les contours. J'avais le pressentiment que ces trésors retrouvés continueraient longtemps à dériver sans jamais prendre racine, peut-être jusqu'au dernier jour de ma vie.

— Tu es toute-puissante, a-t-elle poursuivi, se méprenant sur mon silence. Certes, tu ne vas pas tout maîtriser dans l'immédiat, mais ce n'est qu'une question de temps. Tu pourras compter sur mon aide. Oh ! Ivy, s'est-elle écriée, les yeux brillants, imagine tout ce que nous pourrions accomplir.

— Nous ? ai-je répété.

— Si tu le veux. Tu pourrais m'accompagner.

— Où ça ?

Je l'ai sentie hésiter.

— Je ne sais pas. Où veux-tu aller ?

— Je… je ne… j'ai besoin de…, ai-je bégayé en secouant la tête.

J'avais besoin d'être seule. De laisser les angles s'arrondir et les nouvelles informations trouver leur place. Elle voulait que je pense à l'avenir, or je ne voyais que le visage de ma mère, penchée sur moi, éclairé par la lueur émanant de la boîte.

Et que faire de tout ce qui avait précédé cette nuit-là ? Toute la tendresse, tout ce que nous étions l'une pour l'autre avant qu'elle ne mutile ma mémoire. Ces souvenirs-là étaient trop éblouissants pour être regardés en face, trop brûlants pour être caressés.

Et Billy. Toutes les années passées à ses côtés, toutes les années perdues sans lui. J'avais douze ans lorsque je l'avais oublié. Peut-on tomber amoureuse à cet âge-là ?

Quant à la magie… La magie ? Maudite magie !

L'amertume, la douceur, l'éclat… Les pensées se bousculaient sous mon crâne dans le plus parfait désordre. Soudain, l'air a commencé à me manquer. Je me suis mise à suffoquer.

— Oh ! bon sang, a murmuré Marion.

Elle s'est approchée de moi en veillant à ne pas me toucher.

— Retourne dans la piscine, a-t-elle dit. Ou bien, non, attends… lance un sort.

— Lequel ?

Je me suis frotté frénétiquement la tête. Elle tournait comme sur un manège de fête foraine. J'étais incapable de me concentrer.

— N'importe lequel.

Elle a regardé autour d'elle puis elle a ramassé son jean.

— Tiens. J'ai des allumettes. Une simple manipulation d'énergie fera l'affaire.

Un téléphone est alors tombé de sa poche et a atterri côté écran sur le sol. J'ai reconnu l'image imprimée sur la coque : *Judith*, de Klimt. C'était le portable de Fee.

Marion a subitement perdu l'usage de la parole. Elle essayait de lire dans mes pensées, de suivre le fil de mes déductions. Elle guettait ma réaction.

Tout à coup, je me suis souvenue de ce que j'avais ressenti, ce matin-là, devant la maison de Fee, après mon passage à la boutique. Ces picotements sur la nuque, cette impression d'être espionnée. La scène m'est apparue aussi clairement que dans un film. Marion m'observant depuis une fenêtre du premier étage, puis rédigeant un message sur le téléphone de ma tante. Ce SMS qui m'avait convaincue que cette dernière se trouvait en compagnie de ma mère.

— Où sont-elles ? ai-je demandé. Où est ma mère ?

— Tu t'en soucies vraiment ? a-t-elle répondu du tac au tac. Maintenant que tu connais la vérité, à quoi bon te préoccuper de son sort ?

Ma voix s'est mise à trembler.

— Est-ce que tu leur as fait du mal ?

— Elles ne sont pas mortes, si c'est ce que tu veux savoir.

Puis, esquissant un sourire sinistre, elle a ajouté :

— Je ne suis pas aussi charitable.

— Bon Dieu, Marion, qu'est-ce que tu leur as fait ?

— Ta mère t'a broyée, a-t-elle craché. Depuis ton enfance, elle a cherché à tuer la sorcière qui est en toi, à annihiler ton pouvoir. Comparée à toi, elle n'est qu'une minable prestidigitatrice de goûter d'anniversaire. Moi, je t'observe depuis toujours. Tu m'as rendue tellement fière. Si je me suis évadée de l'enfer, ce n'est que pour t'aider à reprendre ce qui t'avait été volé, pour te permettre de redevenir l'Ivy que j'ai toujours connue, la praticienne toujours en quête de nouvelles connaissances. Et te voilà, ma pauvre fille, en train de verser des larmes sur celle qui t'a arraché ta magie comme on vide un poisson.

Je me suis pris la tête entre les mains, comme pour tenir à distance ces paroles cruelles. Elle s'est balancée d'avant en arrière, l'air embarrassé.

— Très bien, a-t-elle dit d'une voix tendue.

Elle a pincé l'air du bout des doigts. J'ai alors senti sa magie approcher sur ses petites pattes de rat. J'étais trop inexpérimentée pour me défendre. Mes identités présente et passée entraient en collision comme deux boules de feu. Je n'étais même pas assez vive pour esquiver son attaque.

À cet instant, un rectangle de lumière jaune est tombé sur elle, me laissant dans l'ombre. Une fenêtre du premier étage venait de s'éclairer, l'un des dormeurs que je venais de réveiller avait allumé une lampe. Éblouie, Marion a cligné des yeux.

Me levant d'un bond, je me suis alors mise à courir, dévalant la pente herbeuse jusqu'aux bois, puis j'ai slalomé, entièrement nue, entre les arbres. Je n'emportais dans ma fuite que la boîte dorée, dont la surface était anormalement tiède entre mes doigts. Grâce au charme que m'avait lancé Marion, je foulais racines, ronces et cailloux sans éprouver la moindre douleur.

Je suis invisible à tes yeux, ai-je pensé. *Je ne suis rien ni personne.*

J'avais toujours aimé la poésie, ancienne et contemporaine. Les métaphores et les expressions datées renforçaient les effets de la magie. Une scène m'est revenue en mémoire : ma mère, lisant à haute voix quelques vers de *Maud*, d'Alfred Tennyson, puis éclatant de rire. *Tu peux croire que ton père m'a draguée en me récitant ce poème ?*

J'ai chassé ce souvenir amer, de crainte que le chagrin et la colère ne se matérialisent sur mes pas et ne mènent Marion droit à moi.

Je l'entendais courir derrière moi. Je n'avais pas beaucoup d'avance. Elle était sur mes talons, si proche que les feuilles sur lesquelles je marchais blanchissaient à la source de lumière qui l'accompagnait, orbe magique ou banale lampe de poche.

Je suis invisible à tes yeux. Je ne suis rien ni personne.

Je ne fuyais pas à l'aveuglette. J'allais dans une direction précise, vers quelque chose qui m'appelait, me tendait les bras et jurait de me protéger. Arrivée à destination, j'ai vu un noisetier.

Je me suis glissée sous son épais feuillage d'été et j'ai posé les mains sur son tronc. Tandis que je humais son essence, tout ce qui en moi n'avait pas encore pris racine a trouvé sa place, unissant celle que j'étais et celle que j'avais été.

Un arc de lumière crue a balayé la végétation environnante, sans percer mon sanctuaire. *Mon arbre*, celui qui m'avait appelée en rêve lorsque j'avais dix ans, celui que ma mère et moi avions sauvé d'un maléfice. J'ai caressé son écorce, fermé les yeux et entendu Marion passer à mes côtés sans ralentir sa course.

J'ai attendu une minute avant de me remettre en route.

Je suis invisible à tes yeux. Je ne suis rien ni personne.

Je courais au rythme de ces mots, portée par mes pieds ensorcelés. La lune me guidait, soulignant de rouge les passages fréquemment empruntés par les promeneurs. Enfin, mes pas m'ont menée à une route.

Je suis invisible à tes yeux, ai-je pensé en m'y engageant.

Puis je me suis mise à hurler.

CHAPITRE QUARANTE-SEPT

Woodbine

Aujourd'hui

La voiture qui avait failli me renverser a fait une embardée avant de s'immobiliser sur le bas-côté, à une trentaine de mètres de moi. Le conducteur a ouvert la portière d'un coup de pied.

— Bon sang, Ivy, qu'est-ce que tu fous là ?

Les yeux de Nate étaient grands comme des soucoupes. L'un d'eux était cerclé de jaune. Un morceau de Haim passait à la radio.

— Nate.

J'ai remercié les forces inconnues, quelles qu'elles soient, qui l'avaient placé sur mon chemin.

— Il faut que tu m'emmènes.

Il s'est avancé vers moi d'un pas raide et m'a saisie brutalement au-dessus du coude.

— Est-ce que tu es devenue folle ? Qu'est-ce qui te prend, à toi aussi, de courir à poil dans la forêt ? Est-ce que vous essayez toutes de me faire coffrer pour homicide involontaire ?

Un cri s'est alors échappé de sa gorge et il a lâché mon bras. J'ignorais au juste ce que j'avais fait, mais mes tempes palpitaient, signe que j'avais fait usage de la magie.

Il a reculé d'un pas.

— Ne me touche plus jamais, compris ? ai-je grondé.

— OK, a-t-il répondu en considérant sa main tremblante. Ne t'énerve pas.

Je me suis tournée vers les bois.

— Il faut à tout prix que tu m'emmènes loin d'ici. C'est très important.

Il a hoché la tête et m'a fait signe de le suivre jusqu'à la voiture. Assise sur le siège passager, une fille que je connaissais de vue me regardait bouche bée. Une élève de première, sans doute, aux cheveux auburn coupés au carré, une beauté discrète à la Charlotte Gainsbourg. Je me suis glissée sur la banquette arrière.

— Salut, ai-je dit sans quitter des yeux la lisière des bois.

Alors que la voiture démarrait, Marion a surgi d'entre les arbres. Elle se tenait à ras du sol, comme si elle avait rampé.

— Eh ! s'est étranglée la fille. Vous avez vu ça ?

— Fonce, Nate, ai-je dit, tournée vers la lunette arrière. *Fonce.*

Marion s'est redressée. Penchée entre les sièges avant, j'ai regardé les bandes blanches défiler comme des pages sortant d'une imprimante.

La fille s'est éclairci la gorge.

— J'ai des fringues dans mon sac, si tu veux, a-t-elle dit. Elles ne sont pas propres mais…

— Ça fera l'affaire. Je te remercie.

J'ai attrapé les vêtements de sport noirs qu'elle me tendait, puis je me suis contorsionnée pour les enfiler. Être habillée m'apportait un sentiment de réconfort. Il n'était pas question de pudeur. La boîte avait fait disparaître en moi tout sentiment de gêne. Je voulais simplement ne rien partager avec Marion, pas même la nudité.

— C'était la fille de l'autre soir ? a demandé Nate d'une voix âpre.

— Oui.

Il a observé quelques secondes de silence.

— Elle te connaissait donc.

— Oui.

— Je… je ne comprends pas, a-t-il commenté pour lui-même. Est-ce que tu vas bien ? a-t-il ajouté.

Il attendait de moi une réponse positive. Il voulait que je le rassure. J'ai croisé son regard dans le rétroviseur.

— Ouais, ne t'inquiète pas.

Il se dirigeait vers chez moi, néanmoins je ne pouvais y aller. Marion n'hésiterait pas à tailler mon père en pièces pour m'atteindre.

— Dépose-moi ici, ai-je dit.

Il s'est arrêté au sommet de la colline herbeuse qui dominait le lotissement où je vivais.

— Tu ne veux pas que je te dépose devant chez toi ? s'est étonné Nate. On y est presque.

J'ai désigné l'arrière de la maison de Billy, où son père et lui avaient construit une cabane au faîte d'un arbre durant l'année qui avait suivi leur installation.

— C'est là que je vais.

— Tu vas chez Billy Paxton, a-t-il dit d'une voix monocorde.

Je suis descendue de la voiture.

— Merci de m'avoir raccompagnée.

— Il n'y a pas de quoi. Ivy…

J'ai regardé son visage, ses yeux ourlés de longs cils et la plaie au-dessus de sa jolie bouche.

— Je ne dirai rien à personne, a-t-il déclaré sur un ton solennel. Promis.

— Je n'en jurerais pas, mais c'est gentil.

J'ai souri à la fille.

— Merci pour les fringues. Je te les rapporterai.

— Laisse tomber, tu peux les garder.

Une façon aimable de me rappeler que ma peau était criblée d'égratignures, et que j'empestais le chlore et la sueur.

Je me suis éloignée. Nate et sa nouvelle copine laissaient derrière eux le mystère que je constituais à leurs yeux, ma peur et la fille au comportement animal qui m'avait pourchassée dans la forêt. Dans quelques heures, notre rencontre ne serait plus qu'un souvenir troublant, un incident survenu au cours de leur innocente virée en lointaine banlieue de Chicago.

Sourire aux lèvres, j'ai couru vers Billy.

Vêtu d'un T-shirt blanc et d'un pantalon de pyjama, il était assis sur la terrasse. La tête penchée en arrière, il manipulait nerveusement une boîte d'allumettes vide.

À ma vue, il s'est levé d'un bond, et j'ai compris qu'il m'attendait. Il a dévalé les marches du perron, et nous nous sommes jetés l'un contre l'autre, respirant à l'unisson. Je me suis agrippée à lui, la boîte dorée plaquée dans son dos.

— Que s'est-il passé ? a-t-il murmuré.

Je me suis hissée sur la pointe des pieds pour lui glisser à l'oreille :

— On peut aller dans la cabane ?

Billy a tressailli et reculé d'un pas pour me dévisager.

— La cabane ?

Ses yeux étaient immenses, emplis d'espoir.

— Ivy. Est-ce que… Est-ce que tu…

— Oui, je me souviens.

Il a poussé un soupir à fendre l'âme.

— Je le savais. Au moment où je t'ai vue, tu avais l'air… d'être redevenue toi-même.

Il m'a prise dans ses bras et a enfoui son visage dans mon cou.

— Tu as même retrouvé ton odeur.

— Ah bon ? ai-je souri. Et à quoi ressemble-t-elle, cette odeur ?

— À quelque chose de sauvage.

Les larmes me sont montées aux yeux. Ses cheveux étaient d'une infinie douceur contre ma joue.

— Comment as-tu recouvré la mémoire ? a-t-il repris.

— Dans la cabane.

Il a hoché la tête, mais il n'a pas relâché son étreinte.

— Et si tu oubliais à nouveau qui tu es ?

— Ça n'arrivera pas.

— Comment peux-tu en être certaine ?

— La cabane, ai-je insisté.

— D'accord, a-t-il chuchoté. Il y a une éternité que je n'y ai pas mis les pieds. Allons chercher de quoi cacher les toiles d'araignée.

Toujours enlacés, nous sommes entrés dans la maison. Toutes les parties de mon corps en contact avec le sien étaient électrisées ; celles qui ne l'étaient pas suppliaient d'être touchées. Gremlin a trottiné à notre rencontre, ses pattes produisant un son de claquettes sur le parquet, mais à peine m'a-t-il reniflé les pieds qu'il a couru se réfugier dans son panier.

— Bizarre, a dit Billy. Tu ne sens pas aussi mauvais que ça.

J'ai réprimé un éclat de rire.

— Ce n'est pas ce que tu crois. Quelqu'un a fait quelque chose à mes pieds. Je t'expliquerai.

Il a haussé un sourcil puis m'a entraînée à l'étage. Nous risquions fort de tomber sur son père, mais il n'était plus question de nous séparer. Lovés l'un contre l'autre, nous nous déplacions lentement, comme une étrange créature bicéphale. Billy a ouvert un placard à linge à la porte grinçante et fait main basse sur son contenu.

Avant de quitter la maison, j'ai attrapé un coupe-vent sur le portemanteau, un vêtement pourvu d'une poche assez grande pour y glisser la boîte.

La cabane ne disposant pas d'échelle, il fallait escalader l'arbre jusqu'aux branches maîtresses. Je suis passée la première, puis Billy m'a lancé couvertures et oreillers. L'endroit était humide et jonché de feuilles mortes, mais l'odeur n'avait pas changé. Elle me rappelait celle de ma boîte à cigares, associée à la pluie, à la moisissure et à la sève brute qui perle à la tige des feuilles. J'ai placé deux édredons l'un sur l'autre sur le plancher, disposé des oreillers sans taie, et j'ai attendu qu'il me rejoigne.

J'avais vu juste. C'était la cachette idéale. La cabane avait été bâtie avec amour et dans les règles de l'art. Elle disposait de trois fenêtres, et son toit pointu était imperméable. Je ne doutais pas de la solidité du chêne où elle était perchée, car j'y avais grimpé un nombre incalculable de fois au cours de mon enfance. Nous étions en sécurité.

Billy s'est hissé à l'intérieur et a considéré mon lit improvisé.

— Tu as eu une excellente idée.

— Je sais.

Je m'étais souvent imaginé que cette cabane était notre maison. À dix ans, je rêvais que nous y vivions et que nous étions mariés. Je ne lui en avais jamais parlé, de crainte qu'il ne se moque de moi. Nos âmes d'enfant planaient encore en ces lieux, toutes les heures passées ensemble, tous les secrets partagés, toutes les fois où j'avais voulu l'embrasser et espéré qu'il fasse le premier pas.

— Viens ici, ai-je murmuré.

L'ombre du feuillage dansait sur les murs et sur nos visages. Il a pris la main que je lui tendais. Rassemblant le peu de forces qui me restaient, je l'ai attiré à moi, et nous nous sommes étendus côte à côte.

— Toutes les choses dont je ne pouvais pas me souvenir… Toi, la magie… c'est ma mère qui les avait volées. Elle les avait enfermées dans une boîte dorée.

Son corps était tiède contre le mien.

— Ce n'est pas une métaphore, n'est-ce pas ?

J'ai secoué la tête. J'ai sorti brièvement la boîte de la poche du coupe-vent pour la lui montrer, avec l'impression de brandir une arme chargée à balles réelles.

— Je crois qu'elle pensait me protéger. Mais je ne suis pas sûre que ce soit une excuse acceptable.

— Je suis désolé, a-t-il chuchoté.

— La personne qui s'est introduite dans ma maison l'autre jour, c'est une sorcière, elle aussi. Elles se connaissaient autrefois. Fee et ma mère ont disparu depuis des jours, et je crois que c'est elle qui les a capturées. Elle leur veut du mal. Je ne pourrai pas rester ici très longtemps. Je dois les retrouver. Il doit exister un moyen de les localiser, mais je n'arrive pas à mettre de l'ordre dans le savoir qui m'a été rendu. Je pourrais *scruter*, je pourrais *dormir*…

Il a hoché la tête.

— Oui, dors quelques heures. Tu en as besoin. Je veillerai sur toi.

— Non, si je parle de dormir, c'est pour pouvoir rêver.

Une idée s'est alors formée dans mon esprit, une révélation si cruelle qu'elle m'a causé une vive douleur à la poitrine.

— Toutes ces années, j'ai cru que je ne gardais aucun souvenir de mes rêves. Mes rêves… Voilà encore une chose que la boîte m'avait prise. Quand j'étais petite, je pouvais les modeler et y évoluer à ma guise. Je pouvais même y attirer ceux que j'aimais.

— Ivy, a-t-il soupiré. Je sais.

Oui. Bien sûr qu'il savait. Je me souvenais, à présent. Quand Billy était enfant, il faisait d'horribles cauchemars. Ils se manifestaient chaque fois que sa mère l'appelait au téléphone, prise de soudains accès de tendresse maternelle qui ne duraient jamais très longtemps. Alors je l'invitais dans mes rêves.

Nous avons échangé un sourire, puis nous nous sommes embrassés. Il était tout contre moi, puis au-dessus de moi. Il a glissé la main sur mon corps, de ma cage thoracique à mes cuisses, puis m'a soulevée pour m'embrasser.

— Oh ! mon Dieu, *enfin*, a-t-il gémi lorsque nos lèvres se sont séparées.

— Notre deuxième baiser.

— Délicieux. Encore plus délicieux.

Nous avons éclaté de rire, accrochés l'un à l'autre dans la pénombre de la cabane, à l'abri des dangers. J'ignorais que la joie et le chagrin pouvaient être aussi étroitement imbriqués. Il me faudrait vivre avec ces deux réalités : tout ce que ma mère m'avait volé et tout ce que je lui avais repris.

Billy a caressé le tissu lisse de mes vêtements de sport.

— Nom d'un chien ! a-t-il dit. Maintenant, je sens que je vais fantasmer à mort sur les vidéos de remise en forme. Rappelle-moi de faire une dizaine de pompes, OK ?

J'ai éclaté de rire et l'ai embrassé de nouveau. J'étais comme une enfant qui a volé les clés du camion du marchand de glaces : il était tout à moi, rien qu'à moi.

J'ai roulé sur moi-même et lui ai tourné le dos. Je devais à tout prix reprendre mes esprits. Billy s'est blotti contre moi et a passé un bras autour de ma taille.

— Mon amour, a-t-il chuchoté à mon oreille.

Mon cœur s'est instantanément gorgé de miel. J'ai tâché de garder les idées claires. J'ai repensé aux paroles menaçantes de Marion, lorsque je lui avais demandé ce qu'elle avait fait de ma mère et de Fee.

« Elles ne sont pas mortes, si c'est ce que tu veux savoir. Je ne suis pas aussi charitable. »

Elles n'étaient pas mortes, d'accord. Retenues prisonnières, sans doute. Mais où ? Je me suis assise.

— Qu'y a-t-il ? a demandé Billy.

— J'ai une idée quant à l'endroit où ma mère pourrait se trouver. Tu peux m'y conduire ?

CHAPITRE QUARANTE-HUIT

Woodbine

Aujourd'hui

Marion ne m'attendait pas au pied du chêne. Quand Billy est entré dans la maison pour récupérer ses clés de voiture et un sac de bretzels, elle n'a pas escaladé la clôture du jardin pour venir me trancher la gorge. Ce qui ne voulait pas dire pour autant qu'elle n'était pas en train de m'observer.

L'air conditionné de la voiture de Billy avait depuis longtemps rendu l'âme. Tandis que nous filions sur l'autoroute, le vent s'engouffrait par les vitres baissées, gardant mes pensées à distance, là où elles ne me causaient aucune souffrance. J'avais perdu la notion du temps. L'horloge du tableau de bord annonçait trois heures sept. C'était impossible. Cette nuit semblait ne jamais devoir s'achever.

Marion ajoutait-elle des minutes à chaque heure pour me laisser le temps de la trouver ? De *les* trouver ? Pour cela, je devais remonter à la source du cauchemar que toutes trois avaient traversé.

Une demi-heure plus tard, nous roulions dans une cité universitaire du nord de Chicago. C'était un dédale de pelouses, d'allées piétonnes et d'aires de stationnement. Nous avons fait plusieurs fois le tour du campus sans parvenir à localiser le bâtiment que je cherchais.

— Je vais trouver un endroit où me garer, a dit Billy.

— Non, attends. Arrête-toi ici, le long du trottoir.

La rue avait beau être déserte, il a actionné les feux de détresse. Lorsque la voiture s'est immobilisée, j'ai pris ses mains dans les miennes.

— Tu ne viens pas avec moi.

— Ivy…

J'ai secoué la tête.

— Si je ne me suis pas trompée, si elles se trouvent bien à l'endroit que je crois, je ne pourrai pas te protéger.

— Mais si cette fille t'attaque avec un chandelier ou je ne sais quoi ? Tu as besoin de quelqu'un pour surveiller tes arrières.

— Ce ne sera pas un chandelier.

J'ai désigné l'espace qui nous séparait, un tourbillon hurlant de cœurs percés de flèches.

— Regarde-nous, Billy. Elle sait ce que tu représentes pour moi. Elle pourrait s'en servir à son avantage.

Il a baissé la tête.

— Je déteste cette situation.

— Voilà ce que c'est d'être avec une sorcière. Tu dois accepter le fait que je suis plus forte que toi.

Il a embrassé mes phalanges.

— Ma sorcière. Je le sais depuis mes sept ans, et j'ai toujours été en admiration devant toi. J'ai horreur d'être un poids mort. J'aimerais t'aider.

— Tu n'es pas un poids mort, Billy. C'est toi qui m'as conduite ici, c'est toi qui me ramèneras à la maison quand tout sera terminé, et je suis sûre que…

D'un baiser, il m'a réduite au silence.

— OK. Je suis ton chauffeur. Je vais donc t'attendre ici en surveillant mon téléphone, au cas où.

— Souhaite-moi bonne chance, ai-je dit avant de descendre de la voiture.

Une fois seule, j'ai enfin pu céder à la peur sans craindre qu'il ne tente de me dissuader ou n'insiste pour m'accompagner. J'ai contourné un bâtiment en béton puis, alors que je commençais à douter des informations recueillies sur Google Maps, j'ai repéré l'allée étroite menant à l'ancienne bibliothèque.

Je me suis mise à courir à la lueur orange des vieux réverbères. Arrivée à destination, j'ai découvert une bâtisse sinistre et biscornue. À en croire les articles que j'avais consultés sur Internet, elle était fermée pour rénovation, pourtant aucun échafaudage, aucun panneau n'indiquait qu'il s'agissait d'un chantier. Juste ce bâtiment massif plongé dans l'obscurité, posé sur une vaste pelouse plantée de trèfle au cœur d'un campus endormi.

La porte était entrouverte. Comme la maison dans les bois.

Je déteste les endroits clos.

Je suis entrée.

Jusqu'alors, j'avais laissé l'instinct me guider. J'avais réagi aux événements, j'avais paniqué, utilisé ce qui me tombait sous la main. Cette fois, j'avais une stratégie, je m'étais tenue prête à employer un sort de déverrouillage pour pénétrer dans l'ancien manoir de l'occultiste. N'ayant pu en faire usage, j'étais saturée de magie. Elle me collait au visage comme de la gaze sur du sang séché. Je m'en suis débarrassée en lançant un sortilège de claire vue.

L'éclat de la lune s'est fait plus vif, et ce qui m'entourait m'est alors apparu comme en plein jour malgré l'obscurité profonde. Alors que je traversais une salle de lecture aux rayonnages surchargés de livres anciens, la migraine a commencé à se manifester, diffuse et métallique, comme si j'avais respiré de la poussière d'argent.

Un souvenir s'est frayé un passage jusqu'à ma conscience. Je connaissais cette sensation : je mettais mes pas dans le sillage d'une sorcière pratiquant la magie noire.

J'ai laissé ces traces me guider. J'ai songé à ma mère, qui avait arpenté ces couloirs, la nuit où elle avait précipité son amie dans le miroir ; à Marion, qui était restée vingt ans prisonnière du rêve de l'occultiste, une réplique de ce manoir à la fois fidèle et vide de substance. C'était comme si le temps était aboli, comme si nous foulions toutes les trois le même parquet poussiéreux, frôlions les mêmes grimoires, nous émerveillions au même instant du spectacle des taches colorées et mouvantes que les vitraux peignaient sur notre peau.

J'ai gravi deux volées de marches. La migraine s'intensifiait, se propageait à mes membres sous la forme d'un tremblement irrépressible. Parvenue au deuxième étage, j'ai levé les yeux vers le palier supérieur. Je ne voyais que des grains de poussière en suspension dans les rayons de la lune, mais la simple pensée de ce qui se trouvait là-haut m'emplissait d'une terreur cosmique. J'ai pris une profonde inspiration avant de poursuivre mon ascension, me colletant avec de la magie travaillée de frais.

Tout était immobile et silencieux, pourtant mon cœur battait à un rythme effréné. Je me suis arrêtée sous une trappe ménagée dans le plafond. Là-haut se trouvait la source de tout et cependant je ne percevais pas le moindre son.

La trappe s'est ouverte en produisant un claquement sec, puis une échelle s'est déployée. Plus de poussière, plus de clair de lune. J'ai posé le pied sur le premier échelon et ai entamé l'ascension. J'ai passé la tête par l'ouverture et découvert leurs deux corps gisant sur le plancher.

Je me suis mise debout et j'ai titubé jusqu'à elles. L'œil droit de Fee portait des marques de coups, le visage de ma mère des traces de brûlure semblables à celles provoquées par le contact répété de la peau contre la moquette. Elles tendaient la main l'une vers l'autre, sans se toucher. Leurs paupières étaient agitées de soubresauts. Elles rêvaient.

Leur sommeil n'avait rien de naturel. Avant même de les secouer, de les implorer de reprendre connaissance, j'ai su qu'elles ne se réveilleraient pas. Les lieux étaient saturés de magie. Quand j'ai essayé de soulever ma mère, j'ai constaté qu'elle pesait un âne mort.

J'ai songé aux occupants de la maison de la forêt, mais ce sort-là n'était pas aussi facile à briser. J'en cherchais vainement les contours. J'avais beau le sonder, je n'en touchais pas le fond. Impossible d'y plonger pour secourir Fee et ma mère.

Toutefois, le sommeil m'offrait une chance de les atteindre. Il me suffisait de dormir à mon tour, de les arracher au cauchemar de Marion et de les conduire en sécurité dans un rêve dont je fixerais les règles. Un rêve dont elles pourraient se réveiller. Je disposais de peu de temps

– Marion se trouvait dans les parages –, mais je n'avais pas d'autre stratégie.

Je me suis allongée entre elles sur le sol du grenier puis, les yeux clos, j'ai invoqué le rêve lucide qui m'attendait depuis cinq années avec le reste de ma magie à l'intérieur d'une boîte en or.

CHAPITRE QUARANTE-NEUF

Woodbine

Aujourd'hui

Trois sorcières endormies. Sous l'emprise d'un charme puissant, les deux premières sont agitées de soubresauts. La troisième, intercalée entre elles, la tête au contact de leurs mains, se laisse lentement dériver, loin, très loin du sinistre manoir.

Tout près de là, une autre sorcière court sur une pelouse plantée de trèfle dans l'ombre d'arbres vénérables dont le feuillage bruisse sur son passage. Elle a connu ces lieux, autrefois, lorsqu'elle n'était encore qu'une jeune fille au cœur solitaire et vorace. Son cœur, aujourd'hui, est impénétrable. C'est un objet rare, une curiosité laquée de noir qui détourne de lui tout rayon de lumière.

Dans sa course, elle dépasse une voiture stationnée le long du trottoir. Un garçon se trouve au volant, le cœur consumé d'amour et de peur, l'esprit échafaudant d'horribles scénarios. Il ne voit pas la quatrième sorcière. Elle a choisi de se rendre invisible. C'était inutile. Il ne songe qu'à la fille aux cheveux décolorés.

La quatrième sorcière sera bientôt là. Ce n'est plus qu'une question de minutes.

J'ai fermé les yeux et laissé l'obscurité m'envelopper. Je l'ai tirée à moi et l'ai patiemment amadouée. Je lui ai demandé de disperser le brouillard âcre soulevé par la magie de Marion. Elle s'est pliée docilement à ma volonté. Elle s'est purifiée, s'est mise à frémir, puis s'est muée en sommeil.

Je savais à quoi m'attendre. Cela s'était toujours passé ainsi, lorsque j'étais petite, à l'époque où je faisais de chaque rêve mon royaume. L'obscurité se dissiperait, s'ouvrirait comme un vieux coffre à déguisements, libérerait une mosaïque de couleurs pastel aussi douces que de la peinture à l'eau sur une coquille d'œuf. Elles flotteraient tels des voilages dans la brise, et je pourrais alors les toucher, ces teintes de ciel et de mer impossibles à nommer.

Mais cette fois, lorsque je me suis endormie, je me suis trouvée face à un seul voilage qui n'était fait ni de brume, ni d'orage, ni de soleil, mais avait la couleur rouge de l'oxyde de fer. Il ne flottait pas. Il était en ébullition. On aurait dit la porte de l'enfer.

Au-delà, je sentais leur présence, leurs deux auras. Le feu de cobalt contenu de ma mère et le doux soleil d'automne de Fee. J'ai écarté le voilage sanglant et suis entrée dans le rêve où Marion les avait enfermées.

Le songe qu'elle avait construit avait pour décor le grenier où reposaient nos corps. Mais, au moyen de sa magie corrompue, elle avait transformé ce rêve en cauchemar.

Elle avait recréé l'un de leurs souvenirs communs. Au centre de la pièce, penchée au-dessus d'un miroir, elle psalmodiait une incantation. À côté d'elle, un lapin décapité se vidait de son sang. Ma mère et Fee, adolescentes terrifiées, se tenaient dos au mur. Une femme aux cheveux noirs et aux traits marqués se tenait entre elles.

J'avais espéré les capturer dans un rêve de ma création, mais celui de Marion était si insistant, si désespéré, si profondément imprégné de l'odeur du sang, qu'il occupait entièrement mon esprit.

Dans le miroir de scrutation, Marion m'avait décrit en détail la nuit de l'invocation, toutefois la scène qui se déroulait en direct sous mes yeux était différente. J'étais témoin de sa tentative d'asservir l'occultiste. De l'apparition d'Astrid Washington, le mal s'incarnant en une femme à la chevelure féerique. De la vaine tentative de Fee et de ma mère de sauver leur amie. De l'instant où elles étaient restées toutes trois prisonnières du cercle de sel. Du courage de Fee, de l'état catatonique dans lequel Marion avait été plongée. De la décision prise par ma mère, en une fraction de seconde, de la précipiter dans l'outre-monde.

Pour finir, je l'ai vue briser le miroir et s'infliger de profondes blessures à la main. J'ai alors compris à quel point le portrait que Marion avait brossé d'elle, celui d'un monstre à sang froid, était mensonger. Je n'avais vu qu'une adolescente folle de terreur contrainte dans le feu de l'action de bannir son amie du monde des vivants.

Je suis restée figée, paralysée d'horreur. Je mesurais à présent la cruauté de Marion : elle faisait revivre à Fee et à ma mère le pire moment de leur existence.

À peine avais-je repris mon souffle que le sang, la cire et la fumée ont disparu d'un coup. Les quatre sorcières ont repris leur place d'origine, comme les pions d'un jeu de dames, puis la pièce macabre s'est de nouveau jouée.

C'était comme voir un film d'épouvante pour la seconde fois. Le choc initial encaissé, j'étais capable de penser et de me déplacer dans le rêve comme dans une maison hantée de fête foraine. À mesure que le temps s'écoulait, j'appréhendais mieux ses règles et ses contours.

Ma mère et Fee y évoluaient sous leur forme adolescente, et j'étais invisible à leurs yeux. J'ai essayé d'éteindre la flamme du briquet de Marion, de disperser le cercle de sel, de pincer la peau de ma mère, rien n'y a fait. L'incantation se poursuivait, semblable au bourdonnement d'une nuée de criquets. Tout ce que je touchais avait la texture de la porcelaine ou l'immatérialité de la brume.

Au désespoir, j'ai cherché des yeux un objet avec lequel interagir, et mes yeux se sont posés sur le lapin, bien vivant de nouveau. Je l'ai saisi par la peau du cou. Il était doux, solide, tangible. Il se débattait pour échapper à mon emprise. Je l'ai déposé dans les mains de ma mère. L'animal, reconstitué à la perfection jusque dans son caractère sauvage, l'a mordue jusqu'au sang à l'avant-bras. Aussitôt, la fille de seize ans qui se tenait près de moi s'est métamorphosée en la mère que j'avais toujours connue.

La douleur avait libéré son être véritable de la coquille où Marion l'avait enfermée. Elle a laissé tomber le lapin, qui a détalé sans demander son reste. Avant qu'elle ne s'estompe ou ne se transforme une nouvelle fois, je l'ai serrée dans mes bras. Elle tremblait comme une feuille.

— Maman, c'est moi, ai-je murmuré à son oreille.

Le rêve s'est dissipé peu à peu et bientôt il n'est plus resté que nous, étroitement enlacées, et Fee, assise sur le sol constitué de brouillard.

Ma mère s'est arrachée à mon étreinte.

— Ce n'est pas elle, a-t-elle dit. Ça ne peut pas être Ivy. C'est juste un autre rêve.

— Non. C'est bien moi, maman.

— Tu es un fantôme. À moins que ce ne soit encore un de tes tours, Marion.

— Regarde-moi, ai-je insisté. Tu dois me voir. Tu dois me croire !

J'ai saisi ses mains et les ai posées sur mes joues, mais son regard me traversait.

— Oh ! Ivy, mon ange, a alors murmuré tante Fee.

Sa voix m'a fait l'effet d'un baume sur mon cœur.

— Que fais-tu ici, ma chérie ?

Puis, se tournant vers sa meilleure amie :

— Dana, c'est elle. Ne sens-tu pas que c'est elle ?

Une lueur d'espoir a éclairé le visage de ma mère.

— Ivy, a-t-elle chuchoté.

J'aurais dû sans attendre nous arracher à mon rêve, mais ma colère couvait depuis si longtemps que je n'ai pas pu la contenir.

— Je sais tout, ai-je dit. La boîte, Billy… tout.

Son visage était une étude de contrastes. Sa bouche était tordue, ses prunelles étincelantes et ses joues écarlates, comme si je venais de la gifler.

— Tout, vraiment ?

— Oui.

— Oh !

Elle a fermé fort les yeux durant quelques secondes, puis elle les a plongés dans les miens.

— Est-ce que tu te rappelles… ce jour, dans la réserve forestière, avec cette biche accompagnée de son faon ?

— Oui, ai-je répondu entre mes dents.

Le rêve a changé d'aspect. Nous foulions désormais une herbe grisâtre sous un ciel incolore. Tante Fee en a cueilli quelques brins, les a portés à ses narines puis nous a considérées comme un arbitre à cran.

— Le château gonflable, a poursuivi ma mère. Tu t'en souviens ?

— N'essaie pas de m'attendrir.

— Et ta crise d'urticaire, le jour où tu as voulu lancer ton premier charme de chance ? Et… oh ! mon Dieu, Ivy, te souviens-tu du noisetier ?

Les lèvres closes, j'ai hoché la tête.

Malgré ses yeux caves et ses cernes profonds, son visage exprimait une joie intense.

— Ton premier… ton premier sort mineur. Et de la fois où nous sommes restées éveillées toute la nuit, en plein été, à boire du café au lait.

Elle a lâché un bref éclat de rire.

— Et de la nuit où tu as trouvé ta pierre de fée.

— Et du soir où j'ai oublié Billy, ainsi que la moitié de ce que j'étais. Et menti à Hank.

Elle s'est rembrunie.

— C'est vrai.

— Pourquoi m'as-tu fait subir ça, maman ?

— Si tu te souviens de tout, tu connais déjà la réponse.

Soudain, ses traits se sont figés.

— Oh ! mon Dieu. Marion t'a emprisonnée dans son rêve, tout comme nous.

— Non, j'y suis entrée de mon plein gré. Et je vous y ai retrouvées, Dieu merci. Quand arrêteras-tu enfin de me sous-estimer ? ai-je crié en tapant du pied.

Les nuages ont crevé au-dessus de nos têtes, puis la pluie s'est mise à tomber, des gouttes aussi inconsistantes que des boules de coton qui séchaient instantanément au contact de notre peau.

— Je voulais te protéger, a dit ma mère. Je m'y suis mal prise. J'ai été idiote. J'ai tout fait de travers, depuis le début. Mais je n'ai… je n'ai jamais cessé de t'aimer.

— Est-ce que l'amour que l'on nous porte vaut quelque chose, si l'on ne le ressent pas ? Tu as volé la moitié de ce que j'étais, et tu l'as rangée dans une boîte à chaussures. La vérité, c'est que tu n'as pas aimé ce qui restait de moi.

Son menton s'est mis à trembler.

— Tu n'as pas le droit de penser ça.

— Cinq ans, maman. J'ai passé cinq ans à te supplier de me regarder !

— J'avais honte, Ivy. J'avais honte de t'avoir mutilée. Mais j'allais réparer tout ça. Le jour de tes dix-huit ans, c'est ce que nous avions décidé avec ton père. Nous allions te dire toute la vérité, ouvrir la boîte et…

— Marion s'en est déjà chargée. Et rien n'est réparé.

— Je suis tellement désolée…

J'ai vu des larmes rouler sur ses joues. Ma mère, qui n'avait jamais pleuré, pas même quand Hank avait accidentellement claqué la portière de la voiture sur ses doigts. C'était ce que j'attendais, ce qu'elle me devait, mais cela venait si tard, et c'était si peu de chose, que ma colère est demeurée intacte.

— Arrête ton cinéma, ai-je grondé. Le temps presse.

Elle était perdue, hésitante.

— Le temps… Je crains que ça n'ait plus guère d'importance, maintenant.

— Qu'est-ce que tu veux dire ?

La pluie s'est intensifiée. Les gouttes martelaient désormais notre peau telles des billes.

Tante Fee a tendu la main pour en recueillir une poignée.

— Ivy, est-ce que c'est *ton* rêve ? a-t-elle demandé, le front barré d'une ride.

— Non, a répondu Marion.

Elle se tenait à quelque distance de nous, un parapluie ouvert au-dessus de sa tête.

Ma mère est venue se placer devant moi afin de faire rempart de son corps. Sa respiration était précipitée, affolée. Soudain, la pluie est devenue agressive. Ce n'était plus des billes qui tombaient du ciel, mais de minuscules éclats de verre aux arêtes tranchantes.

Brusquement, j'ai pris conscience que c'était moi qui faisais pleuvoir. C'étaient ma colère et ma souffrance qui provoquaient cette averse, preuve que je pouvais influencer le rêve de Marion. J'ai aussitôt métamorphosé son parapluie en un grand oiseau noir qui a enfoncé ses serres dans sa main, lui arrachant un cri sauvage. Elle l'a à son tour transformé en un nuage noir qui s'est dissipé dans le vent.

Nous nous sommes ratatinées sous la pluie diluvienne. Et même si elle était ma création, elle échappait à mon contrôle, parce qu'elle était née de ma fureur. Ne pouvant la faire disparaître, j'en ai figé les gouttes dans l'air. Puis, bien décidée cette fois à user d'une forme offensive de magie, je leur ai ordonné de se rassembler.

J'avais l'intention d'en faire une grande dague de verre qui m'aurait permis de déchirer la réalité dont nous étions prisonnières. Hélas, ce rêve était celui de Marion. Je pouvais y œuvrer, mais tout ce qui s'y formait était tiré de son esprit.

Sur le sol s'est alors dessiné un disque scintillant qui s'élargissait à mesure que les éclats s'y agglroméraient dans un concert de sons cristallins : le grand miroir d'invocation où Marion s'était abîmée.

— Non ! a-t-elle hurlé tandis que le gouffre se rapprochait dangereusement de nos pieds.

Puis elle a dissipé le rêve.

J'ai senti ses frontières s'effacer, et ma conscience regagner mon corps. Je me suis redressée d'un bond. J'avais rêvé moins d'une heure, mais je me sentais si étourdie que je parvenais à peine à tenir debout. Fee et ma mère, qui étaient demeurées inconscientes pendant des jours, avaient toutes les peines du monde à garder les yeux ouverts.

Elles étaient à la merci de Marion, mais si cette dernière avait eu l'intention de les tuer, elle aurait depuis longtemps mis son projet à exécution. Elle se contentait de les surveiller d'un œil infiniment malveillant tandis qu'elles se tortillaient vainement sur le plancher.

— Ça va ? ai-je demandé.

Ma mère s'est mise à tousser.

— Marion… a-t-elle dit. Je t'en prie…

— La ferme !

Le visage déformé par une flambée de colère, Marion m'a soudain paru plus humaine. Puis la colère a fait long feu.

Ma mère a répété son nom, très calmement.

— Fais ce que tu as l'intention de faire, a-t-elle dit, mais ne le fais qu'à moi. Pas à Ivy. Pas à Fee. Tu n'as aucune raison de te venger d'elles.

Marion a souri.

— Mon Dieu, Dana, te voilà devenue fichtrement médiocre ! Tu n'es même plus capable de me servir un mensonge qui tienne debout. Je vous ai observées, tu sais. Je n'ai jamais cessé de vous observer. Un an après ma disparition, vous avez eu une petite discussion, Fee et toi. Vous vous êtes accordées pour dire que j'étais morte. Et pourtant, vous saviez toutes les deux que ce n'était pas le cas. Vous avez froidement décidé de ne pas me porter secours. Et toi, qu'as-tu fait à la place ? Ah ! oui, tu feignais de lire l'avenir dans les lignes de la main de femmes ivres.

— Très bien, est intervenue Fee. Dans ce cas, laisse partir Ivy. Ensuite, nous en terminerons de la façon qui te plaira.

J'ai voulu prendre la parole, mais Marion ne m'en a pas laissé le temps. Bizarrement, ses paroles ont fait écho à celles que je m'apprêtais à prononcer.

— Ivy est bien plus puissante que vous deux réunies. Elle est là pour vous sauver. Et vous voudriez me faire croire qu'elle a besoin de votre protection ?

— Elle a raison, ai-je dit avant de me tourner vers Marion. Qu'est-ce que tu veux, au juste ? Pourquoi es-tu revenue ? Pour nous éliminer ?

J'avais le sentiment très étrange que je ne m'adressais pas à elle, mais à une créature qui, tapie dans son corps, utilisait ses yeux comme des judas. Un être froid, calculateur, privé de toute humanité.

— La mort serait bien trop douce pour ta mère. La mort serait *un bain de lait.* J'ai pensé qu'elle souffrirait davantage si je t'enlevais à elle. Si je faisais de toi ma propriété. Si je te rendais si brillante qu'elle pourrait voir, où qu'elle se trouve, ce qu'elle avait essayé de tuer en toi, ce qu'elle croyait perdu à jamais. Mais maintenant, a-t-elle ajouté en me scrutant, maintenant, je pense que la pire chose pour elle serait de te perdre. Te perdre à jamais, j'entends.

Par un acte de volonté, j'ai obligé les deux femmes qui m'aimaient à ne pas intervenir.

— Est-ce que tu vas me tuer, Marion ? ai-je demandé.

— Peut-être.

— Non, je ne crois pas.

Je me suis avancée vers elle, si près que j'aurais pu la toucher.

— Si tu avais l'intention de me tuer, il y a longtemps que je ne serais plus de ce monde. Tu m'as proposé de partir avec toi, tout à l'heure, près de la piscine. Où irions-nous, si j'acceptais de te suivre ?

Les mots lui sont venus de façon précipitée.

— À en croire la légende, il existe des communautés matriarcales établies dans des endroits perdus. Sur des îles, dans des déserts, des forêts profondes. Des petits royaumes aux racines très anciennes où la magie des femmes est révérée, où l'on peut vivre sa vie tout entière sans s'éloigner à plus de mille pas de sa maison.

— Est-ce comme cela que tu aimerais vivre ?

— Je ne sais pas. Je ne crois pas.

— Alors qu'est-ce que tu veux ?

— Je ne veux plus rien, a répondu Marion en posant le poing sur sa poitrine. Je sens mon cœur battre, mais il est vide de tout désir.

— Tu te trompes. Tu me veux, moi. Tu m'as plongée dans l'eau de la piscine. Tu m'as tenue dans tes bras. Tu m'as parlé alors que mon esprit partait en lambeaux. Tu n'as pas laissé la magie me détruire.

Je lui ai tendu la main.

— Tu m'as sauvé la vie.

— Oh ! tu essaies de me prendre par les sentiments ? s'est-elle esclaffée.

Je n'ai pas répondu. Je n'ai pas bougé d'un pouce. Les secondes se sont égrenées, interminables. Des expressions contradictoires se sont succédé sur son visage, puis elle a pris la main que je lui offrais.

Alors, de toutes mes forces, j'ai planté mes ongles dans sa paume jusqu'à ce que le sang coule. Sans lui laisser le temps de se libérer ou de nous entraîner dans un nouveau cauchemar, j'ai sorti la boîte dorée de la poche de mon coupe-vent et l'ai placée au contact de la plaie.

Sous l'effet de la surprise, Marion a haussé les sourcils et éclaté de rire. Elle était transfigurée. En cet instant, ses traits étaient ceux d'une véritable adolescente, avec ses défauts, ses qualités, ses dons et sa magie. Imparfaite, comme moi.

— Je ne pensais pas que… a-t-elle murmuré.

Mais la boîte avait déjà ouvert sa gueule vorace, et jamais je ne saurais ce qu'elle s'apprêtait à dire.

Tandis qu'elle fixait l'intérieur vide de la boîte, j'ai prononcé l'incantation que j'avais entendue cinq ans plus tôt de la bouche de ma mère.

— Fais qu'elle nous oublie à jamais, ai-je ensuite ordonné à la boîte. Que s'efface en elle le souvenir de Dana Nowak, de Felicita Guzman et d'Ivy Chase. Qu'elle oublie…

Je me suis tue. Je n'avais rien d'autre à offrir à la magie. Je ne connaissais pas Marion. Je ne pouvais ni la punir ni l'aider ; ni la priver d'un moment qui lui était cher, ni faire disparaître par clémence un souvenir douloureux.

Je lui ai donc tendu la boîte. Elle ne pouvait rien y reprendre. Les mots que j'avais prononcés ne pouvaient pas être effacés. J'ai cru qu'elle allait la jeter sur le sol, mais elle s'en est emparée, l'a approchée de sa bouche et a chuchoté quelques mots que je n'ai pu entendre.

Le sortilège a commencé à opérer. C'était un spectacle affreux que de la voir se tordre comme un pantin désarticulé à mesure que ses souvenirs lui étaient arrachés, mais nous n'avons pas détourné le regard. Le processus achevé, Fee, ma mère et moi nous sommes donné la main. La boîte s'est refermée dans un claquement sec, puis Marion a plongé dans un profond sommeil. Nous l'avons laissée là, étendue sur le sol inondé de rayons de lune, privée de sa soif de vengeance et de Dieu sait quoi d'autre. L'abandonner ne nous inspirait aucun soulagement. Que laissions-nous derrière nous ? Une amnésique ou une bombe à retardement ? L'une et l'autre, peut-être.

Peut-être étais-je enfin assez mûre pour pratiquer la magie. Je savais à présent qu'il y aurait toujours un prix à payer. Que je porterais à jamais le poids de la culpabilité et une part de la sorcière qui venait de m'oublier.

CHAPITRE CINQUANTE

Woodbine

Aujourd'hui

Étendus dans le lit de la rivière, Billy et moi contemplions le ciel étoilé. L'eau était juste un peu trop froide, d'un bleu presque fluorescent de glace à l'eau.

C'était l'idée de Billy. Il m'avait montré des images en ligne d'une baie bioluminescente, et m'avait suppliée d'ajouter ce détail à mon rêve.

— Tu es prêt à te réveiller ? ai-je demandé.

— Encore une minute. Oh, là-bas, regarde !

Il a désigné un point du ciel où les étoiles semblaient se rapprocher, se pencher pour nous observer à leur tour. J'ai tendu les mains vers elles et les ai gentiment remises à leur place. Il arrivait que mes rêves échappent à mon contrôle. Je suppose que mon subconscient me jouait des tours. Ce n'était jamais arrivé durant mon enfance, avant la boîte dorée.

Nos corps reposaient dans la cabane de Billy. Nos parents ignoraient qu'elle avait repris du service. Cet endroit n'appartenait qu'à nous. Depuis la nuit où ma mère, Fee et moi avions regagné la maison en état de choc, couvertes d'égratignures, de sueur, de bleus et de sang, mon père, qui s'inquiétait de tout et de rien, me rendait la vie impossible. Celui de Billy ne m'avait toujours pas pardonné d'avoir plaqué son fils, cinq ans plus tôt. Vu qu'il était hors de question de lui expliquer ce qui s'était passé, je travaillais à regagner sa confiance, petit à petit, jour après jour, mais j'étais encore loin du compte.

Dieu merci, nous avions la cabane, la voiture de Billy et mes rêves.

J'ai serré sa main et fermé les yeux. L'eau bleu électrique tourbillonnait autour de nous.

— Ivy, ça recommence.

Cette fois, je me suis assise. J'avais remplacé la vase qui, dans le monde physique, tapissait le fond de la rivière par de délicats galets vert émeraude.

À nouveau, les étoiles nous regardaient. Elles braquaient sur nous leurs petits yeux extraterrestres. Le ciel était semblable à celui sous lequel j'avais failli me noyer, dans la piscine, après avoir ouvert la boîte.

Billy m'a enlacée.

— Maintenant, on se réveille, d'accord ?

J'ai hoché la tête et me suis concentrée sur mon souffle. Lorsque j'ai baissé les yeux, j'ai lâché un cri. Le ruisseau avait disparu. Nous étions plongés jusqu'à la taille dans un miroir à la surface fluide.

— Regarde-moi, Ivy, a dit Billy avec le plus grand calme.

Il était le point d'ancrage autour duquel se déployait mon rêve. Je me suis agrippée à lui.

— On se réveille, a-t-il répété.

Et c'est ce qui s'est produit.

Les tourterelles roucoulaient à l'extérieur de la cabane. Le ciel avait la couleur du papier d'aluminium. J'ai posé la tête sur sa poitrine et écouté battre son cœur.

— Pardonne-moi, ai-je murmuré.

Il a déposé un baiser sur ma tempe.

— Tu n'as rien à te faire pardonner.

Nous sommes restés ainsi jusqu'à la dernière seconde, sommes descendus de la cabane, avons marché main dans la main et nous sommes quittés au portail, avant d'aller sagement nous coucher, chacun dans son lit.

Trois semaines s'étaient écoulées depuis la nuit la plus longue de mon existence. Je gardais un œil sur les chaînes et les sites d'informations, mais Marion n'avait pas fait parler d'elle : aucun mystère inexpliqué, aucune amnésique retrouvée en train d'errer dans la région de Chicago, aucune fugueuse correspondant à son signalement, aucune fille de retour chez elle après vingt ans d'absence.

Désormais, au sein de ma famille, l'honnêteté était à l'ordre du jour, ce qui n'était pas si facile à vivre au quotidien. Certes, mon père s'épanouissait dans cette normalité inédite. Il se réjouissait de nous voir tous en vie, libérés des secrets qui nous avaient si longtemps désunis. Hank, en revanche, vivait plutôt mal la nouvelle situation. Il était tantôt d'humeur massacrante, tantôt hébété, comme s'il avait accidentellement regardé le soleil en face.

Et puis, il y avait ma mère. Nos relations restaient particulières. Trop de mystères avaient été révélés en trop peu de temps. Cependant, je dois reconnaître qu'elle faisait de son mieux.

Nous parlions peu, mais nous œuvrions beaucoup. Nous nous contentions de sorts élémentaires, d'une magie destinée aux enfants. Des charmes qu'elle m'avait volés, et que Marion m'avait permis de retrouver. Parfois, tante Fee se joignait à nous.

Nos relations n'en étaient pas pour autant au beau fixe, mais le moment viendrait, peut-être, où nous pourrions nous réconcilier.

Par superstition, je m'étais convaincue que je serais prête à lui pardonner le jour où mes cheveux auraient retrouvé leur couleur naturelle. J'imaginais un avenir où nous serions à nouveau complices. Mère et fille, deux sorcières à la chevelure rousse œuvrant main dans la main. Je pourrais alors plonger mon regard dans le sien et y lire l'amour qu'elle me portait. Accorder mon pardon à cette femme à l'âme bancale qui avait tout fichu en l'air. Elle pourrait venir à moi sans honte, et je pourrais lui prendre la main sans me compromettre.

Alors je me suis armée de patience et j'ai laissé pousser mes cheveux.

Épuisée, je me suis glissée sous la couette. Mes lèvres étaient écarlates, comme blessées par les baisers que j'avais reçus et donnés. Je devrais faire profil bas quelque temps.

Dans quelques heures, je retrouverais Billy. Nous avions prévu de petit-déjeuner chez Denny's en compagnie d'Amina et d'Emily. Il avait proposé de parler de moi au patron de la pizzeria, mais je n'étais pas très emballée à l'idée de travailler avec mon petit ami. J'ai roulé sur le flanc, souriante, puis j'ai senti que quelque chose clochait.

Il y avait dans la chambre un objet qui n'était pas à sa place, qui n'aurait même pas dû s'y trouver.

Je suis sortie du lit et me suis dirigée vers ma bibliothèque. Je l'ai trouvé coincé entre un recueil de poèmes de Frank O'Hara et mon exemplaire de *L'enfant contre la nuit*. Plus petit que les autres ouvrages, je l'avais pris pour un espace vide.

Quand Marion avait-elle pu le placer là ? Environ trois semaines plus tôt, probablement, lorsqu'elle s'était introduite dans la maison pour s'emparer de la boîte. Il y était resté depuis ce jour, sans que je remarque sa présence.

Relié de cuir noir, presque neuf, c'était le genre d'article que l'on trouve dans les papeteries de luxe. J'avais beau redouter son contenu, je n'ai pas résisté longtemps à la tentation. Je l'ai ouvert et j'ai lu les mots figurant sur la première page.

Le livre de Marion Peretz. Le simple fait de découvrir son nom de famille, une information sans grande importance, m'a fait l'effet d'une décharge électrique.

C'était un grimoire d'occultiste. La moitié des pages était couverte de notes, de formules et de sceaux tracés d'un trait épais à l'encre noire. Marion avait dû passer des heures à consigner son savoir dans ce livre, à ma seule intention.

J'aurais dû le jeter au feu, bien sûr. Ma mère persistait à penser que la magie pouvait être venimeuse, aussi corrompue que le sang après une morsure de serpent. Si je ne partageais pas pleinement son point de vue, je savais pertinemment que certains sorts ne devaient en aucun cas être employés et qu'il existait des forces auxquelles il valait mieux ne pas se frotter.

Oui, j'aurais dû le brûler, ou courir sans plus attendre le remettre à ma mère.

Je l'ai caché tout au fond d'un tiroir, en bas de ma commode, sous mes vêtements d'hiver.

Une fois retournée au lit, j'ai pensé à Marion, qui m'avait observée dans le miroir de scrutation tout au long de mon existence. Marion, dont les souvenirs reposaient dans une boîte dorée, elle-même placée dans un coffre-fort, à la banque, en attendant que ma mère et moi trouvions un moyen définitif de la neutraliser.

Marion, qui avait pour de bon disparu de ma vie, qui ne me reconnaîtrait pas si elle devait un jour croiser de nouveau mon chemin. Pourtant, avant de cacher son livre dans le tiroir, j'ai pointé l'index vers le ciel. En signe d'adieu, de reconnaissance ou d'une gratitude un peu tordue.

Au cas où.

Ouvrage composé par
PCA, 44400 Rezé

Imprimé en France par
CPI Brodard & Taupin
en mai 2023
N° d'impression : 3052855
S32835/01

#lisez engagé !
www.lisez.com
Pour plus d'information :
Imprimé sur du papier issu de forêts gérées durablement.

PKJ• www.pocketjeunesse.fr
POCKET JEUNESSE

92, avenue de France - 75013 PARIS